Ray Blackston

VERRÜCKT NACH ELLY

Roman

W0413746

Ray Blackston

VERRÜCKT NACH ELLY

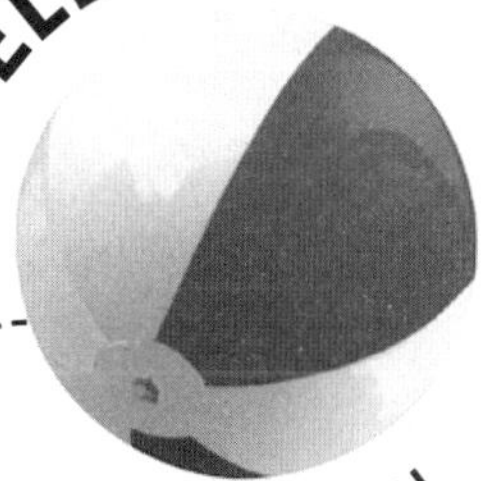

ROMAN

Schulte & Gerth

Die amerikanische Originalausgabe erschien im Verlag
Baker Book House
unter dem Titel »Flabbergasted«.
© 2003 by Ray Blackston
© der deutschen Ausgabe 2004 Gerth Medien GmbH, Asslar
Aus dem Amerikanischen übersetzt von Roland Renz.

Das Epigraf auf Seite 249 ist entnommen aus »Über die Trauer«
von C. S. Lewis, Benziger Verlag, Zürich, 1982, S. 63.

Best.-Nr. 815 928
ISBN 3-89437-928-6
1. Auflage 2004
Umschlaggestaltung: Hanni Plato
Umschlagfotos: Ray Blackston / getty images
Satz: Die Feder GmbH, Wetzlar
Druck und Verarbeitung: Schönbach-Druck, Erzhausen
Printed in Germany

Für Mrs Kretzer,
meine Lehrerin in der zweiten Klasse,
die meine Geschichten und Gedichte mochte
und mir als Erste Mut gemacht hat,
mit dem Schreiben anzufangen.

Das Menschenherz
macht Pläne – ob sie ausgeführt werden,
liegt bei Gott.

Sprüche 16, 9

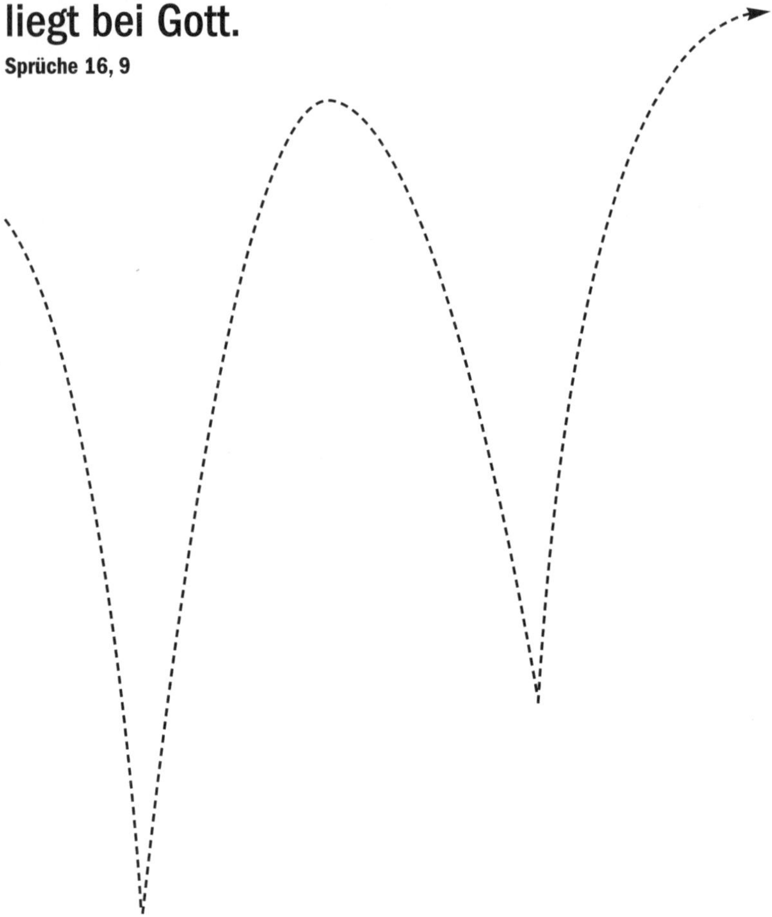

1. AKT

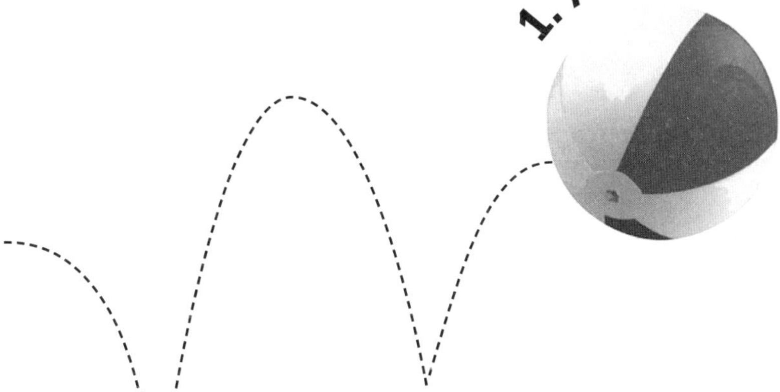

Sich sehen zu lassen macht neunzig Prozent des Lebens aus.

Woody Allen

Kapitel 1

Es war Viertel nach zwölf in der Nacht, als ich den Farbroller in den Eimer legte und den Eimer in die Badewanne stellte. Mein Badezimmer war das letzte Opfer der einwöchigen spätabendlichen Renovierungsaktion.

Mit sauber geschrubbten Händen und geputzten Zähnen ging ich durch den Flur, knipste das Licht aus und ließ mich der Länge nach auf eine Matratze in meinem Gästezimmer fallen. Der Dunst von khakigrüner Latexfarbe drang durch die Dunkelheit, schwebte am Kissen vorbei und erinnerte mich daran, dass ich um acht Uhr morgens aufstehen musste.

Im Dämmerzustand zwischen Schlafen und Wachen griff ich nach meiner Digitaluhr, um die Weckfunktion einzustellen. Allerdings drückte ich den Knopf zu lange und musste warten, bis die Acht wiederkehrte. Ich schlief halb und sah die Zahlen vor mir, sah die Zahlen vor mir und schlief ein, und wieder machten die Zahlen ihre Runde.

Das Dröhnen eines Automotors weckte mich auf. Es war Sonntagmorgen. Ich sog die Luft ein, und hinter dem Geruch der frischen Farbe nahm ich den Duft der Frauen aus der mehr als sechs Kilometer entfernten North-Hills-Presbyterianergemeinde wahr.

Der Wind tat sein Bestes, um meinen Chevy Blazer zu beruhigen, als ich bei Gelb über die Kreuzung fuhr, und das passierte dreimal. Die Stadt Greenville war mir noch nicht vertraut, doch nun sprosste sie also grün vor mir, hier in meiner neuen Heimat, dem Norden von South Carolina.

Zwischen zwei Bürogebäuden im »besseren« Teil der Innenstadt hingestreckt, machte die North-Hills-Presbyterianergemeinde einen gepflegten und glatten Eindruck. Ein winziger Glockenturm erhob sich über dem roten Sakralbau aus Backsteinen.

Der Parkplatz füllte sich schnell. Ich parkte in der letzten Reihe, blieb aber erst einmal sitzen und beobachtete, wie die gut gekleideten Ehepaare mit ihren makellosen Kindern zum Gebäude hasteten. Ich warf einen Blick in den Rückspiegel, um meine Frisur zu begutachten, und fragte mich, auf wen ich da drin wohl treffen würde.

Glauben Sie nicht, dass ich ohne guten Grund auf solche Taktiken verfiel – und der Grund war gar nicht so ungewöhnlich.

Der Grund waren die modernen Kommunikationsmittel.

Kimberley Hargrove hatte mir per E-Mail mitgeteilt, dass sie sich jetzt für einen Chirurgen im *West-Dallas-Hospital* interessiere und nicht mehr auf meine Aufmerksamkeiten angewiesen sei. Diese niederschmetternde Mitteilung erreichte mich keine sechs Tage nach meinem Umzug quer durch das halbe Land. Ihr Beitrag zu dieser Geschichte ist damit aber auch schon beendet. Es genügt zu wissen, dass sich mit zwei E-Mails am Donnerstagnachmittag etwas viel Versprechendes in nichts aufgelöst hatte.

Der Beziehungsdocht war abgebrannt.

Vielleicht kennen Sie das ja.

Mir ist klar, dass das Abgeschobenwordensein ein schlechtes Motiv für mein jetziges Vorhaben war. Doch was ich vorhatte, wäre mir nicht in den Sinn gekommen, wenn es da nicht ein zweites kommunikatives Ereignis gegeben hätte.

Mit einer älteren Frau.

Nein, keine Frau, an der ich irgendein romantisches Interesse hatte.

Die Immobilienmaklerin.

Da es mich gerade erst hierhin verschlagen hatte, kannte ich keinen Menschen in Greenville, South Carolina – bis sie sich einverstanden erklärte, sich in einer Vorortsackgasse bei einem abgetakelten Häuschen mit drei Zimmern mit mir zu treffen. Ich hatte den Kaufvertrag auf der Motorhaube ihres Saab unterschrieben, während sie in gelbgoldener Jacke und schwarzen Stöckelschuhen neben mir stand und geschäftstüchtig über meine Schulter blickte. In Sekundenschnelle durchquerte sie den Vorgarten und pappte stolz einen Aufkleber mit der Aufschrift »Verkauft« über das »Zu verkaufen«-Schild, wobei sie sich fast den Knöchel verstauchte.

»Was kann man denn in dieser Stadt als Single so unternehmen?«, erkundigte ich mich und stellte im selben Augenblick fest, dass die Verkäufer sogar den Briefkasten abmontiert hatten.

»Na ja«, sagte sie und bückte sich, um ein paar Grashalme von ihren schwarzen Schuhen zu wischen. »Ab und zu gibt es ein Open-Air-Konzert und im Herbst wird viel Football gespielt. Aber die größten Chancen haben Sie da, wo ich auch meine Kunden finde. Ich wechsle meistens zwischen den Baptisten und den Methodisten.«

»Kirchen?«, fragte ich, weil ich mir nicht sicher war, was sie meinte.

Sie zog sich den linken Schuh aus und leerte die Grashalme aus, die sich dorthinein verkrochen hatten. »Sie wissen schon ... Aufbau von sozialen Beziehungen und so. Obwohl es keinen schlechten Eindruck macht, manchmal auch eine Bibel mitzuschleppen. Passt einfach besser.«

»Sie nutzen Kirchen, um Kunden abzufischen?«

»Fast ausschließlich.«

»Ist das ... hm ... legal?« Ich hatte Finanzwesen studiert, und das hier hörte sich an wie das geistliche Gegenstück zum Insiderhandel.

»Wer weiß. Aber das macht doch die halbe Stadt.« Sie machte eine kurze Pause, um den anderen Schuh auszuleeren. »Sie haben keine Freundin? Sollte man nicht denken.«

»Ich hatte eine. Sie hat mich irgendwie sitzen gelassen.«

»Was jetzt, ›irgendwie‹ oder ist es endgültig?« Sie hörte sich ziemlich aggressiv an, die Grundstücksmaklerin.

Ich ging an die Stelle, wo der Briefkasten gestanden hatte. »Dem Gefühl nach ... endgültig.«

»Und sie hat erst vor kurzem Schluss gemacht?«

»Per E-Mail.«

»Klingt nach einer dummen Göre, finde ich.«

Nach diesem kurzen Wortwechsel beugte sie sich über den Saab und überprüfte den Vertrag. Sie bedankte sich, riss mir den Durchschlag ab und stieg ins Auto. Ich inspizierte ein verbogenes Abflussrohr, als sie in der Auffahrt zurücksetzte. Sie hupte zweimal, blieb dann stehen und steckte den Kopf aus dem Fenster. »Hören Sie mal, Jay, wenn Sie wirklich unter die Leute wollen, versuchen Sie es mal mit den Pfingstlern. Die sind sehr kontaktfreudig.«

»Das heißt?«

»Ziemlich laut ... und sie stehen andauernd auf.«

»Ich bleibe lieber sitzen.«

»Dann suchen Sie sich eine andere Gemeinde aus. Wir haben hier zwanzigmal mehr Gemeinden als Bars. Das werden Sie noch feststellen.«

So saß ich also eines Sonntagmorgens im Mai in meinem Chevy Blazer in der letzten Reihe des Parkplatzes der North-Hills-Presbyterianergemeinde und wollte es wissen. Ich versuchte mich an das letzte Mal zu erinnern, dass ich so etwas wie eine Kirche betreten hatte. Vielleicht vor vier, fünf Jahren?

Ich prüfte mal wieder meine Frisur. Dann meine Hose, mein Jackett und den Kragen meines hellblauen Oxfordhemds. *Misch dich einfach unter die Leute, erkunde das Terrain und lass dich nicht für irgendeine ehrenamtliche Arbeit einspannen.*

Ich stieg aus meinem Wagen aus.

Habe ich schon erwähnt, dass ich keine Krawatte trug?

✩

Die Glocken erklangen alle zwei Sekunden, als ich den Parkplatz überquerte und die Eingangsstufen erreichte. Über dem Treppenabsatz erhob sich eine Doppeltür aus Holz, drei Meter hoch und reich verziert. Als ich sie aufzog, stand dahinter im Foyer ein Mann mittleren Alters in einem Anzug mittlerer Preislage.

Er nickte mir gewohnheitsmäßig zu und reichte mir ein Blättchen mit den Gemeindebekanntmachungen.

Entlang eines dunkelroten Teppichs standen Bänke aus dunklem Holz, die an der Stirnseite im gleichen Muster geschnitzt waren wie die Tür. Ich suchte nach einer freien Reihe. Niemand blickte auf. Die fünfhundert Köpfe starrten einfach nur fasziniert auf das Gemeindeblättchen, als habe Shakespeare höchstpersönlich es verfasst.

Ich nahm in Reihe paarundzwanzig neben einem alten Mann Platz, dessen Bibel aufgeschlagen neben ihm lag. Der Anblick der Bibelseiten konnte einen fast in Trance versetzen, so bunt waren sie markiert. In der Reihe vor uns kritzelten zwei Kinder, deren Hände mit Filzstiftfarbe beschmiert waren, auf einem Blatt herum. Die Mutter brachte sie mit einem »Pst« zum Schweigen, als das erste Lied angestimmt wurde. Der Chor war klangvoll und Ehrfurcht gebietend. Einige der Soprane sahen sehr ansprechend aus, allerdings verhinderten die langen grünen Gewänder, dass ich nach Eheringen forschen konnte.

Nach dem Lied stand die Gemeinde auf und sprach das Glaubensbekenntnis. Die Stimmen murmelten monoton. Meine Lippen bewegten sich in synchroner Nachahmung. Wir setzten uns wieder und der alte Herr neben mir zog sein Scheckbuch aus der Tasche.

Sechs Männer in Anzügen streiften durch die Gänge, teilten Messingteller aus und nahmen sie wie Hausdiener wieder stumm entgegen. Ein mit Umschlägen und einem Zwanziger aufgehäufter Teller kam bei mir an; ich griff nicht zu, sondern gab ihn einfach weiter.

Die beiden Kinder drehten sich nach mir um und lächelten mich an. Ich zog eine Fratze. Sie drehten sich ruckartig zurück und kicherten, als die Mutter sie dieses Mal mit einem strengeren »Pst« bedachte.

Der Pastor sprach davon, dass wir *in* der Welt, aber nicht *von* der Welt seien, dass wir mitten im Zeitlichen ewige Gedanken hegten. Seine Predigt war langatmig, zwar nicht monoton, aber sie ließ mich trotzdem so unverändert, wie ich den Messingteller gelassen hatte.

Nach dem Segen und der Verabschiedung gab ich fremden Menschen die Hand und schaute mich anschließend nach einem Diakon um, der mir den Weg zur Singlegruppe weisen sollte. Kinder zerrten ihre Eltern durch die Reihen, Eltern sammelten Stifte vom Boden auf und die Älteren – das heißt die große Masse der alten Leute – verharrten trödelnd auf dem roten Teppich.

Beim Verlassen der vierundzwanzigsten Reihe (ich hatte sie während der Predigt ausgezählt) hörte ich den Organisten ein Schlaflied spielen und fragte mich, ob ich nicht lieber die Pfingstgemeinde hätte ausprobieren sollen.

Ich fing den Mann mit den Bekanntmachungsblättchen mitten im Gang ab.

»Die Gruppe der Collegestudenten trifft sich im Sonntagsschulflügel«, teilte er mir mit, »genau hinter der Schülergruppe.«

»Und wenn ich schon etwas älter bin?«, fragte ich. »Das College ist schon fünf Jahre her.«

»Ach, die Singles«, sagte er. »Die treffen sich in dem kleinen Backsteingebäude hinter dem Parkplatz.«

Die Menge trieb mich weiter. »Danke, das finde ich schon.«

Beim ersten Blick in den Raum entdeckte ich drei Stuhlreihen, die in Halbkreisen angeordnet waren. Eine stabile hölzerne Kanzel stand in der Mitte, ein Mann im grauen Anzug, den Rücken zu den Stühlen gerichtet, lehnte sich mit einem Arm darauf und schaute in ein Buch.

Ich schlenderte an den leeren Stühlen vorbei. Aus einer Ecke hörte man gedämpfte Gespräche. Die Morgensonne drang durch blütenrein weiße Vorhänge, und als ich mich umdrehte, sah ich lauter Singles in einer Küche stehen. Sie tranken Kaffee, Orangensaft und aßen mit Puderzucker bestäubte Donuts.

Die Erste, die mich eines Blickes würdigte, war ein schwergewichtiges Mädchen mit kurzen roten Haaren. Ihr rundes Gesicht strahlte Gastfreundschaft aus. Sie wischte sich einen Krümel vom geblümten Kleid, lächelte kurz und reichte mir die Hand. »Kein Ring? Dann bist du hier richtig.«

Ihr Humor war entwaffnend und so erwiderte ich den Gruß: »Jay Jarvis. Keine versteckten Ringe.«

»Ich heiße Lydia«, sagte sie und ließ meine Hand los. »Das erste Mal hier?«

»Bin erst letzten Monat nach South Carolina umgezogen.«

Sie gab mir einen Pappkaffeebecher und machte sich auf, um noch andere Besucher zu begrüßen. Ich füllte den Becher mit koffeinfreiem Kaffee, als mir jemand auf die Schulter tippte. Ich drehte mich um und lernte einen gewissen Stanley Rhone kennen. Er steckte in einem marineblauen Anzug, trug eine schwarze Fönfrisur und drückte mir die Hand um drei Grade zu fest.

»Von wo bist du hergezogen?«, fragte er. Er musterte mich aufmerksam, aber vorsichtig, so wie Kleinkinder sich Spargel auf dem Teller betrachten. Ein weißes Taschentuch guckte aus seiner Brusttasche.

»Aus Dallas«, erwiderte ich. »Meine Firma hat mich gerade erst diesen ...«

Der Anzugträger in Grau am Pult appellierte an unsere Aufmerksamkeit, und fünfzig Singles schickten sich an, nach den üblichen sozialen Gepflogenheiten Platz zu nehmen, wobei die Frauen vorn und in der Mitte saßen und die Männer die Ränder besetzten. Ich setzte mich ans Ende der zweiten Reihe hinter Stanley und versuchte, einen aufgeweckten Eindruck zu machen.

Eine Nachzüglerin eilte herein und nahm Platz. »Mr Rhone wird mit uns beten«, sagte der graue Anzug.

Als ich meinen Kopf senkte, hatte ich das Gefühl, dass ich eine halbe Sekunde hinter den anderen lag. Ich blickte nach links, um mein Timing zu überprüfen. Da trafen sich in der Stille über die anderen Köpfe hinweg unsere Blicke.

Sie war wie ich gerade im Begriff, den Kopf nach unten zu senken, und blickte von ihrem Platz im zweiten Halbkreis links außen herüber. Der Sonnenstrahl durch den Vorhang schien auf ihr braunes Haar, das auf ihren Schultern lag, doch ebendieser Strahl ließ mich nicht erkennen, ob sie mir möglicherweise andeutungsweise zulächelte.

Ich begnügte mich mit meinem Wunschdenken und schloss die Augen.

Ein hörbares Brummen drang von einem der Stühle in der Reihe hinter mir nach vorne. Dieses Brummen war gut auf Stanleys stimmliche Darbietung abgestimmt – einem nur etwas höher klingenden, lauteren Brummen. Ich zog in Erwägung, mich leise umzudrehen und einen Blick zu riskieren, doch meines Wissens gehörte sich so etwas nicht.

Stanley beendete das Gebet, das Brummen hörte auf, und der graue Anzug begann unsere Lektion aus dem Galaterbrief. Zum Glück lag unter jedem Stuhl eine gebundene Bibel. Ich trennte erst einmal einige verklebte Seiten voneinander und legte so Psalm 139 frei. Meiner Schätzung nach befand sich der Galaterbrief östlich von den Psalmen, und als die Lesung vorbei war, fand ich ihn dort auch schließlich.

Das Wort *Götzendienst* schwang sich durch die Lüfte über die Stuhlreihen, passierte die Donuts, schwirrte an allen anderen vorbei und schaffte eine gelungene Landung in meinem Bewusstsein. Es regte sich eine Weile scheppernd in meinem Schädel und verschwand dann wie die vorherige Predigt an jenen Ort, wohin alle Worte schwinden.

Ich äugte wieder durch den Raum, doch sie schaute schnell weg – aus dem Fenster, auf den leeren Stuhl vor sich, dann hinunter zu den abgetragenen Sandalen unter ihrem gelben Sommerkleid. Ihre Haut war einen Hauch dunkler als die der anderen fünfzig andächtigen Kaukasier. Eindeutig Amerikanerin, doch ohne die amerikanischen Zutaten. Kein Make-up. Kein Schmuck.

Mir kam der Gedanke, dass sie möglicherweise auch eine Besucherin sein könnte. Aber wer weiß. Egal, ich wollte sie kennen lernen.

Weitere Galaterworte schwebten über mir und fielen schließlich auf mich nieder, auf der Suche nach Sünden. Der graue Anzug sprach von der Frucht des Geistes, vom Glauben, von Güte und Selbstbeherrschung. Alle Köpfe nickten zustimmend, der Brummer hinter mir bekräftigte das Gesagte, und ich griff – nur aus Gruppenzwang – nach meinem Stift im Jackett.

»Frucht, nicht *Früchte*«, sagte unser Gruppenleiter. »Wir können uns die göttlichen Eigenschaften nicht wie an einem baptistischen Büffet aussuchen.«

Alles lachte, während sie absichtlich nicht in meine Richtung schaute. *Schau bitte zu mir rüber.*

Zum Schluss folgten die Bekanntmachungen, wobei ein gemeinsames Essen, ein Krankenbesuch und so etwas wie ein Strandausflug am langen *Memorial-Day*-Wochenende Erwähnung fanden.

Ich hatte mir für den Feiertag nichts vorgenommen; vielleicht fuhr sie ja mit. Ich wollte mich unbedingt mit ihr bekannt machen, ließ den Kaffeebecher auf dem Stuhl stehen und eilte in Richtung Tür.

Zu spät. Das dunkelhaarige Mädchen war schon auf dem Parkplatz. Nach einem hastigen und unaufrichtigen »War-nett-dich-kennen-zu-lernen« in Richtung Stanley zog ich mir das Jackett aus, warf es mir über die Schulter und trottete zu meinem Wagen.

Eine Reihe weiter machte sich ihr blassroter Käfer knatternd auf den Weg.

Am Dienstagabend grillte ich mir auf der Terrasse eine Hühnerbrust, dachte an Messingteller und Frauen, an Frauen und Messingteller und überlegte mir, ob eine Spende auf diesem Teller Gott wohl dazu bewegen könnte, mir so bald wie möglich ein Treffen mit der Richtigen zu bewilligen. Ich wendete das Fleisch, bestreute es mit Pfeffer und dachte darüber nach, dass mir zwei auf diesen Teller gelegte Zwanziger wohl helfen würden, sie noch in diesem Jahr kennen zu lernen, ein Hunderter und wir würden uns schon diesen Monat treffen oder fünfhundert und die Frau würde herbeigebeamt wie Spock zu Captain Kirk.

Rauch stieg vom Grill auf. Mein Essen musste wohl in etwa zwei Minuten fertig sein. In diesem Moment klingelte das schnurlose Telefon. Die Stimme am anderen Ende dankte mir für meinen Besuch in der North-Hills-Presbyterianergemeinde und wollte wissen, ob ich noch Fragen hätte. Ich wollte mich schon nach dem Mädchen im Käfer erkundigen, hielt mich aber zurück und murmelte etwas in der Richtung, dass ich vorhätte, bald mal wieder zu kommen.

»Sie sind also bei den Singles gelandet?«, fragte Mr Kyle, der erwähnt hatte, er sei einer der Ältesten und gleichzeitig Vorstandsvorsitzender der Gemeinde.

Ich schlug mit dem Pfannenwender nach einer Fliege und sagte: »Ja, ich war allerdings schon lange nicht mehr in so einem Kreis.«

»Vielleicht haben Sie meine Tochter Elly kennen gelernt?«

»Nicht dass ich wüsste.«

»Sie geht auch in diese Gruppe«, sagte er, »das heißt, wenn sie in der Stadt ist.«

Ich war sicher, dass er eine etwas hausbackene Tochter hatte, die er mir andrehen wollte. Kein Interesse. »Sir, bestimmt ist Ihre Tochter ein nettes Mädchen, aber mein Essen liegt auf dem Grill und …«

»Verstehe schon, Jay. Wir unterhalten uns irgendwann später noch mal. Aber wenn Sie uns wieder besuchen, dann begrüßen Sie doch bitte meine Tochter Elly. Sie ist leicht zu erkennen – sie hat dunkles Haar und sonnengebräunte Haut.«

Ich ließ den Pfannenwender auf den Picknicktisch fallen. »Dunkles Haar und gebräunte Haut, sagen Sie?«

»Ja. Sie hat für eine Weile am Äquator gearbeitet.«

Mein Hähnchen wurde allmählich schwarz. »Mr Kyle, was für ein Auto fährt Ihre Tochter?«

»Einen alten VW-Käfer.«

Am darauf folgenden Sonntag war ich um Punkt halb zehn wieder da. Nach dem Gottesdienst, einer weiteren wenig anregenden Predigt und nachdem ich zwei Zwanziger und einen Fünfer auf den Messingteller gelegt hatte, machte ich mich auf meinen Weg über den Parkplatz. Es nieselte. Ich benutzte meine kürzlich gefundene Bibel als Regenschutz.

Ich vermute, dass es verschiedene Gründe gibt, die Singlegruppe in ein Gebäude zu stecken, das einsam und verlassen hinter dem Parkplatz steht: Die Gruppe der Ehepaare könnte über Sex aus geistlicher Perspektive reden und sich Sorgen machen, wir könnten mithören. Oder die Ältesten könnten meinen, dass unsere Singleköpfe voll von Gedanken an Sex seien, und deshalb finden, wir sollten uns allein treffen, um Buße zu tun. Oder die Eltern machten sich Sorgen, wir dächten andauernd an Sex, und fürchteten den schlechten Einfluss auf ihre Kinder. Was auch immer der Grund ist, er muss auf jeden Fall etwas mit Sex zu tun haben.

Beim Eintritt ins Mekka der Halbkreise wischte ich meine Bibel trocken und begrüßte Lydia sowie Wade, der wieder in seinem grauen Anzug am Pult stand. Von den Kaffeetrinkern wurde mir hier und da begrüßend zugenickt.

Mein Orangensaft war schon fast alle, als wir gebeten wurden, Platz zu nehmen, doch ich entschied mich, ihn nicht wieder aufzufüllen, weil ich nicht wieder zurückgehen und dann zwangsweise neben Stanley sitzen wollte.

Dieses Mal saß ich am anderen Ende der Reihe, in der ich bei meinem letzten Besuch schon gesessen hatte, und schaute mich nach der schwer fassbaren Elly Kyle um.

Sie war nicht im Raum.

Ich wusste auch nicht, was mit den Galatern passiert war, denn jetzt sprach Wade über unsere Erbschaft, über Stammbäume und Zeugung.

Obed zeugte Jesse. Jesse zeugte David. Niemand machte sich Notizen, weil die Lektion ganz einfach von nichts anderem handelte als von Zeugungsakten, die vor dreitausend Jahren stattgefunden hatten, und ich nahm an, wenn ein Mann aus dem Alten Testament nicht gezeugt hätte, wäre er wohl in die Singlegruppe verbannt worden, die sich getrennt von den anderen in einem Zelt traf, das vom Tempelvorhof durch ein Weizenfeld getrennt war.

»Der Ausflug nach Myrtle Beach ist für das *Memorial*-Wochenende geplant«, kündigte Stanley an, der nach dem Ende unserer Lektion wieder die Rolle des Zeremonienmeisters einnahm. »Die Zimmer sind schon reserviert, aber wir brauchen vier Freiwillige für das Planungskomitee.«

Er zupfte an einem Manschettenknopf, fuhr sich mit zwei Fingern durch die perfekte Frisur und musterte uns.

Ein stämmiger Mensch namens Steve hob die Hand – der Einzige in der Gruppe außer mir, der keine Krawatte trug. Außerdem rasierte er sich offensichtlich nicht allzu oft. Durch die Art, wie er sich lässig in seinem Stuhl zurücklehnte, verriet er, dass er schon ein Veteran im Singlekreis war.

Lydia schluckte das letzte Stückchen Donut herunter, hustete und sagte, sie könne auch helfen.

»Damit hätten wir zwei«, sagte Stanley. »Nein, insgesamt drei. Elly ist heute nicht hier, aber sie wollte auch mitmachen. Am Mittwochabend gibt es ein Treffen ... Gibt es noch jemanden ...?«

Schweigen in der Gruppe. Ich spürte es, das war meine Chance.

Plötzlich bewegte sich meine Hand von meiner Seite weg und hob sich in die Luft. »Ich kann mithelfen.«

Die Köpfe drehten sich nach mir um. Überall höfliches Lächeln.

»Danke, Jay.«

Ich verpasste das Treffen. Kein Mittwochabend mit Kirchtürmchen, zuckerbestäubten Donuts und der Käfer fahrenden Tochter des Ältesten Kyle.

Einer meiner grauhaarigen Kunden wollte unbedingt mit mir sprechen. Als Börsenmakler steckte ich tief in der weltweit größten Papierverschiebung und tauschte Geld in Aktien und Aktien in Geld, und das jede Woche so oft wie möglich.

Billig kaufen und teuer verkaufen, ab und zu aber auch teuer kaufen und billig verkaufen – es waren immer die Konten fremder Menschen, also bekam ich mein Geld auf jeden Fall. Alles war ungeheuer hektisch, aber auf diese Weise vergingen die Tage auch schnell. Der Firma gefiel meine Zuverlässigkeit und mir gefiel das Geld.

Glenda, unsere Sekretärin, manikürte sich gern ihre Fingernägel und sagte: »Mr Franklin Gruber ist in der Leitung, Sir.«

»Mr Franklin Gruber ist in der Leitung, Sir.«

»Danke, Glenda ... Sie können jetzt nicht verkaufen, Mr Gruber, Sie machen Verlust. Kaufen Sie einfach dazu und bewahren Sie Geduld. Ja, Sir, der Fonds ist letztes Jahr um vierzig Prozent gestiegen, aber das war letztes Jahr. Oder gehen Sie etwa auf eine Party, wenn alle anderen Gäste schon abmarschieren und im Bowleglas nur noch Schaum und Reste auf dem Boden schwimmen? Genauso ist es, wenn Sie den Gewinner vom Vorjahr kaufen. Kommen Sie rechtzeitig zur nächsten Party, Mr Gruber. Sie müssen einkaufen, wenn Panik herrscht, und verkaufen, wenn alle euphorisch sind, nicht umgekehrt.«

»Noch ein Anruf für Sie, Sir.«

Mein Headset rutschte ab. Ich hielt mir das Mikrofon an den Mund. »Ja, gnädige Frau, Microsoft ist um achtzehn Zähler abgerutscht, aber kaufen wir doch einfach mehr und warten ab. Nein, man kann auf dem Aktienmarkt leider nichts rückgängig machen. Es ist wie in der Liebe – hoffen Sie einfach auf einen neuen Tag.«

»Mr Gruber ist wieder in der Leitung, Sir.«

»Jetzt Toys"R"Us kaufen? Das macht man vor Weihnachten, Mr Gruber, nicht im Mai. Wie? Sie haben gehört, dass die eine ferngesteuerte G.-I.-Joe-Figur auf den Markt bringen? Kaufen Sie doch einfach so eine Figur für Ihren Enkel, Mr Gruber; wir sollten jetzt mal über Microsoft reden. Seit gestern sind die wieder um drei Punkte gesunken, ein echtes Schnäppchen.«

Das war das Unterhaltsamste beim Geschäft mit den Aktien – die alten Leute. Ich meine die wirklich alten. Die Allerbeste war die Witwe Dean. Beatrice Dean.

Mir war schon gleich zu Anfang die Verwaltung ihres Depots anvertraut worden, als einer unserer älteren Makler in den Ruhestand ging. Wie Mr Gruber rief sie mich oft an, manchmal nur, um zu plaudern.

An diesem Mittwochabend war ihre hohe Stimme wieder einmal krächzend am Telefon zu vernehmen, und ich machte mich auf alles Mögliche gefasst.

»Hallooo, Mr Jarvis?«

»Ja, Beatrice?«, sagte ich und legte die Füße auf den Schreibtisch.

»Ich ... ich habe in den Nachrichten gesehen, dass Atheon ganz unten ist. Ich mag es gar nicht, wenn meine Aktien abrutschen.«

»Sie haben nichts von Atheon, Beatrice. Sie haben AT&T.«

»Ach, schön! Gut für mich. Was ist das Aktienzeichen für AT&T?«

»T.«

»Was?«

»Das Zeichen ist T.«

»Zeit für Tee? Nein, mein Lieber, ich kann keinen Tee mehr trinken. Da muss ich zu oft laufen.«

»Ich sagte, das Zeichen für AT&T ist ein T, Beatrice.«

»Natürlich, das stimmt, mein Lieber ... Wie viele Aktien habe ich eigentlich?«

»Genauso viele wie letzte Woche. Neuntausendvierhundert.«

»Die besitze ich schon sehr lange, nicht?«

»Laut den Unterlagen besitzen Sie die Aktien seit 1961.«

»Meine Güte. Und wie viel sind sie wert?«

Ich sah auf dem Bildschirm nach einem Preis. »Wenn man den jetzigen Wert mit der Aktienanzahl multipliziert, ergibt das 160.000 Dollar. Da sind aber Ihre größeren Anteile von Wal-Mart, Ford und Procter & Gamble noch nicht mitgezählt.«

Sie schwieg eine Weile und fragte dann: »Meinen Sie, ich sollte ein paar verkaufen, mein Lieber?«

»Ehrlich gesagt, Beatrice, wenn ich fast achtzig und so gesund wie Sie wäre, dann würde ich mir meine drei verrücktesten Freunde und ein Bündel Geldscheine schnappen und eine Weltreise machen.«

»Reisen ... hm, daran habe ich nie gedacht.«

»Gibt es denn nichts, wofür Sie gerne Ihr Geld ausgeben würden?«

»Ach, in der Gärtnerei gibt es ein paar neue Iris in märchenhaften Farben. Ich dachte, ich hätte schon alle Farben, aber die sollten Sie mal sehen, so leuchtend! Er verlangt aber ein bisschen zu viel, und wenn man wie ich gleich ein halbes Dutzend kauft, dann gibt das ein ganz schönes Sümmchen.«

»Ja, Beatrice, ein halbes Dutzend Iris würde etwa so viel kosten wie zwei ganze Aktien von AT&T.«

»Okay, dann verkaufen Sie zwei Aktien, Jay. Es ist so nett von Ihnen, dass Sie mir so viel Zeit widmen.«

»Aber, Beatrice, die Gebühren für den Verkauf von zwei Aktien sind höher als der Erlös.«

»*Müssen* Sie mir denn Gebühren berechnen?«

»Na ja, dazu bin ich verpflichtet. Ich meine, die Firma würde lieber ...«

»Ich bringe Ihnen ein paar Löwenmäulchen mit.«

»Was sind Löwenmäulchen?«

»Sie wachsen bei mir im Garten, mein Lieber. Hätten Sie lieber die blassgelben oder die purpurroten?«

Ich warf einen Blick in Richtung Flur und senkte die Stimme. »Mir gefällt Purpurrot ganz gut.«

»Sie müssen sie aber täglich gießen.«

»Mach ich, versprochen. Jeden Tag. Noch etwas, Beatrice?«

»Genießen Sie Ihren Tee, mein Lieber.«

Als ich mich von Beatrice verabschiedet hatte, leuchtete das Lämpchen von Leitung zwei rot auf. Der Typ am Ende der Leitung sagte, er sei von der North-Hills-Presbyterianergemeinde und heiße Steve. Dann fragte er, ob ich wohl mit ihm und den anderen einen Ausflug zum Strand machen wolle, und bat mich, mir den kommenden Freitag freizunehmen.

Ich bat ihn zu warten, als Glenda mich über die Telefonanlage anpiepte.

»Mr Franklin Gruber ist wieder dran, Sir.«

»Nein, Mr Gruber, ich habe keine Ahnung, wann Toys"R"Us Ladenschluss hat.«

✩

Zwei Gedanken beherrschten mich auf der Fahrt nach Hause: Ich und meine Sonnencreme würden am Freitag auf jeden Fall freihaben, und möglicherweise könnte ich so etwas wie fromm geworden sein.

Der erste Gedanke ließ mich lächeln; es war der zweite, der mir etwas unheimlich erschien.

Kapitel 2

Steve Cole redete nicht viel, kratzte sich nur die dunklen Stoppeln am Kinn und prüfte im Rückspiegel, ob die Polizei in Sicht war. In meiner Einfahrt hatte er ein Gebet um Bewahrung für die Reise gesprochen – vielleicht hatte er sich dadurch ja die Genehmigung zum Rasen erworben. Ich rückte den Beifahrersitz ein Stück nach hinten und versuchte, der Musik zuzuhören, doch der Wind, der durch die halb offenen Fenster seines Jeeps brauste, dämpfte die Klänge.

Wir fädelten uns in den Interstate 385 ein. Beim Wechsel auf die Überholspur gerieten wir als fünfter Wagen in einen Konvoi von neun Autos und bildeten so die Mitte einer metallenen Schlange, die sich nun abwechselnd auf die rechte Spur und wieder zurück auf die Überholspur wand. Der Wind war warm und die Luftfeuchtigkeit hoch, doch es war eine willkommene Abwechslung nach der abgestandenen Luft, den Leuchtröhren und den täglichen zwölf Anrufen von Franklin Gruber.

Während der ersten zweiunddreißig Kilometer herrschte Schweigen. Vom Highway aus war wenig zu sehen. Pinien zeugten Pinien, und die zeugten wilden Wein. Wenn wilder Wein genießbar wäre, dann könnte er für South Carolina das sein, was Öl für Texas ist.

»Steve?«

Er sah auf den Tacho. »Ja?«

»Wie bist du bei den North-Hills-Presbyterianern gelandet?«

»Ganz ehrlich?«

»Ganz ehrlich.«

Er fädelte sich wieder in die rechte Spur ein. »Da gibt es mehr Frauen als bei den Baptisten oder den Lutheranern.«

»Klingt logisch.« Ich zog eine Straßenkarte aus seinem Handschuhfach

Wieder auf der Überholspur. Er steuerte mit einer Hand. »Da unten steckt das ganze Geld«, sagte er und zeigte auf die Karte.

Ich sah genauer hin und suchte die Küste von Carolina ab. »Hilton Head?«

»'ne Menge Geld. Direkt vor uns liegt Columbia. Der Hochofen unseres Bundesstaates.«

Ich erkundigte mich nach Myrtle Beach, doch Steve verzog nur die Mundwinkel und sagte, ich solle mich von Myrtle überraschen lassen. Der Konvoi teilte sich und wir gingen runter auf hundertdreißig Stundenkilometer.

Ich stopfte die Karte wieder zurück ins Handschuhfach. »Also Beton und Neonlichter?«

»Sind in drei Stunden da«, sagte er und überholte wieder ein anderes Auto.

Blaulicht blinkte hinter uns auf und spiegelte sich im Rückspiegel des Jeeps, noch bevor wir überhaupt die Sirene hören konnten. Steve bremste hart ab, warf mir einen ungläubigen Blick zu und lenkte auf den Standstreifen. Durch meinen Spiegel sah ich den Polizisten auf uns zukommen. Er trug weder einen baumelnden Schlagstock noch eine verspiegelte Sonnenbrille, kam aber in einer Art und Weise langsam auf uns zustolziert, die erahnen ließ, dass dieser Mann in Dunkelblau so etwas vierzigmal am Tag machte und abends bei einem guten Barbecue alles wieder vergaß.

»Langsam, mein junger Freund.« Er blieb neben dem Auto stehen und beugte sich herunter; ich konnte jedoch nur sein Kinn sehen.

»Ja, Sir, ich hol nur die Brieftasche heraus«, sagte Steve und lehnte sich auf seinem Sitz vor.

»Holen Sie sie aber ganz langsam raus.«

»Hier ist mein Führerschein, Sir.«

Dicke Finger griffen nach den Papieren. »Ihr Jungs seid unterwegs zum Strand?«

»Ja, Sir.«

»Ist Ihnen klar, Mr Cole, dass Sie hundertdreißig gefahren sind, wo nur hundert erlaubt waren?«

Steve seufzte und sagte: »Nein, Sir, aber ich bin wahrscheinlich ein bisschen zu schnell gewesen.«

Der Polizist schaute durch das Fenster. Erst sah er mich an, dann wieder Steve. »Können Sie mir Ihre Eile erklären, Mr Cole?«

»Ehrlich gesagt, Sir, in etwa drei Stunden werden zweiunddreißig weibliche Singles aus unserer Gemeinde am Strand sein.«

»So, so, mein junger Freund«, sagte er. »Sie fahren so einen Stil und gehen in die Kirche?«

»Ja, Sir, tut mir Leid«, sagte Steve, der bei diesen Worten irgendwie zusammenschrumpfte.

Der Polizist blickte finster. »Ich muss Ihnen einen Strafzettel ausstellen.«

»Ja, Sir.«

Zehn Minuten lang blieben Steve und ich reglos sitzen, während der Polizist zu seinem Auto zurückging, um den Strafzettel zu schreiben, und das Blaulicht uns mit jedem Aufblinken an unsere Sünde gemahnte. Der Verkehr fegte an uns vorbei, und ich fragte mich, was man an diesem Wochenende wohl alles von mir erwarten würde. Nach verborgenen Versen blättern, von denen ich keine Ahnung hatte? Ich konnte es mir zwar nicht vorstellen, aber ob es dort wohl eine Ausgangssperre geben könnte?

Sehr wohl aber wusste ich, dass meine neuen olivgrünen Strandshorts mit dem Palmenmuster ziemlich nutzlos waren, solange wir auf der Standspur einer drückend schwülen Autobahn parkten.

Mach schon, guter Mann.

Der Polizist kam zurück und bat Steve, den Strafzettel zu unterschreiben. In diesem Moment fuhr ein Mercedes an uns vorbei und hupte. Erst dachten wir, die Fahrerin wollte flirten, aber ein Mercedes flirtet selten mit einem Jeep. Steve schrieb seinen Namen, als ein Minivan vorbeirauschte und ebenfalls hupte. Der Polizist schaute sich um und grinste.

»Wie viele Frauen werden an diesem Strand aufkreuzen?«, fragte er.

»Nach dem letzten Stand zweiunddreißig«, sagte ich.

»Und wie viele Männer?«

»Neunzehn«, grummelte Steve.

Der Polizist faltete seinen Durchschlag des Strafzettels und kniff die Lippen zusammen, um nicht grinsen zu müssen. »Gute Reise, Jungs.«

»Jesus ist mein Kopilot«, sagte Steve und legte den Strafzettel auf das Armaturenbrett.

Der Polizist hatte uns schon den Rücken zugekehrt, blieb aber stehen und drehte sich langsam um. »Kann mir nicht vorstellen, dass Jesus in einem orangefarbenen Jeep mit Weißwandreifen fahren würde.«

»In was für einem Auto denn?«, fragte Steve.

»In einem dicken Lincoln, würde ich denken.«

Ich hatte keine Ahnung, worin der Allmächtige herumkutschieren würde, wollte aber auch gerne meine Meinung kundtun. »Meinen Sie nicht, dass er irgendeine alte Gurke fahren und Anhalter mitnehmen würde?«

»Nee, glaub ich nicht«, sagte Steve.

»Ich auch nicht«, meinte der Polizist und legte seinen Arm auf das Autodach. »Ich sag euch mal was, Jungs. Ich gehe nun schon seit fast 48 Jahren, also praktisch mein ganzes Leben, zur Kirche, und ich glaube, Jesus würde entweder einen Lincoln fahren oder, wenn er es eilig hätte, einen von diesen aufgemotzten Schlitten. Ihr wisst schon, die *Macht* und die Herrlichkeit.«

Inzwischen hatte er die verspiegelte Sonnenbrille aufgesetzt; er tippte mit zwei Fingern an seine Mütze und sagte: »Fahrt vorsichtig, Jungs.«

Die nächsten achtundvierzig Kilometer vergingen still, von der Musik mal abgesehen, die sich inzwischen wie ein Trauergesang anhörte. Die weißen Markierungen auf dem Asphalt, die zuvor durch die Geschwindigkeit ineinander geflossen waren, ließen sich nun wieder als einzelne Streifen erkennen. Ich warf einen Blick auf den Tacho. Steve fuhr mit Tempo hundert auf einer Strecke, wo er hundertzehn fahren durfte, und wurde von Senioren in grauen Oldsmobiles und von Wanderarbeitern in Kleinlastern überholt.

Ich bot mich an zu fahren, aber er schüttelte den Kopf.

»Ich hab gerade mein Urlaubsgeld für diesen Strafzettel verpulvert«, sagte er.

»Denk einfach nicht drüber nach«, entgegnete ich und machte eine Tüte Salzbrezeln auf. »Denk lieber an Wie-heißt-sie-noch-mal.«

»Wer?«

»Die eine, mit der du nach der Gemeinde geredet hast ... groß, schlank, blond. Wie heißt sie denn?«

Er blickte in den Rückspiegel. »Ach so, du meinst Darcy.«

Ich entschloss mich, der Brezeltüte sowie seinem Privatleben auf den Grund zu gehen. »Läuft da was mit ihr?«

»Nettes Mädchen. Sieht toll aus in ihrem alten Cadillac. Schon gesehen?«

»Nee.«

»Ein 75er Cabriolet. Hat sie von ihren Eltern zum Diplom geschenkt bekommen.«

»Aber ist da was zwischen euch beiden?«

»Sie hat das Auto limonengrün gespritzt; alle nennen es Limo. Sie kommt heute mit dem Wagen.«

»Heißt das nein?«

»Okay, wir sind einmal ausgegangen.«

»Aha.«

Wir fuhren an Columbia, dem staatlichen Hochofen, vorbei und atmeten die heißen Abgase ein, frisch aus dem Schornstein. Ich sah immer wieder in den Rückspiegel, ob da irgendetwas Limonengrünes käme, aber auf dem Highway waren nur Lastzüge, Geländewagen und Minivans zu sehen.

Ich steckte mir ein Handtuch in den Nacken und stellte die Rückenlehne des Sitzes herunter. Der Asphalt strahlte die Hitze durch das Bodenblech und ich geriet ins Dösen. Der Fahrtwind lullte mich mal ein, mal brachte er mich wieder zurück.

»Hey«, sagte Steve.

»Ja?«

»Träumst du?«

Ich hatte keine Lust zu reden und warf mir das Handtuch über den Kopf. »Mehr oder weniger.«

»Würde gern mal was wissen.«

»Erst, wenn ich fertig geträumt habe.«

Er machte eine ruckartige Bewegung mit dem Lenkrad und riss mich damit aus meinem Schlummer. »Ich wollte mal fragen, mit welchen von den Frauen *du* eigentlich so geredet hast?«

Mein Gesicht blieb hinter dem blauen Frotteestoff. »Hab versucht, eine gewisse Elly kennen zu lernen.«

»Aha«, sagte er, »erst zweimal in unserer kleinen Gemeinde gewesen und schon Elly erblickt, was?«

»Ja, bei dieser Gebetssache. Zwischen all der Frömmigkeit und den Sonnenstrahlen, die durch die Vorhänge fielen, bin ich ihr möglicherweise aufgefallen.«

»Wahrscheinlich wird es auch dabei bleiben, Kumpel.«

»Warum das?«

Er ordnete sich rechts ein und wurde langsamer. »Unabhängig, selbstständig – sie ist immer *weg*. Kurz bevor du das erste Mal in der Gemeinde warst, ist sie aus Südamerika zurückgekommen. Irgendein Missionsding. Hat einfach den Job geschmissen und ist losgefahren.«

Ich zog mir das Handtuch vom Kopf. »Und was macht sie jetzt?«

»Wer weiß? ... Pflegt vielleicht ihre Bräune. Sie und Lydia fahren bei Darcy mit, also nehme ich an, dass du sie bald selbst fragen kannst.«

Seine Beine zuckten unter dem Steuer. Ich fand, dass wir für zwei allein stehende Männer so etwas wie ein tiefes Gespräch hinter uns hatten.

»Pinkelpause?«, fragte er.

»Klar doch.«

✩

Fünf Minuten später fuhr Steve bei einer Raststätte ab und sprang aus dem Jeep. Er lenkte seine Schritte eilig zu einer Toilette, die vor Kurzurlaubern nur so überquoll. Die Luft roch nach Chips und warmer Cola, und ich wartete draußen, bis Steve wieder rauskam. Dann merkte ich, dass ich besser auch gehen sollte.

»Das kostet uns Strandzeit, Jarvis«, sagte Steve und tippte auf seine Uhr.

»Ich beeil mich.«

Während ich im überfüllten Herrenklo anstand, dachte ich an den Atlantischen Ozean, der hoffentlich warm war, und an den Strand von Carolina, der hoffentlich weiß war, und fragte mich, warum sich so viel mehr Singlefrauen als Singlemänner zur Teilnahme gemeldet hatten. Letzteres war kein Problem; eigentlich war mir der Gedanke ganz angenehm.

Ich stand immer noch in der Schlange, als mich jemand hinter mir mit südlich klingender, bekannter Stimme ansprach.

»Lincoln oder dicker Schlitten?«, fragte er.

Ich drehte mich um und sah nur noch Blau. »Officer, verfolgen Sie uns?«

Er runzelte die Stirn und warf ein Bonbonpapier in den Mülleimer. »Nee, gehört zu meiner Route. Wo ist Freund Weißwandreifen?«

»Draußen im Jeep, trauert immer noch den zweihundert Eiern hinterher, die Sie ihm aufgebrummt haben.«

»Ich habe ihn noch geschont«, sagte er. »Hätten eigentlich dreihundertzwanzig Dollar und außerdem noch vier Punkte sein müssen.«

Zwei Kabinen öffneten sich und wir traten ein. Ich konnte über die Trennwand hinweg seine Mütze sehen. Verrückt, neben einem theologischen Polizisten zu pinkeln.

»Wie viele Strafzettel haben Sie denn heute schon vergeben?«

Ich hörte, wie er den Deckel aufklappte. »Bis jetzt etwa zwanzig. Ist aber noch früh.«

»Wahrscheinlich sind die meisten Kunden junge Männer in Jeeps und Sportwagen, oder?«

Er schwieg einen Moment. »Nee, ist gemischt. Hab gerade erst eine Mieze im Caddy angehalten.«

»Der Wagen war nicht zufälligerweise grün, oder?«, fragte ich in meiner blitzsauberen Zelle. »Cabrio?«

»Grün? Junge, das war das hässlichste Grün, irgendwie limonengrün, richtig grell. Sie war sogar noch schneller als Ihr Kumpel.«

»Wo?«, fragte ich.

»Kurz vor diesem Rastplatz«, sagte er. »Erzählen Sie mir bloß nicht, sie gehört auch zu Ihrer ... Oh Mann! Wollen Sie mich auf den Arm nehmen?«

»Nein, danke, Sir.«

»Junger Freund«, sagte er über die Trennwand hinweg, »Ihr fahrt schlimmer als die Heiden.«

Ich wich zwei fahrenden Autos auf dem Parkplatz aus, lief auf die andere Seite und schlug auf die Haube des Jeeps.

Steve saß mit geschlossenen Augen und angelehntem Kopf da und sah sauer aus. Er schmollte noch über die Sache mit dem Strafzettel. Ich schwang mich auf den Beifahrersitz, entschlossen, ihn aufzumuntern.

»Limo ist direkt vor uns, Kumpel.«

»Woher weißt du das?«, fragte er und griff nach seiner Sonnenbrille.

»Von einem Schwätzchen mit dem theologisch ambitionierten Polizeibeamten. Er hat Darcy auch einen Strafzettel verpasst.«

»Darcy kann sich das wenigstens leisten.«

Ich zerrte an meinem Gurt. »Er sagte, du wärst noch gut weggekommen.«

»Wohl kaum.«

Wir fuhren wieder auf den Interstate. Je weiter wir uns Myrtle Beach näherten, desto langsamer wurde der Verkehr, dann wurde er richtig zäh, und schließlich kam er praktisch zum Stillstand. Wolken aus Auspuffgasen umhüllten uns, während wir von Werbetafeln willkommen geheißen wurden, auf denen Reklame für alles Mögliche gemacht wurde – angefangen von T-Shirts bis hin zu Sonnenöl. Es waren unzählig viele, schreiend bunte und wahnsinnig große Tafeln –

wie viel zu stark geschminkte Teilnehmer einer Parade, von denen jeder um die Aufmerksamkeit der Zuschauer buhlt.

In Schrittgeschwindigkeit rollten wir etwa anderthalb Kilometer vor uns her, bis an einer vollkommen verstopften Brücke erst einmal gar nichts mehr ging.

»Das also ist Myrtle ...«

»Das ist Myrtle«, sagte Steve und klopfte mit den Fingern auf das Armaturenbrett. Die Sonne hatte gerade so eben ihren Höchststand passiert und warf ihre weißgoldenen Strahlen auf unsere Frontscheibe. Steve stellte einen Lokalsender ein. Aus den Lautsprechern tönte ungewohnte Musik mit trägem Beat und seichten Texten – Musik, die nach Strand klang und Sehnsucht weckte, unter Palmen zu sitzen und das Aktiengeschäft zu vergessen.

Es hupte, Motoren heulten auf, und von der Brücke aus konnte ich hinter den Werbetafeln lange Reihen von Wohnanlagen, Hotels und einzelnen Villen sehen.

Zwanzig Minuten später kamen wir am *Sand-Tower-Hotel* an der Küste an, wo Betonklotz an Betonklotz stand und es von Wasserstoffblondinen nur so wimmelte. Es gab keine grünen Flächen weit und breit, und der Sound aus Bassboxen vermischte sich mit dem Grollen von Motorradgangs, das von der *Atlantic Avenue* herüberkam. Wie die City von Tokio konnte Myrtle nur noch in eine Richtung expandieren – nach oben. Die Gäste in den Ferienwohnungen konnten sich gegenseitig ihre Zahnpasta ausleihen, wenn sie bloß den Arm aus dem Fenster hielten. Würde ein Riese eins der Gebäude anschubsen, würde eine dreißig Kilometer lange Reihe von Hochhäusern wie Dominosteine umkippen.

Auf dem Parkplatz prüfte Steve erst einmal, ob Glasscherben in seinen Reifen steckten. Ich öffnete den Kofferraum, griff mir meine Sachen und atmete tief die milde Seeluft der Küste von Carolina ein.

Als ich schließlich in der Lobby mit schwarzem Marmorboden stand, hoffte ich nur, dass die Mädchen auch schon da waren. Ich lehnte mich nahe bei einem Ventilator an die Wand, wo die Luft angenehm kühl war, und blätterte durch einen Prospekt von Myrtle Beach, auf dessen Titelbild perfekt aussehende Menschen abgelichtet waren, die fettglänzende Krabben aßen.

Ein paar Augenblicke später stieß Steve die Tür auf, tat so, als schaudere er in der kühlen Luft, und wischte sich mit dem Zipfel seines Trägerhemds über die Stirn.

»Schon jemanden gesehen?«, fragte er.

»Nur den Portier da.«

Der Portier suchte nach unseren Namen. Dann langte er nach einem Aktenordner auf der Ecke des Schalters und überflog zwei Spalten, eine doppelt so lang wie die andere. »Das sind jetzt vierunddreißig Frauen und neunzehn Männer. Hmm«, sagte er und unterdrückte ein Grinsen. »Sie sind verlegt worden.«

»In ein anderes Stockwerk?«, fragte ich.

»Nein, Sir.«

»In ein anderes Hotel?«, fragte Steve, immer noch schwitzend und ungeduldig.

»Nicht direkt. Anscheinend ist uns der Platz für Ihre Gruppe zu knapp geworden, also waren die Damen, die bereits eingetroffen sind, damit einverstanden, dass wir Sie alle in fünf Strandhäusern südlich von hier unterbringen. Wir haben eine Abmachung mit den Vermietern von *Smith-Immobilien*«, erklärte er und reichte mir ein Blatt mit einer Wegbeschreibung. »Die Gegend heißt Litchfield. Ihr Haus müsste offen sein.«

Wir brauchten allein fünf Minuten, um vom Hotelparkplatz links abzubiegen, so sehr war die Hauptstraße von Myrtle von Autos überflutet. Eine riesige gelbliche Figur hockte am Straßenrand, um sie herum ein Stückchen Kunstrasen. Sie war ungefähr sieben Meter hoch und so breit wie ein Elefant.

Der Golf-Buddha winkte jedem zu.

Steve beugte sich zu mir herüber und sah durch mein Fenster. »Wusste gar nicht, dass Buddhisten Golf spielen.«

»Ich auch nicht.«

Der Verkehr wurde spärlicher, als wir auf dem Highway 17 in Richtung Süden fuhren. Die Reklametafeln und der Buddha entschwanden unseren Blicken und die Gegend veränderte sich plötzlich – weniger Kitsch, mehr Schlichtheit; keine gefärbten blonden Locken, nur Frauen mit Strohhut, die am Straßenrand Körbe flochten; keine betonierten Wege, nur Tante-Emma-Läden zwischen moosbedeckten Eichen; keine Motorradgangs, nur Fahrräder mit Drahtkörben und dicken altmodischen Reifen. Und keine Bassboxen mehr, die die Luft erdröhnen ließen. Nichts als der blaue Himmel über Carolina, in dem sich langsam Pelikane sammelten, die still und leise hintereinander herflogen.

Am Ortseingang des Küstenstädtchens North Litchfield bogen wir ab und bewunderten eine Reihe von verwitterten Strandhäusern, die hoch auf Pfählen standen. Die vorderen Fassaden waren durch überdachte Veranden geschützt. Das Einzige, was darin zu finden war, waren Schaukelstühle, die nicht schaukelten, und Seeigel, für die sich niemand interessierte – sie hingen einfach nur an den Wänden und wurden von der Sonne gebleicht.

Beim nächsten Stoppschild schaute ich nach oben zu den winzigen Ausgucken, die sich über den Dächern erhoben. »Schon ruhiger hier, was?«

»Ist wahrscheinlich grad die Zeit fürs tägliche Mittagsschläfchen«, sagte Steve.

»Die kleinen Ausgucke da sind cool.«

»So was nennt man hier Krähennest, Texaner.«

Er bog links ab und fuhr an der Küste entlang. Die Straße war zweispurig, beide Spuren sandverweht und ohne Verkehr, fast leer um die Mittagszeit. In den Dünen am Meer sprosste Strandhafer; dazwischen wanden sich Wege aus Holzplanken. Die Hügel sahen aus wie geklont, wie eine endlose Reihe von eingegrabenen VW-Käfern.

Steve drosselte vor einer Straßenerhebung das Tempo und bog ab in den *Seaspray Drive*, wo unser Wochenenddomizil stand. Er parkte den Jeep vor dem Haus mit der Nummer vier und lehnte sich dann in seinem Sitz zurück. »Vier Stunden und fünfundzwanzig Minuten«, sagte er. »Und danke, Herr, für die sichere Fahrt.«

Als ich auf den unzähligen knirschenden Muschelschalen in der Einfahrt stand, sah ich, dass wir eins dieser Häuser mit Krähennest hatten. Ich ging die Vordertreppe hinauf, über die Veranda, vorbei an ein paar verblichenen Schaukelstühlen.

Direkt hinter der Eingangstür führte eine Treppe zum Dach hinauf, und von dort aus gelangte man über eine schmale Leiter zum Krähennest. Beim Ersteigen des letzten Abschnitts machten meine Beine schon fast schlapp. Oben angekommen wehte mir der starke Wind entgegen, salzige Luft kitzelte mir die Nase. Das Krähennest war nur einen halben Quadratmeter groß und quietschte, als ich mich an das Holzgeländer lehnte.

Der Atlantik sah blauer aus, als ich gedacht hatte.

Ich konnte sehen, wie sich die Wellen an einer steinernen Mole brachen und der Sand sich von Cremeweiß über Beige zu Dunkelgrau verfärbte, wenn sich die Brandung zurückzog. Am Strand war ein Volleyballspiel im Gange. Fischerboote waren auf dem Meer verstreut, und weit im Norden – wo die Dünen sich auflösten – hob sich das betonüberladene Myrtle aus dem Dunst des frühen Nachmittags.

In Richtung Süden sah ich eine Reihe Pelikane, die knapp über der Brandung dahinglitten, ab und zu mit den Flügeln schlugen und wieder glitten. Nach ein paar Minuten wandte ich meinen Blick vom Ozean ab und spürte die Brise im Nacken. Drei weitere Reihen Strandhäuser lagen hinter unserem, und ein Dutzend leerer Krähennester reckte die hölzernen Hälse hoch.

Möwen kreischten über mir, als mein Blick von den Dächern hinunter auf die Straße fiel. Zwei Häuser weiter fuhr eine große Limousine, ein Cabriolet, auf eine weitere Auffahrt aus knirschenden Muschelschalen.

Limonengrün – genau, wie er gesagt hatte.

Kapitel 3

Die Palmen auf dem grünen Mittelstreifen schwirrten vorbei und ein heißer Wind wirbelte über den Rücksitz des Cabriolets. Ein hell gefärbtes Haar, von seinem Stammplatz weggeweht, legte sich um mein Kinn. Ich hätte es gern über Lydia hinweg Steve gereicht und gegen ein dunkleres getauscht. Darcys Mähne war vom blondesten Blond und glänzte in der Sonne ganz leicht golden; es war an den Schultern gerade geschnitten, von wo es nach hinten wirbelte, wenn sie Gas gab. Und das tat sie ziemlich oft.

Es war unmöglich, bei der Geschwindigkeit zu reden, aber Elly, die auf dem Beifahrersitz saß, hob ihre Arme, als sei sie auf einer Achterbahn. Auf dem Ärmel ihrer Bluse war ein Tukan eingestickt, dessen bunter Schnabel heftig flatterte.

Die Mädchen hatten uns nur kurz begrüßt, als wir ins Auto eingestiegen waren. Keine formellen Vorstellungen. Ich kam mir wie der Neue vor, aber immerhin waren wir am Strand. Ich fragte mich, ob die Pfingstler jemals an diesen Strand fuhren.

Darcy parkte Limo quer über zwei Buchten und drehte sich auf ihrem Sitz um. »Also, Mr Cole, wie viel hat dir der Polizist für deinen Geschwindigkeitsrausch abgeknöpft?«

»Zweihundert«, sagte Steve und löste sich den Gurt. »Und dir, Miss Yeager?«

»Dreihundertsechzig.«

Als wir in den Supermarkt hereintraten, zerrte ich fünf widerspenstige Einkaufskarren vom Stand und verteilte sie unter uns. Darcy schob sich die Sonnenbrille in die Stirn, langte in ihre Handtasche und reichte jedem von uns eine Karteikarte. »Wir kaufen für dreiundfünfzig Leute ein«, erklärte sie. »Kauft einfach, was auf der Karte steht. Die Mengen stehen auch drauf.«

»Groß, organisiert und hat einen Bleifuß«, murmelte Steve, als wir uns trennten.

Lydia und Elly stellten sich auf die Querstreben ihrer Einkaufswagen und stießen sich mit einem Fuß ab wie bei einem Roller. Schon waren sie in Richtung Obst und Gemüse verschwunden.

Mit der Einkaufskarteikarte für Milch und Frühstücksflocken bewaffnet, machte ich mich zum Kühlregal auf. Sechzig Liter standen auf der Karte, also belud ich den Karren mit zwanzig Litern zweiprozentiger und zwanzig Litern fettarmer Milch und außerdem noch weiteren zwanzig Litern Milch mit Vitamin-D-Zusatz. Wo sollte ich jetzt noch zwanzig Packungen Cornflakes unterbringen? Der Karren ließ sich schwer bewegen, als ich am Fleisch und am Fischstand vorbeirumpelte. Die Räder ratterten und die Milch gluckerte, aber ich gewann so langsam an Fahrt, als ich den Gang mit dem Müsli entdeckte. Cornflakes oder Puffweizen, Puffweizen oder Cornflakes?

Ich schnitt die Kurve praktisch nur auf zwei Rädern, ich, die verchromte Lokomotive. Dann ein Zugunfall. Der Aufprall brachte uns zum Stopp; ich spürte ein Kribbeln in den Armen.

Auf dem Boden lagen fünf Tüten Weintrauben, die unbeschädigt geblieben waren, und zwei Tomaten in kritischem Zustand. Rote Innereien lagen über die Fliesen verteilt, die Fruit Loops mittendrin, und Elly Kyle drehte voll auf. Sie nahm ein zermatschtes Stück Tomate in die Hand, sagte: »Du bist erledigt«, und warf es auf mich, ohne auch nur mit der Wimper zu zucken.

Dicker roter Saft klebte an meinem T-Shirt. Ich griff mir eine einzelne Weintraube, zielte und traf ihre Schläfe. Sie beugte sich vor, schnaubte ein wenig und versuchte, das nächste Stück Tomate vom glatten Boden zu nehmen, als auch schon ein flinkfüßiger Angestellter mit Mopp das Schlachtfeld betrat. »Ich erledige das für Sie«, sagte er und wischte die Fliesen.

»Tut mir Leid«, sagte Elly und sah sich mein T-Shirt an. »Ich war eine Weile im Dschungel und vergesse seitdem manchmal meine Manieren.«

Ich griff an ihr vorbei nach dem Rosinenmüsli. »Ich sag besser gar nicht erst, womit wir die Mädchen damals in Texas immer beworfen haben.«

Sie schob ihren Wagen weiter, zurück zum Gemüse, und rief mir beim Abbiegen über die Schulter zu: »Deine Vitamin-D-Milch hat ein Leck, Jay.«

Eine komische Art und Weise, sich einander bekannt zu machen, das war mal sicher, aber es war ein netter Anfang.

Schließlich standen wir mit fünf übervollen Einkaufswagen an der Kasse. Steve Coles Wagen bildete, beladen mit Weißbrot und preiswerter Nudelsauce, das Schlusslicht. Darcys Karren enthielt mehr Klopapier, als ein Mann im ganzen Leben verbrauchen konnte, dazu Gourmetkaffee, Feinschmeckermarmelade und zehn Tüten gefüllter Kekse.

»Wir haben die Chips vergessen«, stellte Lydia fest, während sie ihre Bananen zählte.

»Könnt ihr Jungs noch einen Wagen besorgen?«, fragte Darcy.

»Ja, holt noch einen Karren«, sagte Elly, die inzwischen frischeres Gemüse besorgt hatte.

Unsere Kassiererin sagte mit gepiercter Zunge, das mache zusammen 614,52 Dollar. Ein eifriger Supermarktangestellter fragte, ob er uns beim Einladen ins Auto behilflich sein dürfe. Die Mädchen bejahten, und wir machten uns im Konvoi auf zum Parkplatz; Elly schob das Gemüse, Steve die Chips und Darcy den lebenslangen Vorrat an Klopapier.

Sie schloss Limos Kofferraum auf. Wir schauten erst in den großen leeren Raum, dann zurück auf die das Fassungsvolumen noch bei weitem übersteigende Menge an Lebensmitteln.

Lydia warf die erste Tüte hinein und sagte: »Einkauf gut, Logistik schlecht.«

Die etwa sechzig Tüten wurden in den Kofferraum, auf die Rücksitze und die Vordersitze geladen, blieb nur die Frage, wo wir alle sitzen sollten. Nur vier hatten Platz, selbst wenn einer bei jemandem auf dem Schoß saß. »Na ja, aber hier ist ein Trinkgeld für dich«, sagte Darcy zu dem freundlichen Helfer und gab ihm einen Zehner.

»Ich gehe nach nebenan und gucke nach Flip-Flops«, sagte Elly und drehte sich um. »Kommt einfach noch mal zurück und holt mich ab.« Und weg war sie.

Ich wollte auch dableiben, aber schon saß Lydia auf meinem Schoß, Steve strampelte im Rosinenmüsli und Darcy setzte dem Ganzen noch die Krone auf, als sie sagte, die Milch könne sauer werden, und sie wolle sie kalt trinken, um ihre Kekse runterzuspülen.

In North Litchfield angekommen, teilten wir die Tüten auf die fünf verwitterten Häuser auf, von denen drei von den Frauen und zwei von den Männern bewohnt wurden, und ich war froh, dass wir Männer nicht Haus Nummer zwei bekamen, das in Hellrosa.

»Mal im Ernst«, sagte Steve und setzte die Plastiktüten ab, »ich würde auf keinen Fall in einem rosa Strandhaus wohnen.«

»Männer sind so wenig selbstsicher«, sagte Lydia. »Ich liebe unser rosa Haus.« Sie öffnete eine Packung Kekse auf dem Tisch, nahm sich zwei und reichte sie herum.

Ich goss uns allen ein großes Glas überteuerter Magermilch ein. »Unbehandeltes Holz, Lydia ... so sieht ein schönes, männliches Möbelstück aus.«

»Ach, Bruder.«

Hoch gewachsen und blond, wie sie war, blieb Darcy auf den Stufen der Veranda stehen und blickte über die Dünen hinweg. »Ich will unbedingt noch an den Strand«, sagte sie. Eine unausgesprochene Bitte klang in ihren Worten mit.

»Wir ja auch«, sagte Steve und putzte seine Sonnenbrille, verstand aber nicht.

»Könnte einer von euch Jungs mit meinem Wagen Elly abholen?«, fragte sie nun, um deutlicher zu werden.

»Klar«, sagte ich und stand schon drei Stufen tiefer. Sie warf mir zwei Schlüssel zu. Diese hingen an einem Kaninchenfuß, der vom Körper eines hilflosen, limonengrünen Kaninchens abgetrennt worden war.

Während ich in ihr glänzendes und üppig ausgestattetes Klassikgefährt stieg, kam mir der Gedanke, es sei vielleicht zu auffällig gewesen, mich gleich freiwillig zu melden. Vielleicht war es aber auch ein direkter Fingerzeig Gottes. Vielleicht wollte Gott mir eine Chance geben. Weil ich bereit gewesen war zu helfen und weil ich zweimal hintereinander pünktlich am Sonntag zur Gemeinde gegangen war.

Meine gerechte Belohnung.

Ich saß also ganz allein am Steuer dieser motorisierten Limoneneiscreme. In Texas waren alte Cadillacs weiß und hatten Hörner auf der Haube. Allerdings gab es in Texas auch keine Golf-Buddhas oder Musik, die Lust darauf machte, sich unter eine Palme zu setzen und den Job an den Nagel zu hängen.

Es war ein merkwürdiges Gefühl, den Cadillac zu fahren, so als würde er nicht ganz zwischen die Fahrbahnmarkierungen passen. Das Lenkrad war riesig und genoppt und sah so aus, als habe es ursprünglich mal in einen Lastwagen gehört.

Ich trat das Gaspedal durch, und das Monster machte einen Satz auf den Highway 17. Kleinere Fahrzeuge machten mir Platz auf ihrer Spur. Ich fühlte mich wie ein Teenager in einem geliehenen Wagen, so nervös wie vor der ersten Verabredung.

Ich fuhr den Wagen bis an den Bordstein vor dem Geschäft. Die Sonne blitzte von der Haube. Ich fummelte am Autoradio und lehnte mich im Sitz zurück, als Mr DJ den nächsten Strandsong auflegte.

Ich öffnete schon einmal die Beifahrertür für sie, dann lehnte ich meinen Kopf an Limos hellen Vinylbezug und hörte dem trägen Beat zu. Bei der dritten Strophe kam Elly dann aus dem Strandgeschäft, wobei ihr braunes Haar bei jedem Schritt mitschwang.

»Wie war der Einkauf?«, fragte ich.

»Keine Flip-Flops für Frauen. Ausverkauft.«

»Nun, Elly …«, sagte ich und begutachtete, als sie auf den Sitz rutschte, ihre Bräune, »wirfst du immer mit Lebensmitteln auf die Neuen?«

Sie lächelte und warf mir einen schiefen Blick zu. »Nicht immer. Aber, hey, mit der Weintraube, das war ein ziemlich guter Schuss.«

»War früher mal Werfer in der Juniorenliga«, sagte ich und bog wieder auf den Highway ein.

Sie zog sich den Gurt zurecht und wandte mir dann ihr Gesicht zu. »Darf ich dich mal was fragen?«

»Klar.«

»Weißt du, ob Steve sich mit jemandem trifft?«

Limo brach auf den Straßenrand aus und steuerte dann zurück zwischen die Leitstreifen von Highway 17. Elly wartete mit fragendem Gesichtsausdruck auf meine Antwort.

»Steve?«, stotterte ich. »Ich glaube, er ist einmal mit Darcy ausgegangen.«

»Einmal ausgehen hat eigentlich nicht viel zu sagen, Jay.«

Ein Stück Tomate wohl auch nicht.

Surfen sah auf den ersten Blick so einfach aus, als sei der Mensch im Einklang mit der Natur. Es wirkte männlich, als würde sich das Universum aufmerksamer Frauen um das Dreißigfache ausdehnen, und zwar nur, weil sich jemand dieses Brett unter den Arm klemmte und natürlich schön gebräunt war.

Er hieß Ransom. An den beiden Sonntagen, als ich die Gemeinde besucht hatte, war er nicht in der Singlegruppe gewesen. So dunkel wie seine Haut und so selbstsicher wie sein Gang war, nahm ich an, dass er von hier kam.

Steve Cole schwamm mit ihm durch die Brandung – in leuchtend orangefarbener Badehose. Nach dem, was man so hört, sollte sich das Meer in South Carolina normalerweise nur leicht kräuseln, aber an diesem Nachmittag gab es ein paar zwei Meter hohe Brecher, während über dem Atlantik ein Gewitter lauerte.

Weil die Sonne nicht schien, verschwanden die Mädchen vom Strand, und außer uns dreien blieben nur zwei Brandungsangler da. Ich zog mir das T-Shirt aus, watete bis zur Hüfte hinein und tauchte ins Wasser, das wärmer war als erwartet. Der Regen tropfte mir allerdings unangenehm kalt auf den Nacken, also tauchte ich wieder unter.

Ransom lag auf dem gelbvioletten Brett. Sein dickes braunes Haar hing ihm über die dunklen Surferaugen. Eine Welle schwoll an und wollte sich überschlagen. Nach ein paar schnellen Arm- und Beinschlägen kam er auf die Füße, schwang sich nach links, dann nach rechts, kam mit der Welle auf eine Höhe und wurde schneller. Die Gischt schoss hoch über die Welle, die Welle schrumpfte und Ransom ritt auf seinem Brett, bis das Wasser sich geglättet hatte. Sehr cool, wie er bei leichtem Wellengang dahinglitt.

»Das können wir auch, Jarvis«, sagte Steve und tauchte bis zu den Ohren ein.

»Wir können ertrinken und von Krebsen aufgefressen werden.«

Große nasse Tropfen prasselten auf den Ozean.

»Das ist wie Fahrrad fahren«, sagte Steve, während unser neuer Freund zurückpaddelte.

»Wer will jetzt?«, fragte Ransom und schob uns sein Surfbrett zu. Ich schnappte es an der Spitze und inspizierte die glatte Oberfläche. In einem schwungvollen, tropenartigen Schriftzug waren fromme Worte auf das Brett gemalt – ein Psalm unter Palmen.

»Hast du dieses Kunstwerk selbst gemacht?«, fragte ich und kletterte drauf.

»Heb dir dein Lob für später auf«, sagte er. »Jetzt wird gesurft.«

Ich legte mich aufs Brett und wurde von der nassen Realität übermannt: die glatte Wachsschicht unter meinem Bauch, das Salzwasser auf meiner Zunge und die neue Erfahrung, mit dem Ozean auf einer Ebene zu sein. In stetigem Rhythmus verschwanden und erschienen die Strandhäuser und Sanddünen.

»Fang auf ›Los‹ an zu paddeln«, sagte Ransom, der mit einer Hand das Brett festhielt.

»In Richtung Strand?«

»Natürlich in Richtung Strand. Dann drück dich mit deinen Händen hoch und stell dich auf die Füße.«

»Gibt's keine Stützräder an diesem Ding?«

Ich spürte einen Stoß von hinten und von unten. Die Welle hob mich an und trieb mich vorwärts. Ich ging auf die Knie, wackelte zweimal und hörte nur das Dröhnen des Ozeans, als ich meinen linken Fuß auf das Brett stellte. Für Bruchteile von Sekunden fühlte ich mich wie der Champion. Aber dann neigte sich die Spitze nach unten, schleuderte mich nach vorn, und danach ging es abwärts – mit dem Kopf unter den Knien und den Knien unter den Füßen.

Ich landete unter dem Brett, rutschte mit dem Rücken den Meeresgrund entlang und würgte an einer fremdartigen Flüssigkeit. Der Sand wirbelte um meinen Kopf. Ich schoss nach oben. Knietief stand ich in der Brandung, zerrte mir die Shorts zurecht und hustete mir das Meerwasser literweise aus der Lunge.

»Wie war das?«, fragte ich halb erstickt.

»Jämmerlich!«, rief Steve herüber. Er bestieg das Brett ungefähr so elegant, wie ein Walross auf einen Schwebebalken klettern würde.

Ransom wiederholte seine Instruktionen, die Regentropfen fielen immer noch, und irgendetwas knabberte an meinem Fuß.

Steve paddelte heftig, schob sich tief in die nächste Welle, kam aber kaum vorwärts. Der Anblick, den er bot, war wie der eines Getreidehalms, der unten abgeschnitten wird – er kippte der Länge nach um.

»Du hattest keinen Schwung, Kumpel.«

»Ich hatte keine Orientierung«, sagte er und kletterte wieder an Bord. »Kann ich noch mal?«

»Na los«, sagte Ransom.

Doch die Wellen wurden launisch und wichen aus. Allmählich hörte der Regen auf, während sich im Westen über den Dächern und zwischen den Krähennestern die Sonne wieder blicken ließ.

»Halt das Brett gerade«, sagte Ransom und drehte es Richtung Strand. »Genau so.«

»So?«, fragte Steve, als er begriff, was er tun musste.

Von der nächsten Welle vorwärts getrieben, war er plötzlich hinter einer Wasserwand verschwunden. Dann nahm die Welle wieder ab. Steve wackelte. Sein rechter Fuß fand schließlich Halt, dann hob er den linken hoch und das gelbe Brett kippte.

Ich hatte schon betrunkene Studenten mit mehr Anmut in die Büsche fallen sehen. Schultern und Kopf schlugen zuerst auf der Wasseroberfläche auf, dann, seltsam angewinkelt, die Beine. Steve war für einen Moment verschwunden, eine zweite Welle überschlug sich, und das Brett trieb ohne Besatzung mit der Spitze voran in eine zerbröselnde Sandburg. Palmen und Psalmen wurden von Schlamm bedeckt.

Ich gab Steve zwei Punkte für die künstlerische Darbietung, null für die technische Beherrschung.

Ransom klemmte sich bei Einbruch der Dunkelheit das Brett unter den Arm. Der Strand war leer, mein Magen knurrte und meine Zehen waren schrumpelig. Steve hüllte sich ins Handtuch, und der weiche Sand gab unter unseren Füßen nach, als wir durch die Dünen trotteten.

»Na«, sagte Ransom, ohne einen von uns beiden anzuschauen, »ihr seid wohl Golfer, was?«

Sommerlicher Dunst erhob sich vom Asphalt des *Seaspray Drive*. Vor uns sammelten sich Dutzende von Singles am Haus Nummer zwei. Sie waren sauber und aufgebrezelt; wir waren durchgeweicht und schrumpelig.

Vor dem rosa Haus setzte der limonengrüne Cadillac schwerfällig über die Muschelschalen zurück. In dem Wagen saßen Darcy, Elly und drei Jungs, die wir nicht erkennen konnten.

»Ich dachte immer, die Surfer bekommen die Mädels ...«

»Kein Problem«, sagte Ransom, als sei ihm das ganz egal.

Wir gingen etwas zügiger, und ohne aus dem Schritt zu geraten, langte Ransom herüber und zog mein Haar zu einem blonden Stachel lang. Drei Schritte weiter revanchierte ich mich, und mit freundlicher Überredungskunst brachten wir auch Surfer Steve dazu, sein Haar anzuspitzen, einfach aus Solidarität.

Darcy hielt auf der Straße an und wartete, bis wir an Limos Motorhaube angekommen waren. »Hübsche Frisur«, sagte sie. »Wir haben fünfzig Plätze in dem Restaurant an der Bucht reserviert. Wir halten euch einen Platz frei, wenn ihr mitkommen wollt.«

»Könnte mir schon passen«, sagte Steve.

»Wie weit ist es?«, fragte ich und betrachtete ihre Beifahrerin.

»Kommt drauf an«, sagte Elly, die sich angurtete, zur Seite blickte und der Fahrerin zuzwinkerte. Darcy gab Gas, und die Hinterräder spritzten Steinchen auf Ransoms Surfbrett.

»So was darf man sie nicht fragen«, sagte Steve vorwurfsvoll.

»Unglaublich«, murrte Ransom. Er beugte sich über das Surfbrett und suchte nach Einschlagkratern.

Als ich ins Strandhaus trat, stellte ich fest, dass unser grau getäfeltes Wohnzimmer inzwischen voll mit Schlafsäcken und Rasierzeug war. Wir fanden, eine heiße Dusche, saubere Hemden und gekämmtes Haar könnten uns wohl nicht schaden.

Nach acht Minuten standen wir wieder vor der Tür. Kein Weltrekord, aber immerhin schneller als die drei schnellsten Frauen.

Aus seiner hohen Lage gestattete das Restaurant den fernen Anblick einer Bucht, in der sich die Wellen brachen und Streifen von Orange aufblitzten; dazu kam das Licht eines Leuchtturms am Horizont. Auf der Terrasse auf der Rückseite des Restaurantgebäudes hatte man für uns vier lange Tische zusammengestellt.

Die Beleuchtung war angenehm, die Stimmung vergnügt.

Herzhafte Düfte von Meeresfrüchten erfüllten die Luft, und ich musste blinzeln, um bis zu der hinteren Tischreihe unserer Gruppe zu sehen. Auf der Veranda ertönte Stimmengewirr. Junge Kellner mischten sich ins Getümmel, füllten Brotkörbe auf und sagten die Spezialitäten herunter, als seien sie auf die Stoppuhr geeicht.

Fremde nickten uns zu.

Auch dir ein Hallo, Fremder.

Man hatte uns Plätze freigehalten – mit dem Rücken zum Meer –, und ich machte mich schon auf den Weg zum Büffet, als Stanley sagte: »Lasst uns die Häupter neigen.« Mit geneigtem Haupt im Durchgang zu stehen versprach ungemütlich zu werden, also ließ ich die anderen Krabben und Muscheln ohne mich segnen.

Das Büffet erstreckte sich durch die Mitte des Restaurants, wo ein Aquarium ein Dutzend Hummer mit verbundenen Scheren beherbergte, deren Schicksal schon feststand. Als ich mir einen Teller griff, hörte ich das Singen vorne an einem Zehnertisch. Kein schöner Gesang, aber man sang trotzdem.

Ich erkannte das Lied – es war die Melodie, die bei Sportereignissen gesungen wird, wenn die Heimmannschaft weit in Führung liegt. Ein bärtiger Mann im *Harley*-T-Shirt war Vorsänger. »Na-na-na-na, hey-hey-hey, good bye.« Der Refrain wurde immer und immer wieder gesungen. Ich trat aus der Reihe, um eine bessere Sicht zu haben, und sah den Koch – einen großen, griechisch aussehenden Mann mit weichkrempigem weißen Hut – neben dem Aquarium stehen. Er leitete den Gesang wie ein Orchesterdirigent.

Die Stimmen langten bei einer allseits bekannten Tonfolge an, die Reihe am Büffet stimmte mit ein, und ich als Tenor muss zugeben, dass diese Eigenart der Südstaatler, Meeresfrüchten Abschiedsgesänge zu widmen, eines gewissen Charmes nicht entbehrt.

Der Refrain wurde lauter. Nun rollte der Koch sich einen Ärmel hoch und langte bis über den Ellbogen in das Wasser. Zwölf wehrlose Krustentiere flohen zur Seite. Er erwischte eins am Bauch und hob die tropfende Kreatur unter tosendem Beifall hoch über den Kopf. Der Koch grinste, machte ein perfekt militärisch ausdrucksloses Gesicht und ging fort zum kochenden Pfuhl, wo des Hummers Schicksal wartete und wo Weinen und Scherenknirschen herrscht.

Ich griff nach einigen Krebsbeinen, als der Rand ihres Tellers mir in die Rippen drückte.

»Jay«, sagte Elly in ihrem blassgelben Trägerkleid und den abgetragenen Ledersandalen, »ich habe dir vorhin vielleicht einen falschen Eindruck vermittelt. Ich habe für Jill nach Steve gefragt, ein Mädchen, das auch bei uns einquartiert ist. Sie ist ein bisschen schüchtern.«

Zwei Muscheln rutschten mir vom Teller, als ich ein schwächliches »Oh« zu Stande brachte.

Sie hatte jetzt ihre Hand in den Krabben. Traurig für jemanden, der sich den Lebensunterhalt mit Reden verdient, aber mir fiel leider nichts ein, was ich zu ihr hätte sagen können. Mein Teller war voll, und ihr Duft schwebte über den Krebsen, also machte ich, was alle Männer in solcher Bedrängnis machen: Ich sammelte die Krabben einzeln vom Büffet und stapelte sie langsam zu einer Pyramide, bis sie endlich das Wort ergriff.

»Nimmst du die gegrillten oder die gekochten zum Werfen?«, fragte sie und ordnete ihre sorgsam im Kreis an.

»Bleiben wir doch lieber bei cholesterinarmen Sachen.«

»Tut dir der Hummer Leid?«

Ich legte mir noch zwei Muscheln auf. »Nein, ich glaube, er war dazu vorherbestimmt.«

Sie ließ einen genauen Blick über das Büffet gleiten und grinste albern. Auf meinen Teller passte kein einziger Happen mehr. Ich drehte mich um und wollte zu meinem Platz, als mir eine gegrillte Krabbe gegen den Hinterkopf prallte.

Steve, der neben mir saß, fummelte an seinen Krebsscheren herum, während die meisten Mädchen, darunter Darcy Bleifuß, zwanzig Teller von uns entfernt speisten. Das Gespräch flaute ob des fabelhaften Essens ab – ich konnte mir einfach nicht vorstellen, dass es in Dallas Meeresfrüchte von dieser Qualität gab.

In Dallas schmeckten Meeresfrüchte wie Gummi.

Ich lieh mir Steves Scherenzange, zerstörte einen Krebs und sah dann am Tisch entlang. Ransom hatte sich neben einem zierlichen Mädchen niedergelassen, einer Blondine, und den Arm um ihre Stuhllehne gelegt. Sie lachte und schaute in seine Augen. Er streichelte ihr den Rücken.

Ich stieß Bruder Steve mit dem Ellbogen an. »Der lässt ja nichts anbrennen. Wir müssen unbedingt surfen lernen.«

»Er ist verheiratet«, sagte Steve. »Das ist seine Frau.«

»Ehrlich?«

Steve riss ein Tütchen Zucker auf und versenkte den Inhalt in seinen Tee. »Er ist mit ihr verheiratet. Sie wohnt bei den Frauen und er bei uns.«

Ransom kam mit einem überquellenden Teller vorbei und sah ungemein zufrieden aus, ganz der Surfer.

»Du bist verheiratet?«, fragte ich, immer noch ungläubig.

Er langte nach der Cocktailsauce. »Ja. Schon seit sechs Jahren. Ich weiß, dass es komisch klingt, aber es gab keine Extrazimmer, also kamen wir zu dem Schluss, dass wir möglicherweise noch mehr füreinander empfinden würden, wenn wir uns einfach mal wieder ein Wochenende als Singles gönnen. Obwohl wir uns ja schon von einem Tischende zum anderen vor Sehnsucht heimlich verzehren.«

Inzwischen war ich überzeugt, dass die gesamte religiöse Szene von South Carolina eine Macke hatte und dass ich einfach meine Meeresfrüchte essen sollte. Aber dann reichte Ransom mir die Sauce und versprach, mir nach unserer Rückkehr nach Greenville ein paar gute Ratschläge in Sachen Beziehung zu geben.

Uns gegenüber saß Lydia und plapperte ununterbrochen. Sie sah winzig aus neben dem großen italienischen Typen neben ihr. Er hatte einen militärischen Haarschnitt und einen ziemlich großen Zinken. Er stellte sich als Joseph Caruzzi vor, Fänger eines Unterligabaseballteams, aber er meinte, wir sollten ihn einfach Joe nennen.

Gegen die Pyramide auf dem Teller von Big Joe wirkte meine richtig zwergenhaft.

Erschöpfte Kellner füllten unsere Gläser auf. Big Joe sagte, er wolle unbedingt wieder hören, wie die Hummer besungen würden, also steckte er einem Kellner zwei Scheine in die Hemdtasche und bat ihn, einen richtig großen rauszuholen.

Der *Harley*-Fan fing mit dem Refrain an, hatte aber anscheinend den Text vergessen. Der Koch winkte ab, nahm dann die Sache selbst in die Hand und fing an zu dirigieren. Unsere Verandatische stimmten sogleich mit ein. Aber nur einen Vers lang – denn mitten im Refrain sprang Stanley auf und sagte, so ein Benehmen sei nicht sehr geistlich.

Die Häupter neigten sich. Die Frauen blickten finster. Stanley schälte seine Krabbe.

»Wenn der noch mal meinen Hummersong kaputtmacht, steck ich *ihn* ins Aquarium«, sagte Joe sichtlich eingeschnappt.

Der Kellner meinte, es sei schade, dass wir mit dem Singen aufgehört hätten, denn wir horten uns viel besser an als die sonnenverbrannten *Harley*-Brüder. Dann fragte er, ob jemand von uns Kuchen zum Nachtisch wolle.

»Nein, Sir«, sagte Steve zum Kellner. »Kein Platz mehr fürs Dessert.«

»Und geht alles auf eine Rechnung, oder ...?«

»Jeder zahlt für sich.«

Der Kellner sah sich unsere Gruppe an. »Jeder für sich?«

»Außer mir«, sagte Ransom. »Berechnen Sie mir das Büffet zweimal.«

Der Kellner kehrte nach fünf Minuten zurück und bat um unsere Aufmerksamkeit. »Der Geschäftsführer hat entschieden, dass wir uns Zeit sparen können und einfach nicht mitrechnen, wer eine Vorspeise hatte. Wenn also jeder einfach sechzehn Dollar zahlt, dann ist das für uns in Ordnung. Und vielen Dank, dass Sie bei uns gespeist haben.«

»Ist der Hummer in den sechzehn Dollar mit inbegriffen?«, fragte Joe und griff nach seiner Brieftasche.

»Nein, Sir, Hummer kosten fünfundzwanzig Dollar extra.«

»Touristenfalle.«

Als die Gruppe aufbrach, legten Steve und ich unsere Trinkgelder zusammen und ließen Ransom Delaney – sozusagen als Honorar für den nächsten Surfunterricht – den Jeep nach Hause fahren.

✩

Der Vollmond spiegelte sich silbern in den Wellen und gesellte sich zum Meeresleuchten, um den Strand zu erhellen. Die dunklen Wolken vom Surfunterricht am Nachmittag waren verschwunden, der Ozean hatte sich beruhigt, und die Frauen beugten sich über das Feuer.

Steve bückte sich und hielt uns sechs Grillspieße hin, die wir weiterreichten. Die Glut krachte und stob, während sich der Geruch des brennenden Holzes mit der salzigen Luft mischte. Die Hitze kam und ging mit dem Hauch der Brise, aber meistens schwebte sie an mir vorbei. Ich versuchte, es meinem Hinterteil auf einem Holzstamm einigermaßen gemütlich zu machen.

»Brauch noch ein Marshmallow«, sagte Darcy, die jetzt ein graues Sweatshirt mit dem Aufdruck »Carolina« anhatte. Sie schob sich die blonde Mähne über eine Schulter und hielt die Hände auf wie ein Baseballfänger.

Ich griff in die Tüte und schnippte eins hinterlistig über das Feuer, doch sie fing es – für ein reiches Mädchen überraschend gut – und steckte das Ding auf ihren Grillspieß.

»Wirf mir auch eins rüber, Alter«, sagte Ransom. Er steckte es für seine Frau auf.

Ihr Name war Jamie. Sie lehnte ihren Kopf an seine Schulter. Die beiden saßen auf einem kleineren Stamm und schleuderten mit ihren Zehen Sand durch die Gegend. Es war ein Platz für zwei, ein Liebessitz. Ransom begutachtete ein knuspriges Marshmallowbällchen, ließ es abkühlen und bot ihr den ersten Happen an. Doch bald fielen ihr die Augen zu, und ihr Spieß sank nieder, wobei eine Wolke orangegrauer Asche in den Himmel stob.

Ransom nahm ihr sanft den Spieß aus den Fingern und legte ihn in den Sand.

»Sie ist ein Morgenmensch«, sagte er, ohne irgendjemanden im Speziellen anzusprechen.

Zwei Marshmallows hielten meinen eigenen Spieß besetzt. Die Flammen ließen Schatten über die Gesichter huschen. Ich suchte nach einem ganz bestimmten, mit mittelbraunen Haaren umrandeten Gesicht. Doch als mein Blick auf ein Flugzeug fiel, dem ich zusah, wie es über den Ozean flog, beging auch ich den Fehler, den Spieß sinken zu lassen. Ich zog ihn schnell zurück und sah, dass sich der Klumpen am Ende geschwärzt hatte. Ein Tropfen des cremigen Inneren drang unten heraus. Ich hielt den Spieß hoch, damit der Leckerbissen in der nächtlichen Luft abkühlen konnte. Ein klebriger Planet. Als das zuckrige Zeug den Spieß herablief, tropfte es mir zwischen die Finger.

Ich schaute wieder über die Flammen hinweg. Ihr Arm war schon zum Wurf bereit.

Ehrlich gesagt glaubte ich eigentlich nicht, dass sie es wirklich tun würde – der Vorfall mit den Tomaten war spontan gewesen, der Wurf mit der Krabbe an meinen Kopf ein wenig kokett. Jetzt aber gab es keinen echten Grund, außer einfach um des Werfens willen.

Doch sie, wie sie dort in ihrem Sommerkleid neben Darcy saß, zögerte nicht.

Wie es so auf mich zukam, hatte ihr weißes Geschoss etwas von unvermeidbarem Schicksal, wie wenn zwei Einkaufswagen im Begriff sind zusammenzustoßen – keine Zeit mehr zum Ausweichen. Ich schoss meinen Revanchewurf praktisch blind ab, da ihr höchst präzise geworfener Klumpen, der bereits an meiner Stirn und in den blonden Strähnen klebte, meine Sicht behinderte.

»Ihr spinnt ja«, sagte Darcy, als sei solch unreifes Verhalten unter ihrer Würde.

»Guter Wurf«, sagte Steve, allerdings meinte er nicht mich.

Noch einmal blickte ich über die Flammen und sah, wie Elly Kyle sich heftig das Haar rieb, gleich über der linken Schulter.

»Siehst du, Süße«, sagte Ransom zu seiner Frau, »wir haben viel verpasst, dadurch, dass wir so jung geheiratet haben.«

»Hmm-hmm«, sagte sie und kuschelte sich wieder an ihn.

Ich ging zum Wasser hinüber. Knietief stand ich in der Brandung und schöpfte mit der Hand das Meerwasser, um die Klumpen abzuspülen, aber die Sauerei blieb stur haften. Nachdem ich aber den Kopf komplett eingetaucht hatte, war das meiste weg.

Ich trocknete mich mit der unteren Hälfte meines Hemdes ab und fragte mich gerade, ob Baptistenfrauen wohl genauso gut werfen konnten wie Presbyterianerinnen, als sie auf einmal neben mir stand.

»Waffenstillstand?«, fragte sie und legte im Mondlicht ihre Sandalen ab.

»Zumindest bis zum Frühstück.«

Sie ging aufs Wasser zu. »Ich mache Rühreier.«

Nachdem meine Würde ohnehin schon ins Meer gespült worden war, fand ich, jetzt sei nichts mehr zu verlieren. »Wie wär's mit einem Spaziergang?«

Sie zögerte und strich sich mit der Hand durch ihr nasses Haar. »Okay, aber nur ein kurzer.«

Unser kleiner Kennenlernspaziergang führte uns am letzten Strandhaus vorbei. Der Strand von North Litchfield war hier ganz dunkel und einladend. Das stetige, halblaute Krachen der Wellen echote von rechts, während das Wasser den Sand vor uns benetzte und sich wieder zurückzog.

Sie wartete ab, bis ich zu sprechen anfing.

»Steve hat mir erzählt, dass du ziemlich lange in Südamerika warst.«

»Ja«, sagte sie und schaute geradeaus. »Fast ein ganzes Jahr. Hat mein Leben verändert. Bin da runtergegangen, weil ich unterrichten und helfen wollte, aber letzten Endes war ich diejenige, der geholfen wurde.«

»Wie meinst du das?«, fragte ich und warf einen Blick auf den Saum ihres Sommerkleids. Das blasse Gelb wirkte kräftiger, wo die Wellen es bespritzt hatten.

»In den Staaten lasse ich mich vom Tempo, vom Materialismus bestimmen, aber da unten in Ecuador setzt man sich abends hin und redet miteinander. Keiner dort hatte ein Auto, und selbst wenn, dann war es egal, wer was für eins fuhr oder wie schnell es war. Wir sind sogar zu Fuß auf den Wegen dort gelaufen, um die Nachbarn zu besuchen, was ich hier niemals mache. Ich habe mich von meinen ganzen Sachen, allen materiellen Dingen, gelöst und gemerkt, dass die Menschen viel wichtiger sind.«

Ich schob einen Zeh durch den nassen Sand. »Eigentlich mag ich meine Sachen, aber wahrscheinlich könnte ich ein paar Wochen darauf verzichten.«

Das Mondlicht zeigte ihr Stirnrunzeln. »Ein paar Wochen? Ich denke darüber nach, alles zu verkaufen, vielleicht sogar mein Haus. Die wollen, dass ich zurückkomme, vielleicht für immer, vielleicht, wenn der Sommer anfängt, obwohl da unten alle Jahreszeiten ineinander fließen ... Ich könnte aber genauso gut irgendwo sonst landen.«

Wir liefen eine gute Strecke, bevor mir die nächsten Worte einfielen. »Entschuldige meine Unwissenheit, Elly, aber wie sieht ein Tag auf dem Missionsfeld eigentlich genau aus?«

Sie antwortete nicht sofort, schaute nur eine Weile in den Himmel und verlor sich in Erinnerungen. »Irgendwie immer gleich. Kinder unterrichten, Frauen beraten, vom Evangelium erzählen und eine ganze Menge seltsamer Sachen essen. Unser kleines Dorf war ziemlich abgelegen.«

»Wie abgelegen?«

»Tief im Regenwald. Stell dir Affen und üppige Vegetation vor – und kein Internet.« Sie hob einen Algenhaufen auf, ließ ihn wie eine Schlinge wirbeln und dann in die Brandung fliegen.

Wir gingen weiter und unsere Arme streiften sich. Das Interview in der milden Luft wurde fortgesetzt. »Klingt prähistorisch. Du sprichst also fließend Spanisch?«

»*Si, Señor.* Ich habe zwanzig Kinder in Englisch unterrichtet, die meisten davon waren Waisen. Und ich habe das Nötigste gelernt, um ab und zu bei einer Geburt zu helfen. Also, dann erzähl mir mal vom Aktiengeschäft.«

Ich antwortete, ohne den Himmel, Südamerika oder die Algen zu Rate zu ziehen. »Es ist hektisch, kein Tag ist wie der andere, und man muss die Heulsusen trösten. Aber finanziell lohnt es sich ... und man hat am Wochenende frei.«

»Wenn du reich bist, kannst du mir dann nicht ein bisschen was schicken? Ich muss nächste Woche die Bittbriefe für meinen Unterhalt versenden, und ich bin viel zu knapp dran.«

»Du musst das alles selbst beschaffen? Gibt es keine Gesellschaft, die ...«

»Es ist gemeinnützig. Die Finanzierung ist eine große Last. Übrigens würde ich mir wünschen, dass sich jemand zur wöchentlichen Lieferung von Cheeseburgern verpflichtet.«

Ich kannte sie erst einen halben Tag, und schon wollte ich ihre Hand halten. Aber das ging nicht.

»Betrachte das als versprochen.«

Sie schwang auf beiden Daumen je eine Sandale, und ihr Haar fing in der warmen Ozeanbrise an zu trocknen. »Ich hab auch ein Tagebuch geführt, als ich da unten war, und daraus eine Sammlung von Kurzgeschichten gemacht. Hab es an drei Verleger geschickt und gerade die Ablehnungen zurückbekommen.«

»Jammerschade. Kann mich kaum erinnern, in einer Buchhandlung schon mal Memoiren von Nahrungsmittel werfenden Missionarinnen gesehen zu haben.«

Sie blieb einen Schritt zurück, und es schien, als ob sie mir nassen Sand an die Beine treten wollte, aber sie überlegte es sich wohl anders. »Sie meinten, ich würde eine unangemessene Sprache verwenden.«

»Schimpfwörter?«

»Das nicht. Schreibst du manchmal?«

»Nur E-Mails«, erwiderte ich und beobachtete, wie in weiter Ferne die Lichter von Myrtle Beach flimmerten.

»Ich mache gern Wortspiele, erfinde Gedichte aus Wortfetzen ... wie literarische Kekse.«

Wir schlenderten wieder weiter, und ich wollte mehr von ihr wissen. »Wie kannst du ein Haus haben und so weitermachen, ich meine, einfach so weggehen?«

»Das letzte Mal habe ich es an ein paar Freundinnen vermietet. Vorher hatte ich es renoviert, angestrichen und den Garten in Ordnung gebracht. Mein Vater hat mir geholfen, die Veranda zu reparieren. Ich könnte es möglicherweise verkaufen, um mir die nächste Reise zu finanzieren, wohin auch immer.«

Wir wurden langsamer. Ich fand ihre Berufsaussichten seltsam, wenn auch reizvoll. »Lass mich raten, wohin es gehen könnte ... die Mongolei?«

»Nee.«

»Uganda?«

Sie starrte wieder in den Himmel. »Nein, wahrscheinlich nicht.«

Ich raffte meine Geographiekenntnisse zusammen. »Jamaika? Weil du Meeresfrüchte in der Nähe haben musst, damit dein Wurfarm in Form bleibt?«

Ihr Lachen war ansteckend. »Ich bin mir noch nicht sicher, wohin. Aber die Antwort kommt, wenn sie nötig ist. Was ist mit dir? Irgendwelche großen Pläne?«

Ich versuchte, mir irgendetwas Eindrucksvolles einfallen zu lassen, hatte aber viel zu viele Muscheln gegessen. »Im Vergleich zu dir, Elly, sind meine Pläne ganz schön weltlich.«

»Warum bittest du dann nicht Gott um ein Ziel?«

»Glaubst du wirklich, dass er das tut?«

»Da bin ich mir sicher«, sagte sie. »Wir drehen jetzt mal lieber um.«

Auf dem Rückweg sah ich, wie die Spuren unseres Spaziergangs von der aufkommenden Flut verwischt wurden und schließlich verschwanden. Es war fast ein Uhr nachts, wir schwiegen verlegen, und als wir uns dem Feuer näherten, schwappten die Wellen schon bis dicht hinter die Baumstämme.

Kapitel 5

Ich warf eine letzte Hand voll Sand über die Glut, als die Männer schon den Frauen hinterhereilten, die bereits zwischen den Dünen waren und Schulter an Schulter nebeneinander hergingen und plauderten. Hinter der Küstenstraße sah man abgestandene Regenpfützen in einem grasbewachsenen Graben. In den Pfützen hatten es sich Mücken gemütlich gemacht und sich offensichtlich darin vermehrt. Sie summten an unseren Ohren, machten sich über unsere Gesichter her und trieben sich an der Straßenlaterne herum.

Wir legten einen Schritt zu, um die Mädels einzuholen, erreichten sie und wünschten ihnen an der Einfahrt eine gute Nacht. Jamie bekam ein Küsschen von ihrem Mann, ich bekam ein Winken von Elly, und dann schlenderten wir den dunklen *Seaspray Drive* entlang – Steve mit seinen Stoppeln, ich mit salzigem Marshmallowhaar und Ransom mit seiner unerfüllten Sehnsucht.

»Hast du ihre Nummer?«, fragte Steve. Er hielt in einer Hand die Grillspieße, in der anderen eine Flasche Brennspiritus.

»Welche? Etwa eine von Zentralafrika?«, fragte ich und schlug in der Dunkelheit ins Leere.

»Jetzt weißt du, was ich meine. Wenn du mit ihr Schritt halten willst, darfst du keinen Job haben und brauchst eine Million Bonusmeilen für Vielflieger.«

»So viel zum Thema eigenes Haus und Garten«, sagte Ransom.

»Sie glaubt, dass Gott ihr diese Missionssache aufgetragen hat.«

Ransom blieb auf den knirschenden Muscheln stehen. »Und ich glaube, sie hat Recht.«

Wir stiegen die Treppe hoch, langten bei der Veranda an, zogen uns die Sandalen aus und schüttelten den Sand ab. Steve hielt einen Finger an seine Lippen: »Pst.«

Fünf Schlafsäcke waren in vollkommener Symmetrie auf dem Wohnzimmerboden ausgefächert. Drei davon waren besetzt, zwei waren leer, die Reißverschlüsse offen.

Wir hatten uns bei der Ankunft ein Schlafzimmer gesichert, einen schlauchartigen Raum mit Schrägdach, zwei Einzelbetten und einer Kommode; wir hatten sogar unser eigenes Badezimmer. An der Tür baumelte an einem Klebestreifen ein Schreiben mit offiziellem Briefkopf der Gemeinde – ein Wochenendplan, auf dem eine mitternächtliche Bettruhe für alle Teilnehmer von gemeindlichen Freizeiten angeregt wurde.

Steve und Ransom nahmen die Betten. Ich zerknüllte das Schreiben zu einem Papierball und nahm mit dem Boden vorlieb – hier in meiner ersten Nacht meines allerersten Strandausflugs mit der Gemeinde.

Die dominierende Farbe in unserem Zimmer war Meergrün. Der Raum war meergrün gestrichen, und das einzige Fenster am anderen Ende hatte meergrüne Vorhänge, die zurückgezogen waren, damit die Luft durchs Fliegengitter kam. Die Kommode und die Tapete im Bad waren mit Muscheln dekoriert; über dem Kopfende der Betten hingen die für die Küstengegend typischen Kunsthandwerksstücke.

Ich knipste das Licht aus und schlüpfte in den Schlafsack. Wir genossen eine volle Minute lang die Stille, bis Steve fragte: »Vermisst du nicht deine Frau?«

»Schlaf jetzt, Alter«, ließ sich Ransom aus seiner dunklen Ecke hören.

»Muss ja komisch sein«, sagte ich. »Bei den Männern schlafen zu müssen, keine zwei Häuser entfernt.«

»Eigentlich nicht. Als ihr heute Nachmittag die Lebensmittel ausgeladen habt, waren Jamie und ich drüben im rosa Haus oben in der heißen Badewanne. Wir haben gehört, wie ihr zu fünft in der Küche Kekse gegessen habt, und als ihr gegangen wart, hab ich mich aus der Hintertür geschlichen und mein Surfbrett zum Strand gebracht.«

»Ich hasse dich aus tiefster Seele.«

»Ja«, sagte Steve, »wir hassen dich. Und es waren nicht bloß Kekse.«

»Gute Nacht, Jungs«, sagte Ransom.

»Wir hatten Gourmetkekse.«

Mitten in der Nacht schlug ich mir auf die Stirn, etwa an die Stelle, wo das Marshmallow seine süßen Spuren hinterlassen hatte. Das anfänglich noch leise Summen wurde nun lauter. Nur ein blasser Mondstrahl schien durchs Fenster. Ich schlug mit dem Handrücken ins Dunkel, aber wieder daneben.

Bald brachte das Biest seine Freunde mit; manche von ihnen waren noch schüchtern, andere trauten sich zentimeterdicht an meinen Kopf. Ich probierte es mit der Vorhand und mit Überkopfschlägen, aber die Mücken kamen näher, reizten mich und lauerten von oben. Plötzlich hörte ich einen dumpfen Schlag – jemand hatte mit der Ferse gegen die Wand getreten.

»Jarvis?«

»Hmm?«

»Sie sind überall«, flüsterte Steve. »Hast du Insektenspray?«

»Ich glaube, unter dem Spülbecken hab ich eine Dose gesehen. Die anderen Jungs schlafen im Wohnzimmer, tritt also nicht auf sie.«

Noch ein Schlag, wahrscheinlich war er mit dem Zeh gegen die Tür gestoßen. Er hauchte ein gequältes »Aua«. Ich hörte die Flugobjekte meinen Kopf umkreisen und Ransom drüben in der Ecke schnarchen. Überzeugt, dass Surfer gegen Insekten immun waren, schlug ich wieder in die Luft und erwischte eins, spürte aber gleichzeitig, wie ein anderes mein Ohr streifte.

Ich tastete in der Dunkelheit nach einem Hemd, einem Handtuch, irgendwas. Ich hörte, wie sich die Tür öffnete, dann das Schüttelgeräusch einer Sprühdose. Steves Umriss war vor dem Fenster zu sehen. Er sprühte großzügig, das Zischen kam aus allen Ecken des Zimmers.

»Ich glaube, im Fliegengitter ist ein Loch«, sagte er.

»Bring sie einfach um.«

»Versuch ich ja.« Das Zischen des Insektensprays übertönte das Schnarchen und Summen. Ich sah den Umriss seines Arms vor dem Fenster hin und her wedeln, auf und nieder. Mein nächster Schlag ging erneut daneben. Das blasse Licht im Fenster wurde schwächer.

Steve drehte sich um und sagte: »Hier eine Dosis für dich.«

Der Geruch war überwältigend; mir brannten die Augen und die Luft fühlte sich klebrig an. »Was ist das für ein Insektenspray?«

Er knipste das Licht an. Lange weiße Streifen, immer noch nass und glänzend, zogen sich in weiten Bögen über das Fliegengitter, die meergrünen Vorhänge und die meergrüne Wand. Eine Unzahl weißer Punkte trocknete auf meinem Schlafsack.

Steve rührte sich nicht und blinzelte zweimal. Er schaute auf die silberne Dose und fing mit großen Augen an zu lesen.

»Wieso ist das Licht an?«, murmelte Ransom, der schließlich wach geworden war.

»Steve hat gerade eine Mückenarmee mit Lack vernichtet«, sagte ich. »Weiß und seidenmatt.«

»Ich will meine Frau wiederhaben«, murrte er und zog sich ein Kissen über den Kopf.

Es war jetzt drei Uhr nachts, ein schöner Auftakt für unser Strandwochenende. Steve und ich schleppten seine Matratze und zwei Decken auf den Fußboden in der Küche, schliefen dort und ließen Ransom in der Schlafzimmerecke, wo er sich weiter vor Sehnsucht nach Frau und Häuslichkeit verzehren konnte.

Die Algen schwammen im Schaumbett, von der Flut dorthin getragen, während sich meine Augen an das aufgehende Sonnenlicht und meine Nase an die salzige Luft gewöhnten. Beim Joggen auf dem festen Sand bewunderte ich die makellose Fläche, die Mutter Natur bei ihrer Reinigungsaktion, die zweimal täglich erfolgte, von allen Fußspuren und Sandburgen glatt gewaschen hatte.

Weiter hinten am Strand standen wieder die beiden Brandungsangler. Sie hoben sich gegen den rosigen Himmel mit orangefarbenen Streifen ab – zwei alte Kerle, die Seite an Seite dastanden und aufs Meer hinausblickten. Der eine war untersetzt, trug abgeschnittene Jeans und eine rote Baseballmütze. Der andere war klein und dünn, hatte einen großen Schnurrbart und trug ein löchriges graues Hemd, dessen Ärmel bis zum Ellbogen hochgekrempelt waren. Er sah mager, beinahe zerbrechlich aus. Beide Angeln steckten im Sand und bogen sich im Rhythmus der ein- und ausströmenden Wellen.

Ich lief an ihrem leeren Eimer vorbei, schaute beim Laufen hinüber und traf den Blick des Stämmigen. Sein Nicken war ganz flüchtig, aber es kam mir doppelt so aufrichtig vor wie das des Gemeindebriefverteilers der North-Hills-Presbyterianer.

Das Orange am Himmel mischte sich mit Gelb, als ich an einer Frau und einem Kleinkind vorbeijoggte, die sich den Muscheln im Gewirr von Stöcken und Schaum widmeten, dem Fundbüro des Atlantiks. Eine Mole aus Stein bremste meinen Lauf, ein Haufen unförmiger Felsblöcke, riesig und von der Brandung gezeichnet – ein gewaltiger Schlichter zwischen Ebbe und Flut. Muscheln klebten oben auf den Felsen, und winzige Krebse mit je einer übergroßen Schere huschten in ihr Versteck, wobei sie, verärgert ob meiner Aufdringlichkeit, nach mir schnappten.

Ich drehte wieder in Richtung Süden. Inzwischen hielt die Frau ihr Kind an der Hand, beugte sich vor und wühlte im Seegras. Das kleine Mädchen sah nicht älter aus als zwei Jahre, und es ließ jedes Mal eine Muschel fallen, wenn es die nächste aufhob. Ich winkte ihr mit zwei Fingern zu, aber sie merkte es nicht. Ein schmaler Streifen Sonne verlieh mir einen langen, dünnen Schatten. Die beiden Angler vor mir rückten dem Ozean hinterher. Der Dünne stand vor dem Dickerchen, beugte sich meerwärts und hielt die Arme gestreckt. Dann lehnte er sich zurück, zog die Arme nach hinten und beugte sich wieder zum Wasser vor.

Ich kam näher und sah, wie das Dickerchen dem Dünnen die Angel abnahm. Er stemmte sich in den nassen Sand, stand starr und entschlossen und behielt seine Haltung bei, als ich schwitzend und neugierig neben ihrem Eimer stehen blieb.

»Was gefangen?«

»Weiß nicht«, sagte er und schaute über die Schulter. »Krieg die Leine nicht rein.«

»Hab versucht, die Schnur anzuhalten«, sagte der Dünne und hielt seinen Daumen hoch, um mir die Wunde zu zeigen – einen schmalen Riss –, sie war rot und ging bis ins rohe Fleisch.

Die hellrote Angelschnur hob sich scharf vom Ozean ab. Sie bewegte sich eine Minute lang in Richtung Norden, kehrte dann um und schwenkte nach Süden. Dickerchen hielt breitbeinig das Gleichgewicht. Die Schnur ließ sich weder aufwickeln noch lief sie von der Rolle: Der Kampf am Meer stand unentschieden. Ich wettete auf den Fisch.

»Muss ein Hai sein«, sagte Dickerchen und schob sich die Kappe tiefer ins Gesicht.

»Was für einer?«

»Es gibt da draußen so einige Sorten. Hab gestern ein paar Rückenflossen gesehen, als ihr gesurft seid, aber es hat keiner angebissen.«

Der Dünne stieß das Dickerchen mit dem Ellbogen an und fragte, ob er wieder die Angel halten könne, immerhin sei er es ja gewesen, der den Fisch auf den Haken genommen habe. Dickerchen reichte ihm die Angel so langsam, als wäre sie eine schwere Hantel. Sie bewegten sich zentimeterweise ins knöcheltiefe Wasser, wo die zurückweichende Brandung es möglich machte, die Füße tiefer in den Sand zu stemmen.

Ich zog mir schnell meine Laufschuhe aus, ging näher heran und fragte, was sie als Köder verwendeten.

»Meerbarbenstücke«, antwortete Dickerchen. »Werden einfach auf einen sechsfachen Haken gesteckt und dann ins Tiefe ausgeworfen.«

»Was machen Sie, wenn Sie einen fangen?«, fragte ich. Ungehindert wurde noch mehr von der hellroten Angelschnur abgespult.

Er war durch den Fisch abgelenkt und brauchte eine Weile, bis er antwortete. »Ehrlich gesagt, junger Mann, ich tätschele ihnen einfach den Kopf und lass sie dann wieder frei.«

Ein breiterer Streifen Sonne spiegelte sich nun in den Wellen. Noch ein Stück Schnur spulte sich erst mit tief surrendem Ton, dann in höheren Oktaven ab. Die Minuten vergingen; niemand redete, und der Fisch zog krampfartig hin und her, von Norden nach Süden.

»Wollen Sie mal spüren, wie er zieht?«, fragte der Dünne und bot mir die Angel an.

»Klar«, sagte ich und nahm die Angelrute entgegen.

Es war ein Gefühl, als müsste ich ein Auto festhalten, das im Leerlauf eine Einfahrt hinunterrollt. Sein nächster Zug riss mich nach vorn. Der Sand unter meinen Füßen wurde schnell weggespült und kitzelte mich, aber ich dachte nur daran, das Gleichgewicht zu halten. Ich lehnte mich zurück, so wie ich es abgeguckt hatte, um mir bei der Kunst des Haifischfanges wenigstens einen professionellen Anschein zu geben, und sah zu, wie noch mehr Schnur von der Rolle lief.

»Legen Sie den Daumen auf die Spule, damit sie langsamer wird«, sagte Dickerchen und klang dabei dringlich.

Die Schnur sang, und jetzt hatte auch ich eine rote Kerbe ohne Haut und passte so zu seinem Freund, der den Fisch eigentlich auf den Haken genommen hatte. Die Angel wurde schwer, das dicke Ende rieb mir die Rippen wund und das Ende mit der Schnur zuckte gegen den zappelnden Widerstand wie verrückt.

»Lass mich mal«, sagte der Dünne.

Seine Arme waren tief gebräunt, die Hände dürr und wettergegerbt. Er war anscheinend wütend auf den Fisch geworden, auf seinen Fisch, und kurbelte die vier Umdrehungen zurück, die ich verloren hatte, dazu noch zwei. Als er merkte, dass die Kurbel sich nicht mehr weiterdrehen ließ, wich er langsam Schritt für Schritt vom Meer zurück, wie um die Kreatur aus den Tiefen zu ziehen.

Dickerchen legte eine Hand auf den Rücken seines Freundes und griff mit der anderen nach dem Ende der Angel. Gemeinsam gingen sie zehn Schritte zurück und blieben am Ufer stehen.

Nachdem noch zwei weitere Drehungen an der Kurbel geschafft waren, wurde die Strategie wiederholt. Sie zogen und kurbelten und kurbelten und zogen. Die Schnur bewegte sich nun nicht mehr von Norden nach Süden, sondern zeigte starr auf einen Punkt in den Wellen.

»Brauchen Sie eine Pause?«, fragte ich. Und plötzlich hatte ich wieder die Angel in der Hand und versuchte mich so perfekt wie möglich an der Zieh- und Kurbelmethode. Meine Füße gruben sich in den nassen Sand und rutschten, meine Arme spannten sich angestrengt, und ein Schritt zurück dauerte länger, als den Galaterbrief östlich von den Psalmen zu finden.

»Richten Sie die Angel nicht direkt nach vorne«, mahnte mich Dickerchen, »sonst reißt die Schnur; halten Sie sie nach oben.«

Mein nächster Schritt ging nicht schneller als der erste, aber ich hatte drei Drehungen geschafft, und der Dünne nickte mir anerkennend zu.

»Geben Sie ihm die Angel zurück«, sagte Dickerchen. »Immerhin ist es sein Fisch.«

Ich gab die Angel aus der Hand, wenn auch ungern.

»Holen wir ihn rein«, sagte Dickerchen und machte mir ein Zeichen, ihm zu folgen.

»Was?«

»Mir nach, junger Mann.«

Ich hatte keine Ahnung, was er vorhatte, aber dann stand ich wieder knietief neben Dickerchen im Atlantik, verschwand jedoch schnell wieder hinter ihm. Vor uns schwamm die graue Gestalt eines Hais unter der Gischt des Meeres, mal versteckt vom Schaum, mal deutlich erkennbar.

Meiner unsicheren Schätzung nach war er einen Meter lang. Die zerfetzten Reste einer Seebarbe hingen ihm aus dem Maul. Sein Schwanz schlug hin und her und Dickerchen riet seinem Kumpel, ihn ein bisschen weiter strandaufwärts zu ziehen. Der Dünne blieb mit seiner fast zur Hälfte nach unten gebogenen Angel dicht bei einer Düne stehen, und wir mussten brüllen, damit er uns hören konnte.

Ich trat vom Hai zurück, wurde aber gleich zurechtgewiesen.

»Sie müssen ihm den Kopf tätscheln, sonst zählt es nicht als Fang«, sagte Dickerchen, der vorgebeugt stand wie ein Kind, das sich an einen Grashüpfer heranschleicht.

»Wie meinen Sie das?« Meine olivgrünen Shorts waren durchnässt, und ich nahm an, der alte Mann müsse verrückt sein.

Er langte in seine Gesäßtasche und zog einen Handschuh hervor, dick und mit winzigen Drahtschlaufen wie Ketten bedeckt. Die kühlen Wellen spritzten mir an die Knie. Der Hai schlug wieder mit der Schwanzflosse, um anschließend erneut unter der Gischt zu verschwinden. Ich hielt mich dicht an Dickerchen, als er sich an den Hai anschlich und ihn in seichteres Wasser trieb. Blitzschnell griff er mit seiner ungeschützten rechten Hand den Schwanz, zog den Hai in fußtiefes Wasser und drückte ihm mit der behandschuhten Linken fest auf den Kopf, womit er ihn hinunter auf den Sand zwang.

»Na los, streicheln Sie ihm den Kopf«, verlangte er, als wäre das eine Prüfung.

Ich streichelte seinen Kopf. Nett. Der Hai fühlte sich glatt und sogar warm an und versuchte, unter dem Handschuh von Dickerchen hochzukommen.

»Okay, tauschen wir«, sagte er und trat nach links, damit ich herankam.

»Klar, toll.«

Lethargisch gestand der Hai seine Niederlage ein. Der Schwanz schlug nicht mehr, sondern wedelte entspannt. Dickerchen ließ den Schwanz los, streifte den Handschuh ab und fragte, ob ich Rechtshänder sei.

»Halt fest«, rief er seinem Kumpel zu, der mit einem Fuß auf der Düne stand und die Angel so straff hielt, dass die Schnur zum Zerreißen gespannt war.

Ich ließ meine frisch behandschuhte Hand hinter den Kopf des Hais gleiten und drückte ihn nieder, während Dickerchen ihn streichelte. Er führte diese zärtliche Handlung ganz behutsam aus wie bei einem Pudel. Dann fing er an, leise mit dem Hai zu reden. »Du wirst doch wohl keine Surfer fressen, was, mein Junge?«

Mit einer Hand auf dem Kopf und der anderen fest am Schwanz schob und zog er den Hai durch das Wasser und sagte, er würde ihn wieder beleben, bevor er ihn freiließe.

»Machen Sie den Haken los?«

»Nur Geduld, mein Junge.«

Der Schwanz fegte nach erfolgter Wiederbelebung wieder schneller hin und her.

»Kann ich das auch mal probieren?«

»Halten Sie ihn einfach hier fest und gehen Sie weiter, so«, sagte er. »Aber ziehen Sie sich wieder den Handschuh an.«

Der Hai drehte den Kopf so schnell, dass ich nicht reagieren konnte. Die vorderen Zähne streiften den Handschuh und die hinteren schnappten nach der Schnur. Der Schwanz blitzte auf, der Sand wurde heftig aufgewirbelt, und mit der nächsten Welle wickelte sich die lockere hellrote Schnur um mein Bein.

Der Dünne fiel dabei am Fuß der Düne auf sein Hinterteil und schrie: »Warum habt ihr mir die Schnur abgeschnitten?«

Das Salzwasser brannte an meinem linken Daumen und Dickerchen sagte: »Sehen wir mal nach.« Der Handschuh wurde abgenommen, und zwei Tropfen Null-Positiv verblassten im ablaufenden Wasser zu Rosa.

»Nur ein Kratzer«, sagte er. »Ich hab mich schon oft tiefer geschnitten.«

In der Gewissheit, dass Haiangler niemals jammern, achtete ich nicht auf den Schnitt und wahrte meinen Stolz. »Ist das der Größte, den Sie bisher gefangen haben?«

»Nicht mal annähernd.« Er trat zurück ins Flache und wusch sich das Gesicht mit einem Spritzer Meerwasser.

Der Dünne wickelte die Schnur auf. »Wir haben einen Hundertzwanzigpfünder in unserer Sammlung«, sagte er und schwieg, um sich am Schnurrbart zu kratzen.

»Vom Strand aus gefangen?«, fragte ich.

»Klar. Die kommen näher ran, als man denkt. Am meisten Spaß macht es mit einem Stück Seebarbe.« Er reichte mir die Hand. »Ich heiße Theo.«

»Jay.«

»Ich bin Asbury«, sagte Dickerchen. Er sagte seinen Namen mit einem Zwinkern, als wolle er mich im frühmorgendlichen Anglergeheimclub willkommen heißen.

Zufrieden mit dem Kampf des Morgens warfen sie ihre Haken und Gewichte in eine rostige Werkzeugkiste und reichten eine blaue Thermoskanne hin und her, nahmen tiefe Schlucke und sagten »Aaah«, wie es nur alte Männer können.

»Auch'n Schluck?«, fragte Asbury und wischte sich das Kinn mit dem Ärmel ab.

Die Wunde brannte jetzt richtig. »Was ist denn drin?«

»'ne Mischung«, sagte er und sah die Thermoskanne wertschätzend an. »Gatorade, Grapefruitsaft und Grenadine.«

»Nein, danke.«

Ich band mir die Schuhe wieder zu und lechzte nach einem Frühstück, als Asbury mir auf den Rücken klopfte.

»War schön, Sie kennen zu lernen«, sagte er. »Sie können wesentlich besser angeln als surfen.«

Kapitel 6

Es war schon neun Uhr durch, als ich keuchend wieder an unserem Strandhaus ankam. Ich war inzwischen die gerade erlebte Geschichte innerlich noch zweimal durchgegangen – die Blutstropfen klebten zum Beweis noch immer an meiner Hand. Durch das Verandafenster hindurch sah ich im Wohnzimmer fünf eingerollte, verschnürte und in einer Ecke verstaute Schlafsäcke.

»Morgen«, sagte ich zu den schwer beschäftigten Fremden. Keiner gab eine Antwort.

Stanley und seine vier Kumpel saßen an der gegenüberliegenden Wand und lasen Bibelverse, während sie aus Plastikschalen Müsli löffelten. Pastellfarbene Strandbilder hingen über ihren Köpfen, Notizblöcke lagen ihnen zu Füßen, und ich fand, sie sahen allesamt aalglatt, cliquenhaft und ein wenig blass aus.

Ich sah ihnen einen Moment lang zu. Nicht einer von ihnen schaute auf. Angetrieben vom Drang, meine Geschichte Steve und Ransom mitzuteilen, ging ich schließlich rückwärts zum Schlafzimmer, drehte mich um und machte die Tür auf. Lange weiße Streifen waren über Wände und Fenster gesprüht wie die Umrisse eines überhastet fabrizierten Graffitis an einer Hinterhofmauer. Meine Zimmerkameraden waren weg, aber innen an der Tür baumelte eine Notiz:

Ich bin unterwegs, meergrüne Farbe kaufen.
Steve

Nachdem ich mir ein Pflaster auf die Wunde geklebt hatte, wollte ich mir Frühstück machen. Unsere Küche war vom Wohnzimmer durch eine L-förmige Theke mit einer Arbeitsplatte in einem merkwürdigen Korallenrot getrennt. Künstlerisch veranlagte Typen hätten es viel leicht irgendwie als Rosa bezeichnet, aber alle im Haus hatten sich auf Korall geeinigt. Ich beugte mich darüber und fragte: »Stanley, hast du Lust, mit mir Pfannkuchen zu backen, wenn du fertig bist?«

»Pst«, machte Stanley, der an der Wand lehnte. Er hatte dabei so einen komischen Blick. Manche Blicke deuten an, dass man etwas getan hat, das sich nicht gehört; andere Blicke bedeuten, dass man nicht getan hat, was man hätte tun sollen. Ich hatte nichts getan. Es dauerte eine Minute, aber nachdem ich die Situation und die Stille eingeschätzt hatte, wischte ich die Theke mit meiner unverletzten Hand ab, stellte die Milch weg und brachte den Müll nach draußen.

Ich ging die Einfahrt wieder hinauf und nahm die Treppe zur Veranda, als ich merkte, dass Stanley dort schon mit verschränkten Armen auf mich wartete. Ein weißer Schaukelstuhl stand zwischen uns.

»Jay, wir sind hier als Gemeindegruppe. Morgens haben wir als erstes unsere Stille Zeit.«

Das Wort *Stille Zeit* hatte ich seit zwanzig Jahren nicht mehr gehört, seit wir in der ersten Klasse unsere bunten Matten aus dem Pult holen mussten und uns auf ein Mittagsschläfchen freuen durften.

»Du meinst so was wie Bibelverse lesen?«

»Das gehört auf jeden Fall dazu«, sagte er und musterte mich.

»Und das muss um neun Uhr morgens laufen, wenn am Strand die Sonne scheint und die Fische beißen?«

»Es geht um geistliche Disziplin.«

Ich gab dem Schaukelstuhl mit dem Zeh einen Schubs. »Hast du meinen neuen Kumpel Ransom gesehen? Er ist Surfer ...«

Stanley hielt den Schaukelstuhl mit seinem Fuß an. »Ist mit seiner Frau unterwegs zum Frühstücken. Aber du kannst ihm ausrichten, dass wir es gut fänden, wenn die Männer auch ihre tägliche *geistliche* Nahrung zu sich nehmen würden.«

Ich war hin- und hergerissen, welche Antwort ich geben sollte, grob oder witzig, witzig oder grob, doch weder zum einen noch zum anderen fiel mir etwas ein. Ich stieß den Schaukelstuhl noch einmal mit dem Zeh an. Stanleys Blick war noch strenger als sein Samstagmorgenzeitplan. Das war abstoßend. Statt neugierig zu werden, fühlte ich mich vertrieben, und ich wollte weder mit diesen Stillen Zeiten noch mit sonstigen Praktiken etwas zu tun haben, die seiner selbstgerechten Karaoke ähnelten.

Also wandte ich meine Anglerlektion an und entschloss mich abzuwarten, was er als Nächstes tun würde.

Er griff nach dem Schaukelstuhl und hielt ihn fest. Plötzlich fiel ihm mein Pflaster auf. »Was ist mit deiner Hand passiert?«

»Ich und ein älterer Herr namens Asbury haben einem Hai den Kopf gestreichelt. Er hat mich gebissen.«

»Asbury hat dich gebissen?«

»Nein, Stanley, der Hai.«

Die Sonnenstrahlen bahnten sich ihren Weg durch die Pinien am *Seaspray Drive* und wärmten mir die Füße, den Nacken und mein vor Salz ganz starres Haar. Mit einem roten Badetuch über der Schulter und der blauen Sonnenbrille auf der Nase schlenderte ich ganz allein zum Strand und grübelte über Stanley nach.

Ach, Stanley.

Eines Tages wird eins seiner Kinder drei Homeruns bei den Junioren schaffen, zum Spitzenspieler der Saison gewählt werden, und Stanley wird dann sagen: »Schön für dich, aber du darfst erst davon erzählen, wenn du dich an die Wand gesetzt und Stille Zeit gemacht hast.«

Ich nahm den Weg zwischen den Dünen, trottete an einem schlaffen Volleyballnetz vorbei und legte mein Handtuch auf den festen Sand – ein Spitzenplatz zum Schauen und Hoffen.

Die Sonne brannte kräftig, und ich hatte die Sonnencreme vergessen.

An der Küste von Carolina war nicht viel los, nur kleine Scharen von Drachen und kreischenden Kindern bevölkerten den Strand. Ein wirklich ansehnlicher Strand mit dem erhabenen Atlantik, der den Sand mit schmalen Wellen streichelte, die sich erhoben und brachen, sich in geschlossenen Rollen aus Blau und Grün überschlugen und mit dem ablaufenden Wasser winzige Muscheln freigaben.

Ich wischte Sandkörner von der Sonnenbrille, als sich fünf Frauen näherten. Sie kamen mir bekannt vor, vielleicht vom Fischrestaurant. Sie trugen Büchertaschen, Strandtücher und ein regenbogenfarbiges Sortiment von Klappstühlen.

Die eine sagte: »Du musst Jay sein«, und ich lernte die blonde Nancy kennen. Ihr Badeanzug war hellblau. Sie machte einen richtig netten Eindruck. Ihre vier Freundinnen winkten mir zur Begrüßung zu.

»Dein erster Ausflug mit den Singles?«, erkundigte sie sich und klappte ihren Stuhl auf.

Ich fegte mir eine Fliege vom Knie. »Ja, und bei dir?«

»Der dritte. Jedes Jahr kommen mehr Leute mit. Warst du schon immer Presbyterianer?«, fragte sie und drückte ihren Stuhl in den Sand.

»Wohl kaum. Meine Familie war eine seltsame Mischung, irgendwo zwischen wenig Interesse und Workaholic. Bis zur achten Klasse bin ich zur Kirche gegangen, danach erst wieder, als ich auf dem College war ... und das bloß, weil ich lieber den frommen Lutheraner gespielt habe, als über das Wochenende nach Hause zu fahren.« Ich ging nicht gern auf solche Fragen ein, aber wenigstens hatte ich die Wahrheit gesagt.

»Ist ja interessant«, erwiderte sie und stellte sich den Liegestuhl richtig ein. Das schaffte sie mit einer Hand, während sie in der anderen einen Plastikbecher hielt. Dabei kippte ihr etwas aus.

Sie wirkte recht freundlich, also rückte ich mit der Frage nach meinen Mitbewohnern heraus, die ich bisher zurückgehalten hatte. »Kannst du mir erklären, was mit Stanley und seinem ... Anhang los ist?«

Die Neigung ihres Stuhls musste ganz genau stimmen. »Er hat seine Freunde eingeladen«, sagte sie. »Sie machen alle bei demselben Fernkurs von irgendeiner ultrakonservativen Bibelschule mit. Nette Kerle, aber bis oben hin voll gestopft mit Regeln und Vorschriften. Vorschriften, wie man zu laufen hat, und Vorschriften, wie man zu reden hat.«

»Das ist ein Witz, oder?«, fragte ich und bot mich an, ihr den Becher zu halten, während sie ein rotes Handtuch auf dem Stuhl ausbreitete. Das Handtuch war mit grinsenden, weißen Bulldoggen bestickt.

»Na gut, das ist ein bisschen übertrieben. Nimm einen Schluck, wenn du magst. Ihr übernachtet im selben Haus?«

»Ja. Ich, Steve und Ransom.«

Sie stellte den Becher in den Sand und griff in ihre Tasche. »Wo kommst du her?«

»Aus Texas. Und du?«

»Aus Athens in Georgia«, sagte sie mit perfekter Lässigkeit. Sie schlug ein Buch zum Thema Beziehung auf, aber ich schaffte es geschickt, das Gespräch wach zu halten.

»Übernachtest du im gleichen Haus wie Elly und Darcy?«

»Ja, aber die beiden sind einkaufen gegangen.« Sie blätterte zum ersten Kapitel.

»Weißt du, wann sie zurück sind?«

Sie schaute nicht auf. »Keine Ahnung.«

Die anderen vier Mädchen stellten die Stühle in einer Reihe parallel zu den Wellen auf. Sie zogen sich die Shorts aus, setzten sich und reichten die Sonnencreme von einer zur anderen weiter. Nancy verrieb das weiße Zeug auf ihren Beinen und hielt dann mir die Flasche hin. Ich wollte sie schon bitten, mir den Rücken einzucremen, aber weil sie und alle ihre Freundinnen diese konservativen Badeanzüge trugen und dies mein erstes Wochenende mit den Presbyterianern war, entschloss ich mich, es selbst zu machen.

Nachdem ich die Flasche zurückgegeben hatte, musterte ich sie in ihrer ganzen Herrlichkeit, ein gleißendes Quintett, das die Stühle perfekt zur Sonne hin ausgerichtet hatte. Sie lasen fleißig, bis acht weitere Frauen auftauchten und ihre eigenen Stühle und Bücher aufschlugen. Nun lagen dreizehn Frauen und ich in einer Reihe, eine Anordnung, die im Vergleich zu Stanley und seiner Stillen Zeit ziemlich günstig abschnitt.

Als ich die Reihe entlangschaute, entdeckte ich mehrere Klassiker, die meisten aber lasen Bücher zum Thema Beziehung.

Mir war klar, dass ich niemals alle ihre Namen würde behalten können, also unterließ ich es, mich vorzustellen, und nummerierte sie, hinten in der Reihe angefangen, durch – Nummer eins, zwei, drei, bis hin zu Nancy, die neben mir als Nummer dreizehn lag.

Nancy und die Nummerngirls waren eine faszinierende Gruppe. Nummer drei und sechs hatten eine großartige Sonnenbräune und dazu passende Bücher; Nummer zehn hatte Sommersprossen und las Hemingway. Nummer acht betrieb offensichtlich Fitnesstraining. Und als ich meinen Hals ein bisschen weiter reckte, kam ich zu dem Schluss, dass Nummer zwei mit ihrem rabenschwarzen Haar, der gepiercten Augenbraue und dem Buch von Tolstoi auf jeden Fall die Gefährlichste war.

Niemand schien an einem Gespräch oder Flirt interessiert zu sein, also drehte ich mich in die Bauchlage.

Die Brandung hinter mir war gedämpft, aber beständig, ein schwerfälliges Rauschen von Energie, die sich sammelte, bis das Meer auf das Land einbrechen würde. Von meiner Position aus konnte ich auf den Weg aus Holzplanken sehen – die verwitterten Bretter, die sich über den Dünen neigten, wobei der weiße Sand den letzten Tritt schon begraben hatte. Neben den Stufen stand eine Abfalltonne. Eine Möwe hüpfte um die Tonne herum, pickte Reste heraus und suchte sich eine Mahlzeit zusammen. Plötzlich machte sie zwei schnelle Schritte und erhob sich in die Luft, kreischte im Vorbeifliegen und ließ die Happen liegen.

Weiter hinten auf dem Steg wurde ein gottesfürchtiges Haupt über den Dünen sichtbar. Erst kam die perfekte Frisur, dann der Oberkörper, dann stand er an der Brandung und schaute den Strand auf und ab, während seine vier Freunde sich hinter ihm aufstellten. Stanley trug karierte Bermudashorts und ein T-Shirt mit frommer Aufschrift, das eine Nummer zu klein war.

Bestimmt wollte er zum anderen Ende unserer Reihe gehen und sich neben einem der Mädchen niederlassen. Andererseits war mir mittlerweile klar geworden, dass in dieser Gruppe nichts so war, wie man es eigentlich gedacht hätte, also war das Sicherste, was ich tun konnte, in ein Nickerchen zu fliehen.

Schnell faltete ich mein T-Shirt zu einem Kissen, vergrub mein Gesicht darin, legte die Arme um den Kopf und zog mich zurück wie der Einsiedlerkrebs in seine Höhle, weitab von perfekten Frisuren und karierten Bermudashorts.

Neben mir und über meinem Kopf hörte ich das Geräusch flatternder Handtücher. Sandhäufchen fielen auf meinen Rücken, und ich hörte männliche Stimmen. »Er muss eingeschlafen sein« und »Das ist der Typ, der –«

»Pst«, flüsterte eine dritte Stimme.

Ich wusste nicht genau, wie lange ich gedöst hatte, aber mein Rücken brannte, mein Kopf war immer noch vergraben und ich war vom unterbrochenen Schlaf der letzten Nacht noch immer völlig groggy. Ich roch den nassen Sand. Von rechts hörte ich nur, wie Seiten umgeblättert wurden, also vermutete ich, dass die Mädchen tief in ihre Bücher versunken waren.

Links von mir entluden sich intensive Diskussionen; Männerstimmen warfen seltsame Wörter in die Brise. Wörter, die mir vom Galaterbrief her nicht bekannt vorkamen: *Vorrangstellung, Auferbauung, göttliche Fügung.* Große Worte. Wohnzimmerworte. Krasser Kontrast zu den häufigsten Wörtern meines Berufs: *kaufen, verkaufen, halten* und *ups*.

Ich versuchte, nicht zuzuhören, aber die Debatte wütete fort, die Stretchlimousinen des geistlichen Fachchinesisch entquollen jetzt Stanleys Stimmbändern. Seine Kumpel versuchten, aus ihrem eigenen verbalen Lagerbestand Beiträge zu leisten, doch Stanley redete sie alle in Grund und Boden. Es gab keine Chance, dem wortreichen Gefecht zu entrinnen. Neben den dreizehn gleißenden Frauen hier am sonnigen Strand fühlte ich mich wie General Custer, sonnencremegeschützt.

Ich überdachte meine Optionen. Ich konnte mich aus dem Sand erheben und sagen: »Dann werde ich mal Steve beim meergrünen Anstrich helfen«, aber Stanley würde todsicher fragen, warum wir streichen wollten. Ich konnte zurückgehen und mit Ransom frühstücken, aber er würde wohl lieber mit seiner Frau allein sein. Ich konnte hinaus in den Ozean waten und gegen den Sog ankämpfen, aber Stanley würde mir in seinen karierten Bermudashorts einfach nachlaufen, seine religiöse Hetzrede ausspucken, und wie sich jeder vorstellen kann, kann man sich mit dem gleichzeitigen Kampf gegen Sog, Sonnenbrand und religiöse Hetze im Handumdrehen den ganzen Sommerurlaub ruinieren.

Also hob ich bei noch vergrabenem Kopf und einer sich immer weiter vertiefenden geistlichen Diskussion langsam einen Finger, um mir einen Zipfel meines T-Shirts ins linke Ohr zu stopfen.

✿

»Reich mal die Sonnencreme rüber«, sagte Nancy zum zweiten Mal.

Ich drehte mich um, ließ meinen Blick über den Strand gleiten und sah die kleine, rotschopfige Lydia und den großen Joe Caruzzi Ransoms Surfbrett hinaus ins Meer schleppen. Hinter uns war ein Volleyballspiel im Gange. Der Wortwechsel ließ mich auf Heiden gegen Presbyterianer tippen. Ich hätte das Spiel fast »Budweiser gegen Stanley« genannt, aber Stanley und seine vier Kumpel erhoben sich gerade, setzten ob der Begegnung mit Biertrinkern finstere Mienen auf und stolzierten den Strand entlang. Ihre Jumbobegriffe zerrten sie an den Drachen, den kreischenden Kindern und einem rotwangigen Mann, der für seine Schwimmsachen viel zu groß war, vorbei.

»Es wird Zeit«, sagte eine weibliche Stimme mitten aus der Reihe.

Dreizehn Leserinnen drehten sich, ohne aufzuschauen, gleichzeitig in Bauchlage und waren immer noch vertieft in die unterschiedlichsten winddurchwehten Seiten. Nummer elf und Nummer zwölf mussten vergessen haben, dass ich nur ein Handtuch vom Ende der Reihe entfernt lag und döste, denn bestimmt hätten sie in Hörweite eines Mannes nicht wissentlich so persönliche Themen besprochen.

»Es ist viel zu weit, um zum Haus zurückzugehen«, sagte die Elf zur Zwölf. »Kann ich nicht einfach ins Wasser? Die Jungs machen es schließlich andauernd da draußen.«

»Geh doch«, sagte die Zwölf und blätterte um.

»Und wenn das Wasser kalt ist?«, fragte die Elf.

»Geh einfach«, sagte die Zwölf.

»Und wenn mich ein Fisch beißt, während ich gerade ...«

»Sei nicht so blöd, geh einfach.«

»Na gut, aber du kommst doch mit, ja?«

»Nein«, sagte die Zwölf. »Ach ... na gut, ich komm mit.« Sie legte einen Strandhaferhalm als Lesezeichen zwischen ihre Seiten und legte das Buch auf den Stuhl.

Es wäre wahrscheinlich meine Pflicht gewesen, Joe und Lydia vor der drohenden Eintrübung des herrlichen Atlantiks zu warnen, doch sie wateten schon durch die Brandung und schleppten das Surfbrett an den Strand, als Nummer elf und zwölf mit ihren vollen Blasen es sich anders überlegten und zurück zum Strandhaus sprinteten.

»Hast du sie weggejagt, Jay?«, fragte Lydia und wickelte sich ins Handtuch.

»Nein, aber es ist erstaunlich, was man von seinem Strandlaken aus so alles mithören kann.«

Seit wir uns in der Gemeinde bekannt gemacht hatten, war Lydia die Gastfreundschaft in Person gewesen. Heute war es nicht anders. »Ich habe belegte Brote mitgebracht!«, verkündete sie, ging zu ihrer Kühltasche und hob den Deckel. Es müssen dreißig Stück drin gewesen sein. Sie konnte sogar die Nummerngirls satt machen.

Putenfleisch auf Weizenbrot mit scharfem Senf war mein kostenloses Mittagessen. Die stöbernde Möwe kam zurück und ich fütterte sie mit der Kruste. Ich hatte gerade den letzten Bissen geschluckt, als Darcy und Elly – die eine in limonengrünem, die andere in pfirsichfarbenem Bikini – den Plankenweg entlangkamen. Ein leuchtendes und willkommenes Duett, wie sie so zwischen den Dünen die hölzernen Stufen herabstiegen.

Bei sich hatten sie drei neue Luftmatratzen – ohne die dazugehörige Luft –, und Darcy fragte, ob ich eine davon aufpusten wollte.

»Hier, Marshmallowkopf«, sagte Elly und warf mir ein zusammengelegtes Bündel aus hellblauem Plastik zu.

Ein bisschen feminin, dieses Hellblau. »Die orangefarbene bitte, Miss Kyle.« Sie war einverstanden. Bei dem Tausch streifte ihre Hand meine und ein Stromstoß zog meinen Arm entlang.

»Immer noch keine Strandlatschen gefunden?«, fragte ich, als ich sah, dass die beiden barfuß liefen.

»Nichts, was farblich passt«, sagte Darcy.

»Sie meint, dass es nichts Limonengrünes gibt«, sagte Elly, die im Faltengewirr nach dem Ventil suchte.

Nachdem die grellbunten Matratzen halb aufgepustet waren, fühlten wir drei uns so ausgepumpt, dass wir uns in den Sand warfen und nach Luft schnappten. Ich hatte noch nie Klebstoff geschnüffelt, aber wie ich da so in meinen sandig grünen Shorts saß, konnte ich mir nicht vorstellen, dass es schlimmer sein konnte, als Luftmatratzen aufzupusten.

Es war schade, dass Steve anstreichen musste, denn Darcy hatte einen Bikini in leuchtend grüner Farbe an, und eine ein Meter achtzig große Blondine im hellgrünen Bikini ist wahrhaftig ein sehenswerter Anblick – viel schöner als Mücken unter seidenmattem Weiß, die tot an einer Schlafzimmerwand klebten.

»Das Wasser ist wärmer, als ich dachte«, sagte Darcy. Sie hatte sich bis zur Hüfte hineingewagt.

»Sag ich doch«, erwiderte Elly und tauchte unter.

Unsere Flottille lief unisono vom Stapel; wir trieben auf den Wellen dahin und lagen träge und fern von den anderen auf unseren Plastikmatratzen in Orange, Rot und Blau. Der Ozean war unser Wasserbett, ein Massagestrom, der langsam unter uns trieb und uns sanft von Kopf bis Fuß durchschaukelte.

»Kannst du mir erklären, was Steve mit einem Eimer Farbe wollte?«, fragte Darcy. »Wir kamen auf dem Weg zum Strand an ihm vorbei, und er hat sich sehr seltsam benommen.«

»Ihr habt ihn mit Farbe gesehen?«, entgegnete ich, als wäre ich überrascht.

»Ja, wofür ist die Farbe?«, wollte Elly wissen und versuchte, sich durch Paddelbewegungen zu drehen, um mir ins Gesicht zu sehen.

Ich beobachtete die orangefarbenen Reflektionen auf meinem Torso. »Ihm ist in unserem Zimmer eine kleine Panne passiert. Nichts Schlimmes.«

»Du deckst ihn«, sagte Frau Limonengrün, die einen ziemlich starken Kontrast zum glänzend roten Plastik darbot.

»Ja, kommt mir auch ganz wie eine Vertuschung vor«, sagte Elly.

Beim Blick auf die Küste sah ich, wie ein zitronengelber Drachen ins Trudeln kam und in den Sturzflug ging. Zwei Kinder schauten auf, zeigten hin und winkten mit Plastikschaufeln, während sie darauf starrten. Das Volleyballnetz gab halbherzig vor, dass es ein Segel sei, und in der langen Reihe von Liegestühlen lagen die Nummerngirls in neu eingestellter Neigung, jede hinter einem Buch verborgen.

»Ich sehe nichts als Zehen und Bücher«, sagte Darcy und paddelte rückwärts. »Was soll das denn mit diesen Beziehungsbüchern? Offensichtlich hat denen nie jemand beigebracht, wie man flirtet.« Sie strahlte eine gewisse Aura aus, eine Mischung aus Südstaatlerstolz und der Selbstsicherheit der Reichen. Viel zu unabhängig für Gemeinschaftsaktionen größerer Gruppen.

»Ich frag mich, was passieren würde, wenn wir die Augen zumachen und uns einfach eine Stunde lang treiben lassen würden«, sagte Elly in Richtung Himmel. Ihre Bemerkung schuf einen seltsam zwiespältigen Reiz irgendwo zwischen Abenteuer und Gefahr.

Ich entschied mich gegen die Gefahr und erklärte mich einverstanden. »Es gibt nur eine Möglichkeit, das rauszufinden, Kapitän Kyle.«

»Ohne mich«, sagte Darcy und strampelte mit den langen Beinen ihr Gefährt vorwärts. »Ich habe gehört, dass es draußen im Tiefen Haie gibt.«

»Feigling«, sagte Elly und bespritzte ihre Freundin mit Wasser.

Darcy zuckte zusammen. »Ich bin kein Feigling.«

»Bist du doch.«

»Bin ich nicht.«

Elly verhandelte. »Wenn du in deinem vierrädrigen Monster wie eine Verrückte fährst, riskierst du dein Leben, aber dich mal treiben lassen willst du nicht – aus Angst vor Haien. Wie traurig.«

»Kluge Frauen suchen sich ihre Gefahren sorgfältig aus«, entgegnete Darcy.

»Ich bezweifle, dass Haie so dicht an die Küste schwimmen«, sagte ich, während das Salzwasser in dem Schnitt an meinem Daumen brannte.

»Ich bleibe im Flachen, Jay«, sagte Darcy. »Keine Diskussion.« Mit diesen Worten strampelte sie mit ihrer Luftmatratze in Richtung Strand.

Ob sie wirklich Angst vor einem Hai hatte oder mir nur eine Chance gönnen wollte – in jedem Fall musste ich Darcy hohe Achtung für ihr Taktgefühl zollen. Und ich fragte mich, warum die beiden keine vierte Luftmatratze gekauft hatten.

Ich hakte meinen Fuß in eine Schlaufe am Rand von Ellys hellblauem Gefährt ein und vernahm ihr Kichern, als sei sie gerade in irgendein großes Geheimnis eingeweiht worden. Wir vereinbarten, nicht zu reden, sondern einfach nur die Augen zu schließen und uns treiben zu lassen.

Also trieben wir dahin. Eine langsame, schaukelnde Fahrt am Feiertagswochenende.

»Nicht gucken«, sagte sie.

»Ja, nicht gucken.«

Die Zeit selbst trödelte scheinbar hinter uns her und bummelte in der Strömung herum. Bei meinem ersten heimlichen Blick sah ich, wo wir uns befanden – wir waren am Strand entlang weit von unserem Ausgangspunkt weggetrieben, aber nur ein Stückchen weiter ins Meer hinein. Bei meinem zweiten heimlichen Blick sah ich, dass ihre rechte Hand locker auf der Stirn lag und die linke Autogramme auf das Meer schrieb.

Vor meinem Umzug nach Carolina hatte ich noch nie den Atlantik gesehen. Jetzt trieb ich hier neben einer jungen Missionarin, und irgendwie musste ich darüber lächeln.

Wieder schloss ich die Augen, leckte mir einen salzigen Tropfen von der Lippe und spürte die schaukelnde Massage unter uns – die behutsamen Wellen, warm und butterweich, drängend und streichelnd im unablässigen Kreislauf der Gezeiten.

Kapitel 7

Nach meinem vierten heimlichen Blick war ihr Bild im Innern meines Augenlids fest eingebrannt: der pfirsichfarbene Bikini, eine leuchtende Sonnenbräune und brünettes Haar, das sich über eine hellblaue Luftmatratze legte. Die Strahlen schienen weniger auf sie einzuwirken, als mehr noch von ihr auszugehen. Ich dachte, wenn es Haie gäbe, die unter uns umherkreuzten, dann müssten sie denken, sie sei eine Meerjungfrau, und sie würden uns in Ruhe lassen.

Ich fing an zu summen.

»Pst«, sagte sie und trat ganz leicht nach mir. Dann trieben wir weiter.

Auf der Fahrt mit der Strömung – mein Fuß war immer noch in der Schlaufe eingehakt – wollte ich nun schließlich nicht mehr gucken, singen oder summen. Stattdessen glitten meine Gedanken über große Weiten hin bis zu einer möglichen Überraschungsstrandung – auf den karibischen Inseln mit unverdorbenen Stränden und klaren Quellen, wo Ureinwohner uns breit grinsend mit coolem jamaikanischem Akzent und einem Kokoscocktail in hohen Gläsern begrüßen würden; oder auf Key West, wo ein Mann mit sonnengegerbter Haut und verwitterter Gitarre uns eine Leine zuwerfen, ans Dock ziehen und mit Balladen tropischer Leichtigkeit verwöhnen würde. Oder wir würden die Gezeiten des Golfstroms gerade im richtigen Augenblick erwischen und hätten vielleicht die Chance, wie ein umgekehrter Kolumbus den großen Atlantik zu überqueren, bis wir zum Mittelmeer kämen und dann nach Spanien, wo die Spanier anmutig und weltgewandt an der sonnengetränkten Küste von Barcelona lagern würden.

Ein Spritzer ins Gesicht weckte mich aus der Träumerei.

»Guck mal, wie weit wir abgetrieben sind!«, sagte sie, hob den Kopf und sah sich um. »Am Strand sind gar keine Häuser mehr.«

»Tut mir Leid, aber du hast gesagt …«

»Ich weiß, aber können wir so weit paddeln?«

Wir mühten uns mit kräftigen Schlägen ab, die aber nicht viel brachten. In meinem Kopf lieferten sich Tapferkeit und Panik ihr Gefecht; die eine forderte mich auf, das Mädchen zu beeindrucken, die andere zeigte aufs nasse Grab. Ich schüttelte beides ab, als ich noch weiter draußen im Meer einen Streifen Sand entdeckte, auf den die Strömung direkt zulief. »Wir landen auf der Sandbank, wenn wir weiter ostwärts treiben.«

»Dann lassen wir uns mal weiter nach Osten treiben«, sagte sie, nun auf dem Bauch liegend und strampelnd.

Links von uns tauchte das letzte Strandhaus immer wieder auf und ab, auf und ab. Erschöpft gaben wir also den Kampf gegen die Strömung auf und ließen uns lieber mit ihrer Hilfe weiter nach draußen treiben, direkt auf die flache Stelle zu, wo der Sand schimmerte.

Wir paddelten unsere dürftigen Flöße auf die Sandbank. »Zwei Hand voll nasser Sand. Vielleicht wird er ja nicht weggespült«, sagte sie und grub die Hände tief hinein.

»Müde?«, fragte ich.

»Ich schaff's schon«, sagte sie und tauchte die Hände ins Wasser, bevor sie sich eine nasse Haarsträhne aus den Augen wischte.

Wir wanderten über unsere private Sandbank und bewunderten den Zufluchtsort – durchweichte Fragmente von Treibholz, verschlungene Klumpen von Seetang, und alles das mit einer Auswahl von Muscheln gespickt, die in der Mittagshitze trockneten.

Ein einsamer blauer Krebs, der wohl überrascht war, uns zu erblicken, huschte in ein sicheres Versteck.

»Ist das jetzt die Ebbe?«, fragte Elly und schaute zurück über die Sandbank.

»Das bezweifle ich. Aber ich bin aus Dallas, also …«

»Willst du wissen, warum ich es liebe, im Dschungel von Ecuador Missionsarbeit zu machen?« Sie wirkte wieder erfrischter und schien Geschmack am neuen Status als Schiffbrüchige zu finden.

»Ich war schon neugierig.«

Sie drehte sich um und fing an, nach etwas zu suchen. »Weil es wie mit dieser Sandbank ist, fernab von allem und unverdorben.«

Und mitten auf unserem feuchten, abgelegenen Streifen Land griff Elly Kyle sich ein Stöckchen Treibholz und fing an, damit Worte in den Sand zu malen. Sie ging beim Schreiben mit gebeugtem Oberkörper rückwärts und schien mich, den Ozean und alles andere zu vergessen.

»Ist das eine Botschaft für Gott?«, fragte ich und ging gemeinsam mit ihr rückwärts.

»Nein. Ich schreib einfach gern Gedichte in den Sand.«

»Wetten, dass er es sowieso liest?«

Die Buchstaben waren riesengroß, und vom ersten Vers bis zum letzten erstreckte sich ihr Werk über zehn Meter. An einer Stelle blieb sie stehen und runzelte die Stirn, verwischte eine Zeile mit dem Fuß und korrigierte sie. Als sie schließlich zufrieden war, ließ sie den Stock fallen und verzierte alle i-Punkte mit Muscheln. Dann bat sie mich, die Hände in die Hüften gestemmt, um meine Meinung.

»Wie heißt die Überschrift?«, fragte ich tief beeindruckt vom Wesen dieser missionarischen Dichterin, dieser braunäugigen, mit Essen werfenden missionarischen Dichterin.

»Zu Hause im Urlaub«, sagte sie und malte mit dem Zeh die Überschrift zu ihrem Werk. »Ich hab es gestern auf der Fahrt hierher geschrieben. Limonengrüne Cabrios inspirieren mich ... besonders bei Tempo hundertfünfzig.«

Ich schritt ans Ende der Sandbank zum ersten Vers und ging dann wieder rückwärts und las dabei.

Wie flach ihre Wurzeln sind
Sie jagen nur Karrieren hinterher
Diese Nachbarn mit Verfallsdatum
Wie Milchpackungen

Vergleichende Blicke
Unehrliches Lächeln
Hinter meinen Azaleen
Blinzelt mir Wohlstand zu

Blaue Becken mit Geld
Reichtum zum Gurgeln
Doch die Seele treibt ab
Und so vielen fehlen Wurzeln

Jetzt ist der Urlaub vorbei
Mein Haus nur Erinnerung
Die Luft Südamerikas kitzelt
Was heißt kitzeln auf Spanisch?

Kinder in Ecuador
Flüsse Südamerikas
Meine Wurzeln dringen tief
In Gottes üppigen Dschungel

Nasser Sand klebte ihr an Händen und Knien. Ihr Lächeln war nicht stolz, aber voller Zufriedenheit. Da draußen auf der Sandbank, die so fernab von allem und so unverdorben war, schien sie halb Frau, halb Kind zu sein. Aus drei Metern Entfernung konnte ich nicht anders, als zurückzulächeln.

»Findest du es denn gut?«, fragte sie und wischte sich nasse Sandkörner von den Händen.

»Nicht schlecht, aber Amerika könnte deinen Garten platt walzen wollen.«

»Mein Garten ist weit weg.«

Wie wir dort auf unserer sandigen Einfriedung standen, weit weg von der Küste, verspürte ich eine massive Unsicherheit. »Deine Worte haben einen antimaterialistischen Unterton, Miss Kyle. Hast du, äh, eine allgemeine Abneigung gegen Börsenmakler?«

Sie schaute hinaus auf die Wellen, bevor sie antwortete. »Im Allgemeinen nicht; in jedem Beruf hat man die Chance, anderen zu helfen. Aber bei uns zu Hause sehe ich überall so viel Gier und Selbstsucht. Es ist wie ein Mikrokosmos des ganzen Landes.«

»So schlimm ist es auch wieder nicht.«

»Ha! Es ist vielleicht noch schlimmer.«

Ich trat zwischen ihren dritten und vierten Vers. »Können denn Missionarinnen mit Nichtmissionaren ausgehen?«

»Bleib beim Thema«, protestierte sie und griff nach einer letzten Muschelschale für den i-Punkt auf *üppig*.

»Okay, Elly, wenn die Vereinigten Staaten einem armen Land ihr ganzes Geld gäben, meinst du dann nicht, dass die Bürger dieses Landes so enden würden wie wir – als hingebungsvolle Konsumenten im Kaufrausch?«

Sie wischte sich Sand von ihren Knien. »Glaub ich nicht. Der Unterschied ist, dass wir so erzogen wurden, dass wir es nicht anders erwarten und darin schwelgen. Ein Volk, das gelernt hat, Menschlichkeit höher zu bewerten als Reichtum, würde sich viel langsamer verändern.«

»Glaubst du das wirklich?«

»Jay, Amerika erschöpft sich so sehr im Wohlstand, dass man es im Kopf nicht aushält ... und mein Kopf hält eine Menge aus.«

Ich lachte über ihr Wortspiel. »Kann ich mir mal deinen Stift ausleihen? Ich will auch einen Vers aufschreiben.«

»Na, da bin ich ja mal gespannt«, sagte sie und reichte mir ihren Treibholzstock.

Ich zog an einem Ende einen Splitter ab, um ihn spitzer zu machen. »Erst einmal ein Bekenntnis: Meine Reime beschränken sich meistens auf das Niveau vom Kinderfernsehen, allerdings kommen sie mir auch erst in den Sinn, wenn ich unter Druck stehe.«

»Und dein Versuch, sich mit mir in der Dichtkunst zu messen, ist dir nicht Druck genug?«

Ganz am Ende der Sandbank, wo mir das Wasser über den Zehen stand, fing ich an zu schreiben.

»Und die Überschrift?«, fragte sie.

Ich musste erst einmal darüber nachdenken. Sie stand mit verschränkten Armen neben mir, den Kopf zur Seite geneigt.

»Dringlichkeit«, erwiderte ich.

Die Gezeiten wechseln
Die Strömung wird stärker
Wir müssen wieder paddeln
Sonst ertrinken wir in Gottes üppigem Ozean
Und P.S.: Können Missionarinnen mit
Nichtmissionaren ausgehen?

»Gib deinen Job besser nicht auf«, sagte sie und trat auf meine erste Zeile. Sie machte mit ihrem Zeh ein großes X durch mein bescheidenes Werk, würdigte aber meine P.S.-Frage keiner Antwort. Solcherlei Dinge mussten warten, denn die Strömung wurde wirklich stärker.

Während ihr erster Vers dahinschwand, hoben wir von der Sandbank ab. Von der Küste trennten uns Wellen, die höher, aber auch rauer waren als bei unserer Ankunft.

»Ich habe Durst«, sagte sie, und wir hoben uns über den nächsten Wellenkamm.

Unsichtbarer Sand kratzte mir am Bauch, winzige Körnchen, die sich zwischen mich und die Luftmatratze gemogelt hatten.

»Hat keinen Zweck«, sagte Elly und klatschte frustriert auf das Wasser. »Wir gewinnen überhaupt keinen Boden ... ich meine Wasser.« Noch ein Klatscher. »Das war eine ziemlich blöde Idee von uns.«

»Von uns? *Du* hast doch dieses blinde Treiben vorgeschlagen.«

»Okay, dann war es eben eine ziemlich blöde Idee von mir. Aber du warst einverstanden.«

»Du bist nur müde«, sagte ich. »Halt dich hinten an meiner Matratze fest, ich bring uns an Land.«

Die Strecke bis zum Land dauerte länger, als ich gedacht hatte. Nach fünfzehn Minuten Paddeln waren wir auf unseren dürftigen Flößen weiter nach Norden abgetrieben. Dann wurden die Wellen größer. Mann, war ich durstig. Die Sonne sengte, die Arme taten weh und es sah aus, als ob der Strand an der Küste immer weiter zusammenschrumpfte. Wow, wir waren wirklich auf dem Weg nach Barcelona.

»Paddelst du noch?«, fragte sie von hinten und hielt meine Knöchel fest wie ein Rettungsseil.

»Ich muss mich mal 'ne Minute ausruhen.« Die Ferienhäuser des weit entfernten Strandes waren wieder sichtbar und ich erinnerte mich daran, irgendwo einen langen Pier gesehen zu haben. *Wo bist du, langer Pier?*

»Du darfst nicht ausruhen«, sagte sie und zog an meinem Fuß.

»Vielleicht ändert sich die Strömung und sie nimmt uns mit.«

»Bis dahin bin ich eine gebratene alte Jungfer.« Ihr Griff ließ mir das Blut in den Zehen stauen.

»Okay, ich paddle.«

»Du paddelst und ich bete.«

»Kräftiger beten, Elly.«

»Pst, du machst mir mein Gebet kaputt.«

»Tut mir Leid«, sagte ich und war wild entschlossen, so gut wie möglich voranzukommen und irgendein erreichbares trockenes Stück Land anzusteuern, ohne Rücksicht darauf, von wo aus wir ursprünglich gestartet waren. Es war egal, ob es eine Boje, ein Hafen oder sogar die weiter entlegenen Ufer von North Carolina waren, die bei dem Kurs, auf dem wir mittlerweile trieben, entfernt in Betracht kamen.

In weiter Entfernung raste ein Jetski in die Gegenrichtung, hüpfte über die Brandung und ließ salzige Gischt explodieren, wenn er wieder aufsetzte. Ich bezweifelte, dass uns irgendjemand sehen konnte. Hätten wir eine Leuchtpistole gehabt, dann wäre ich nicht zu stolz gewesen – ich hätte sie abgeschossen, und zwar ganz hoch, und ich hätte mir geschworen, nie, aber auch nie wieder ins Blaue hineinzutreiben.

»Jay«, sagte Elly mit brüchiger Stimme, »ich habe Angst.«

»Ich auch.«

»Du solltest so was nicht zugeben.«

Aber die Strömung war stur und unnachgiebig. Mein Mund war trocken, und soweit ich wusste, durfte es noch drei Tage dauern, bis wir in Afrika landeten.

»Vielleicht entdeckt uns ja jemand«, sagte sie.

»Ja, vielleicht. Strample mit den Füßen.«

Als die Kräfte nachließen, kam ich mir vor wie ein Lachs, der gegen die Stromschnellen anspringen muss. Wir ließen uns weitertreiben, paddelten zwischendurch wieder, paddelten und ließen uns treiben, vorbei an einem Abschnitt unentwickelter Küste, deren hohe Dünen uns nachschauten und mit langen Halmen von Strandhafer im Wind winkten.

»Sind wir nicht schon näher dran?«, fragte Elly mit schwächer werdender Stimme.

»Vielleicht ein bisschen.«

Wir trieben fort nach Barcelona; wie kleine Korken im Fluss mühten wir uns gegen eine stärkere Kraft. Dann fing sie wieder an zu beten.

Ich hörte auf zu paddeln und drehte mich zu ihr um. »Elly, ich kann nur hoffen, dass es uns nützen wird.«

Sie flüsterte ein leises Amen und sagte: »Bestimmt hat uns da draußen jemand gesehen.«

»Klar, bestimmt«, sagte ich und leckte noch einen salzigen Tropfen auf.

Eine neugierige Möwe glitt herunter, sah, dass wir ihr keinen Happen zu bieten hatten, und strich landeinwärts. Zum ersten Mal in meinem Leben wünschte ich mir, nichts als ein dummer Vogel mit der Gabe des Fliegens zu sein. Oder ein dummer Fisch mit der Gabe des Schwimmens.

»Wann hast *du* zum letzten Mal gebetet, Jay?«, fragte Elly, meine Knöchel immer noch im Griff.

»Vor drei Sekunden.«

»Und wenn wir jetzt wirklich ertrinken müssten?«

»Ich müsste mir nie mehr Gedanken über meine Karriere machen.«

»Ich meine, bist du bereit zu sterben?«

»Nicht mit siebenundzwanzig, nein.«

»So meine ich das nicht.«

»Ich glaube, die Strömung dreht.«

»Wir müssen darüber reden.«

Ich konnte mir vorstellen, was sie meinte, ich wusste, dass sie nur ihrer Berufung gerecht wurde. Aber seltsam, ich dachte über meinen eigenen Beruf nach – darüber, wie manche Leute ihren Job durch Entlassungen, wegen schlechter Konjunktur oder schwacher Leistungen verlieren. Ich aber sollte meinen wegen der grausamen Gezeiten des Golfstroms verlieren. Meine Karriere gluckerte unter, im Gluckern lag meine Karriere.

So kitschig es klingt, entschied ich hier und jetzt, ein netterer Mensch zu werden, wenn wir nur überleben durften.

Fünf Minuten später sollte uns das Überleben gewährt werden.

✿

Ich pflügte den Ozean mit festen Kraulschlägen, als Elly an meinem linken Fuß zog.

»Ich höre einen Motor«, sagte sie.

»Ja, ich höre ihn auch.«

Eine laute Stimme aus dem Megaphon peitschte über die Wellen. »STRANDWACHE. STELLEN SIE DAS PADDELN EIN. WIR KOMMEN LÄNGSSEITS.«

»Gott sei Dank«, sagte sie.

»Großartig gebetet.«

Sie setzte sich auf und grinste. »War mir ein Vergnügen.«

Die beiden Männer auf dem gelben Jetski trugen uniformartige Hemden in Gelb, auf denen in großen schwarzen Buchstaben »Küstenwache« stand. Der untersetzte Bootsführer gab uns Zeichen, ein Seil zu fangen und es festzuhalten. Er warf und wir fingen. Das Nylonseil teilte sich am Ende in zwei Gummigriffe auf, und Elly schnappte sich zwischen zwei anrollenden Wellen mit beiden Händen den rechten. Ich freute mich auf den Hafen.

»Wir fahren langsam«, sagte der Fahrer. »Ihr beiden müsst besser auf diese Strömung achten. Letztes Jahr ist ein Mann von der Sandbank da hinten verschwunden.«

»Aber wir wollten doch zum Key West«, entgegnete ich und bekam die salzige Gischt ins Gesicht.

»Sir, Sie wären bei Einbruch der Nacht Fischfutter gewesen.«

Beim Ritt über die Wellen baten wir darum, am entlegenen Strandabschnitt abgesetzt zu werden, möglichst außer Sichtweite unserer Freunde.

»Na klar«, rief der Bootsführer und drehte scharf in Richtung Strand. »Solche Bitten bekommen wir Tag für Tag. Niemand legt Wert auf die Blamage, von der Strandwache abgeschleppt zu werden.«

Nach dem Halt im flachen Gewässer verwarnten uns die beiden und mahnten uns zur Vorsicht. Wir standen bis zur Hüfte im Wasser, nickten und sagten: »Ja Sir«, und: »Vielen Dank«, »Nein, unser Feriendomizil liegt drei Kilometer südlich von hier«, und: »Ja, wir versuchen, vorsichtiger zu sein.«

Elly watete hinüber und umarmte den Fahrer. Er wurde rot.

Ich hatte nicht vor, einen der beiden zu umarmen, bot aber eine Belohnung in bar an.

»Lassen Sie mal sein«, sagte der Fahrer. »Die Strandwache braucht nicht Ihr Sparschwein.«

Ich fand seinen Reim noch schlechter als meine, aber in Anbetracht der Tatsache, dass er uns gerettet hatte, wäre ich selbst dann ruhig geblieben, wenn der junge Mann gleich hier in der Brandung von Carolina einen Rettungsrap vorgeführt hätte. Sie düsten ab – ein leuchtendes Gelb, das über die Wellen hüpfte –, und ich schickte ein stummes, aber ehrliches »Danke, Gott« nach oben.

»Es war richtig blöd von uns, so was zu machen«, sagte Elly, setzte sich in den Sand und suchte nach dem Ventil ihrer Luftmatratze. Sie hielt inne und schaute zu mir hoch. »Richtig bescheuert, sich einfach blind treiben zu lassen und nicht mal zu gucken, wohin es uns verschlägt.«

»Ja, wirklich ziemlich bescheuert«, sagte ich und spuckte den letzten Rest Meerwasser aus. »Aber ich, äh ... ich hab geguckt.«

Sie wischte sich nasse Haarsträhnen von den Lippen und hob dann die Hände himmelwärts. »Oh, Herr, er hat geguckt und den Mund gehalten!«

»Tut mir Leid.«

»Mein Gedicht mochtest du aber?«

»Ja. Aber beim nächsten Mal nimmst du Papier.«

Als ich dort am salzigen und einsamen Strandufer saß, spürte ich, wie mich die Benommenheit in Wellen durchzog. Mir war, na ja ... schwindlig.

Ich legte mich zurück auf den harten Sand, alle viere von mir gestreckt. »Elly?«

»Ja, Jay?«

»Mir ist schwindlig.«

»Mir auch«, sagte sie und demonstrierte ihr Schwindelgefühl in schwankenden Bewegungen, während sie mit dem Ventil zugange war. »Ich fühl mich wie eine Lavalampe ohne Lampe.«

Uns stand jetzt noch ein langer Fußweg am Strand bevor, also fuhren wir damit fort, die Luft aus unseren Matratzen zu quetschen. Sehr stur, diese Matratzenluft. Sie bleibt hartnäckig, wo sie ist, wie Schwiegereltern nach einem guten Dessert.

Elly probierte die primitive Füßestampfmethode; ich bevorzugte die Umarmung. Als ich mich aber vorbeugte, um meiner orangefarbenen Plastikmatratze das Leben auszuquetschen, warf sie mit einem Schlammbällchen.

Ich sah es nicht kommen, spürte es aber.

»Jay?«

»Ja, Elly?«

»Du wirst nie ein richtiger Presbyterianer.«

Ich schaute vom Ventil auf und wischte mir Schlamm vom Hinterteil. »Und du, Miss Kyle, wirst mit deiner Navigationstechnik der geschlossenen Augen niemals Kapitän.«

»Ha!«

Ich quetschte meine Matratze noch stärker zusammen. »Und wenn du wirklich nach Sudamerika zurückgehst, solltest du lieber das Flugzeug nehmen, weil sonst niemand das Evangelium hören wird.«

»Zweimal ha!« Sie stampfte zur Betonung auf die Matratze.

Auf unserem Rückweg am Strand entlang versuchte ich ihre Hand zu halten, aber sie sagte: »Nimm lieber das hier« und reichte mir den luftlosen grellblauen Plastikklumpen.

Wir waren noch weit vom Haus entfernt und wateten durch die knöcheltiefen Wellen, als sie fragte, ob wir uns nicht Zeit zum Muschelsammeln nehmen könnten. »Du hast doch nichts dagegen?«, fragte sie.

»Wohl kaum«, antwortete ich und ließ unsere verschrumpelten Matratzen auf den Strand fallen.

Echte Männlichkeit hat wahrscheinlich nichts mit der Jagd auf Muscheln zu tun. Aber wenn man es schaffte, am Sonntagmorgen fröhlich auszusehen, konnte man auch hierbei wenigstens einen falschen Eindruck erwecken

Elly untersuchte zwei Muscheln und warf dann beide weg, dabei plapperte sie unentwegt. »Dieser Jetskifahrer war nett ... und irgendwie auch süß.«

»Das war ein Alleswisser in Gelb ... und sein Kumpel hat poetisch nichts drauf.«

Sie wandte sich ab und wusch eine Muschelschale in der Brandung aus. »Ich wette, die beiden müssen sonntags arbeiten und schaffen es selten zum Gottesdienst, und hast du nicht das Barracuda-Tattoo auf seinem Rücken gesehen? Das war so potthässlich, und, ach ja, du hättest ihm kein Geld zur Belohnung anbieten dürfen.«

Ich warf meine hässlichen Muscheln weg. »Und warum nicht?«

»Weil man für Gnade nie zahlen muss.«

Ich war mir nicht sicher, was sie damit meinte. Und ich war zu stolz, um nachzufragen.

Wir suchten wieder den Strand ab. Elly fand einen perfekten Seeigel, dazu zwei kleine, dunkelorangene getrocknete Seesterne, die eine vorherige Flut zum Sterben hochgespült hatte. Ich fand ein paar richtig coole Algen und ein Einwegfeuerzeug.

»Verkauf mir deinen Seeigel für meine Algen.«

Sie griff sich den Seestern und inspizierte seine Zacken. »Jay, magst du die kleinen dunklen Schokobonbons von Hershey, die mit dem Goldpapier?«

»Ja«, sagte ich, inzwischen auf den Knien, auf der Suche nach Schätzen im Sand. »Meine Lieblingsbonbons.«

Sie machte ein paar Schritte ins Wasser und nahm die Suche wieder auf. »Die konnten wir da unten in Ecuador nicht auftreiben. Das ist das Einzige, was mir an der Missionsarbeit wirklich nicht passte.«

»Sonst nichts?«

»Gut, das und die Sache mit dem Tanzen. Ich war schon seit zwei Jahren nicht mehr tanzen.«

»Magst du diese Oldies? Die Discosachen?«

»Als ich auf der Highschool war, hatte ich eine Diskokugel im Zimmer. Mein Bruder hat sie kaputtgemacht.«

»Ist ja schlimm.«

Sie fuhr fort damit, nur perfekte Muscheln zu sammeln, und warf die angeknacksten weg. »Ja, echt schlimm. Sag mal, wenn ich nach Ecuador zurückgehe, könntest du dann nicht auch versprechen, mir Schokobonbons zu schicken?«

»Klar. Aber erst mal gebe ich dir dieses Feuerzeug im Tausch gegen einen von deinen Seesternen.«

Sie betrachtete meine Ware, dann ihre Seesterne, drehte sich um und warf beide wie gezackte Frisbeescheiben zurück ins Meer.

Kapitel 8

Weder Nancy noch die Nummerngirls, allesamt in eine Duftglocke von Sonnencreme und Meer eingehüllt, hatten etwas Kaltes zu trinken. Außer warmer Cola in der Dose war nichts mehr übrig und die muskulöse Nummer acht sagte, wir könnten sie austrinken, wenn wir tatsächlich so durstig seien.

Wir waren tatsächlich so durstig.

Warme Cola in der Dose ist eindeutig ein Synonym für Ekel!

Elly wischte den Sand von der Öffnung, spuckte den ersten Schluck aus und sagte: »Gehen wir mal rüber zum Volleyballfeld und schauen nach den Jungs mit dem Bier.«

Neugierig folgte ich ihr. »Du wirst sie doch nicht fragen, ob …«

»Komm einfach mit«, sagte sie und der Sand knirschte unter ihren Füßen.

Wir gingen zu den sonnenverbrannten Fremden hinüber, die schon recht beduselt waren. Ein Typ mit flachem Hut – derjenige von ihnen mit dem Volleyball, einem Fernglas und um dessen Kühlbox herum vier leere Bierdosen verstreut lagen – meinte, wir sollten uns einfach bedienen. Ich wollte mir schon eine Dose nehmen, als Elly mir den Arm festhielt. »Wir wollten nur etwas Eis«, sagte sie mit leicht entschuldigendem Unterton zum Biermann.

»Sicher?«, fragte er. Er machte einen großzügigen Eindruck.

»Nein«, sagte ich, »wir sind uns da nicht sicher.«

»Doch, sind wir«, sagte Elly und streckte die Hand aus.

»Nehmt euch, was ihr braucht«, sagte er und nahm den Deckel von der Kühlbox.

Wir begnügten uns mit Eis, und sie dankte dem Biermann. Der aber rülpste nur und sagte, es müsse ganz schön peinlich sein, auf dünnen Plastikluftmatratzen von der Küstenwache an Land geschleppt zu werden.

Wir nuckelten an den Eiswürfeln und nickten zur Bestätigung.

Von ihrer hellgrünen Stranddecke aus winkte Darcy uns zu, als ob sie uns vermisst habe.

»Wo seid ihr beiden bloß gewesen?«, fragte sie. Sie setzte sich auf, drückte sich ein paar Tropfen Sonnencreme auf die Füße und wartete auf eine Antwort.

Ich sagte nichts. Elly wandte sich den Möwen zu und beobachtete sie.

»Na los doch«, bettelte Darcy und rieb sich den linken Fuß ein. »Wohin seid ihr verschwunden?«

»Auf eine langsame, entspannte Fahrt«, erwiderte ich.

Ich merkte, dass sie mir nicht glaubte.

Gerade jetzt kam Jamie Delaney her und band unterwegs das Haargummi fester. Jamie war so zierlich, dass sie kaum Abdrücke im Sand hinterließ. Sie drehte sich winkend ihrem Mann zu, der dort draußen die Brandung zähmte, und sagte dann: »Okay, wo seid ihr beiden gewesen?«

»Auf einer langen Muschelsuche«, sagte Elly. Miss Missionarin ließ sich auf die Decke fallen und fing an, mit weit aufgerissenen Augen von unserem Abenteuer zu erzählen. Der Bericht ging einher mit weit ausholenden Armbewegungen und übertriebener Darstellung, wie weit wir abgetrieben waren. Ich versuchte, ein paar Mal »Ja« und »Ihr hättet dabei sein sollen« einzuflechten, aber bald kamen sie vom Thema ab, und es ging um Poesie. Deswegen machte ich mich aus dem Staub und begnügte mich damit, Ransom beim Wellenreiten zuzuschauen.

Allerdings gab es am Strand von Litchfield keine großen Wellen, also verbrachte ich die nächsten Momente einzig in meiner eigenen Gesellschaft, bummelte den Strand entlang und warf geistesabwesend Muscheln ins Meer, machte mir aber bewusst Gedanken über das Schicksal. Oder war es Vorhersehung? Waren die Jetski-Typen von Gott gesandt? Und wie konnten Ellys Gebete so rechtzeitig erhört werden?

Ich kam zu keinem Schluss. Sie aber war da draußen so ruhig gewesen. Wie kann man mitten im ozeanischen Verderben so ruhig bleiben?

Am späten Nachmittag musste ich nach einem weiteren gescheiterten Versuch beim Surfen das Handtuch werfen. Ransom war von der geduldigen Sorte, doch die Lektion nahm ein schlechtes Ende. Nach meinem neunten Sturz ins Wasser paddelte er allein nach draußen, schaute über die Schulter zurück und riet mir, beim Angeln zu bleiben.

Ob aus Mitleid oder dem Bedürfnis, weitere Einzelheiten über das Dahintreiben mit geschlossenen Augen aus meiner männlichen Sicht zu hören, luden die Mädchen mich ein, wieder auf ihre Stranddecke zu kommen. Doch kurz nachdem ich mich gesetzt hatte, stand Elly auf und ging weg – ohne ein Wort darüber zu verlieren, wohin.

Zehn Minuten später kam sie mit weiteren Eiswürfeln zurück und wurde sofort von Jamie gefragt, was zwischen ihr und dem großzügigen Biermann abgehe.

»Was da abgeht?«, fragte Elly, als sei dies ein Vorwurf gewesen. »Wie kommt es, dass verheiratete Frauen sich so ein Verhör erlauben dürfen?«

»Ach, erzähl doch einfach das Interessanteste«, sagte Darcy und wischte sich eine Stechfliege vom Knie.

»Na gut, ich hab versucht, ihm von Jesus zu erzählen«, sagte Elly. »Aber er interessierte sich nicht besonders dafür. Sagte andauernd, er könne gar nicht glauben, dass die eine Sorte Kirchgänger ein Bier mit ihm trinken würde, andere aber dagegen wären. Dann fragte er mich, ob Jesus wohl ein Bier am Strand getrunken hätte.«

»Oh ... und was hast du ihm gesagt?«, fragte Jamie.

»Hab gesagt, dass ich es nicht weiß. In der Missionsschule wurde alles durchgenommen, aber das nicht.«

Als die Schatten der Häuser den Strand erreichten, stand Darcy auf und ging ins Haus. Elly half ihr, die Decke auszuschütteln, und sagte, dass auch sie für einen Nachmittag genug Strand getankt hätte.

Bevor sie aber ging, beugte sie sich zu mir herab und flüsterte mir ins Ohr: »Hat mir Spaß gemacht, Jay, unsere blinde Treibfahrt.«

»Mir auch, Frau Kapitän.«

Sie trödelten die Dünen entlang und wickelten sich züchtig in ihre Handtücher ein, ohne stehen zu bleiben oder das Gespräch zu unterbrechen.

Sie waren erst eine Minute weg, als Stanley in seinen karierten Bermudashorts an den Strand kam, dicht gefolgt von seinen Begleitern. Alle fünf schlurften immer noch debattierend und über ihre Mammutwörter diskutierend durch das Wasser.

Stanley schlenderte hinter die Reihe der Nummerngirls, zog sich das fromme T-Shirt aus und fragte: »Wer von euch Damen würde mir gern den Rücken mit Sonnencreme einreiben?«

Nicht eine der dreizehn schaute auf.

Es folgte eine merkwürdige Stille, die nur vom schnellen Umblättern von Buchseiten unterbrochen wurde, bis endlich Nummer zwei mit dem rabenschwarzen Haar über ihren Tolstoi hinweg aufblickte und sagte: »Mach es bitte selbst.«

Sah gefährlich aus, diese Nummer zwei.

✩

Der Dunst von frischer Farbe kam mir auf der Veranda entgegen, und ich betrat unser Strandhaus bei dem Geräusch eines Farbrollers, der die Schlafzimmerwand auf- und absauste.

Steve schien die Absicht zu haben, das ganze Zimmer zu streichen. Winzige meergrüne Tröpfchen bedeckten seine Arme, die Füße und den Stoppelbart. Das Meergrün zeigte sich in vielen Schattierungen, von denen keine die Originalfarbe traf, und das Schlafzimmer war erst halb fertig, als ich über das Zeitungspapier hereinkam. »So kriegt man keine Sonnenbräune.«

Er ließ sich nicht aufmuntern. »Schnapp dir einen Pinsel und hilf mir ein bisschen, ja?«

Ich fing bei den Fußleisten an. Der Geruch wurde mit jedem Pinselstrich stärker. Ein warmer Wind blies durchs Fenster, während Steve auf Zehenspitzen stand, die Decke rollte und die Melodie von *Heartbreak Hotel* pfiff. Er drehte sich zu mir um und begutachtete meine Fortschritte. »Das muss zweimal gestrichen werden, damit die weißen Streifen abgedeckt werden«, ermahnte er mich.

Ich tauchte den Pinsel ein und sagte: »Du hast diese Mücken richtig weggepustet.«

Er schüttelte den Kopf und tauchte die Rolle in den Eimer. »Irgendwelche weiblichen Aktivitäten am Strand heute?«

»Du hast was verpasst.«

»Details, Jarvis.«

»Vielleicht später. Ich brauch 'ne Dusche. Diese Dämpfe bringen mich um.«

Steve sagte, ich könne die Dusche nicht benutzen, weil seine Farbvorräte drinständen und weil er die Wanne brauche, um die Pinsel auszuwaschen.

»Nimm die Dusche unter dem Haus«, sagte er und tauchte wieder die Rolle ein.

Also schnappte ich mir ein Handtuch und ging zur Treppe.

Der weiße Beton unter unserem Strandhaus fühlte sich an den nackten Füßen kühl an. Die Wände der Dusche waren aus Holzplanken; sie waren von einer angenehmen Stille umgeben. Als ich mir das T-Shirt auszog, wurde ich von einem unerwarteten Rauschen erschrocken. Das Wasser strömte aus dem Duschkopf.

»Wer ist da drin?«, fragte ich.

»Ich bin's«, meldete sich eine weibliche Stimme aus dem Strahl. »Ich heiße Rona.«

Ich ging an der Duschkabine vorbei und sah auf dem Betonboden eine sandbedeckte Zeitschrift für Gewichtheber. Aus diesem Beweisstück von beschränkter Aussagekraft zog ich den Schluss, dass sie aller Wahrscheinlichkeit nach Nummer acht war. »Rona, warum bist du denn in der Dusche unter dem Männerhaus?«

»Bei uns im Haus sind zwölf Mädchen ... und wir haben nur zwei Badezimmer.«

»Du hast also keine Geduld?«

»Die anderen Mädchen brauchen eine Stunde, bis sie fertig sind. Bloß, um hinterher am Strand zu sitzen!«

»Hab ich mir auch sagen lassen.«

»Das ist das Einzige, was mir an diesen Strandausflügen stinkt. Aber mach dir keine Sorgen, ich bin immer noch im Badeanzug.«

Ich zog mein T-Shirt wieder an, lehnte mich an die Bretterwand und steckte einen Fingernagel in ein Seifenstück. »Warst du eine von den dreizehn Leserinnen am Strand?«

»Ja, ich war in der Mitte, habe ein Buch über Beziehungen gelesen und die Zeitschrift da drüben.«

»Sonnenbrand?«

»Ein bisschen. Und du?«

»Auf den Schultern. Ich bin irgendwie schiffbrüchig geworden.«

Ihre Shampooflasche knallte auf den Boden. Die Stimme wurde gedämpfter. »Hab davon gehört.«

Als ich damit fertig war, meine Initialen in die Seife zu kratzen, fing ich an, mit ihr zu verhandeln. »Bist du nicht bald fertig?«

»Nein, bin gerade erst gekommen. Willst du mal mit mir essen gehen?«

Erbarmen. Warum gerade ich? »Machst du immer den ersten Schritt, wenn es um Verabredungen mit Männern geht?«

»Manchmal. Ist eine Strategie aus dem Buch.«

»Klappt es denn?«

»Hin und wieder. Gibt mir das Gefühl, unabhängig zu sein.«

Ich setzte mich auf den Beton, den Rücken immer noch an der Bretterwand. »Unabhängigkeit ist eine gute Sache.«

»Meistens. Findest du mich verrückt?«

»Vielleicht ein bisschen, aber du bist nicht die Einzige.«

»Nicht die Einzige?«

»Nein. Darcy Yeager sagt, sie fühlt sich frei und unabhängig, wenn sie rast.«

Rona drehte den Duschstrahl schwächer. »Ist das die große Blonde mit dem hellgrünen Cadillac?«

»Genau die.«

»Sie ist hochnäsig. Spricht kein Wort mit mir.«

»Hochnäsig ist sie nicht.«

»Doch, ist sie. Sie ist so hochnäsig, dass die Jungs Angst vor ihr haben. Du hast sie noch nie mit einem Mann gesehen, oder?«

»Vielleicht ist sie jemand, der einfach nicht so gerne gleich alles an die Öffentlichkeit trägt.«

»Glaub ich nicht. Ich finde sie hochnäsig.«

»Na ja. Nicht das ganze heiße Wasser verbrauchen, Rona.« Ich stand wieder auf.

»Was wird aus der Verabredung zum Essen?«, fragte sie, lauter als zuvor. »Wir könnten gern getrennte Kasse machen.«

Der Duschstrahl prasselte gegen die Bretterwand. Schnell überdachte ich die möglichen Antworten. Das setzte mich nun wirklich unter Druck. Jetzt musste ich mich also hier auf dem kühlen Betonboden unter einem Strandhaus geistig mit diesem künftigen Essen auseinander setzen. Eine Verabredung mit mir, der muskelbepackten Nummer acht und ... einem Therapeuten?

Nachdem ich Rona eine ausweichende Antwort auf ihr Angebot gegeben hatte, verschob ich meine Dusche auf später, stieg langsam die Stufen zur Veranda hoch, ging ins Haus und legte mich auf das korallengemusterte Sofa im Wohnzimmer.

Aus dem Schlafzimmer kam das stetige Geräusch der Farbrolle. Ich hätte Bruder Steve eine bessere Hilfe sein können, aber der Nachmittag hatte mich ausgelaugt.

Ich war fast eingeschlafen, als Stanley die vordere Tür öffnete, die Sandalen abschüttelte und in die Küche ging. Er fing an, im Kühlschrank zu rumoren.

»Willst du 'ne Cola, Jay?«

Ich vergrub den Kopf im Kissen und murmelte: »Nein, danke, Stanley.«

»Wir waren froh, dass die Küstenwache euch beide gefunden hat.«

Ich setzte mich auf und schaute über das Sofa. »Und woher weißt du davon?«

Er riss den Verschluss von der Dose und lehnte sich an die Wand. »Ich hab sie selbst angerufen. Auf meinem Handy. Sah ein bisschen gefährlich aus, was ihr da draußen gemacht habt.«

»Ach ...«

Gedemütigt, wie ich war, nahm ich hin, dass leichte Schwaden von meergrüner Latexfarbe mich eindämmern ließen, immer tiefer, während Stanley mich dort allein liegen ließ, allein auf einem Strandhaussofa unter dem Luftwirbel eines rostigen Deckenventilators.

Kapitel 9

Nach einer Dusche inmitten von Pinseln beugte sich Ransom über das Waschbecken und gab sich Mühe, sein scheußlich gelbes Hawaiihemd nicht zu bespritzen. »Ich hab ein heißes Date mit meiner Frau«, sagte er, während er die Zahnbürste spülte. »Wir konnten nur die eine Nacht als Singles aushalten.«

»Jetzt hassen wir dich wirklich bis auf die Knochen«, sagte Steve. Er kämpfte mit dem obersten Knopf seiner Shorts, für die ich Mitleid empfand.

»Mach lieber die Dusche richtig sauber, Mann«, sagte Ransom. »Meine Fußsohlen sind grün.«

Zum Beweis hob er einen Fuß an; ich zeigte als sein Zeuge den meinen. Unsere Fußsohlen passten zusammen.

»Du hast Recht ... meergrün.«

Steve zog sich ein frisches Hemd über den Kopf und griff sich die Brieftasche vom Nachttisch. »Hört auf zu jammern, und zieht euch Socken an.«

Ich fädelte den Ledergürtel durch meine abgeschnittene Khakihose. Ich hatte wenig Energie, aber reichlich Appetit. »Wieder ein Tisch für fünfzig Personen?«, fragte ich.

»Vielleicht nicht«, sagte Steve. »Ich muss nur noch ein paar Rebellen sammeln.«

Die Rebellen sammelten sich, und wir sahen zu, wie Stanley den Konvoi aus Litchfield anführte. Auf die Rückbank des Jeeps gequetscht nickten Lydia, Elly und Joe mit den Köpfen im Takt zu den Klängen des Küstensenders.

Die ersten neun Autos bogen in Richtung Norden ab, wir aber nach Süden und machten uns auf zu den Krabbendocks von Georgetown in sechzehn Kilometer Entfernung.

Vorkriegshäuser säumten die Meeresfront der Hafenstadt. Die umlaufenden Veranden verwiesen auf eine beschauliche und freundliche Lebensweise. Und tatsächlich winkten uns die Bewohner sogar zu.

Wir fuhren an Vorkriegshäusern und freundlichen Menschen vorbei und näherten uns dem Meer auf einem Kiesweg, der unsere Ankunft mit Knirsch- und Klackergeräuschen ankündigte. Durch die Frontscheibe beobachteten wir, wie ein Hilfsarbeiter das Deck eines Krabbenfischerboots reinigte.

»Wie viel Pfund wollen wir?«, fragte Steve und machte seinen Sitzgurt los.

»Zwei«, sagte Lydia.

»Drei«, konterte Elly.

»Fünf«, sagte Joe.

Auf der verwitterten Hütte stand in handgemalten Buchstaben »Frische Meeresfrüchte«, obwohl der Geruch, der an unseren Nasen vorbeistrich, alles andere als frisch war.

»Das kommt von der hiesigen Papierfabrik«, sagte Lydia, als sie und Elly ins Gebäude eilten.

»Oh, was für ein Aroma«, murmelte Steve, hielt die Tür auf und schnupperte in die Luft.

Die Oberfläche der unbehandelten Holzwände der Hütte wirkte feucht und verkrustet. Eine kleine Tafel hing schief hinter der Theke und kündete in gestelzter Schrift von den Spezialitäten des Tages.

»Ich versichere Ihnen, dass diese Krabben noch vor zwei Stunden im Wasser geschwommen sind«, sagte der alte Mann hinter der Theke. »Und für euch junge Leute macht es nur fünf Piepen pro Pfund.«

»Was für ein Schnäppchen. Wir nehmen vier Pfund«, sagte Joe und reichte ihm unser Bargeld. »Das Kleingeld ist für Sie, Sir.«

✲

Auf der kurzen Fahrt zurück nach Litchfield – der Wind durchpeitschte unseren überfüllten Jeep, und die Mädchen versuchten, zum Strandsound einen Autotanz hinzulegen – ging mir die Frage vom Biermann durch den Kopf, die mit Jesus und Dosenbier am Strand. Ich dachte ein paar Kilometer lang über diese Frage nach. Dann drehte ich mich zur Rückbank um, um die Meinung der Gruppe einzuholen.

Steve wechselte auf die Überholspur und sagte: »Ich glaube, er würde es trinken.«

»Da muss ich widersprechen«, sagte Lydia. »Ist nicht seine Art.«

»Natürlich würde er«, protestierte Joe, der unsere Krabben in der Plastiktüte hielt und seinen großen Kopf gegen den Überrollbügel des Jeeps lehnte. »Er würde kein großes Gerede darum machen.«

»Kommt drauf an«, sagte die fröhliche Elly, deren dunkler Pony vom Winde verweht wurde. »Wenn er mit Alkoholikern zu tun gehabt hätte, dann nicht. Aber wenn er stundenlang ohne einen Schluck Wasser auf einer bunten Plastikluftmatratze unterwegs gewesen wäre, dann auf jeden Fall.« Sie trat gegen meinen Sitz.

Auf dem *Seaspray Drive* war es warm und ruhig, als Steve den Jeep in unserer Einfahrt mit den knirschenden Muschelschalen parkte. Ich stieg aus und klappte den Sitz für die Mädchen nach vorn.

Sie bedankten sich mit einem »*Gracias*« und traten vorsichtig auf die Muscheln.

Ich folgte ihnen über die Treppe zur Strandhausküche und ging in Gedanken noch einmal diesen ersten kompletten Tag meines allerersten Kirchenstrandwochenendes durch. Ich fragte mich, ob der Tag heute schon der Höhepunkt oder erst der Auftakt war.

Durch das Küchenfenster sah ich die sommerliche Sonne im Atlantik dahinschmelzen. Ich kochte unsere vier Pfund Krabben, Joe bedeckte sie mit Eis, und Lydia schlug vor, zum Essen an den Strand zu gehen.

»Aber heute läuft doch ein Baseballspiel«, protestierte Steve und strich sich echte Butter auf ein unechtes italienisches Brot.

»Baseballspiele gibt es doch andauernd«, sagte Lydia und wühlte den Kühlschrank durch. »Eigentlich habe ich sogar das Gefühl, inzwischen wird zwölf Monate im Jahr Baseball gespielt. Ein Spiel nach dem anderen, dann fliegt die Mannschaft irgendwo anders hin und spielt noch mehr, anschließend geht es wieder zurück nach Hause, wo gegen das gleiche Team gespielt wird, bloß in anderen Trikots, was wiederum heißt, dass sie zu viel schwitzen.«

»Ich missbillige diese Synopse«, sagte Joe und naschte vom Essen.

»Wo lernen Baseballspieler solche Wörter wie *Synopse*?«, fragte Elly. Sie lud sich den Arm voll mit Getränkedosen und ging rückwärts zur Eingangstür hinaus.

»Aus dem Lexikon«, sagte Joe. »Wir haben ein Lexikon im Mannschaftsbus, um unseren Wortschatz zu bereichern. Für den Fall, dass wir interviewt werden.«

»Gibt's auch Bibeln im Bus?«, fragte sie.

»Der Fahrer bringt immer zwei Bibeln und sechs Lexika mit.«

Ich holte mir die Tatarsauce von der Theke und das unechte italienische Brot aus dem Ofen. Elly hielt die Tür mit dem Fuß auf. »Kommst du mit, Mr Cole?«

»Nur zum Essen«, sagte Steve. »Dann schauen Joe und ich den Rest vom Spiel im Fernsehen an ... um das tolle Vokabular mitzukriegen.«

Wir schlenderten mit dem Essen zum Strand. Joe schlug vor, wir könnten ja vielleicht unseren Meeresfrüchtesong zu Ende singen, nachdem Stanley ja nicht zugegen sei, um uns brutal abzuwürgen.

»Klar«, sagte Lydia. »Warum hat Stanley uns eigentlich so brutal abgewürgt?«

»Vielleicht sind ihm Kirchenlieder lieber«, brachte ich in milder Verteidigung für Stanley vor, was mir selbst ein eigenartiges Gefühl vermittelte. Allerdings hatte der Typ ja immerhin die Küstenwache angerufen.

Elly sagte, die Getränkedosen kühlten ihr die Arme aus, und der Hummersong sei nur für Hummer, obwohl es vielleicht eine kürzere Melodie gebe, die ausschließlich den Shrimps gewidmet sei, aber wen interessiere das schon, denn ohne Koch im weißen Schlapphut mache es keinen Spaß und, nebenbei, Lydia könne sowieso nicht den Ton halten.

»Kann ich wohl«, sagte Lydia und stieß ihre Freundin mit dem Ellbogen an.

»Du kreischst«, sagte Elly.

»Ich kreische nicht.«

»Dann bellst du eben.«

»Ich belle nicht.«

»Der Hummer war froh, von seinem Elend erlöst zu werden.«

»Jay hat mir gesagt, der Hummer kommt in die Hölle.«

Als wir die Küstenstraße überquerten, begab sich Steve an meine Seite und flüsterte mir zu, dass es seiner Meinung nach ein spezielles Fegefeuer nur für Krustentiere gebe.

Wieder so ein Thema, mit dem ich mich noch nie beschäftigt hatte.

✩

Am Fuße einer dunklen Sanddüne saßen wir mit gekreuzten Beinen auf Strandtüchern, sahen zu, wie die Flut eine Stunde später als am vorigen Abend eintraf und die Wellen mit ihrem langsamen und stetigen Rhythmus an den Strand schlugen. Das Schlagzeug der Natur.

Warme Düfte von Meeresfrüchten mischten sich in die Brise, und unsere kleine Versammlung wirkte müde, wenn nicht sogar faul.

»Was ist mit Darcy?«, fragte Steve und füllte seinen Teller wieder auf.

»Hat Bauchschmerzen bekommen«, sagte Elly, die nicht von ihrem Essen aufschaute. »Als wir heute vom Strand gekommen sind, hat Darcy eine ganze Tüte Pfefferminzkekse aufgegessen. Sie sitzt schweigsam und blass oben in unserem Krähennest.«

»Die Arme«, sagte Lydia. »Diese Kekse machen süchtig.«

Im Nu hatte Joe all seine Krabben verputzt und erhob sich. Im Weggehen winkte er zum Abschied und sagte, er müsse gehen, um seiner geliebten Mannschaft zuzuschauen.

»Baseball schlägt den Sonnenuntergang am Strand«, sagte Elly und sah zu, wie Joe ging. »Wie erbärmlich.«

Nach einigen Minuten folgte Steve seinem Beispiel. »Ich geh vielleicht mal los, um nach den anderen in Myrtle Beach zu suchen«, sagte er und wischte sich den Sand von den Beinen. Anscheinend waren wir ihm zu langweilig. »Will noch jemand mitkommen?«

»Nein, danke«, sagte ich.

»Ich versuche, den Betondschungel zu meiden«, fügte Elly hinzu, deren Missionarinnenfinger geschickt die Krabbenschale vom Fleisch pellten. Seltsamerweise schälte sie immer fünf auf einmal, bevor sie sie aß.

So viel Geduld hatte ich nicht.

Jetzt, wo nur wir drei am Strand übrig waren, machten sie und Lydia es sich auf ihren Strandtüchern bequem, legten die Hände in den Nacken und schlugen vor, ein Nickerchen zu machen.

»Unglaublich, dass ich so viel gegessen habe«, sagte Lydia und wandte sich ab, um die Schalen in ein flaches Loch im Boden zu versenken. »Ich platze gleich.« Sie bedeckte die Schalen mit Sand und schleuderte ihre Sandalen von sich.

Ich wollte sie auf subtile Art bewegen, Elly und mich allein zu lassen, und versuchte es auf indirektem Weg. »In unserem Strandhaus ist eine Flasche Pepto-Bismol.«

Sie dachte eine Weile über meinen Vorschlag nach und sagte dann: »Nein, danke, Jay. Könnte ja in Wirklichkeit weiße Farbe sein. Ich mache ein Nickerchen.«

»Ich auch«, sagte Elly und legte sich einen Arm über den Kopf.

Es wurde still. Nur das träge Rauschen der Wellen und manchmal ein Kreischen der Möwen überredeten uns zum Schlaf. *Los, einschlummern.*

Eine Düne hielt den Wind ab, ein Flugzeug durchzog den Himmel, und ich dachte daran, mich vielleicht eines Tages hier zur Ruhe zu setzen, ein Boot zu kaufen, mir mein Essen zu fangen und den Winter über die Sonnenbräune zu bewahren.

Ich musste immer wieder an die wundersame Seefahrt und das Gedicht auf der Sandbank denken; langsam durchlebte ich die verwehten Überbleibsel unserer Treibfahrt vom Nachmittag noch einmal. Mein ganzer Körper schien sich wieder in den Wellen zu wiegen, obwohl ich regungslos auf dem trockenen Sand lag.

Ich bin eine mit Haut überzogene Spiralfeder.

Während die Flut immer näher heranrückte, schlug ich die Augen auf und erblickte einen strahlend silbernen Mond, mehr Sterne als Reklamelichter in Myrtle und Frauen, die schon wieder in ein Gespräch vertieft waren.

»Glaubst du, dass das Weltall wirklich niemals aufhört, sich auszudehnen?«, fragte Lydia, hellwach und wieder im Schneidersitz.

»Wenn Gott keinen Grund hat, alles beim Alten zu lassen, warum nicht?«, sagte Elly, die mit dem Finger die Umrisse vom Großen Wagen nachzog.

»So hab ich es noch nie gesehen«, murmelte ich im halb wachen Zustand.

»Willkommen im Leben.«

»Gibt's noch was zu trinken?«, fragte ich.

Sie drückte ihre leere Dose mit dem Daumen ein und schüttelte den Kopf. »Steve hat die letzte mitgenommen, als er gegangen ist.«

Ich brauchte etwas Kaltes. »Kann ich euch Mädels Nachschub mitbringen?«

»Bitte«, sagte Lydia.

»Nachschub her«, sagte Elly.

Ich ging barfuß durch die Dünen, fühlte den warmen Sand unter den Zehen einsinken und dann die kühleren Körnchen fest unter der Oberfläche. Ein schwacher Wind ließ die Palmwedel aneinander scharren, als ich zum Fußweg kam, wo Dutzende leerer Bierdosen aus einem übervollen Mülleimer gefallen waren.

An der Straße zog ich mir die Sandalen an, bevor ich auf die Uhr sah – 23 Minuten nach Mitternacht. Der *Seaspray Drive* war jetzt still und ruhig, nur die Grillen übertönten das besänftigende

Hintergrundgeräusch der Brandung. Auf unserer Einfahrt knirschten die Muschelschalen unter meinen Sandalen, also machte ich einen Umweg um den Jeep herum und durch den Hof. Das Haus war dunkel, und außer dem Zirpen der Grillen war kein Geräusch zu hören.

Ich war fast an den Stufen zur Veranda angelangt, als der erste Blitz aufleuchtete. Er konnte nichts mit einem Gewitter zu tun haben, nicht in einer so klaren Nacht. Noch ein Blitz, zwei weitere und ein vierter, jeder ohne Donner. Und noch ein Blitz. Dann noch einer. Immer noch kein Donner.

Verwirrt ging ich zurück in den Hof und schaute zum Himmel. Nur Sterne. Dann wieder ein Blitz. Ich hörte ein Quietschen und blickte zum Dach hinauf. Eine männliche Gestalt, die Steve Cole sehr ähnlich sah, stand mit einer Taschenlampe in unserem Krähennest. Er lehnte sich gegen die Brüstung und gab Signale.

Zwei Häuser weiter, oben im Krähennest der Frauen, signalisierte jemand zurück. Es war zu dunkel, um zu erkennen, wer es war, also ging ich ein paar Schritte in Richtung Straße, um besser sehen zu können, lugte hinter einer Palme hervor, und da war sie, fünfzehn Meter Luftlinie entfernt, groß und blond.

Ich hatte es gewusst oder zumindest *geahnt*.

Keine Zeit mehr zum Kichern, denn er kam die schmale Treppe herunter – mit langsamen, vorsichtigen Schritten wie ein Einbrecher. Ich duckte mich hinter seinen Jeep.

Die Tür ging zu und ich konnte hören, wie er über die Muschelschalen unsere Einfahrt überquerte. Ich kämpfte gegen ein Niesen an, das gerade im Begriff war, durch meine Nase zu explodieren, was großen Druck auf meinen Gaumen ausübte.

Ich kam mir vor wie ein Spion, aber es war die Sache wert.

Sie trafen sich zwei Häuser weiter an der Straße.

Ich hatte mich inzwischen wieder hinter der Palme versteckt.

Ein kleines Küsschen von ihm, dann ein zweites, längeres von ihr. Gegen die Straßenlaterne nur als Silhouetten erkennbar, spazierten sie mit ineinander gehakten Fingern und schlenkernden Armen die Straße hinunter.

Leise und auf Zehenspitzen ging ich die Treppe hinauf und schlich über unsere Veranda. Im Wohnzimmer lagen fünf schlafende Männer auf dem Boden. Ich trat vorsichtig zwischen Stanley und seine redseligen Begleiter, öffnete den Kühlschrank ganz langsam, sodass die Isolierung an der Tür nicht dieses schmatzende Geräusch von sich gab, und fand hinter dem Salat drei Getränkedosen. Zwei Colas und ein Traubensaft.

Die Eingangstür ließ sich ohne Knarren wieder schließen, und wieder durchquerte ich den Hof und ging über die Straße. Kein Hauch, keine Lichter, nur das Zirpen der Grillen, als ich zurück in Richtung Strand ging.

Elly und Lydia hatten alle drei Strandtücher näher zu den Dünen gezogen, weil die Flut inzwischen vorangeschritten war. Sie saßen sich gegenüber, waren munter und gestikulierten, ganz in das kichernde Geplapper junger Frauen vertieft.

✩

»Komm zu uns rüber, Jay«, sagte Lydia. »Wir reden mal wieder über ›die Sache‹.«

Der Mond versteckte sich hinter einer Wolke, was dazu führte, dass die Mädchen, der Strand und unsere drei Dosen kohlensäurehaltiger Getränke schlechter zu erkennen waren. Das Meerwasser nagte Zentimeter um Zentimeter am Sand, als ich mich auf mein Handtuch fallen ließ, doch jede Welle war munterer als ihre Vorgängerin. Ich fragte, welche Getränke sie gern hätten, und Elly sagte, sie nehme den Traubensaft. Den wollte ich auch.

»Über welche Sache?«, fragte ich.

»Du weißt schon«, sagte Elly. »Was Männer wollen, was Frauen wollen.«

Unsere von Dünen umsäumte Nische am Strand war jetzt dunkel und ruhig genug für solche Gespräche, also rückte ich als Erster mit meiner Meinung heraus. »Ich denke, dass wir Männer insgeheim damit rechnen, dass es nur die eine Partnerin gibt, die einfach nur gut versteckt ist.«

»Das glaub ich nicht«, sagte Lydia und öffnete ihre Cola. »Wenn ich in South Carolina bleiben würde, dann könnte ich jemanden kennen lernen. Wenn ich nach Idaho umziehen sollte, dann würde ich jemand anders kennen lernen. Egal, welchen der beiden ich heiraten würde, es wäre der Richtige.«

»Gut gesagt«, meinte Elly und nahm einen Schluck Saft. »Aber der Richtige muss beweisen, dass er der Richtige ist.«

»Und wie soll der forsche Jüngling diesen Beweis anstellen?«, erkundigte ich mich.

Kurze Pause. Sie schauten einander an, als sei das Gespräch in eine ernste Phase geraten. In der Stille legten wir uns zurück aufs Handtuch, die Arme unter dem Kopf verschränkt, und schauten in den

Himmel, bevor jemand weitersprach. Ich sah den Kleinen Bären und die aufblitzenden Lichter eines Flugzeugs.

»Er muss sie wie einen wertvollen Edelstein behandeln«, sagte Elly in ihr sandiges Kissen gelehnt. »Aber er muss vor allem eine echte Beziehung zu Gott haben.«

»Etwas mehr zum Thema ›wertvoller Edelstein‹, bitte.«

»Die Tür aufhalten und Blumen schenken, alles das ist selbstverständlich«, sagte Lydia und sprach in Richtung Himmel. »Das sollte seine Mama ihm schon beigebracht haben.«

»Mal wenigstens das«, sagte Elly.

»Geburtstag und Hochzeitstag sind ihm tief ins Hirn gebrannt«, sagte Lydia.

»Das auch«, bestätigte Elly.

Lydia hatte nicht mal Luft geholt. »Ohne zu fragen sollte er wissen, ob ich fröhlich oder traurig bin oder irgendwo dazwischen.«

»Klar«, meinte Elly. »Das auch.«

»Und er darf keiner von diesen Männern sein, die zu allem Ja und Amen sagen, wenn sie zum Beispiel sagt, dass sie Schimmelkäse mag, und der Typ dann behauptet, er mag auch Schimmelkäse. Das haben wir nicht nötig.«

»Haben wir auf keinen Fall nötig«, sagte Elly.

»Und er darf uns nicht donnerstags um elf Uhr nachts anrufen, wenn er sich für Freitag verabreden will.«

»Das wäre unhöflich«, sagte Elly.

»Und wenn er knauserig veranlagt ist, dann darf er das gern beim Kauf eines Rasenmähers oder bei der Gebühr für seinen Golfclub ausleben, oder er kauft sich beim Baseballspiel Karten für die billigen Plätze. Aber bitte nicht bei uns knausern.«

»Das muss klar sein«, erklärte Elly.

»Und nach einem netten Abend sollte er am nächsten Tag anrufen und sagen, dass wir etwas ganz Besonderes sind.«

»Das wäre nett«, nickte Elly.

»Und wenn man in die gleiche Gemeinde geht und sich dann trennt, dann darf man sich am Sonntagmorgen nicht neben uns setzen und darum bitten, mit ins Liederbuch gucken zu dürfen.«

»Alles schon mal mitgemacht«, sagte Elly. »Würg.«

»Aber wenn man dann wieder zusammen ist, sollte er keinen Zweifel aufkommen lassen, dass wir Mädchen bestellen dürfen, was wir wollen, denn der Preisunterschied von Steak und Hamburger verblasst im Hinblick auf ein ganzes Leben voller Liebe und Hingabe.«

»Das beschreibt die Sache ziemlich gut«, sagte Elly.

»Und noch etwas«, ergänzte Lydia. »Er sollte uns niemals – weder bei einer Verabredung noch bei sonstigen Treffen – in Situationen bringen, die auch nur annähernd zweideutig sind.«

Elly nickte. »Das ist gar nicht schlecht, Lydia«, sagte sie. »Du solltest ein Buch schreiben ... und du hast Recht, auch nicht der leiseste Hauch von Zweideutigkeit.«

Ich hätte Hilfe benötigt, aber meine beiden Mitbewohner waren über alle Berge. Ransom, der Pseudosingle für eine Nacht, hatte ein heißes Date mit seiner Frau, während der unrasierte Steve aus dem Krähennest romantische Morsesignale mit einer einsachtzig großen Blondine ausgetauscht hatte.

Nicht fair. So springt man doch nicht mit dem Neuen um.

Ich fühlte mich wie das Opfer eines verqueren Scherzes, der mich hier am Fuß der Sanddüne absolut wehrlos machte – wehrlos gegenüber einer kleinen Rothaarigen, die später mal Bücher über korrektes Beziehungsverhalten schreiben würde, und einer Missionarin, die mit Essen auf Fremde warf.

Ich wollte die Männerwelt gegen diesen hinterhältigen weiblichen Angriff verteidigen, schaffte es aber nicht allein; konnte mich nicht gegen vergessene Blumen und den Vorwurf peinlicher Situationen wehren.

Um meines eigenen Geschlechtes willen aber wollte ich doch einen Schuss abgeben. »Darf ich mal für die Männer reden?«

»Nein!«, sagte Lydia. »Mach dir einfach deine Notizen und informiere den gesamten männlichen Pöbel.«

Genug gesagt. Ich wusste, wann es an der Zeit war aufzuhören.

In der Dunkelheit blieb die Zeit stehen. Wir blieben liegen, die Arme unter den Köpfen verschränkt, und schauten auf zum Nachthimmel, während die Flut, kaum ein paar Schritte entfernt, ihr Letztes gab.

Der Atlantik streckte sich jetzt so weit aus, wie er konnte, genau wie meine Psyche.

Kapitel 10

Ich wachte von einem Tritt gegen mein Schienbein auf. Es war inzwischen Sonntag, und mein Haar fühlte sich an, als hätte jemand Sand drübergeschüttet.

»Autsch!«, sagte ich. Jemand stand über mir und trat wieder zu.

»Wach auf!«, sagte Elly. »Das hier macht einen schlechten Eindruck.«

»Häh?« Meine Augen konnten noch nicht scharf sehen.

»Jay, es ist fünf nach sechs«, sagte sie und klang nervös.

Es dauerte eine Weile, bis ich einen klaren Gedanken fassen konnte und feststellte, dass die Wellen träge gegen den Strand schwappten.

Immer noch schläfrig stützte ich mich auf die Ellbogen. »Was ist mit Lydia?«

Elly stand zwischen mir und den schwappenden Wellen. »Wer spricht hier von Lydia? Sie ist wahrscheinlich frühmorgens ins Haus gegangen und hat uns hier draußen allein gelassen. Ich kann gar nicht glauben, dass wir die ganze Nacht am Strand waren. Das macht bestimmt einen ganz schlechten Eindruck.«

»Das hast du bereits gesagt.«

Der Wind hatte Schalen von Krabben an mein Bein geweht; meine Taschen waren mit Sand gefüllt. Über dem Ozean schien sich der Morgen zwischen dunkel und hell nicht entscheiden zu können. Rosa- und orangefarbene Streifen vermischten sich. Die Sonnenscheibe war immer noch unter dem Horizont und stellte sich darauf ein, auf die Küste von Carolina zu strahlen und unsere leicht zweideutige Situation ins Licht zu stellen.

Elly versuchte zu lächeln, aber das Lächeln schwand schnell dahin, und die braunen Augen wurden ernst, als wolle sie etwas sagen, ohne den Satz formulieren zu können. Sie schüttelte das Handtuch aus, was noch mehr Sand in mein Haar streute.

Inzwischen wach geworden, stand ich auf und schüttelte aus Rache auch mein Handtuch. Sie fing an zu lachen, hörte aber schnell wieder auf. Stattdessen schlang sie sich das gelbe Handtuch um den Hals und trat ihren Weg durch die Dünen an. Sie wurde immer schneller, als würde es einen besseren Eindruck machen, um 6:15 Uhr statt um 6:20 Uhr anzukommen. Ihr Haar war wirr und stumpf, durch die Sonne und die salzhaltige Luft des Wochenendes ein ganz kleines bisschen aufgehellt – der natürliche Look.

Ich ging neben ihr her, legte mir beim Überqueren der Küstenstraße auch das Handtuch um den Hals und hatte das Gefühl, mich entschuldigen zu müssen, obwohl ich keinen Grund dafür ermitteln konnte. Wir waren ja bloß eingeschlafen.

Sie blickte flüchtig auf die aufgegangene Sonne zurück, die jetzt in sattem Rot leuchtete, als ob sie nicht wollte, dass Elly alleine die Schamesröte im Gesicht stand.

»Ich weiß, dass nichts passiert ist«, sagte sie und gestikulierte heftig mit ihrem rechten Arm. »Du weißt, dass nichts passiert ist. Und, was am wichtigsten ist, Gott weiß, dass nichts passiert ist.«

»Aber deine Freundinnen könnten wach sein und –«

»Und es könnte noch hingenommen werden, wenn es nur ich und Lydia oder wir drei oder sieben von uns oder nur die Mädchen gewesen wären. Aber du, du bist nur ein Besucher, der ... oh, Mann, das wird einen ziemlich schlechten Eindruck machen.«

Ich blieb auf der Straße stehen und wischte mir den Sand von den Beinen. Sie ging weiter.

»Also, was wirst du sagen, Elly ... damit keine Gerüchte entstehen?«

»Bis heute Nachmittag wird es ein regelrechtes Gesprächsforum über uns beide geben.«

Ich hielt kaum mit ihr Schritt. »So schlimm ist es?«

»Schlimmer. Ich bin die Tochter eines Ältesten. Ich muss beten.«

»Autsch.«

»Pst. Du machst mir das Gebet kaputt.«

»Der Sand hat mich gepickst.«

»Pst.«

Mit sandigem, stumpfen Haar und einem starken Gefühl der Verlegenheit bogen wir auf den *Seaspray Drive* ein. In den Häusern war kein Licht an, niemand war im Krähennest, nur drei Möwen glitten ruhig über den Baumwipfeln dahin.

Elly blieb auf der Straße stehen. Ihr Gesichtsausdruck ließ kühle Überlegung erkennen. »Ich will nichts riskieren«, sagte sie und riss sich das Handtuch vom Hals. Sie zerknüllte es zu einem Ball, machte ein Kissen daraus, ging zur Einfahrt zum Strandhaus und kletterte auf den Rücksitz von Limo.

Auf dem Weg zu meinem Wochenendwohnsitz blieb ich stehen, schüttelte den restlichen Sand aus meinem dunkelroten Handtuch und machte wieder kehrt. Mit beiden Händen hielt ich je eine Ecke des Handtuchs und trat neben den Cadillac.

Ihre Augen waren geschlossen.

Ich deckte sie mit meinem Handtuch zu.

»Nacht«, flüsterte sie.

»Gute Nacht, Elly.«

Ich hätte sie gern geküsst.

Ich ließ es aber bleiben, und als ich schließlich leise zum Haus Nummer vier hinüberging, ließ sie ein unechtes Schnarchen vernehmen.

Ich schleiche mich in mein Strandhaus – das hatte ich mir vorgenommen, als ich mich um das Haus herum nach hinten begab, wo ich durch das einzige Fenster am Ende des frisch meergrün gestrichenen Zimmers gucken konnte. Das Tageslicht war gerade hell genug, um Ransom auf dem Boden zu erkennen, noch in seinen Kleidern, und Steve drüben auf dem Bett in der Ecke, auch im Tiefschlaf und mit weit offenem Mund.

Ich probierte es am Fenster. Zu.

Die Glasschiebetür – auch zu.

Ich musste es an der Haustür versuchen.

Wie Steve schlich ich einbrechermäßig die Treppe zur Veranda hinauf, lugte durch die Scheiben in der Tür und sah ein paar aalglatte Kirchenmänner überall im Wohnzimmer schlafen. Meine Hand tastete nach dem Türknauf. Er ließ sich drehen. Dann sah ich eine Bewegung hinten im Zimmer.

Stanley saß an die Wand gelehnt und las wieder Bibelverse. Er sah mich nicht.

Ich trat den Rückzug über die Stufen an und zuckte bei jedem Knarren zusammen. Ein blaues Handtuch hing über dem Treppengeländer, und jemand hatte einen dicken schwarzen Gummischlauch unter der Veranda liegen lassen.

Die Sachen würden nun herhalten müssen. Das Gewicht von Stanleys Jumboworten hätte das Ding platzen lassen, aber für mich reichte es schon noch.

Auf dem kühlen Betonboden unter dem Strandhaus breitete ich das Handtuch über dem Schlauch aus. Dann ließ ich mich nieder und schloss meine Augen, wobei mein Hinterteil abtauchte, als wäre es in eine große schwarze Gummischublade eingezwängt worden.

Lydias Beziehungsgerede klang mir im Schädel nach, während ich versuchte, die Gedanken zu verarbeiten und mir eine Perspektive zu verschaffen, doch die Perspektive musste warten, weil ich hier auf meinem Schlauch schon unterwegs ins Schlummerland war. Und mein Schnarchen war mit Sicherheit nicht gespielt.

Ein halbe Stunde verging, während ich so auf meinem Gummibett lag. Vielleicht ein bisschen mehr. Aber empfehlen könnte ich so ein Schlauchnickerchen ganz bestimmt nicht, es erinnert viel zu sehr an schwereloses Hüpfen. Schlimm genug, als Single allein schlafen zu müssen, da braucht man nicht auch noch schräge Angstträume von Trampolinen und Golf auf dem Mond.

Bei geschlossenen Augen lauschte ich dem Geräusch von Schritten auf Muschelschalen. Vögel zwitscherten, und eine weibliche Stimme verkündete den Morgen.

»Jay?«

»Gut geschlafen, Elly?«

»Nettes Bett«, sagte sie und setzte sich auf die Treppe.

»Danke. Wie war's auf dem Rücksitz?«

Sie hatte sich das Haar gebürstet, doch immer noch klebten Sandkörner an ihrem Hals, an den Beinen und den entzückenden schmalen Knöcheln. Ihre Khakishorts waren ebenso zerknittert wie das gelbe T-Shirt. Sie verzog das Gesicht und stützte das Kinn in die Hände. »Beiges Vinyl ist ein bisschen warm. Aber ich kann mich nicht aufraffen, ins Haus zu gehen. Man wird mir ganz furchtbare Blicke zuwerfen.«

»Wie furchtbar?«

»Sehr furchtbar. Ich habe aber mit Darcy gesprochen, und sie hat die Situation verstanden.«

Ich kämpfte mich aus dem Schlauch heraus. »Ich kann mir vorstellen, dass Darcy sehr verständnisvoll ist. Aber warum ist sie so früh auf den Beinen?«

Elly wirkte unsicher. »Sie kam nach draußen, weil sie eine Taschenlampe in den Kofferraum legen wollte. Ich hab keine Idee, was sie damit angestellt hat.«

»Vielleicht hat sie gestern Abend im Dunkeln nach Muscheln gesucht?«

»Vermutlich.« Sie zuckte die Schultern, um damit das Thema abzuhaken.

Ich hängte das Handtuch wieder über das Treppengeländer. »Hast du Hunger?«

»Irgendwie schon. In einer Stunde gibt es in unserem Haus einen Sonntagmorgengottesdienst«, sagte sie, erhob sich und versuchte, eine Knitterfalte in den Shorts zu glätten. »Aber ich glaube ... na ja, ich weiß nicht, aber Darcy hat mir ihren Autoschlüssel gegeben.«

»Dann ziehen wir los und gehen frühstücken.«

Sie blickte die Straße hinunter zu ihrem Strandhaus, dann wieder auf unsere Veranda. »Okay, aber du musst wissen, dass ich sonntags immer in einen Gottesdienst gehe. Egal, wo ich bin, wenn es in der Nähe eine Gemeinde gibt, dann gehe ich hin. Eine eiserne Regel.«

Ich schlüpfte wieder in meine Sandalen. »Hoffentlich darf man da in Freizeitkleidung rein.«

Sie ließ Darcys Schlüssel am Finger baumeln. »Ich fahre«, sagte sie.

Und um 6:55 Uhr am letzten Sonntag im Mai fuhr mich eine Missionarin, die in tiefer Verlegenheit, aber unschuldig am Strand von Litchfield erwacht war, in einem limonengrünen Cadillaccabriolet zum Frühstück.

Kapitel 11

Bei einem Imbiss am Highway 17 bekamen wir Kaffee in pastellfarbenen Bechern und getoastete englische Muffins auf Muscheltellern. Auf die Muffins strichen wir Honig, den man aus kleinen quadratischen Verpackungen gießen konnte. Das war alles, was wir uns leisten konnten, weil wir das Geld in unseren Strandhauszimmern lassen mussten. Elly hatte in Limos Handschuhfach siebenundachtzig Cent und einen Fünfdollarschein gefunden – Geld, das wir Darcy zu verdanken hatten, dem reichen Mädchen mit Kenntnissen im Morsealphabet.

»Warst du schon mal in Australien, Jay?«, fragte Elly und gähnte beim Reden.

»Nein ... du?«

»Nein.«

»Aber du würdest gern mal hin?«

»Ja«, sagte sie und schnitt sich ihren Muffin auf. »Ich hätte die Möglichkeit, dorthin in die Mission zu gehen, aber ich glaube, wenn Gott mich schon irgendwohin schickt, dann wieder nach Ecuador.«

»Dann fahr doch mal nach Australien in den Urlaub.«

»Nicht von meinem Gehalt. Es sei denn, Gott schickt mir einen überraschenden Gewinn.«

Ich machte der Kellnerin ein Zeichen, den Kaffee neu aufzufüllen, und tauchte meinen Finger in den Honig. »Mochtest du Ecuador nicht?«

Elly umfasste ihre Kaffeetasse mit beiden Händen. Sie nahm ein paar kleine Schlucke und sagte: »Ich liebe das Land. Nur ist es so, dass die meisten Missionare es sich angewöhnen, jahrelang an einem Ort zu bleiben, und so würde ich vielleicht nicht alle Länder zu sehen bekommen, die ich gern besuchen möchte.«

»Du hast noch Zeit. Du bist fünfundzwanzig, oder?«

»Sechsundzwanzig.«

»Reichlich Zeit, mal nach Australien zu fahren.«

»Das hoffe ich. Darcy und ich haben vor zwei Jahren mal über eine Reise dahin geredet, aber ihr Fahrstil macht mir so viel Angst, dass ich Sorge habe, dass sie im Outback einen Unfall bauen und niemand vorbeikommen würde und wir schließlich ein Känguru umbringen müssten, um Essen zu haben, aber weil ich es so mag, wie sie hüpf, hüpf, hüpf machen, müsste ich erst mal Vegetarierin werden, bevor ich ins Outback gehe.«

Ich leckte mir den Honig vom Finger. »In der Missionarsschule wird wohl kein Satzbau unterrichtet, oder?«

»Nein. Und auf der Börsenmaklerschule?«

»Da auch nicht.«

Ich ging zum Zeitungsstand des Lokals und kaufte mit unseren letzten beiden Vierteldollar eine Tageszeitung, damit wir bei den Veranstaltungshinweisen nach den örtlichen Gemeinden suchen konnten. Sie sah mir über die Schulter und ging die Liste durch; ich roch ihr Haar und dachte: *Bitte alles außer den Pfingstlern*. Denn nach Freitagnacht mit den weißen seidenglänzenden Mücken und der letzten Nacht, die mit dem Versuch, auf einem schwarzen Gummischlauch zu schlafen, ausgeklungen war, war ich nicht in der Stimmung, vor meinem Schöpfer zu jauchzen, zu schreien oder zu tanzen.

»Haben wir noch Kleingeld für ein Trinkgeld übrig?«, fragte Elly und sah unserer fleißigen Kellnerin zu, die sich beeilte, um den Nachbartisch zu bedienen.

»Nur noch zwölf Cent.«

»Das reicht ja niemals.« Sie bedeutete mir, meinen Teller und die Tasse vom Tisch zu nehmen. Wir brachten unser schmutziges Geschirr in die Küche zurück und reichten es dem Tellerwäscher, einem Schüler, der ganz übermüdet aussah und die Arme voller Schaum hatte. Mit den Händen in den Seifenblasen betrachtete er uns neugierig lächelnd.

»Wir sind heute arm«, sagte Elly. »Es ist das Mindeste, was wir tun können.«

»Das ist das erste Mal, dass das jemand macht«, sagte Spüli, der Tellerwäscher.

»Warst *du* schon mal in Australien?«, fragte sie und wischte sich die Hände an den Shorts ab.

»Von meinem Lohn als Tellerwäscher? Ich kann mir ja kaum den Einkauf bei Wal-Mart leisten.«

Ein paar Kilometer den Highway runter, hinter den Supermärkten mit Hängematten und Schaukelstühlen im Angebot, bogen zwei Autos links ab in die Auffahrt eines weiß gestrichenen Kirchenbaus.

Baptisten. Der Gottesdienst fing in zehn Minuten an. Ich war immer noch schläfrig, und mein geistliches Interesse hielt sich in Grenzen, als ich zum Abbiegen ansetzte.

»Gut genug?«

»Gut genug«, sagte Elly.

Ich parkte Limo auf einem Rasenstück, auf dem – höchstens – zwanzig weitere Autos standen. Der Morgentau glitzerte im Gras; Möwen umkreisten das Gebäude. Wir gingen auf einem Weg aus Natursteinen zwischen rosa und roten Azaleen entlang und blieben dann stehen, um uns den letzten Rest Sand von Beinen und Knöcheln zu streifen.

»Ich fühl mich ungewaschen«, sagte Elly und streifte sich das Haar hinter die Ohren.

»Ja, und mein Haar ist ganz verklebt.«

Das Gebäude war klein und in einer simplen A-Rahmenkonstruktion gebaut. Als wir an der Eingangstreppe ankamen, entdeckte ich einen Stapel Gemeindeblätter auf einem Stuhl. Zur Selbstbedienung.

Ein älteres Paar stand vor uns. Sie schoben sich gegenseitig an den Ellbogen hoch und langten dann schwer atmend auf der obersten Stufe an. »Wie Methusalem nach einem Workout auf dem Stepper«, flüsterte Elly.

Ich ließ ihr den Vortritt. Wir nahmen unser Gemeindeblättchen, gingen auf den abgetretenen Dielen an acht ungepolsterten Bankreihen vorbei und nahmen ganz vorn Platz.

Ich hätte einen Platz in der Mitte oder hinten vorgezogen, aber Elly meinte, in der ersten Reihe werde man nicht so abgelenkt.

Links von uns fing eine Dame mit Gleitsichtbrille an, Klavier zu spielen. Das Instrument war eins von der alten Sorte – mit angeschlagenen Stellen und Kerben an den Beinen. Sie spielte die Melodie mit mechanischen Bewegungen. Der ganze Körper vertiefte sich in die Akkorde, als tausche sie mit einer lange nicht mehr gesehenen Freundin Neuigkeiten aus.

Als sie mit dem Lied fertig war, wurde es im Raum leise, und sie setzte sich ans Ende unserer Reihe.

Eine Tür an der Seite öffnete sich. Der Prediger ging zur Kanzel, wobei seine Schuhsohlen auf dem Holzboden klapperten. Seine blasse Stirn hob sich gegen die Bräune vom Rest des Gesichtes und vom Nacken ab. Er legte die Bibel auf die Kanzel, schaute auf die vierzigköpfige Gemeinde und sagte: »Der Bibeltext von heute ist ...«

Unsere Blicke trafen sich. Ich hob meinen linken Daumen zur Brust hoch. Er räusperte sich, versuchte ein Grinsen zu unterdrücken, schaffte es aber nicht und langte nach einem Glas Wasser unter der Kanzel. Elly sah verwirrt aus.

»Der heutige Bibeltext ist aus dem Buch Jona«, sagte der Prediger. »Lest mit mir.«

Ich fand das Buch Jona in der Bibel, die ich aus dem Fach in der Kirchenbank vor mir gefischt hatte, westlich vom Galaterbrief und warf dann einen Blick in das Gemeindeblatt. Unten stand es:

Asbury Smoak, Pastor

Er fing sofort mit der Predigt an – man sang kein Lied mehr, sagte nicht das Glaubensbekenntnis auf, und es wurde keine Kollekte von Männern in dunklen Anzügen eingesammelt. Eigentlich war er der einzige Mann im Raum, der einen Anzug trug.

Nachdem Asbury das erste Kapitel im Buch Jona vorgelesen hatte, erklärte er, dass die Menschen allzu oft ihre eigenen Lebenspläne hätten, dass sie versuchten, an ihren Lebensumständen zu manipulieren, und dass jeder in seinem ganz eigenen Schiff nach Tarsis aufwache. Daher sei Gott sehr damit beschäftigt, die Dinge zu entwirren, wie ein Angler, dessen Angelschnur sich mit der des Freundes verknotet habe, sodass keiner von beiden angeln könne, bis die Schnüre entwirrt, wieder aufgewickelt und an der richtigen Stelle ausgeworfen würden.

»Amen, Bruder Smoak«, kam ein Echo aus einer der hinteren Bänke.

Ich schloss fest meine Augen, um einfach wieder den Kopf klar zu bekommen. Die Leute dachten vielleicht, ich würde beten, aber wie sollte man beten können nach so einer Nacht, in der man umgeben war von Eheglück und heimlicher presbyterianischer Romanze, während man selbst am Strand neben einer Missionarin einschlief, die man nicht einmal angerührt hat, und schließlich auf einem ganz eigenen Schiff nach Tarsis aufwachte mit einem Prediger, der Haien den Kopf streichelt?

So etwas wäre in Dallas niemals passiert. In Dallas war das Leben normal.

Asbury erzählte uns davon, wie gut es für Jona ausging, nachdem ihm die Richtung gewiesen wurde, und dass ihm selbst vor zwölf Jahren im Alter von fünfundsechzig Jahren eine neue Richtung gewiesen worden sei. Er sagte, er sei älter als die Professoren im Seminar gewesen, aber das sei schon in Ordnung gewesen, weil er gewusst habe, dass Gott ihn für einen bestimmten Sinn und Zweck predigen lasse, und ebenso gäbe es für jeden, der heute hier sitze, auch einen Sinn im Leben.

Ich war froh, dass auch der Sinn des Lebens hier unter uns war, denn bisher war mir das Wochenende sehr zufallsbestimmt vorgekommen.

Nach einem langen sonntagsgemäßen Gebet ließ uns der Prediger gehen. Ich dachte über das Gesagte nach und wandte mich dann Elly zu, um ihr von meiner kurzen Geschichte mit Pastor Asbury Smoak zu erzählen.

»Hallo, Miss«, sagte Asbury und trat von seiner winzigen Kanzel zu uns herunter.

»Mir hat Ihre Predigt gut gefallen«, sagte sie und reichte ihm die Hand.

»Danke. Und wie geht's dem Daumen, Jay?«

»Nur ein Kratzer. Hab ihn mir schon oft tiefer geschnitten.«

Pastor Smoak entschuldigte sich für einen Augenblick. Er reichte der Dame am Piano etwas Kleingeld und gab allen Strandurlaubern zum Abschied die Hand, wobei er jede Verabschiedung mit dem standesgemäßen pastoralen Nicken abrundete.

Das hatte er wohl auf dem Seminar geübt – das offizielle Nicken.

Nach viel Händeschütteln und Nicken sagte Asbury, er habe Fischfilets aus dem Gefrierfach geholt und würde gern wissen, was wir für den Mittag vorhätten.

Solange wir dabei nicht singen mussten, war ich bereit. »Keine Pläne, Pastor.«

Elly zuckte die Schultern und sagte: »Gut, aber nur, wenn der Fisch *gegart* wird, denn nachdem ich in Ecuador so viele seltsame Sachen gegessen habe, würde roher Fisch auf einer Gemeindefreizeit nur schlechte Erinnerungen aufkommen lassen. Erinnerungen, die beim Essen mit einem Geistlichen höflicherweise nicht erzählt werden sollten.«

Asbury lächelte und schloss die Tür der Gemeinde. Er bat uns, hinter dem Gebäude unter der Eiche am Grill auf ihn zu warten. Elly gähnte, als wir heraus ins Sonnenlicht traten. Dann gähnte auch ich zweimal, einfach damit sie sich besser fühlte.

»Dann hast du dem Hai also tatsächlich den Kopf gestreichelt?«, fragte sie dort im Schatten der stattlichen Eiche.

»Ja, aber er war nur einen Meter lang. Aber immerhin – ein starker kleiner Kerl.«

»Ich hab mal einen Wels gefangen, als ich acht war.«

Ich lehnte mich an den Baum. »Hat er dich gebissen?«

»Nein. Mein Vater hat ihn in den Eimer getan. Er wollte ihn essen, aber ich wollte nur sein Glück. Als sich Papa dann umgedreht hat, habe ich den Wels zurück in den See geworfen.«

»Naturfreundin.«

»Du musst dich mal rasieren.«

Wir setzten uns auf eine Picknickbank, und sie schloss die Augen. Sagte, sie wolle für drei Minuten ein Nickerchen machen.

Also saß ich benommen vom Küstenklima da und versuchte Stück für Stück zusammenzusetzen, wie ich genau zur richtigen Zeit dort gelandet war, wo ich jetzt war. Bilder blitzten vor meinem inneren Auge auf: eine berufliche Versetzung; die Immobilienmaklerin; meine beiden sonntäglichen Besuche in der Gemeinde; eine Fahrt zum Strand mit Steve Cole, dem Heimlichtuer. Im Nu war ich da – auf einer Bank hinter einer winzigen Baptistenkirche an der Küste von Carolina mit der Aussicht auf ein Mittagessen vom Grill mit einem angelnden Prediger und einer unberechenbaren missionarischen Dichterin.

Mir kam das vage Gefühl, all das sei wie ein Gewebe miteinander verbunden. Aber es blieb auch dabei – bei einem vagen Gefühl.

Asbury kam in abgeschnittenen Jeans, einem Schwertfisch-T-Shirt und seiner roten Baseballmütze zurück. Er trug in der einen Hand eine riesige Kanne Eistee und ein Tablett mit Filets in der anderen. Ich bot ihm meine Hilfe an, aber er sagte: »Nein, mein Junge, ich hab alles im Griff. Außerdem siehst du ein bisschen angeschlagen aus. Schlecht geschlafen?«

»Hatte Sand im Bett.«

Er legte die Filets auf Alufolie und zündete dann seinen Grill an. Elly und ich traten zu ihm und bewunderten die Auswahl: Drei Filets waren dick und rosa, zwei etwas dunkler und eins fast farblos.

Elly fragte, ob sie das weiße Stück da hinten haben könne, aber Prediger Smoak sagte: »Nein, meine Dame, das ist mein Butterfisch. Den habe ich für mich selbst reserviert.«

Sie verzog das Gesicht, schob die Unterlippe vor und fing an zu erzählen, wie übel es ihr einmal tief im Dschungel des Amazonas gegangen war, als sie Pilze mit reifen Bananen gegessen hatte.

Über diesen Aspekt des missionarischen Daseins hatte ich noch nie nachgedacht. War mir auch nicht so wichtig.

»Und niemand hatte Servietten oder Klopapier oder so was dabei«, sagte Elly. Sie beendete ihre Geschichte nach einer Flut von Nonstopsätzen, hielt sich den Bauch und lachte bei der Erinnerung.

»Gut, gut«, sagte Asbury, der bei der Hitze ins Schwitzen kam. »Du kannst den Butterfisch haben.«

»Funktioniert jedes Mal«, flüsterte sie mir zu. Und meine vorgefasste Meinung über die Religiösen von South Carolina – indigniert, kleinlich und langweilig – lag jetzt komplett in Scherben. Ich wollte nur noch das Wochenende überleben, um sicher an meinen Schreibtisch in der zurechnungsfähigeren Welt von Aktien und Wertpapieren zurückzukommen.

Pastor Smoak drehte das Gas zurück und griff nach seinem Pfannenwender, um mit dem Grillen anzufangen. Elly nahm das Tablett mit den Filets und hielt es ihm hin, während er den Fisch auslegte.

»Wie lange warst du im Ausland, Elly?«, fragte er.

»Elf Monate«, erwiderte sie. »Ich wollte schon immer wissen, wie es auf dem Missionsfeld ist. Ich fand es großartig.«

Er wischte den Pfannenwender mit einem Küchenpapier ab. »Musstest du dich selbst um deinen Unterhalt kümmern?«

»Zum größten Teil«, sagte sie und roch am rohen Fisch. »Vielleicht verkaufe ich mein Haus, wenn ich wieder dorthin gehe.«

Der Prediger ordnete die Filets sorgsam in zwei Reihen an und sagte: »Ich hab auch eine gute Missionsidee.«

Sie sah überrascht aus. »Pastor Smoak will ins Ausland?«

»Nein«, sagte er. »Ich habe auch ein Haus. Ein sehr altes Haus. Manche würden es als historisch bezeichnen. Es liegt eine gute Stunde südlich von hier, tief im Flachland, und es steht leer. War jahrzehntelang in Familienbesitz. Kannst du uns Tee eingießen, Jay?«

Wieder einmal servierte ich die Erfrischungen. »Okey-dokey«, sagte ich und stellte die Plastikbecher auf den Picknicktisch. »Schon mal da unten gewohnt, Pastor?«

Ich fragte nur aus Höflichkeit, denn ich fühlte mich aus ihrem Missionsgespräch ein wenig ausgeschlossen. Bei meinen beiden wichtigsten Missionen ging es immer hin und her zwischen Geldverdienen und Mädchen. Die Sache mit dem Geld war einfacher.

»Ein paar Jahre lang, als ich noch Kind war«, sagte er. »Steckt viel Arbeit drin. Auf der einen Seite bricht der Boden zusammen und die Veranda kippt. Das ganze Ding braucht viel Schleifpapier und Farbe. Ich würde gern was Nützliches daraus machen ... es wäre eine Schande, es verfallen zu lassen.«

Ein warmer Wind wehte die Becher vom Tisch. Elly griff schnell danach und hielt sie fest. Ich goss ein.

Während ich Eistee auf den Tisch kleckerte, wandte sie sich Asbury zu. »Haben Sie schon Arbeit ins Haus gesteckt?«

Er drehte die Filets um und sagte: »Hab kein Geld, um damit anzufangen. Und meine Gemeindemitglieder sind zu alt, um mitzuhelfen. Vielleicht verkaufe ich das Grundstück eines Tages und kaufe mir irgendwas Hübsches. Oder vielleicht kann Jay mal wieder herkommen und mit mir zusammen daran hämmern.«

Ich ignorierte seine Anfrage, während der köstliche Duft des Fisches vom Grill herüberzog.

Der Pastor schnitt sich ein Stückchen vom Butterfisch ab und genoss den Happen, bevor er das Filet auf Ellys Pappteller gleiten ließ. Sie rollte mit den Augen, aber er zwinkerte ihr nur zu und grillte weiter.

Im Schatten des Baumes servierte Asbury das Essen, während wir den Fisch aßen und ihn mit sehr süßem Tee herunterspülten. Plötzlich fiel mir auf, dass ich keine Ahnung hatte, was ich da gerade aß.

»Was war das, Pastor Smoak?«

»Gegrillter Thunfisch«, sagte er und wischte sich das Kinn ab. »Hab ihn frisch am Hafen gekauft.«

Wenigstens war er ehrlich; ich hatte nämlich angenommen, dass es sein eigener Fang war.

Elly sagte, sie müsse zur Toilette. Asbury zeigte ihr die Richtung und setzte sich dann neben mich auf die Bank. Er legte mir einen Arm um die Schulter und ließ seine männliche Neugier ans Tageslicht kommen.

»Also, Jay, ihr beiden verbringt wohl viel Zeit miteinander?«

»Ein bisschen, wir hängen nur so rum ... lassen uns auf der Luftmatratze auf dem Atlantik treiben.«

Er nahm einen letzten großen Schluck Tee. »Hat sie dich den Fuß durch die Schlaufe stecken lassen?«

»Ja, hat sie.«

»Das ist immer ein gutes Zeichen.« Damit fing er an, den Tisch abzuräumen.

Ich half mit, sammelte die Pappteller und Plastikgabeln ein und warf sie in seine Mülltonne. »Sind Sie verheiratet, Pastor Smoak?«

»War ich. Meine Frau ist heimgegangen – zum Herrn.«

Ein ungutes Gefühl, die Frage gestellt zu haben, und einen Moment lang sprach keiner von uns beiden. Dann wechselte ich das Thema. »Das alte Haus, von dem Sie gesprochen haben – klingt so, als wäre das ein ziemliches Projekt.«

»Ja. Und ich habe es inzwischen seit mehr als einem Jahrzehnt aufgeschoben.«

»Ich habe gerade mein eigenes Haus drüben in Greenville renoviert.«

Er bückte sich, um die Gasflasche vom Grill zu trennen. »Nun denn, könntest du dir bei so viel Erfahrung ein Wochenende freihalten und mir zur Hand gehen?«

Ich wollte mich nicht verpflichten, obwohl der Pastor mir ja geholfen hatte, am Samstag den Hai zu fangen, und uns heute ein Essen grillte. Außerdem empfand ich Mitleid mit ihm, so allein, wie er lebte.

Also sagte ich: »Vielleicht.«

Elly kam zurück, und damit war auch Asburys Neugier wieder da. Er wischte sich die Hände an den Shorts ab und zeigte dann auf den Parkplatz. »Mir ist das Auto aufgefallen, mit dem ihr beiden gekommen seid«, sagte er. »Kann ich es mir mal ansehen?«

»Klar«, sagte Elly. »Es gehört einer Freundin.«

Limo stand schwergewichtig und einsam auf dem Rasen. Asbury ging hinüber. Als er neben der Motorhaube stand, ließ er einen Finger über die hellgrüne Farbe gleiten. Pastoraler Neid.

Er lächelte und zog eine Augenbraue hoch. »Wie wär's mit einer kleinen Spritztour?«

»Sicher«, sagte Elly. Asbury hielt ihr die Beifahrertür auf, und nachdem sie eingestiegen war, begab er sich selbst hinein und legte seinen Arm hinter die Sitzlehne.

»Ich hatte mal einen 63er«, sagte er. »Damals, als ich noch nicht so ... konservativ auftreten musste.«

»Zum Meer, Jay«, sagte Elly. Und wieder saß ich hinter dem Steuer, ließ den Motor an und hatte keine Ahnung, in welche Richtung ich fahren sollte.

»Wo lang, Pastor?«

Asbury drehte sich die Mütze mit dem Schirm nach hinten und sagte: »Halt dich links.«

Die zweispurige Straße führte über eine Brücke mit Krabbenfischern und Anglern über den *Salt Marsh*, den sumpfigen Strom, der jetzt im Frühsommer üppig und grünschimmernd angeschwollen war. Alte, verwitterte Strandhäuser standen jenseits des *Marsh*, und es waren keine Geschäfte, Tankstellen oder Restaurants zu sehen, nur weißer Sand und alte Häuser.

✿

Ich lenkte Limo in eine Straße, die sowohl auf der Meerseite wie auch auf der gegenüberliegenden Seite, die auf den Sumpf blickte, von Strandhäusern gesäumt war. Der südliche, schmale Ausläufer der Insel wirkte spärlich und alt und hatte außer diesen beiden von einer Pflasterstraße getrennten Häuserreihen nichts vorzuweisen. Dann wurde es immer schmaler, bis nur noch die Straße und die Strandhausreihe auf der Meerseite übrig waren. Ein Blick auf die Bucht zu unserer Rechten bestätigte, dass die nächste Flut bevorstand.

»Willkommen auf Pawleys Island«, sagte Asbury stolz angesichts dieser Landschaft.

»Ich hab schon mal was davon gehört«, meldete sich Elly. »Wird das hier nicht ›Shabby Island‹ genannt?«

»Irgendwas in der Art. Wir verraten es nicht unbedingt jedem.« Asbury griff nach dem Schirm seiner roten Mütze und drehte sie wieder um.

Die Straße endete als sandverwehte Sackgasse. Ich parkte und verscheuchte mit einem Hupton die Möwen. Sie flohen in Richtung Ozean.

Wir stiegen aus dem Auto und traten auf eine große Fläche voll weißem Sand, der anscheinend im Laufe der Jahre hier an die südliche Spitze der Insel gespült und als Miniwüste abgelagert worden war. Vom Festland war sie durch eine kleine Einströmung getrennt, die um die Insel herum in den *Salt Marsh* floss.

»Wenn es draußen schön ist, bringe ich einen Klappstuhl mit und schreibe hier meine Predigten«, sagte Asbury und stapfte mit dem Blick eines Mannes einher, der seinen eigenen Hinterhof bewundert.

»Nettes Büro«, sagte Elly, die über den sprossenden Strandhafer stakste.

Der heiße, tiefe Sand wurde fester und schließlich sogar kühler, je weiter wir uns dem glasklaren Wasser des Meeresarms näherten. Ich sah zu, wie ein Stück Treibholz vorüberschwamm, und schaute dann über die Dünen, wo Pelikane in einer langen, einheitlichen Reihe in ruhigem Gleitflug tief herabsanken.

Asbury blieb stehen und blinzelte gen Süden. »Du meine Güte«, sagte er. »Da hinten an der Biegung angeln zwei von meinen Gemeindegliedern. Die haben schon letzte Woche meine Predigt verpasst. Würdet ihr mich für eine Sekunde entschuldigen?«

»Klar«, sagte Elly.

»Sie haben gute Augen, Pastor«, stellte ich fest.

»Theo und seine Frau würde ich auf eine Entfernung von einem Kilometer erkennen«, sagte Asbury im Weggehen. Er zog sich die Schuhe aus und lief barfuß den Strand entlang. Elly flüsterte, vielleicht führe er für seine Gottesdienste ja innerlich eine Anwesenheitsliste, so klein wie die Gemeinde sei.

Auf der Rückseite der Insel wand sich der Meeresarm zu einem langen, umgedrehten C. Der weiße Sand wurde durch die Erosionswirkung der Wasserströmung leicht mitgerissen, sodass die schnelle Strömung an der Biegung einen Steilhang eingegraben hatte, der oben trocken war, aber unten am Boden nass bröckelte.

Wir streiften uns die Sandalen ab. Ich gähnte noch einmal. Elly saß neben mir am Ufer, und wir tauchten unsere Füße in die Strömung.

»Ob er ihnen wohl ein bisschen ins Gewissen redet?«, fragte sie.

»Nee, wahrscheinlich hängt er nur für sie die Köder an die Angelhaken.«

Ihre rot lackierten Zehennägel glänzten, während sie die Füße ins Wasser eintauchte und wieder herauszog. »Der alte Stanley hat also für unsere Rettung gesorgt, was?«

Die Strömung zog unsere Beine nach rechts. »Sieht so aus.«

»Ich weiß, warum Stanley nicht gerade freundlich zu dir ist«, sagte sie.

Ich rückte näher zu ihr. »Weil wir Marmelade statt Gelee eingekauft haben?«

»Nein, weil ich vor einem Jahr mit ihm ausgegangen bin.«

Überraschend, diese Nachricht. Ich geriet aber nicht aus der Fassung. »Ach ... nur einmal?«

»Ja. Nur einmal.«

»Einmal ausgehen hat eigentlich nicht viel zu sagen, Elly.«

»Sehr witzig.« Sie boxte mir leicht auf die Schulter. »Er hat mich kurz vor meiner Abreise nach Ecuador zum Essen eingeladen. Ich dachte, er wollte nur freundlich sein, aber dann hat er mir zwei Monate lang jede Woche einen Brief geschrieben, also tat ich so, als ob ich tief im Dschungel steckte, und schrieb nicht mehr zurück. Das war nicht sehr nett von mir, aber er redet und schreibt mit so geschwollenen Worten, und ich ...«

»Ich weiß, was für Worte du meinst«, sagte ich und schubste mit dem Fuß ein Bündel Seegras weg.

Sie schnappte es sich mit den Zehen. »Als wir damals im Restaurant saßen, hatte ich einen von meinen langen Sätzen gesagt, du weißt ja, ohne Punkt und Komma, aber er ging überhaupt nicht darauf ein. Er schwebte nur in irgendwelchen Antidispensionssphären, und als ich zu Hause war, da kam es mir.«

»Was kam dir?«, fragte ich und sah zu, wie sie das Seegras zurück in den Meeresarm schleuderte.

»Na ja, ich hab nie viel mit Mathe zu tun gehabt, aber Stanley hatte beim Essen einen Satz mit neun Wörtern gesagt, und ich habe gezählt, wie viele Buchstaben darin waren, und es waren genauso viele Buchstaben wie in meinem Bandwurmsatz mit einundvierzig Wörtern. Ist das nicht seltsam?«

»Ja, sehr seltsam.«

Zwei Quallen kreuzten auf uns zu und tauchten dank der Strömung auf und ab. Elly hob ihre Füße an, ich hob meine, und das schimmernde Duo trieb unter ihren glänzend roten Zehennägeln hinweg.

»Sollen wir?«

»Unbedingt.«

Wir warfen mit Muschelschalen nach den Quallen. Sie rächten sich nicht.

Sie so zu beobachten half mir dabei, einen Gedanken zu verdrängen, den ich nicht zulassen wollte, aber das schaffte ich nur zehn Sekunden lang.

»Du siehst ein bisschen unentschlossen aus«, sagte sie und studierte mein unrasiertes Gesicht.

»Ich muss auch ein kleines Geständnis machen, Elly.«

Sie verschränkte die Arme, drehte sich um und sah mich an. »Okay, lass mal hören.«

»Ich bin letzte Nacht am Strand einmal aufgewacht, etwa um halb vier oder so. Ich hab dich schlafen sehen und darüber nachgedacht, dich zu wecken. Hab sogar darüber nachgedacht, dass es peinlich werden könnte – weil du ja Missionarin bist und das alles. Aber ich hab die Augen zugemacht und bin wieder eingeschlafen.«

Sie schaute einen Moment lang auf den Meeresarm. »Das ist schon in Ordnung.«

»Wie kannst du so was sagen? Ich hätte dir die ganze Peinlichkeit vor deinen Freunden aus der Gemeinde ersparen können.«

»Ach, ich vermute, letzten Endes geht es um Gnade. Du weißt, was ich mit Gnade meine, oder?«

»Ich kenne den Begriff ... du meinst all das, was vor zweitausend Jahren passiert ist?«

»Nicht nur das«, sagte sie und stützte sich jetzt auf die Ellbogen. »Gnade hat keinen Stempel mit Haltbarkeitsdatum wie die Milchpackungen in meinem Gedicht. Selbst wenn es so wäre, hätte der Stempel die Aufschrift ›ewig‹ ... und wer die Gnade gewährt, muss sich seiner Sache sicher sein und ein Glas damit füllen, damit der Beschenkte sie trinken kann, wenn er sie braucht.«

Ich wusste nicht, was ich sagen sollte, außer: »Du solltest dich sonntags mal hinstellen und predigen.«

»In unserer Gemeinde ist es nicht erlaubt, Frauen predigen zu lassen. Und ich bin auch viel lieber Missionarin. Außerdem hast du gerade meine einzige Predigt gehört, und wenn die Gemeinde ein paar Mal die gleiche Predigt hören müsste, würde sie bestimmt irgendwann einschlafen ... und ich müsste die Leute mit irgendwas bewerfen, damit sie aufwachen.«

Wie ich so neben ihr saß und die Füße in die Strömung hielt, fand ich ihre Offenheit erschreckend und fühlte mich gleichzeitig von ihrer direkten Art angezogen, von ihrer unverdorbenen Aufrichtigkeit in einer Welt von Konkurrenzkampf und Härte.

Knapp hundert Meter weiter südlich, wo das Wasser auf den Ozean zuströmte, stand Pastor Smoak neben seinen abtrünnigen Mitgliedern, die Hände in die Hüften gestemmt. Eine lange Angelrute bog sich in Theos ausgestreckten Armen. Wir sahen ihnen eine Weile zu, und wieder einmal übernahm Dickerchen die Angel vom Dünnen.

Komisch, wie die steigende Flut sich heimlich anschleichen kann – das Wasser im Meeresarm stand uns schon an den Knien und die Kraft der Strömung zog meine Füße immer wieder zu ihren hin. Nach einer Weile bespritzten wir einander ein bisschen. Erst einmal, dann ein zweites Mal.

»Erzähl mir doch mal von deinem Studium«, sagte sie. »Und zwar die lange Version.«

»Das könnte ganz schön dauern.«

»Dann eben nur das Wichtigste.«

Wir lehnten uns auf die Ellbogen zurück, und ich fing an, ein paar Kapitel aus dem Buch Jarvis aufzuwärmen. »Ich bin von meiner Familie auf Erfolg eingeschworen worden, obwohl mich eigentlich niemand dazu drängen musste. Ich kann mich ganz gut selbst motivieren.

Hab's geschafft, Tutor zu werden. Hab meinen Collegeabschluss nach dreieinhalb Jahren gemacht, aber wahrscheinlich hab ich mir die tollste Zeit meines Lebens verkürzt.«

»Was war denn so toll daran?«, fragte sie und betrachtete ihre Zehen, die sie aus dem Wasser auftauchen ließ.

»Die Freiheit und dass man für nichts anderes verantwortlich war als für die Noten, und die bereiteten mir keine Probleme. Und dann natürlich das soziale Leben – im College war es ganz einfach, jemand vom anderen Geschlecht zu finden.«

»Stimmt. Aber das ist ein Lebensbereich, wo man darauf vertrauen muss, dass Gott den Richtigen schickt – und zwar dann, wenn *er* es für richtig hält.«

»Aber wenn ein Mann *darauf* wartet, dann darf er der Frau niemals die Wahl zwischen Hackfleisch und Steak lassen, und er muss immer auf billigen Plätzen sitzen, und er muss im Fall einer Trennung immer darauf verzichten, sich das Liederbuch zu teilen, und er darf sie niemals, aber auch niemals, in eine peinliche Situation bringen.«

Elly lachte wieder, und ich ließ zu, dass ihr Lachen mich ansteckte. Ich versuchte mir sogar vorzustellen, wie es wäre, wenn ich täglich eine Dosis dieses Lachens bekäme.

»Vielleicht erwähnt Lydia uns auf dem Einband ihres Buches«, sagte sie.

»Und dir macht dieses Thema keine Sorgen?«

»Welches? Den richtigen Partner für mich zu finden?«

»Ja.«

Sie hob die Füße aus dem Wasser und schnippte etwas Sand mit dem Zeh weg. »Nicht so sehr wie früher. Ich bin sicher, dass Gott mir den Richtigen über den Weg laufen lässt, wenn die Zeit reif ist.«

»Versuchst du nie, die Dinge zu steuern?«

»Na ja, auf dem College ...« Sie hörte mitten im Satz auf. Anscheinend schämte sie sich, und wieder einmal richtete sie ihren Blick starr auf den Meeresarm. Das Ufer gegenüber war dicht mit Gras bewachsen und ganze Gruppen von Palmen beugten sich widerwillig der Brise.

»Auf welchem College?«, fragte ich. Die Sonne schien mir warm auf den Nacken.

»*Appalachian State College*. Einmal habe ich mich für einen Kurs eingeschrieben, nur weil da ein Junge drin war, den ich mochte.«

»Und? Hat nicht geklappt?«

»Eine Zeit lang schon. Aber jetzt lebt er mit Frau und zwei Kindern in Kenia. Und was ist mit dir?«

»Ich hab nie einen Kurs genommen, weil ich eine bestimmte Person kennen lernen wollte, aber, ach ja, ich bin einmal in eine Gemeinde gegangen, um zu sehen, wen ich da so treffen würde.«

Sie wandte sich mir zu und sah mir in die Augen. »Das war wohl nicht zufällig die Presbyterianergemeinde in North Hills – oder etwa doch?«

Wieder ein Bekenntnis, wieder etwas von der Seele. Meine Güte. »Okay, ich geb's zu. War das so auffällig?«

»Also, als du am Freitag persönlich am Supermarkt aufgetaucht bist, um mich abzuholen, kam mir so ein Verdacht ... Findest du eigentlich, dass ich gut aussehe?«

Ich konnte nicht glauben, dass sie ernsthaft diese Frage stellte. »Du machst Witze, stimmt's?«

»Nein, ganz und gar nicht. Nach einem Jahr im Ausland und ohne Verabredungen und ohne einen Menschen, der einem sagt: ›Du bist hübsch‹, na ja, da stellt man sich diese Frage.«

»Elly, du siehst unglaublich hübsch aus, besonders in deinem pfirsichfarbenen Zweiteiler.«

Leichtes Erröten. »Danke. Ich wusste gar nicht, dass Männer wissen, dass es diese Farbe überhaupt gibt.«

»Ein paar von uns schon, Steve aber wahrscheinlich nicht.«

Sie kicherte wieder. »Ja, wahrscheinlich nicht.«

Einen Moment lang saßen wir schweigend nebeneinander. Ich wusste nicht, wie ich das Anliegen loswerden sollte, das mir unter den Nägeln brannte, also sagte ich es einfach.

»Ich möchte auch haben, was du hast.«

»Du möchtest meinen pfirsichfarbenen Bikini?«

»Nein, ich meine es ernst. Ich möchte mehr von dieser Zufriedenheit kennen lernen, dieses Etwas, das dich glücklicher macht als die anderen alle.«

»Darüber können wir später reden. Dein Angelfreund kommt gerade zurück.«

»Der anscheinend auch das hat, was du hast.«

»Das sollte er wohl auch«, sagte sie und stand auf.

Asburys Knöchel und Füße waren sandbedeckt. Er nahm zwei Schlucke aus einer Dose, schlenderte am Meeresarm entlang und pfiff dabei ein Liedchen.

»Na, Pastor Smoak, haben Sie ihnen ins Gewissen geredet?«, fragte ich und stand zur Begrüßung auf.

»Hab damit angefangen«, sagte er, »aber sie hatten vier schöne Fische am Haken zappeln. Dann hat Theo mir eine Limonade in die Hand gedrückt ... warum also sollte ich ihnen den Tag verderben? Sagt mal, ich müsste jetzt zurück zum Gemeindehaus, wenn ihr beiden euch fertig unterhalten habt.«

Wir wischten uns den feuchten Sand von Beinen und Hinterteil und wanderten zurück durch die Miniwüste – ein Sonntagstrio im Wind.

Als wir am Auto ankamen, berührte ich Limos Haube, und der hellgrüne Lack versengte mir fast die Hand. Elly quetschte sich wieder in die Mitte zwischen uns beide. Während Pastor Smoke noch einmal die Beifahrertür öffnete, um sich den restlichen Sand von den Turnschuhen zu schütteln, beugte sie sich zu mir und flüsterte mir ins Ohr, wobei ich ihre Lippen an meinem Ohrläppchen spürte.

»Willst du dich heute Nachmittag noch mal auf dem Meer treiben lassen?«

»Klar, Kapitän.«

»Ich lasse mich unheimlich gerne treiben.«

»Ich auch.«

Wir fuhren wieder auf die Brücke zu, die uns von »Shabby Island« herunterführte, über uns blauer Himmel und nur ein einziges Wölkchen. Die feuchtheißen Gerüche des Sumpfes umgaben uns, ein Streifchen Sandbank wartete auf uns, und ich fühlte das hellbraune Vinyl warm an meinem Bein, während die Sonne ihren Zenit passierte.

»Danke für die Tour, Asbury«, sagte Elly.

Er setzte seine Mütze zurecht und sagte: »War mir ein Vergnügen.«

Ich fuhr langsamer, um noch einmal einen Blick auf den Sumpf zu werfen, obwohl mir dieser nur als Vorwand diente, meine rechte Hand vom Steuerrad zu Ellys linker Hand gleiten zu lassen. Doch plötzlich drückte ihr linker Fuß meinen rechten auf das Gaspedal und wir flogen über die Brücke.

»Halten Sie Ihre Arme so in die Luft wie ich«, sagte sie zu Asbury.

Die beiden hielten die Hände hoch, und der Pastor lachte, als der Wind durch Limos Vordersitze pfiff.

2. AKT

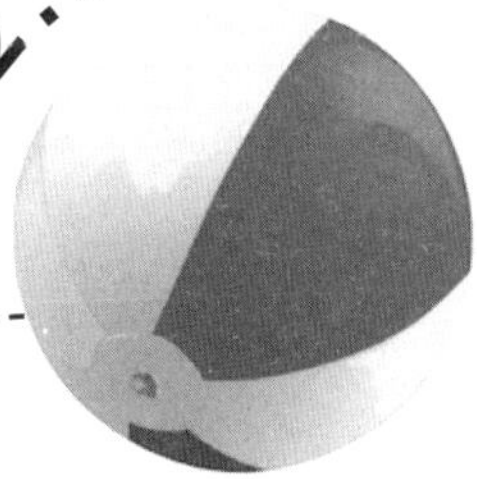

Mein stärkster
Charakterzug ist Neugier.

Bono

Kapitel 12

Auf dem Schreibtisch in meinem Büro, gleich hinter meiner orangebraunen Kaffeetasse mit der Aufschrift »University of Texas«, etwa vierhundert Kilometer von seinem Zuhause an der Küste von Carolina entfernt, lag der einsame Seeigel, den Elly in der Brandung gefunden hatte. Sie hatte mir den Seeigel vor dem rosa Strandhaus in North Litchfield gegeben, als 51 Singles und ein Ehepaar am bewölkten Morgen des *Memorial Days* gerade die Autos für die Abfahrt bepackten. Sie sagte, er solle mich an das Thema Gnade erinnern, in Anbetracht dessen, dass wir hätten ertrinken oder zumindest mit trockenem Mund und Lederhaut irgendwo an den Strand von Marokko gespült werden können.

»Mr Franklin Gruber am Apparat, Sir.«

»Danke, Glenda ... Sie können sich sechshundert Aktien leisten, Mr Gruber. Wir müssen nur eins von Ihren anderen Depots auflösen.«

Während ich mein Bestes tat, mit den unaufhörlichen Anrufen von Franklin Gruber fertig zu werden, machte ich doch öfter mal eine Pause zwischen all dem Kaufen und Verkaufen, um über die zweite Maihälfte nachzudenken – und darüber, wie ich ausgerechnet in einer Presbyterianergemeinde gelandet war.

Das Wort Nachdenken ist allerdings eine Untertreibung; oft ertappte ich mich bei überraschenden Tagträumen, bei denen ich den Bewegungen des Marktes keine Beachtung schenkte.

Manchmal fragte ich mich, ob die Ereignisse schicksalhaft waren, ob die Immobilienmaklerin eine Geheimagentin oder ob die Auswahl dieser Gemeinde zufällig gewesen war. Nein, ein Zufall konnte es bestimmt nicht sein; nichts Presbyterianisches konnte zufällig sein, wenn man Asbury Glauben schenkte. Aber Asbury war ein Baptist, Haien freundlich zugewandt, aber bissig, wenn es um Butterfisch ging. Außerdem schrieb er seine Predigten am Strand und trank Limonade aus der Dose ... und wann würde ich jemals wieder von einer Missionarin in einem alten Cadillaccabriolet zum Frühstück gefahren werden?

Ja, ich fragte mich oft, wie ich an diese Gemeinde geraten war.

Aber sie hatte die Gemeinde verlassen; sie hatte ihre Familie, ihre Freunde und ihren blassroten Käfer verlassen. Sie hatte auch ihr Haus, ihre Sachen, die drei Halbkreise und die Donuts mit Puderzucker zurückgelassen.

Sie war an einem Dienstag geflogen.

Ich vermisste sie, und ich wusste immer noch nicht so genau, was der Grund dafür war, dass sie glücklicher war als alle anderen.

Die Post aus Ecuador ließ sich ziemlich viel Zeit. Ihre Antwort auf meinen Brief brauchte zwei Wochen bis nach South Carolina. Ich legte den Brief auf meinen Nachttisch und las ihn oft, meistens an den Wochenenden, und wenn auch nur, um Ausgewogenheit und Perspektive in mein Leben zu bringen.

Lieber Jay,

es ist jetzt fast einen Monat her, seit ich von Greenville abgereist bin. Es ist so anders hier. Mein Zuhause in Ecuador ist nicht gerade ideal, obwohl ich gelernt habe, über die Runden zu kommen. Meine Holzhütte mit zwei Räumen steht auf Pfählen – kleine, dünne, nicht wie die dicken unter den Strandhäusern in Litchfield. Vielleicht ziehe ich nächste Woche mit den Kindern in die große Hütte um. Mal sehen. Um die Pfähle ranken sich Lianen, die schon bis zum Dach hochgewachsen sind. Dieses Zeug muss mit der Kudzu-Pflanze verwandt sein, die übrigens die einzige Pflanze war, die Gott wirklich zugehört hat, als er sagte: »Gehet hin und vermehret euch.«

Hier gibt es kein warmes Wasser, aber da wir nahe am Äquator sind, kann ich die vollen Eimer draußen stehen lassen, damit sie sich tagsüber aufheizen und das Wasser abends zum Baden benutzt werden kann.

Wir haben kein Telefon, obwohl es vierundsechzig Kilometer entfernt in Coca eine Telefonzelle gibt. Am Freitag fahre ich mit den Frauen mit einem Pick-up in die Stadt. Die Frauen kaufen sich Lebensmittel

und Medizin. Der Ladenbesitzer hat hinten in seinem Verkaufsraum einen Computer stehen, und ich glaube, er hat sogar einen Internetanschluss, aber der Mann vertraut Amerikanern nicht, und er hat nur gegrummelt und abgewinkt, als ich ihn fragte, ob ich ihn benutzen könnte.
Schau gelegentlich mal auf eine Landkarte. Ich bin am östlichen Rand des Landes, in den Ausläufern des Amazonasbeckens. Es ist sehr heiß und im November beginnt unsere Trockenzeit.
Die Kinder freuen sich, dass ich hier bin, und sie lernen langsam etwas Englisch. Sie sind ganz anders als amerikanische Kinder. Ich hatte noch ein Bonbon übrig, und drei kleine Kinder haben es miteinander geteilt und von Mund zu Mund weitergereicht, bis die Zuckermasse geschmolzen und ganz verschwunden war. Die Erwachsenen sind gastfreundlich, wenn auch etwas argwöhnisch mir gegenüber.
Morgen nehmen wir die Kinder auf einen Kanutrip auf einer Art Nebenarm vom großen Fluss mit. (Oder besser: Sie nehmen mich mit.)
Wir haben auch ein armseliges altes Fußballfeld, für das extra eine Lichtung in den Dschungel hineingehauen wurde. Ich fühle mich hier so wohl. (Die Hierarchie hier ist allerdings sehr flach, in einer schönen Landschaft zwar, aber flach – aber wenn man es genau bedenkt: Wer braucht schon eine Hierarchie, wenn Gott alles im Griff hat?)
Ich war enttäuscht, dass wir uns nicht noch mal treiben lassen konnten – Gott wird diese Biertrinker schon drankriegen, die uns nachts die Luftmatratzen geklaut haben. Richte Ransom und Jamie meine Glückwünsche zur Schwangerschaft aus. Ich finde es zum Schreien, dass sie bei einer Gemeinde-Singlefreizeit schwanger geworden ist.
Ach ja, Darcy und Steve sind nur gute Freunde. Das hat sie mir schon vor Monaten gesagt.
Schreib mal wieder.
Und lies deine Bibel. Fang mit dem Römerbrief an (das Ende von Kapitel acht hängt über meinem Bett).
Gott segne dich, Jay. Ich bin so froh, dass du über Gott nachdenkst.

Elly

P.S.: Könntest du mir ein paar von diesen kleinen dunklen Schokobonbons im Goldpapier von Hershey schicken? Das meiste ist für mich, aber ich gebe auch den Kindern etwas ab und könnte damit sogar den Ladenbesitzer bestechen, damit er mich ab und zu an den Computer lässt. Sein Name ist Miguel. Bete für ihn, dass er nicht mehr so gemein ist.

Das letzte Mal, dass wir uns unterhalten hatten, war bei einem Picknick am vierten Juli gewesen. Nachmittags hatte eine Parade auf der Hauptstraße von Greenville stattgefunden. Trompeten, Trommeln, Konfetti und die vielen Kinder trugen allesamt zu einem schmetternden Fest der Freiheit bei. Elly, Lydia und ich liefen am Ende der Parade mit. Wir trugen Uncle-Sam-Hüte und marschierten wie Soldaten zu den Klängen von »Anchors Away«.

Am nächsten Morgen war sie nach Südamerika aufgebrochen.

Kapitel 13

Nach dem Wochenende am Strand war Elly meistens unterwegs gewesen, um in ganz Carolina und Georgia Vorträge in Gemeinden zu halten und zu versuchen, Spenden für einen mehrjährigen Auslandsaufenthalt aufzutreiben. Ich verbrachte währenddessen meine Zeit im Büro und versuchte, den Preis des Nasdaq in die Höhe zu treiben.

Ihre Bemühungen hatten irgendwie mehr Erfolg als meine.

Im schwülheißen Juli nutzte ich die Abende für die restliche Renovierung meines Hauses. Beim Parkettlegen, der Erneuerung der Badezimmereinrichtung und beim Anstrich des hässlich pinkfarbenen Zimmers der kleinen Tochter des Vorbesitzers lernte ich die Reize des Heimwerkens neu zu schätzen. Beim zweiten Zimmer dauerte es länger als geplant – man braucht drei Schichten von Opalbasilikumgrün, um ein hässliches Pink zu überdecken!

Der Juli ging unmerklich in den August über, und ich gewöhnte mich daran, Sonntag für Sonntag in Reihe dreiundzwanzig zu schlüpfen – Reihe vierundzwanzig knarrte zu sehr und Reihe zweiundzwanzig war viel zu weit vorn. Die Gemeinde war das Zentrum meines gesellschaftlichen Lebens geworden; meine neuen Freunde gingen in die Gemeinde und außerdem gab es dort Donuts ganz umsonst.

Meistens aber saß ich in meinem Büro und versuchte, eine ganze Reihe älterer Kunden zu bereichern und zu beruhigen – ein bestimmter Kunde war ganz besonders auf Beruhigung angewiesen.

»Mr Franklin Gruber ist wieder am Apparat, Sir.«

»Danke, Glenda ... Ja, Mr Gruber, die Aktie ist seit Ihrem Kauf vor einer halben Stunde um zwei ganze Cent gestiegen. Geben wir ihr einfach noch Zeit. Nein, Mr Gruber, ich bowle nicht gern.«

Mr Grubers Kontostand war gesunken, was vorwiegend auf seine Neigung zurückzuführen war, sich von Gefühlen leiten zu lassen –

eine bewährte Methode, wenn man teuer kaufen und billig verkaufen will.

Zwölf Makler kauften und verkauften im dunkelolivgrünen Gemäuer von *E. B. Cowen Investments*. Der jüngste war fünfundzwanzig, der älteste sechzig. Vier Jaguars und einige andere Exoten besetzten unseren Privatparkplatz. Im Vergleich dazu machte mein alter Blazer einen Mitleid erregenden Eindruck. Im Juli aber bekam ich von Mr Brophy die Auszeichnung als »Makler des Monats«, und mein Name leuchtete auf der gravierten Medaille als ein Statussymbol.

Nicht so eindrucksvoll wie ein Jaguar, aber es war auch ein Statussymbol.

Da ich zum Makler des Monats ernannt worden war, erwartete man von mir, dass ich die Kollegen einlud. Am folgenden Tag bestellte ich also ein Essen beim Cateringservice – Croissants und kaltes Fleisch, dazu ein Tablett mit Babykarotten und Sellerie, weil mein Chef, Mr Brophy, auf Diät war. Zwischen Kaufen und Verkaufen kamen die anderen Makler auf eine Pause vorbei und gratulierten, reichten einander den Senf und fragten, ob ich schon den neuen Audi Coupé mit Sechsganggetriebe gesehen hätte.

Nachdem ich an diesem Freitagnachmittag meinen Computer heruntergefahren hatte, sehnte ich mich nach meinem Training und einem guten Essen, als Leitung Nummer eins rot aufleuchtete. Ich zuckte zusammen, weil ich dachte, dass Gruber sich wieder mal meldete, war aber gleich wieder entspannt, als Glenda mich eines Besseren belehrte. Ich ließ mich auf den Schreibtischsessel fallen und setzte mir das Headset auf.

»Hallo, Beatrice.«

»Hallo, junger Mann! Ich war heute im Garten. Und wie war Ihr Tag?«

»Der Aktienmarkt spielt verrückt, Beatrice. Erst runter, dann wieder rauf.«

Kurze Pause. »Wieder rauf? Hmh, das erinnert mich an meine Zebragrasstaude – sie ist mir schon bis über den Kopf gewachsen. So hoch, dass ich Trevor bitten musste, sie zurückzuschneiden. Kennen Sie Trevor, mein Lieber?«

»Nein.«

»Er ist sechsundsechzig. Ein bisschen zu jung für mich, nehme ich an. Aber ein guter Handwerker.«

»Was kann ich für Sie tun, Beatrice?«

»Nun, ich dachte, ich bezahle ihn aus dem Aktienpaket. Können wir drei ABC-Aktien verkaufen?«

»Meinen Sie die von AT&T?«

»Natürlich, mein Lieber. Achttausend Aktien, richtig?«

»Es sind über neuntausend, Beatrice.«

»Wie herrlich. Das ist ja eine ganze Menge. Meinen Sie immer noch, dass ich eine Weltreise machen sollte?«

»Aber ja, Beatrice. Nehmen Sie Ihre Freundinnen mit. Lernen Sie die Italiener kennen, besichtigen Sie Griechenland.«

»Die Italiener dichten und riechen? Wonach denn?«

»Ich wollte sagen, dass Sie ganz Europa besichtigen sollten, wenn Sie auf die Reise gehen.«

»Sie überweisen mir ganz schnell das Geld, wenn ich verkaufe?«

»Ja, das mache ich gern.«

»Nein, nein, ich habe es mir anders überlegt. Sie bleiben da, wo Sie sind, Mr Jarvis. Ich komme und hole es ab.«

»Die Börsen sind geschlossen, Beatrice. Wir müssen am Montag verkaufen.«

»Unsinn, mein Lieber. Sie sagen ihnen einfach, dass sie für mich wieder öffnen sollen. Ich rufe heute Abend Francine an und frage, ob sie Lust hätte, die riechenden Italiener zu sehen. Sie ist übrigens dreiundachtzig. Hat vielleicht nicht mehr allzu viel Zeit zu warten. Und Trevor würde auch gern mitkommen.«

»Ich bin sicher, dass der Handwerker Sie und Francine sehr gern begleiten würde.«

»Meine Güte, zwei alte Frauen und ein jüngerer Mann! Wie nennt man das heutzutage ... eine Dreiecksbeziehung?«

»Vermutlich ja, aber Sie und Francine sollten wohl erst mal darüber reden.«

»Genug von mir und Francine, mein Lieber. Was ist mit Ihnen? Irgendein junges Ding in Ihrem Leben?«

»Im Augenblick nicht. Aber ich habe eine neue Bekannte unten in Ecuador.«

»Na, dann gehen Sie mal runter und klopfen am Ockertor. Gehen Sie sie besuchen.«

»Es ist ein weiter Weg. Sehen wir uns also am Montag?«

»Natürlich, Montag. Nein, nein, dann habe ich den Gärtnerclub zu Besuch ... aber, hören Sie?«

»Ja, Beatrice?«

»Ocker ist eine schreckliche Farbe für ein Tor. Sagen Sie ihr, sie sollte es mit Kirschrot probieren.«

Als ich an diesem Abend nach Hause kam, blinkte das rote Licht auf meinem Anrufbeantworter – hellrot, nicht kirschrot. Ich drückte auf den Knopf, wartete auf den Piepton und hörte, wie ich zu einer weiteren Gemeindeveranstaltung eingeladen wurde.

Damals wusste ich es noch nicht, aber Gott hatte mich am Hemdkragen gepackt und war dabei, mich auf die Reise zur glänzendsten Schnalle des »Bibel Belt«* mitzunehmen.

* dt.: Bibelgürtel; Bezeichnung für den als sehr bibeltreu bekannten Südstaatenraum der USA

Steve Cole – Mr Heimlich persönlich – war, man glaubt es kaum, der Gastgeber einer Männergruppe, die sich wöchentlich traf.

Ich fand das ähnlich beunruhigend und verwirrend, wie wenn man Jack Nicholson zu einer Tupperparty einladen würde.

Die meisten der Typen aus unserem Strandhaus waren in der Gruppe, darunter Stanley und zwei seiner holzschnittartigen Theologenkumpels. Über Steve sei gesagt, dass er sich immer noch nicht zu irgendeiner Beziehung bekannt hatte – und ich machte ihm auch keinen Druck.

Sollte aber noch kommen.

Steve wohnte in der modernisierungsbedürftigen Gegend im Norden von Greenville. Er hatte ein bescheidenes Haus – einen Flachbau aus Ziegelstein mit einem Carport und vier kränkelnden Azaleen im Vorgarten. Ein verbogener Basketballkorb hing an der Einfahrt. Die Innenaustattung bestand in erster Linie aus einem Parkettboden, einem Panoramafenster und zwei Topfpflanzen, die um Dünger zu betteln schienen.

Mitten im Wohnzimmer sorgte ein neuer ovaler und farbenfroher Teppich für Schönheit. Ich war schon früh da und sprach Steve auf den Teppich an, weil das fette hellgrüne Muster in die Augen stach.

»Ja, Darcy hat mir beim Aussuchen geholfen«, gab er zu, während er barfüßig die Abendnachrichten einschaltete. Erfrischungsgetränke und Kartoffelchips beherrschten den Couchtisch. Ich goss mir ein Glas ein und fing an, Bruder Steve zu verhören.

»So was macht sie also? Und ... willst du sie nicht noch mal zum Essen einladen? Hast du nicht auf dem Weg zum Strand erwähnt, dass ihr beiden schon mal ausgegangen seid?«

Er sah mich an, als ob er eine Differentialgleichung im Kopf lösen müsste. »Ja, ich könnte sie noch mal einladen, einfach nur aus Freundschaft. Sie hat bald Geburtstag. Vielleicht dann.«

Ich reichte ihm einen Plastikbecher. »Ganz der Gentleman.«

Nach und nach trafen die anderen aus der Gruppe ein, und bald hatten acht allein stehende Männer plus Ransom – im Surfer-T-Shirt und Sandalen – die Stühle im Kreis um Steves neuen Teppich aufgestellt.

Ransom hatte sich das Haar nicht geschnitten, Steve hatte sich nicht rasiert, und der ganze Rest war mir seit dem Strandwochenende kaum über den Weg gelaufen. Und ich hatte keine Ahnung, worum es bei diesem Treffen gehen sollte.

»Jungs«, sagte Ransom, »wir sind heute eine Neunerrunde. Eigentlich sollten wir zehn sein, aber Joe Caruzzi hat gerade den Aufstieg in die AAA-Baseballliga in Richmond geschafft.«

»Ich wette, Lydia findet das gar nicht gut«, murmelte Steve.

»Beziehungen über so große Entfernungen funktionieren nicht«, sagte Stanley und balancierte seine Bibel auf den Knien.

»Jetzt mal ehrlich«, sagte Steve mit Chips im Mund, ohne jemanden im Besonderen anzusprechen. »Bei wie vielen von euch ist nach diesem Wochenende eine Verabredung rausgesprungen?«

»Darum ging es doch gar nicht«, protestierte Stanley.

»Natürlich ging es darum«, sagte Ransom. »Es geht immer darum. Sag's ihnen, Jay.«

Ich nippte an meiner Cola und versuchte, die Ruhe zu wahren. »Ich? Bei mir hat sich nichts getan.«

»Na, hör mal«, sagte Stanley. »Ihr habt das ganze Wochenende zusammengesteckt.«

Ich schaute in die Runde. Fünf fremde Männer starrten mich an. Der Druck war ungeheuer, trotzdem fiel mir kein passender Reim ein, also deckte ich die Karten auf. »Ehrlich, Jungs. Sie sagte, wir sollten die Augen zumachen und uns treiben lassen, also machte ich meine zu und ließ mich treiben, und dann sind wir auf einer Sandbank gestrandet, sie schrieb antikapitalistische Gedichte in den Sand und sagte mir, ich hätte kein Talent zum Dichten. Dann trieb uns die Strömung halbwegs nach Spanien, sie betete auf ihrer Plastikluftmatratze und, bums, schon war die Küstenwache da. Der ganze Dank gebührt natürlich dir, Bruder Stanley.«

Ich merkte, dass es ihm nicht passte, Bruder Stanley genannt zu werden. Er blickte finster und sagte: »Ein gewisser Jemand ist in jener

Nacht nicht in das ihm zugewiesene Haus gekommen, nicht wahr, Jay?«

Seine Kumpel glotzten mich sprachlos an.

Ich musste die Sache klarstellen. »Es ist nichts Sündhaftes passiert, Jungs. Ehrlich. Erst haben wir ein Pfund Krabben gegessen, dann bin ich in den Dünen eingenickt, danach wurde ich durch ein Gespräch über Gott aufgeweckt. Dann weiß ich nur noch, dass Elly mir irgendwann ans Schienbein trat, als die Sonne über dem Atlantik aufging. Schließlich saßen wir in der ersten Reihe einer kleinen Baptistengemeinde und hörten eine Predigt über Jona von einem Pastor namens Asbury, der Haien den Kopf streichelt. Mehr ist nicht passiert. Ehrlich. Wir haben ganz vorn gesessen.«

Jetzt wurde ich von der ganzen Gruppe mit offenen Mündern und hochgezogenen Brauen angestarrt. Sogar von Steve, der ob meiner Diskretion tief in meiner Schuld stand.

Ransom hämmerte auf den Couchtisch und verschaffte sich Aufmerksamkeit. Ich dankte Gott für die Ablenkung. »Männer«, sagte er, »auch wenn Jays Abenteuergeschichten sehr spannend sind, eigentlich sind wir doch hier, um wenigstens ein paar Minuten lang zu versuchen, ein paar wichtigere Themen zu besprechen.«

»Ja«, sagte Stanley und unterbrach meinen Surferfreund, »wir sind hier, um uns gegenseitig aufzuerbauen und den allmächtigen Gott um Weisheit zu bitten.«

Ransom rollte mit den Augen und erhob wieder die Stimme. »Okay, Kumpels, wer hatte in dieser Woche unreine Gedanken?«

Steve ließ die Chips fallen. Keiner regte sich.

Dann ging eine Hand nach oben, danach, im Abstand von je einer halben Sekunde, noch eine und noch eine, wie Pelikane, die der Reihe nach zum Flug abhoben. Nachdem auch ich widerwillig meine Hand erhob, machte eine rechtsherum gehende Revolution die Runde. Acht von acht. Dann hob auch Ransom die Hand. Neun von neun. Sogar der Verheiratete unter uns.

Noch aber waren es nur Hände. Kein ausgesprochenes Geständnis.

»Irgendein Gesprächsbedarf? Na los, Kumpels«, drängte Ransom. »Sagt was.«

»Ich kann nichts dagegen machen«, sagte Stanley.

»Schlechte Angewohnheit, Bruder«, sagte Steve.

»Sehr schlecht«, stimmte ich zu.

»Man wird dazu verführt ... Reklametafeln, Fernsehwerbung.«

»Was kann man denn dagegen machen?«, fragte Ransom.

»Beten?«, schlug Stanley vor.

»Das hilft«, sagte Ransom, »aber wir müssen uns auch klarmachen, dass wir alle im gleichen Kampf stecken, und wir dürfen nicht nachlassen, uns gegenseitig Mut zu machen und einander aus Situationen herauszuhelfen, die uns verführen könnten.«

Einer von Stanleys Kumpeln hob die Hand. »Aber was ist mit einsachtzig großen Blondinen im hellgrünen Bikini?«

»Können wir nicht zum nächsten Thema kommen?«, fragte Steve, der mit seinem Zeh den Teppichrand nachfuhr.

»Okay. Das nächste Thema heißt Materialismus«, sagte Ransom nach einem Blick auf seine Notizen. »Wie viele von euch Jungs haben in dieser letzten Woche ihren Besitz mit dem von anderen verglichen?«

Ich dachte an die Jaguars meiner Kollegen im Büro. Meine Hand ging hoch, dann eine zweite, drei, vier, fünf und ... Harmonie. Ehrliche kleine Pelikane. Wieder neun von neun Händen.

Barry, ein ganz junger Kerl, wirkte besonders reuevoll. Er schob sich die dunkelblaue Nike-Mütze tief ins Gesicht und räusperte sich. »Okay, wie sieht's denn aus, wenn man auf dem College ist und sonntags in die Gemeinde geht und mitbekommt, wie jeder aus einem neuen Auto aussteigt, und wenn man weiß, dass nach dem Gottesdienst alle in die besten Steakrestaurants gehen, aber man selbst muss nach Hause und Ravioli aus der Dose essen? Was ist damit?«

»Welche Sorte?«, fragte Steve. »Ich hab auch immer Ravioli gegessen.«

»Ich habe mich wochenlang von Spaghetti Bolognese ernährt«, sagte Stanley. »Hab immer noch das Rezept.«

»Bei mir waren es ein Jahr lang Sandwiches mit Erdnussbutter und Honig«, ergänzte Ransom.

Ich war an der Reihe. »Ich hab meistens alles, was ich hatte, in den Mixer getan und meine Armut *getrunken*.«

»Danke, Jungs«, sagte Barry. »Super Tipps für die Armen und Bedürftigen.«

Unreine Gedanken und Materialismus – zwei Themen, die mir vertraut waren. Obwohl ich dafür nie zur Rechenschaft gezogen wurde. Ich fühlte mich unwohl dabei, diese wunden Punkte offen zu legen. Ich wusste nicht, was ich von dieser Männergruppe halten oder ob ich weiter mitmachen sollte, aber wenigstens wurde ich nicht gezwungen, komische Verse östlich oder westlich der Psalmen aufzuschlagen.

Zur Überraschung aller bat Ransom den jungen Barry, seine blaue Nike-Mütze abzulegen. Barry nahm sie ab und neigte den Kopf zum Gebet.

»Das hab ich nicht gemeint«, sagte Ransom. »Gib sie mir einfach.«

Barry hielt die Mütze am Schirm und reichte sie ihm. Ransom warf zwei Eindollarscheine hinein und gab die Mütze dem Nächsten.

»Wozu soll das gut sein?«, fragte Barry, dessen Locken ganz platt gedrückt waren.

»Junge, wir schicken dich ins beste Steakrestaurant der ganzen Stadt. Ist doch so, Männer, oder?«

Praktische Nächstenliebe – alle waren überrascht. Aber jeder von uns griff sofort nach seiner Brieftasche.

Steve warf gleich drei Dollar in die Mütze, ebenso der Nächste und der Übernächste. Als die Mütze bei Stanley angekommen war, quoll sie schon mit Scheinen über. Aber Stanley behielt die Mütze eine Weile auf seinem Schoß, direkt auf seiner Bibel. Er schaute in seine Brieftasche, nahm sich noch etwas Zeit und ließ langsam einen Zehner hineinfallen.

Ich brauchte keine Bedenkzeit. Ich warf einen Zwanziger hinein und war ziemlich zufrieden, Stanley übertrumpft zu haben, der mich vorhin wegen meiner Abenteuer am Strand von Litchfield hatte bloßstellen wollen.

Als die Mütze wieder bei Barry ankam, war er sprachlos. Er starrte eine Weile hinein, stopfte das Geld in seine Brieftasche und schüttelte den Kopf.

»Okay«, sagte Ransom und langte über den Couchtisch, um sein Glas nachzufüllen, »so viel zur Tagesordnung. Nächste Woche gibt's ein neues Thema. Jetzt will ich aber wissen, wer von euch Singles bei dem Strandwochenende sonst noch eine tolle Frau näher kennen gelernt hat. Wir wollen die ganze Wahrheit.«

Wieder regte sich niemand, bis Stanley sich die Chipstüte griff, einen Chip aß und langsam die Hand hob. Ransom schlürfte aus seinem Glas und beugte sich vor, bis er ganz dicht vor Stanley war. »Na, sag schon ihren Namen.«

»Nein.«

»Los doch«, drängte Ransom.

»Nein!«

»Wo hast du sie getroffen?«

Stanley schaute zu Boden, scharrte mit den Füßen hin und her und murmelte: »Unter unserem Strandhaus.«

»Was hat sie da gemacht?«

»Sich den Sand abgeduscht.«

»Unter dem Haus der Männer?«

Stanley nickte zur Bestätigung.

Ransom lehnte sich in seinem Sessel zurück und hob den Kopf. »Dann sag uns mal, wer sie ist, Kumpel.«

»Sie heißt Rona. Und sie hat mich gefragt, ob wir uns nicht mal treffen sollen.«

Stanley und Nummer acht – wer hätte das gedacht?

Ja, Gott hatte mich am Kragen gepackt, und ich stand noch ganz am Anfang meiner Reise.

Kapitel 15

Es gibt nur zwei Dinge, die man vom Aktienmarkt verstehen muss: Entweder geht der Kurs rauf, bevor er wieder runtergeht, oder er geht runter, bevor er wieder raufgeht.

Eins von beidem.

Kurz vor Handelsbeginn kam Lydia Hutto in mein Büro spaziert und entschied sich für »rauf«. Die kleine, gastfreundliche Lydia meinte, die Aktien würden definitiv steigen. In ihrem dunkelblauen Hosenanzug, der stark mit schwarzen Nadelstreifen überlastet war, setzte sie sich in meinen Gästesessel und bot mir einen Happen von ihrem Himbeertörtchen an.

»Ich möchte ein paar Ann-Taylor-Aktien kaufen«, sagte sie stolz.

Ich fing hastig an, in meinen Dateien herumzusuchen. »Ist das eine Aktiengesellschaft?«, fragte ich.

Sie knabberte an ihrem Törtchen und sagte: »Na, das müsstest du doch wissen, Jay. Du bist hier der Börsenmakler.«

Ehrlich gesagt wusste ich nicht, ob es Miss-Ann-Aktien gab. Ich wusste von Miss Martha, dass es eine AG war, aber nicht von Ann. Ich hatte nie damit gehandelt. Aber ja, da stand es tatsächlich – eine Aktie zu 23 Dollar.

»Du hast Recht, Lydia«, sagte ich und drehte den Monitor so, dass sie es sehen konnte. »Wie viele willst du denn kaufen?«

»So viele ich mir hiermit leisten kann.« Sie stand auf und zog ein Bündel Zwanziger aus ihrer Tasche, die sie fein säuberlich neben meine Tastatur stapelte.

Lydia war zu Fuß von der Filiale der *Carolina First Bank* in der Innenstadt herübergekommen, wo sie als Hauptkassiererin beschäftigt war. Ich fand, der Job passte gut zu ihrer freundlichen Art, weil sie ja beim Geldscheinbündelaushändigen immer lächeln musste.

»Das sind mindestens vierhundert Dollar«, sagte ich und zählte die Geldscheine in meine Hand.

»Vierhundertvierzig«, sagte Lydia. Sie schlug ein kurzes dunkelblaues Bein über das andere und wartete ab, bis ich die Summe bestätigte.

Gezählt, bestätigt und für die Anlage vorgemerkt. »Du willst alles auf Ann setzen?«

»Ich vertraue Ann«, sagte Lydia. »Viel mehr als Männern.«

Bis zu dieser Bemerkung hatte ich vor, unsere Begegnung rein geschäftlich zu halten. Sie aber musste ja schon wieder dieses Thema aufbringen. »Heißt das, mit dir und Joe, dem Baseballer, läuft es nicht so gut?«

Sie warf den Rest ihres Törtchens in meinen Papierkorb und kreuzte wieder die kurzen dunkelblauen Beine. »Ich bin mir noch nicht im Klaren ... aber er könnte Potenzial haben.«

»Hält Joe dir die Tür auf?«

»Meistens.«

»Zahlt er dir bei seinen Spielen die Karte für die erste Reihe?«

»Joe bekommt Freikarten.«

»Und du darfst dir ein Steak anstatt Bouletten bestellen?«

»Wir hatten einmal Bouletten. Ich habe das Essen gemacht.«

»Und? Angebrannt?«

»Ja.«

»Essen bestellt?«

»Zweimal innerhalb einer Stunde.«

»Chinesisch?«

»Joe hatte sechs Eierbrötchen.«

Lydia kauerte sich in den Sessel, was ich als weibliche Körpersprache interpretierte für »Wechseln wir das Thema«. Ich drehte den Monitor wieder in meine Richtung und ließ ihren Kontostand anzeigen. »Okay, Lydia, du hast nie verraten, warum du mich und Elly damals nachts am Strand von Litchfield allein gelassen hast, als wir schliefen.«

»Ich musste mal.«

»Und warum bist du nicht zurückgekommen?«

Sie musste nachdenken. »Es war ein langer Weg zurück zum Strand. Außerdem habt ihr beiden da auf dem Sand so friedlich ausgesehen – die Rücken aneinander, ein Gesicht nach Norden, das andere nach Süden. Ihr saht aus wie Kinder bei einer Pyjamaparty, die sich gestritten haben und versuchen, darüber zu schlafen. Sag mal, kaufst du mir jetzt die Aktien oder nicht?«

Ich gab den Auftrag ein und sagte: »So gut wie gekauft. Warum setzt du eigentlich auf die Aktien von Ann Taylor?«

Sie setzte sich aufrecht und spielte mit ihrem Haar. »Weil ich und Darcy letzten Samstag im Kaufrausch je drei Ann-Taylor-Kleider gekauft haben. Nein, Jay, du brauchst gar nicht erst zu fragen. Zwei von Darcys Kleidern sind auf ihr Auto abgestimmt.«

Eine Stunde nachdem Lydia mit ihren neunzehn Aktien aus der Modebranche gegangen war, bestellte mich Mr Brophy in sein Büro. Er trug rote Hosenträger, lächelte und hielt mir sogar die Mahagonitür auf.

Ich schätzte, dass entweder eine Bitte oder ein Angebot auf mich wartete.

»Ich habe ein Angebot für Sie, Jay«, sagte er und schloss die Tür hinter uns.

Ein Golfschläger mit verchromtem Schaft und vier orangefarbene Golfbälle lagen neben dem Schreibtisch und neben dem Monitor stand ein Glas mit *Slim Fast*. Draußen vor dem Fenster erhob sich spinnwebartig Wasser aus einem Springbrunnen, und die Morgensonne brach sich in den Tröpfchen goldgelb.

Ich wusste nicht, ob Mr Brophy Grund zur Freude hatte oder ob er einfach daran dachte, dass er mit einer dreiunddreißigjährigen Frau verheiratet war. Wie auch immer, sein Lächeln entspannte mich.

»Jay, wir haben wieder mal ein gutes Quartal hinter uns.«

»Stimmt, Sir«, sagte ich und schlang meine Arme um den Rücken des Gästesessels.

»Wir haben unsere Kunden und uns selbst auf die richtige Seite des Marktes gestellt.«

»Stimmt, Sir.«

»Und zweimal hatten Sie bei den jungen Kollegen mit Ihrem Beitrag zu unserer guten Leistung die Nase vorn.«

»Ich halte mich nur an Ihr Vorbild, Mr Brophy.«

Er hielt beim Reden seine Brille am silbernen Gestell und gestikulierte damit wie die Finanzexperten im Fernsehen. Dieser Gedanke ließ mich grinsen.

»Was ist denn so lustig?«, fragte er und inspizierte das Brillenglas.

»Nichts, Sir.«

Mr Brophy räusperte sich. »Jay, mir ist klar, dass Sie erst vor fünf Monaten hergezogen sind ... aber mit immerhin sechs Jahren Erfahrung haben Sie den Dreh heraus, die Gewinner auszumachen. Obwohl Sie ausgeschlafene Konkurrenten haben, würde ich Sie gern für eine Position in unserem Büro an der Börse empfehlen.«

»Sir?« Ich brachte nichts als diese eine Silbe zu Stande. Eine Beförderung an die Börse war selten; die Verdienstmöglichkeiten hervorragend.

Mr Brophy legte die Brille auf die Zeitung, trank im Stehen das Glas *Slim Fast* aus, nahm sich den Golfschläger und schlug einen Ball an den Untersetzer seiner Topfpflanze.

Für einen fünfzigjährigen Chef-Börsenmakler in Greenville, South Carolina, war das ein Höchstmaß an Coolness, dieses »Schau mal, ich bin auf Fastenkur, ich hab ein Eckfenster und kann die Topfpflanze mit dem Golfball treffen«. Er blickte aus seiner Schlagposition hoch: »Sie haben ein Bewerbungsgespräch in New York, und wenn man Sie nimmt, dann müssen Sie natürlich umziehen.«

»Nach New York, Sir?« Ich war noch immer nicht fähig, mehr als kurze Worthülsen zu äußern.

»Richtig«, sagte er und nahm sich den nächsten Ball. »Geht es bei Ihnen nächste Woche, sagen wir ... am Donnerstag?«

»Ja, Sir, ganz sicher.« Ich war wie vom Blitz getroffen und merkte gar nicht, was ich sagte.

Er korrigierte seinen Griff am Golfschläger. »Großartig. Bitten Sie Glenda, den Flug zu buchen. Lassen Sie sich auf der Straße von niemandem anquatschen. Und geben Sie mir Bescheid, wie es läuft. Wenn Sie mich jetzt bitte entschuldigen – ich muss meine Kleine anrufen.«

Ich strich über den Lederrücken seines Gästesessels, bevor ich mich zur Tür zurückzog. »Ich weiß Ihr Vertrauen zu schätzen, Chef.«

Als ich mich zum Gehen umdrehte, rollte ein orangefarbener Golfball an meinen Füßen vorbei und knallte gegen die Mahagonitür.

»Guter Schlag, Sir.«

Das Mondlicht spiegelte sich in meinem verchromten Pfannenwender, als ich den Grill anfachte, die Flamme regelte und versuchte, über New York nachzudenken. Mein Lachsfilet lag geduldig auf der Alufolie.

Ich hatte schon immer dieses Ziel gehabt – Manhattan. Die Stadt ist immerhin der Heilige Gral für jedermann im Finanzgeschäft. Nur war die Nachricht so schnell, so unerwartet gekommen. Ich fühlte mich genauso wie damals in der dritten Klasse, als Mrs Wormby mir eine Eins in Erdkunde gegeben hatte, obwohl meiner Vorstellung nach der *Lake Erie* direkt an der Grenze zum Staat Utah lag.

Ich stellte mir die Betonmassen, die Menschenmengen vor, versuchte aber gar nicht erst an die Lebenshaltungskosten zu denken, als mein schnurloses Telefon klingelte. Die Stimme am anderen Ende redete über Gemeindemitgliedschaft. Im trübgelben Licht einer Terrassenlampe beförderte ich eine Fliege mit dem Handrücken ins Nichts und stellte dann einen Fuß auf meine Picknickbank.

Der Älteste Kyle machte einen netten Eindruck und sprach mit sanfter und angenehmer Stimme. Ob er wohl wusste, dass seine Tochter, die Missionarin, mit Essen wirft? »Ja, Sir«, sagte ich, »ich komme regelmäßig zum Gottesdienst.«

Er sagte, es gäbe für die potenziellen Mitglieder ein Aufnahmegespräch, so mit Fragen und Antworten. Ich hoffte, dass ich derjenige war, der die Fragen stellen durfte, weil meine Antworten niemanden in Greenville und Umgebung zu beeindrucken schienen.

An diesem Abend aber stellte der Älteste die Fragen. »Jay, was ist Ihr Hintergrund?«

»Sie meinen meine Konfession?«

»Ja.«

Ich griff nach dem Pfannenwender und drehte den Lachs um. »Wie ich jemandem am Strand schon erzählt habe, haben meine Eltern mich als hingebungsvollen Workaholic erzogen. Obwohl ich immer versucht habe, ein ausgewogeneres Leben zu führen als sie, war die Kirche nie ins Spiel gekommen.«

»Also sind Sie ... nichts?«

»Ich bin Börsenmakler, Sir.«

»Verstehe. Na, vielleicht können wir uns mal unterhalten ... Sie sagen, Sie sind Börsenmakler?«

»Ja, Sir. Schon seit sechs Jahren.«

Kurze Pause. »Sie sind doch nicht der, den meine Tochter bei diesem Strandwochenende kennen gelernt hat?«

»Doch, Sir, der bin ich. An dem Wochenende haben wir ein bisschen zusammen rumgehangen.«

»Jay, ich will ja nicht neugierig sein, aber haben Sie wirklich auf einem schwarzen Schlauch geschlafen?«

»Nur ganz allein, Sir. Die Umstände waren etwas kompliziert. Und Ihre Tochter lag sicher in ihrem Bett.«

»Sie meinen, sicher auf dem Rücksitz von Darcys Cadillac?«

»Das hat Elly Ihnen erzählt?«

»Sie erzählt mir alles.«

»Oh.«

Wieder eine Pause. »Und Sie sind auch der, den sie überredet hat, sich blind auf dem Ozean treiben zu lassen?«

»Ja, Sir, das war ich … aber nie wieder.«

Er kicherte in den Hörer. »Das macht sie schon seit Jahren. Bei jedem Familienurlaub wollte sie mich dazu überreden.«

Das fand ich komisch, besonders bei einer Familie aus dem frommen Süden. »Wussten Sie, dass Ihre Tochter gern mal mit einem Treibholzstock lange Verse in …«

»Sie meinen ihr antimaterialistisches Gedicht?«

»Ja, Sir, genau das.«

»Ich habe alle zehn Verse auf meinem Kühlschrank.«

»Ich dachte, es hätte nur fünf Verse.«

»Sie sagte, die Sandbank sei zu klein gewesen.«

»Ach.«

Seine Stimme wurde ernst und entschlossen. »Jay, sie hat mich außerdem gebeten, Sie für unsere Gemeinde zu gewinnen. Das heißt, wenn Sie überhaupt interessiert sind.«

»Sie hat aber gesagt, ich würde es nie schaffen, ein guter Presbyterianer zu werden.«

»Erst mal müssen wir sehen, dass Sie es überhaupt in den Himmel schaffen.«

Was? Wurden hier etwa Punkte gezählt? Die Anwesenheit überprüft? Übrigens wurde ich ja schon von einer Männergruppe zur Rechenschaft gezogen und hatte drei ganze Wochen lang allabendlich einen Vers in den Sprüchen gelesen, also hatte ich beim Allmächtigen etwas gut. »Dafür ist schon gesorgt, Sir.«

»Gut. Hören Sie, ich habe vorgestern Abend mit Elly gesprochen. Sie hat mich von einer Telefonzelle in Coca aus angerufen und gesagt, ich soll Sie grüßen, wenn ich Sie sehe.«

»Was sie in ihrem Brief geschrieben hat, hörte sich so an, als würde sie sehr lange wegbleiben.«

»Sehr lange«, sagte er. »Ihr kleines Haus drüben in der Stadt ist gerade verkauft worden. Ich überweise das Geld nach dem Eingang an ihre Missionsgesellschaft, obwohl es nicht sehr viel ist.«

»Sie müssen stolz auf Ihre Tochter sein.«

»Stimmt. Sie ist im Einklang mit ihrem Leben. Sie lässt sich auch durch die Umstände nicht unterkriegen. Na ja, vom Fuß mal abgesehen. Sie hat ihn sich geschnitten, als sie ein Kanu ans Flussufer gezogen hat. Brauchte aber nur fünf Stiche. Das wird schon. Ihr einziges Problem scheint die Überlegung zu sein, was sie mit Thomas anfangen soll.«

»Thomas?«

»Er ist der Peru-Missionar, den sie letzten Monat kennen gelernt hat. Hat sie nichts von ihm erzählt?«

Ich sah zu, wie der Lachs ankohlte, dann versengte und schließlich bis zur Unkenntlichkeit verbrannte. »Nein.«

»Na, jedenfalls trifft sich unsere Gruppe für die Mitgliederaufnahme am nächsten Sonntag. Wäre schön, wenn wir auch mit Ihnen reden könnten.«

Nach dem verflogenen Hochgefühl konnte ich nur noch murmeln: »Danke, Mr Kyle.«

»Gnade und Friede sei mit Ihnen, Jay.«

Das Essen war inzwischen schwarz und verdorben. Und mein Appetit hatte sich, wer weiß wohin, verloren.

✩

Ich war tief über den Picknicktisch und eine Schale Cornflakes gebeugt und sah zu, wie der Rauch aus dem Grill aufstieg. Er löste sich in kleine graue Fetzen auf, die sich gegen den Augustmond abhoben.

Wenn ich nervös bin, halte ich mich beim Essen an Cornflakes. Man findet darin wohl keine Weisheit, aber sicherlich Trost. Jeder Happen bringt einen neuen Blickwinkel und frische Perspektiven, obwohl meine Betrachtungen wieder einmal vom Klingeln des Telefons unterbrochen wurden.

»Ja?«, sagte ich und sah zu, wie meine Cornflakes weich wurden.

»Heeey, mein Freund!«, war die Antwort.

Ich setzte mich wieder auf die Bank, hielt in der einen Hand den Löffel und in der anderen das Telefon. »Ransom, ich dachte, wenn man verheiratet ist, geht man früh ins Bett.«

»Nee. Jamie ist bis Freitag auf einer Lehrerkonferenz. Aber rate mal, wen ich heute getroffen habe?«

»Jacques Cousteau?«

»Falsch, Jay. Die eine mit der gepiercten Augenbraue. Du weißt doch, die vom Strand ... die mit den schwarzen Haaren.«

Schwarzes Haar, gepiercte Augenbraue. »Ach ja, Nummer zwei.«

»Es gibt Eltern, die ihr Kind Nummer zwei nennen? Alter, das ist aber schwach. Das zweite Kind sollte einen richtigen Namen bekommen.«

»Ich meine, dass sie die zweite von den Nummerngirls war.«

»Wovon redest du eigentlich?«

»Egal. Was hat sie gesagt?«

»Sie kam in unseren Laden und stöberte in meiner Abteilung rum, hat sich die Kajaks und die ganzen Wassersportsachen angeschaut. Wir haben uns über das Strandwochenende unterhalten, und dann hat sie nach dir gefragt, Junge. Sie heißt Alexis, ist fünfundzwanzig und hat sich gerade von so einem Motorradmechaniker getrennt.«

Ich ließ meinen Löffel in die Schüssel fallen. »Na hör mal, Ransom, schon wieder so eine Presbyterianerin, die mit A anfängt?«

»Keine Ahnung, ob sie ein Mitglied ist oder nicht, aber letzte Woche haben die beiden Schluss gemacht. Er wollte, dass sie ihm bei der Arbeit mit der Krabbelgruppe in seiner Gemeinde hilft ... Er ist Lutheraner, glaube ich. Sie kann mit der Krabbelgruppe nichts anfangen, also hat sie Schluss gemacht.«

»Jetzt soll ich also ...«

»Du kennst doch meine Methode, Kumpel.«

»Was für eine Methode? Dass du nicht auflegst, bevor ich verspreche, sie anzurufen?«

»Und wehe, du erzählst mir hinterher nicht alles.«

Irgendetwas lief hier verkehrt. Ich konnte mir nicht vorstellen, dass Verkupplungsaktionen von Surfern, besonders von verheirateten, in meine langfristige Planung passten. Aber Nummer zwei hatte am Strand mit ihrem rabenschwarzen Haar und dem Tolstoi-Roman ganz bezaubernd ausgesehen – und gegen ein kleines Piercing an der Augenbraue hatte ich nichts einzuwenden. Solange es klein genug war.

Mir schwirrten im Kopf die Möglichkeiten hin und her. Und stießen zusammen. Wartete hier eine Chance auf mich oder bloß eine Ablenkung? Ob die Chemie stimmen würde? Es kam mir vor, als wäre das hier nur Plan B, aber wenigstens lebte sie nicht irgendwo fern im Ausland.

Vielleicht rufe ich sie an. Vielleicht auch nicht.

Gut, ich rufe an.

Aber erst mal wollte ich den verbrannten Fisch entsorgen.

Am Mittwochmorgen entschloss sich Mr Gruber, noch mehr Aktien von Toys"R"Us zu kaufen. Es blieb an diesem Tag mein einziger Kauf. Ich liebte Mr Gruber. Meine nächste große Chance kam, als ich einen Anruf von der Gemeindesekretärin übernahm.

Sie wollte keine Aktien kaufen.

Anscheinend war ein Regenschirm im Ständer im Vorraum gefunden worden, und sie hatte auf dem Griff meinen Namen entdeckt. Ich bin ziemlich gut darin, meine Sachen mit meinem Namen zu versehen, aber nicht ganz so gut darin, auf meinen Besitz aufzupassen.

Nach Geschäftsschluss fuhr ich zur Gemeinde, hängte meine Krawatte über den Beifahrersitz und war in Gedanken noch in Manhattan. Das Gemeindegrundstück war menschenleer bis auf den älteren Hausmeister, dem die Gemeinde den Titel »Küster« verliehen hatte, was nicht so gut auf der Zunge liegt wie Hausmeister und sogar ein bisschen gewagt klingt. Ich nahm aber an, dass er lediglich seine Arbeit machte und dass es jemand anders gewesen war, der sich die Bezeichnung ausgedacht hatte.

In seinem ausgeleierten hellbraunen Overall fegte er den Gehweg und sah mich nicht kommen.

»Guten Tag, Sir. Ich habe meinen Schirm liegen gelassen.«

Er fegte weiter und sagte: »Meine Güte, das ist hier ja noch nie passiert.«

»Er ist blauweiß.«

Er schaute immer noch nicht auf. »Grünrot, Braun in Braun, ich habe sie alle schon gesehen. Und die meisten warten bis zum nächsten Sonntag mit dem Abholen.«

»Aber ich fahre nach New York. Ich könnte ihn brauchen.«

»Lasse Sie gleich rein«, sagte er. Er war eine Hand breit größer als ich, hatte einen dunklen Teint, war schlank und anscheinend an Unterbrechungen gewöhnt. Er lehnte den Besen gegen die Backsteinwand des Gemeindegebäudes und stellte sich vor. Sein Name sei Maurice, sagte er, er arbeite schon seit vierundzwanzig Jahren hier und habe so manchen vergessenen Schirm in der Garderobe des Vorraums gefunden. »Junger Mann, hier werden so viele Schirme zurückgelassen, dass unser gutherziger Pastor vor fünf Jahren angefangen hat, mir die nicht Abgeholten zu schenken ... inzwischen sagen mir meine Verwandten, sie hätten diese bunten Presbyterianerschirme als Geburtstagsgeschenk allmählich satt.«

Ich rüttelte am verchromten Türgriff und rückte beiseite. »Das nennt man Sonderzulage, schätze ich.«

Auf seiner Stirn standen Schweißtropfen, als er in seine Tasche langte und einen schwer bestückten Schlüsselring hervorholte. »Genau ... so ist es, eine Sonderzulage. Sagen Sie mir noch mal – welche Farbe?«

»Blauweiß.«

Maurice schloss die Seitentür auf und geleitete mich durch den schwach beleuchteten Gang, vorbei an verschiedenen Sonntagsschulräumen und Büros. Mein Regenschirm sei wahrscheinlich immer noch dort im Ständer. Ich sagte Maurice, in seiner Gemeinde seien bestimmt reichlich sonderbare Leute, und nach vierundzwanzig Jahren könne ich mir denken, dass er sie alle kennen gelernt habe.

»Wahrscheinlich«, sagte er. »Wen kennen Sie denn?«

Die Namen Darcy, Stanley und Ransom wurden mit Schulterzucken hingenommen, aber als ich Elly erwähnte, leuchteten seine Augen auf.

»Elly Kyle?«, fragte er. »Hab das Mädchen schon als Zweijährige gekannt. Sie ist ein Original.«

»Oh ja, das ist sie.«

»Als Kind war sie allerdings ein bisschen wild.« Bei diesen Worten drehte er sich um, um nach draußen zu gehen.

Ich klopfte ihm schnell auf die Schulter, weil ich noch etwas mit ihm plaudern wollte. »Inwiefern?«

»Inwiefern was?«

»Inwiefern war Elly wild?«

Maurice stopfte sich die Schlüssel in die Tasche und hielt die Tür mit dem Fuß auf. »Kluges Kind, verstehen Sie mich nicht falsch. Und, na ja, vielleicht möchte sie nicht, dass es jemand erfährt, aber als sie im Kindergarten war – in meinem dritten Jahr als Küster –, da warf sie mit Feigen nach mir. Jede Woche.«

»Was Sie nicht sagen ...«

»Nach einer Weile fing ich an zurückzuwerfen. Nur so zum Spaß, aber der Copastor sagte, als Küster dürfe man nicht mit Essen nach Kindern werfen. Wir hatten trotzdem gelegentlich ein Gefecht, meistens in der Gemeindeküche, bis sie dann aufs College kam. Ich glaube, jetzt lebt sie in Brasilien ... oder irgendwo in dieser Gegend.«

Maurice sagte, er müsse jetzt schnell nach draußen, weil er sich um die Klimaanlage kümmern wolle, und es sei nett gewesen, mich kennen zu lernen. Ich gab das Kompliment zurück. Dann ging ich den düsteren Flur entlang, vorbei an drei Büros. Erst kam das kleine Büro, auf dessen Tür »Musikdienste« stand, dann das etwas größere Büro mit der Aufschrift »Copastor« und danach das größte mit einem Schild, auf dem »Pastor« stand.

Ich hatte immer angenommen, dass Hackordnungen Sünde seien, vermutlich traf das aber nicht zu.

Neugierig lugte ich in das Büro des Pastors. Die Wände waren mit Sekundärliteratur zugestellt – mindestens zwölf Kommentare zu jedem der vier Evangelien und fünf zu allen anderen Büchern, abgesehen von den zwanzig, vielleicht auch dreißig, für die Offenbarung – ein Buch, für das mir jede Erklärung fehlte.

Zufrieden mit dem Blick in das Pastorenbüro ging ich den Flur weiter entlang und machte Halt, um in der Herrentoilette zu verschwinden. Eine Minute später kam ich wieder zurück in den Flur, als mein Blick auf eine Korkpinnwand an der gegenüberliegenden Wand fiel, auf der in großen Lettern geschrieben stand: »Neue Mitglieder«.

Ich hatte ein schlechtes Gewissen, weil ich dachte, es könne neue weibliche Singles in der Gemeinde geben – aber dieses Gefühl schwand schnell, als ich genauer hinschaute. Auf der Pinnwand war allerdings kein Foto von allein stehenden Frauen zu sehen, nur drei Familien und ein Typ in meinem Alter.

»Keine jungen Damen, was?«, sagte jemand im Flur.

Ich drehte mich um und sah Maurice, der auf mich zuschritt und einen Werkzeugkasten trug, der grün und schwer an seiner Hand baumelte.

Verlegen kehrte ich der Pinnwand den Rücken zu. »Ich hab nur mal schnell geguckt, Maurice.«

Er setzte den Werkzeugkasten auf den Fliesen ab und stellte sich neben mich. »Die Singles gucken immer nach, ob jemand neu ist. Als ob Gott ihnen jemanden mit der Paketpost schicken würde.«

»Gut, ich bekenne mich schuldig. Aber diese Woche gibt es keine Kandidatin, nur einen Mann.«

Was Maurice als Nächstes machte, ist auf ewig in mein Gedächtnis eingebrannt. Er wandte sich um, schaute den Flur entlang und dann wieder zu mir zurück. »Wie wär's mit einem Späßchen?«, fragte er.

»Weltlich oder presbyterianisch?«

Er hob seinen Zeigefinger. »Warten Sie mal hier.«

Er stahl sich ins Pastorenbüro. Ich hörte, wie eine Schublade geöffnet und wieder geschlossen wurde. Dann kam er mit einem Klebezettel am Finger heraus. Er ging wieder zur Tafel mit den neuen Mitgliedern und klebte den gelben Zettel unter das Bild mit dem jungen Mann.

Ich kam näher, um es lesen zu können: *»Nur wegen der Mädchen hier.«*

»Wie peinlich für den Kerl«, sagte ich. »Das sind also die Späße, die sich der Küster leistet?«

Mit leichtem Lächeln (oder war es ein Grinsen? Ich hätte es nicht mit Sicherheit sagen können) schob er seinen Werkzeugkasten in einen Schrank. »Der Pastor ist sauer, wenn ich so was mache, aber ich muss ihn unter Dampf halten. Bringt mehr Energie in seine Predigt, wenn Sie wissen, was ich meine.«

Ich las den Zettel noch einmal, schüttelte den Kopf und sagte: »Man ist ganz schön allein hier im Kirchenflur, was, Maurice?«

Er dachte über die Frage nach. »Manchmal, aber jeder hat seine Macke, mein Junge.« Er nahm eine Rolle Pfefferminzbonbons aus seinem Overall.

»Darf ich eins ...?«

»Bitte sehr.«

Gemeinsam gingen wir zum Ausgang und wickelten unterwegs die Bonbons aus. »Maurice, für diese Pinnwand würde ich mein Bild niemals rausrücken.«

»Ich verschone Sie«, erwiderte er.

»Lassen Sie den Zettel dran?«

Er fummelte an seinen Schlüsseln herum und sagte: »Na, da machen Sie sich mal keine Sorgen. Der Pastor reißt ihn ab, wenn er morgen früh kommt. Ungefähr gegen Mittag ruft er mich dann ins Büro ... und wir haben unser kleines Schwätzchen.«

»Ich wette, Sie werden oft zu einem Schwätzchen geladen.«

»Etwa zweimal pro Woche.«

Ich gab Maurice die Hand und fragte, ob er nicht Lust hätte, zur nächsten Singlefreizeit mitzukommen. Ja, sagte er, aber seine Frau wäre niemals einverstanden.

Auf der Fahrt nach Hause fiel mir ein, dass mein Regenschirm immer noch im Ständer war.

✿

Ich ging nicht sofort nach Hause. Ich hielt noch am Supermarkt, weil ich eine Tüte dunkler Schokoladenbonbons kaufen wollte. Die mit dem goldenen Einwickelpapier.

Ich weiß nicht genau, warum ich das tat, wo sie doch ganz zufrieden und im inneren Gleichgewicht dort im Regenwald lebte und mit diesem Peru-Thomas ihre Zeit verbrachte. Aber da sie Missionarin war und so nett darum gebeten hatte, ging ich einfach los und kaufte sie.

Als ich schließlich zu Hause war, setzte ich mich bei Sonnenuntergang mit einem Stift in der Hand auf meine Veranda und machte, von tiefroten Löwenmäulchen umgeben, ein Päckchen für Elly Kyle im südamerikanischen Ecuador fertig.

Ich schrieb ihr sogar ein kleines Briefchen, in dem ich alles über Beatrice Dean und die Blumen erzählte sowie vom bevorstehenden Flug nach New York und davon, dass ich gestern Abend tatsächlich sechs Kapitel aus dem Buch der Sprüche gelesen hatte – ein Weltrekord, der für drei Generationen der Familie Jarvis reichte.

Ich schloss den Brief mit zwei Beobachtungen:

Erstens, Elly, stellt ein Spruch von Mr Salomo im achtzehnten Kapitel eindeutig fest: Wenn ein Mann eine Frau findet, dann hat er etwas Gutes gefunden und Gunst vom Herrn erlangt. Gunst. Kein Unheil, sondern Gunst. Das steht im direkten Gegensatz zu Stanley, der aus dem Korintherbrief zitiert (etwas leichter zu finden als Galater), dass ein unverheirateter Mann sich keine Frau suchen sollte. Wie das alles mit dem oft zitierten »Suchet und ihr werdet finden« zusammenpasst, geht über die Kräfte meines Verstandes. Und wenn Stanley weiß, dass er sich keine Frau suchen sollte, warum geht er jetzt mit der muskulösen Nummer acht aus? Hmh?

Sticht der Korintherbrief die Sprüche aus? Oder umgekehrt? (Ich habe schon meinen Schluss gezogen, dass beide Stanley ausstechen.)
Nach vier Monaten, in denen ich nun schon zur Gemeinde gehe, bin ich zu der Auffassung gelangt, dass die Singles bei den Presbyterianern von North Hills – insbesondere von der Gemeindeleitung – als etwas Merkwürdiges betrachtet werden, als Lakritze auf einer kalten Platte.
Auch das ist beunruhigend.
Dein Seeigel überwintert noch bei mir.

Jay

Nachdem ich dreizehn von meinen selbstklebenden Briefmarken auf das Päckchen geklebt hatte, vertiefte ich mich in die seltsame Adresse, die komische Mischung aus Zahlen und Buchstaben, die die ecuadorianische Postleitzahl darstellten. Ich hätte das Päckchen ebenso gut zum Planeten Neptun schicken können.

In meinem Brief ließ ich bewusst die Frage aus, mit wem sie Umgang hatte. Das ging mich nichts an; immerhin aber hatte ich die Riesentüte dunkler Schokoladenbonbons für sie gekauft und isolierte nun sogar das Päckchen innen mit Bläschenfolie, damit sie nicht zerdrückt wurden, und ich hoffte, sie würde die Bonbons nicht mit Thomas, dem peruanischen Evangelisten, teilen.

Plan B. Nach dem ersten Schock darüber, dass Alexis meiner Einladung zum Essen zugesagt hatte, suchte ich ein französisches Lokal im Vorgebirgsland von North Carolina aus. Mit seiner Natursteinfassade wirkte das Restaurant wie eingebettet in eine Böschung mit Sträuchern. Die Sommersonne ging hinter den *Blue Ridge Mountains* unter, als wir es betraten; die Lampen waren gedämpft, mein Eau de Cologne unaufdringlich, unsere Gefühle unentschlossen:

Ich war pünktlich zur Stelle gewesen, um sie abzuholen, Alexis hatte noch telefoniert.

Ich hatte einen Jazzsender eingestellt, sie hatte ihn zweimal gewechselt.

In ihrem weiten schwarzen Rock, dem schwarzen Top und dem sehr dezenten Make-up hätte Alexis als Französin durchgehen können.

Ihre silberne Halskette und das silberne Armband passten zum Piercing in der Augenbraue. »Gefällt es dir?«, fragte sie, als sie meinen Blick bemerkte.

»Sehr cool«, übertrieb ich. Es war ja unsere erste Verabredung.

Als ich mich nach dem Kellner umsah, beugte sie sich zu mir und flüsterte mir zu: »Sieht ganz so aus, als ob niemand hier laut redet.«

»Die flüsternden Franzosen ...«

»Klingt wie ein Filmtitel.«

Als ich die gut betuchten Gäste betrachtete, versetzte ich mich plötzlich in die Rolle von Jarvis, dem Restaurantkritiker: Hier im gedämpften Prunk der feinen Speisen sieht man Männer im Anzug und Frauen mit Perlenschmuck, Status und Quo zugleich. Sie nippen anmutig, essen andächtig und wählen sich das Besteck vom gedeckten Tisch mit Würde und peinlicher Sorgfalt. Burgunderrote Servietten sind farblich auf die Jacketts der Kellner abgestimmt; die leise Musik gebietet Förmlichkeit.

»Guck mal, Jay«, flüsterte Alexis mir wieder zu. »Drei Gabeln pro Gedeck ... und drei Löffel!«

»Wow ... eine richtige Chirurgenausrüstung.«

Ein freundlicher kleiner Mann namens Jean führte uns zu einem Tisch am Fenster, lächelte und versprach, mit den Speisekarten zurückzukommen. Ein flaches Bächlein wand sich gleich unter der Markise, und das gluckernde Wasser auf dem Felsen schuf eine Stimmung, die eher zu einer vierten als zur ersten Verabredung passte.

»Hungrig?«, fragte ich.

»Ja, sehr«, sagte sie und spielte mit ihrer kleinsten Gabel.

Auf dem Weg in die Berge hatte ich mich für Literatur als angemessenes Gesprächsthema für ein erstes Date entschlossen. Ich wählte einen vorsichtigen Einstieg. »So, Alexis, Tolstoi ist also dein Lieblingsschriftsteller?«

Sie betrachtete eingehend ihren mittleren Löffel und fragte: »Wer?«

»Tolstoi ... du hast am Strand ein Buch von ihm gelesen.«

»Ach, ich hab es mir nur von jemandem geliehen, weil ich versuchen wollte, mich anzupassen. Eigentlich lese ich gar nicht gern. Am Strand hätte ich viel lieber den Körper von irgendeinem niedlichen Kerl unter die Lupe genommen. Wer war Tolstoi überhaupt? War das nicht der Russe, der die ganzen Atomwaffen unter Kontrolle hatte, der Typ, mit dem Reagan sich immer in den Haaren lag?«

»Ich glaube, das war jemand anders.«

Sie stieß ihr Wasserglas mit dem Löffel an und sagte: »Geschichte. Pffft.«

Diese Reaktion erschreckte mich ein wenig, dennoch gelang es mir, die Fassung zu wahren, als wir die Speisekarten von dem lächelnden Kellner Jean in Empfang nahmen.

»Sir«, sagte sie und zeigte auf Seite drei, »was bedeutet dieses Wort?«

»Cordon bleu«, sagte Jean mit der Betonung auf bleu.

»Lassen Sie uns einen Augenblick darüber nachdenken.«

»Sehr wohl. Würden Sie gern einen Rotwein goutieren, vielleicht einen Merlot?«, fragte Jean.

»Klar, ganz egal«, sagte Alexis. »Wein, Tee, Bier, irgendwas, womit wir das Essen runterspülen können.«

Vielleicht würde das Fräulein eine warme Cola aus der Dose bevorzugen. Nervös, wie ich war, weil die Chemie zwischen uns nicht stimmte, wollte ich schon Cornflakes bestellen, unterließ es aber.

Stattdessen ging ich in Gedanken das Handbuch für Verabredungen durch und landete halb zweifelnd beim Buchstaben H. »Hobbys, Alexis. Was hast du für Hobbys?«

Sie schwang inzwischen den Esslöffel und sagte: »Ich hab T. J., meinem Exfreund, mal dabei geholfen, den Vergaser an seinem Motorrad zu reparieren.«

Jean brachte Eiswasser und dann zwei kleine Gläser Merlot.

»Und wie lange wart ihr beide zusammen?«, fragte ich und nippte, den kleinen Finger abgespreizt.

Sie schlürfte, wischte sich den Mund und sagte: »Immer mal wieder seit der zehnten Klasse. Im Moment sind wir auseinander. Aber er wird wieder jeden Tag zu meiner Wohnung angeknattert kommen, ganz sicher.«

Da sie mich nicht zu meiner Person befragte, machte ich einfach weiter. »Weißt du, Alexis, ich hatte ein völlig anderes Bild von dir, als ich dich auf deinem Strandtuch sah, so hübsch, so künstlerisch und kultiviert mit deinem 700-Seiten-Wälzer.«

Sie sortierte die Löffel um und legte den kleinen in die Mitte. »Du findest mich hübsch? Wirklich?«

»Aber sicher.«

»Das hat mir noch niemand gesagt.«

Vielleicht lenkst du die Leute mit deinen Tischmanieren ab. »Nicht mal T. J.?«

»Nee.« Sie schlürfte ein zweites Mal vom Wein.

Ich stellte mein Glas ab. »Und ihr kennt euch schon seit der zehnten Klasse?«

»Wir haben uns im Geometrieunterricht kennen gelernt.«

»Und du meinst, ihr beiden kommt wieder zusammen?«

»Höchstwahrscheinlich. Danach trennen wir uns dann wieder.«

Als wir mit dem Hauptgang fertig waren und beschlossen hatten, uns eine Crème Brûlée zu teilen, war mir die letzte Frage ausgegangen, jedoch eine Gewissheit zuteil geworden: Wenn Salomo selbst in diesem Moment in dieses Restaurant gekommen wäre und sich zu uns an den Tisch gesetzt hätte, wäre er nicht in der Lage gewesen, mir die Frauen zu erklären.

Ich wischte mir einen Brotkrümel vom Hemd. »Alexis, am Strand war ich an einer mitternächtlichen Diskussion beteiligt, in der es darum ging, wie man als Mann eine Frau behandeln sollte.«

»Du meinst, wie Männer die Frauen behandeln *müssen*.«

»Ja, okay, wie sie sie behandeln *müssen*.«

Sie leckte an der Kuchengabel, als Jean das Dessert brachte. »Dieser Kram sollte Männern ganz früh eingebrannt werden, Jay.«

»Blumen?«, fragte ich.

»Immer wieder.«

»Geburtstage?«

»Von früh bis spät mit Geschenken überhäufen.«

Ich nahm einen zweiten Happen von unserem sehr süßen Dessert. »Was ist mit Restaurants?«

Sie schlürfte wieder und sagte: »Leicht zu merken ... wenn du fürs Auto billige Reifen kaufen musst, damit du es dir leisten kannst, sie in den besten Laden auszuführen, dann kauf die billigen Reifen. Das Gleiche gilt für Footballtickets. Aber wenn sie gegrillten Käse mit vier sauren Gurken bestellt, dann sag um Himmels willen nicht, dass gegrillter Käse mit vier sauren Gurken schon immer dein Lieblingsessen war.«

»Du bist eng mit Lydia befreundet, stimmt's?«

»Ich kenne keine Lydia.«

»Ehrlich?«

»Ehrlich.«

Jean räumte den leeren Dessertteller ab, beäugte sein Trinkgeld, lächelte über das ganze Gesicht und sagte, wir sollten bitte bald wiederkommen. Draußen betrachteten Alexis und ich von einer Fußgängerbrücke aus den Bach. Die Gebirgsluft war frisch, die Atmosphäre zwischen uns peinlich verlegen.

»Kalt hier oben, wenn die Sonne weg ist«, sagte Alexis und verschränkte die Arme.

»Ja, stimmt.«

»Hast du was dagegen, wenn wir uns im Auto unterhalten?«

»Natürlich nicht.«

»Ich friere nicht gern.«

Nachdem ich ihr die Tür aufgeschlossen hatte, ging ich hinten um den Wagen. Sie beugte sich über den Fahrersitz und revanchierte sich, indem sie mir die Tür öffnete. Männer mögen es, wenn Frauen sich mit Gegenleistungen revanchieren. Denn wenn sie es unterlassen, ärgern wir uns und liefern laschere Komplimente. Wir sagen ihr, sie sehe nett aus (statt hübsch) und sie sei komisch (statt witzig). Das alles ist nichts als ein Spiel, und schenkt man unserem Männerkreis Glauben, ist es schon seit Evas Biss in die verbotene Frucht in immer neue Runden gegangen.

Mein Zündschlüssel fand im Dunkeln sein Schloss. »Alexis?«

»Ja?« Sie spielte an der Senderwahl.

»Ich will ja nicht in deinen persönlichen Angelegenheiten herumstochern, aber ich habe eine Frage zu …«

»Frag einfach, Jay. Beim ersten Date geht es doch darum, den anderen kennen zu lernen, oder?«

»Klar, aber …«

»Was willst du denn wissen?«

»Was ich wissen will, ist: Wenn du so genau weißt, dass du und T. J., der Lutheraner, wieder zusammenkommen werdet, warum gehst du dann zu den Singles bei den North-Hills-Presbyterianern?«

»Eine Frau braucht einen Plan B.«

Die Gebirgsstraße wand sich vor uns wie ein Band aus Teer, während ich ihre Strategie mit meiner eigenen verglich. Aber Plan B? Ich biete ihr gluckernde Bäche und die französische Küche und bin nur Plan B? »Wenigstens bist du ehrlich.«

»Kannst du den Sender wechseln?«, fragte sie.

»Klar.«

Bergabwärts begleitete uns verzerrtes Rauschen. Dann wieder diese Strandmusik.

»Mach mal lauter«, sagte sie.

Ich drehte auf.

Zehn Sekunden später machte sie die Musik leiser. »Jay?«

»Ja?«

»Heute Abend war ich dein Plan B, stimmt's?«

Woher wusste sie das? »Woher wusstest du das?«

»Ich bin eine Frau.«

»Okay, du warst Plan B.« Aber du weißt nicht, oh gepiercte Frau, dass Plan A aus geographischen Gründen einfach nicht durchführbar ist. Sie ist irgendwo in Südamerika ... und hoffentlich nicht mit Thomas zusammen.

Wieder verstrichen fünf Minuten und die Berge hinter uns schrumpften. »Du kannst die Musik wieder lauter machen«, sagte sie. »Aber vielleicht können wir was anderes hören?«

»Klar.« Ich fand den Sender mit den Oldies. Chuck Berry sang »Maybelline«.

Wieder langte sie zum Knopf und drehte leiser. »Jay?«

»Ja?«

»Du hast vergessen, vor dem Essen zu beten.«

»Tut mir Leid. Ist dir das wichtig?«

»Irgendwie ... es hilft, ehrlich zu bleiben, wenn man seinen Plan für das Date durchzieht.«

Woher wusste sie, dass ich einen Plan hatte? »Woher wusstest du, dass ich einen Plan hatte?«

Sie schaute aus dem Fenster und bot das vollkommene Bild weiblicher Unbekümmertheit. »Weil ich eine Frau bin.«

Wir waren schon wieder im Bereich der Stadt Greenville und fuhren die dreispurige Autobahn entlang, hinter der sich die Vororte verbargen. Die Berge waren ins Nichts geschrumpft. Jetzt kümmerte sie sich wieder um die Musik im Radio und wechselte zu einem anderen Sender. Mal wieder ein Lied über Lebensängste.

Der zweite Vers war furchtbar, also drehte ich leiser.

»Alexis?«

Sie legte ihr rabenschwarzes Haar über die eine Schulter. »Ja?«

»Du hast geschlürft.«

»Ich weiß. Ich wollte nicht, dass du mich magst.«

»Ich mag dich auch nicht. Doch, schon, aber vielleicht nicht auf diese besondere Art.«

»Ich hatte einfach keine besonderen Absichten heute Abend«, sagte sie.

»Ich auch nicht.«

»Na dann ... vielleicht können wir uns noch mal treffen, wenn uns langweilig ist?«

»Vielleicht. Aber du musst versprechen, nicht mehr zu schlürfen.«

»Versprochen.«

Die Ampel auf der leeren *Howell Road* färbte uns rot, dann mondgrün. Der dritte Vers des angsterfüllten Liedes ging in ein Rauschen über, und sie dankte mir für das Essen. Ich sagte, das sei gern geschehen, aber ich müsse einfach mehr über die Strategie der Frauen erfahren.

»Alexis«, sagte ich und bog in ihre Straße ein, »bist du schon mal von Gemeinde zu Gemeinde gegangen, nur um Jungs kennen zu lernen?«

»Klar«, erwiderte sie. »Mach ich andauernd. Aber manchmal frage ich mich, ob nicht der Richtige auch jeden Sonntag in einer anderen Gemeinde ist und wir uns verpassen.«

Ich fuhr ihre Auffahrt hoch und stellte den Motor ab. »T. J. ist gar nicht der Richtige?«

»Nee, aber wir kommen wahrscheinlich trotzdem wieder zusammen.«

»Was für Gemeinden stehen denn auf deiner Rotationsliste?«, fragte ich und machte die Scheinwerfer aus.

Sie wirkte erschrocken. »Auf meiner was?«

»Auf deiner Kirchenrotationsliste ... um Jungs kennen zu lernen.«

»Ach, außer den Presbyterianern, mal überlegen ... drei lutherische Kirchen, für ein paar Monate war ich auch mal Methodist, und dann waren da noch zwei Baptistengemeinden. Und bei dir?«

»Nicht so viele, aber ich bin irgendwie neu in der Stadt, und ...«

»Bleib in der Übung. Du scheinst da gut reinzupassen.«

Ich bedankte mich, aber irgendwie kam es mir nicht richtig vor, und jetzt fragte ich mich, ob solche Strategien ansteckend waren. »Was meinst du, wie viele Frauen in der Singlegruppe machen es wie du?«

»Die Gemeinden wechseln, um Männer kennen zu lernen?«

»Ja.«

»Mindestens die Hälfte«, sagte sie und betrachtete sich im Spiegel. »Vielleicht noch mehr. Ich habe Freundinnen, von denen die Gemeinden tatsächlich nach der Qualität der Jungs bewertet werden. Sie geben das Material in eine Tabelle ein, aktualisieren sie jeden Montag und schicken sie als E-Mail in Greenville herum.«

Obwohl mich diese Enthüllung schockierte, hakte ich nach. »Alexis, sogar ich als ziemlicher Kirchenneuling kann mir vorstellen, dass Gott so ein Benehmen missbilligt.«

»Das glauben wir nicht.«

»Wer ist wir?«

Sie rollte mit den Augen. »Die Mädchen auf der E-Mail-Liste, Jay. Wir wollen einen Mann, und wir haben die Absicht, ihn zu finden.«

Darauf gab es einfach keine passende Antwort. Aber ich konnte auch noch nicht »gute Nacht« sagen – zu übermächtig war der Wunsch, mehr zu erfahren. »An welcher Stelle steht denn unsere Presbyterianergemeinde?«

»Hält sich beständig in den Top Ten.«

»Von wie vielen?«

»Beim Update letzte Woche waren fünfundsechzig Gemeinden auf der Liste.«

Ich spielte einen Augenblick lang mit meinen Schlüsseln. »Macht es deinen Eltern nichts aus, dass du da mitmachst?«

Sie langte nach dem Türgriff. »Ach, Jay, ich hab mit meiner Mutter darüber geredet und eigentlich unterstützt sie mich. Es ist die gleiche Methode, mit der sie nach Kunden fischt.«

Ich hatte Angst vor der nächsten Frage. »Alexis, ich frage nur ungern, aber als was arbeitet deine Mutter?«

»Sie verkauft Immobilien.«

An ihrer Tür angekommen, fragte sie, ob wir uns irgendwann mal eingehender über Gott unterhalten könnten, aber nur unterhalten, weil sie sicher sei, dass sie wieder mit T. J. zusammenkäme.

Vielleicht, sagte ich und gab ihr einen Kuss auf die Wange, gleich unter ihr kleines silbernes Piercing.

Ich wusste nicht, warum. Kam mir irgendwie richtig vor.

Am Sonntagmorgen stahl ich mich während des Eröffnungsgebets in Reihe dreiundzwanzig. Ein Gastprediger betrat die Bühne, ein Schwarzer namens Tyrus Williams. Sein Haar war am Ansatz zurückgewichen, jedoch von enormer Fülle. Neben mir saß der alte Herr mit den psychedelisch bunten Bibelseiten, doch ich fixierte das irre Blau in den bunten Fensterscheiben.

Sehr siebzigerjahremäßig, diese blauen Scheiben.

Tyrus bat uns zunächst – und forderte uns schließlich auf –, folgende Begriffe auf Papier zu bringen: ewiges Wesen, göttliche Gegenwart, allumfassende Macht. Weil ich kein Mitschreiber bin, beließ ich es aber dabei, seine Faustschläge auf die Kanzel zu beobachten.

»Wir haben ›heilig, heilig, heilig‹ verwandelt in ›Wischiwaschi‹ ... diese ganze Unklarheit, die Angst, jemanden zu verletzen, hat das ganze Land durchtränkt und schließlich so weit geführt, dass eine Waffel möglicherweise bald nur noch als ›kreisrundes gitterartig gemustertes Lebensmittel aus gerührter Substanz‹ genannt werden wird.«

Alle Augen waren wie gebannt auf Tyrus gerichtet, der die Kanzel mit beiden Händen fasste. »Das Wort Waffel könnte jemanden verletzen, der lieber Pfannkuchen isst, also essen wir unser Frühstück im Lokal für ›kreisrunde gitterartig gemusterte Lebensmittel aus gerührter Substanz‹.«

Zwei Reihen vor mir kicherten Lydia, Nancy und fünf von den Nummerngirls in ihr Gemeindeblättchen.

Tyrus wischte sich den Schweiß von der Stirn und fuhr fort. Er kam in Fahrt: »Es gibt allzu viele Menschen, die Angst vor dem Wort Jesus haben. Sie gehen mit dem Namen wie mit einem Stück Sahnetorte um. Sie stecken den kleinen Finger rein, um mal zu probieren, aber sie lassen den Rest stehen, weil sie glauben, langfristig würde es ihnen schaden.«

Inzwischen hatte der Mann meine Aufmerksamkeit; die irren blauen Fensterscheiben lenkten mich nicht mehr ab und verblassten wie die letzten Lichtblitze in einer Disco.

»Aber wir wissen, dass es nicht stimmt«, sagte Tyrus und hämmerte wieder aufs Pult. »Es kann nicht wahr sein. Denn in der Bibel steht, dass wir kommen und schmecken sollen, wie gut unser Herr ist ... Er ist gut! ... Er ist gut! ... Er war gestern gut, er ist heute gut, und er wird auch morgen gut sein ... Kann das in diesem Haus jemand bezeugen?«

Schweigen.

»Ich weiß, dass die meisten von euch weiße Presbyterianer sind, aber kann man hier vielleicht trotzdem etwas Bestätigung bekommen?«

»Amen, amen«, erklang es sanft hinter mir. Ich drehte mich neugierig um und sah, dass es Jamie Delaney war, die schwangere Ehefrau. Neben ihr saß Ransom und hielt mir zum Gruß den Daumen hoch.

»Unser Herr im Vergleich mit dick machenden Lebensmitteln«, dröhnte die Stimme von Tyrus. »So tief sind wir schon gesunken.«

Nach Segen und Verabschiedung blickte ich auf meinen ersten Versuch herab, mir Predigtnotizen zu machen: *Jesus und die Sahnetorte.* Aber ich verstand diese presbyterianische Faszination für Lebensmittel nicht so ganz – Essen in der Predigt, Essen als Munition von Missionarinnen, die Frucht des Geistes und die zuckerbestäubten Donuts. Meine Güte.

Auf dem burgunderroten Teppich kam die Versammlung langsam und schwerfällig voran, man schleppte sich einher mit der trägen Apathie von Zuckerrübensirup. Ich schob mich in Richtung Sonnenschein, als mir jemand auf die Schulter tippte.

»Hi, Jay. Noch mal vielen Dank für das französische Essen.«

»War mir ein Vergnügen, Alexis.« Als ich den einen Flügel der sorgfältig geschnitzten Doppeltür des Gemeindebaus aufdrückte, ging sie an mir vorbei, lächelte und blieb zum Plaudern stehen. Ihr Kleid war dunkelrot, ihr rabenschwarzes Haar hing über eine Schulter, und sie trug das gleiche silberne Armband wie bei unserer Verabredung.

»Gehst du zur Singlegruppe?«, fragte sie.

»Ja, mach ich. Und du?«

»Nein. Wenn es zeitlich passt, kann ich pro Sonntag zwei Gemeinden schaffen. Also flitze ich jetzt quer durch die Stadt und schaue mich mal bei den Pfingstlern um.«

Als ich das Gebäude verließ, bekam ich zum Abschied ein Nicken des Gemeindeblattverteilers. Ich nickte zurück und schaute nach Alexis, die gerade die Vordertreppe hinuntereilte. »He, du weißt ja wohl, dass die ein bisschen mehr ... äh, ein bisschen hyperaktiv sind. In ihrem Gottesdienststil, meine ich.«

Sie war schon auf dem Gehweg und drehte sich nach mir um: »Ich kann auch hyperaktiv sein.«

Ich blieb auf der Treppe stehen und beugte mich über das schmiedeeiserne Geländer. »Darauf würde ich wetten. Wo stehen die Pfingstler auf der Liste?«

Sie blieb stehen und wandte mir das Gesicht zu. »Eine von den Pfingstgemeinden war letzte Woche die Nummer eins.«

»Glaubst du, die Presbyterianer bleiben in den Top Ten?«

»Vielleicht ... wenn du und Steve Cole anfangt, Krawatten zu tragen.«

Nachdem ich zugesehen hatte, wie sie ins Auto einstieg und wegfuhr, schlenderte ich über den Parkplatz zur Singlegruppe. Doch laut einem Zettel an der Tür war unser Gruppenleiter krank und es gab keinen Ersatz.

Auf dem Heimweg fiel mir auf einmal etwas ein. Der Gedanke traf mich richtig, wie ein Schlag direkt auf die Nase. Was wäre, wenn ich anfangen würde, von Gemeinde zu Gemeinde zu wechseln, um das richtige Mädchen zu treffen, und wenn die Richtige auch irgendwo Abwechslung suchte und wir beide jede Woche eine andere Gemeinde probierten? Wir würden in ein und derselben Stadt ständig unsere Bahn kreuzen, ohne einander kennen zu lernen – ein Jahrzehnt nach dem anderen würde verstreichen, mein Haar ergrauen und ihre Eierstöcke absterben.

Ich stellte mir vor, wie ich mit achtundsechzig in irgendeiner Freizeit für Singles am Strand von Litchfield zu einem Meeresfrüchtebüffet humpeln, Popsongs summen und beobachten würde, wie ein Hummer in die Hölle befördert wird.

Mir quoll das Gepäck aus dem Schrank entgegen, als ich meine Vorbereitungen für das Gespräch in New York traf. Dunkelblauer Nadelstreifenanzug, weißes Hemd, rote Krawatte. Um 7:00 Uhr musste ich am Flughafen sein.

Der Flieger startete um 7:40 Uhr am Flughafen von Greenville. Um 8:15 Uhr war ich in der Halle von *Charlotte International*, kaute an einer Waffel und wartete darauf umzusteigen.

Ich bat immer um einen Fensterplatz, und auf den meisten Flügen, wenn der Jet schon hoch über den Wolken war, nutzte ich diese Höhe regelmäßig für den Versuch, mich in Erfahrungen zu versetzen, die meine Generation verpasst hat.

Zum Beispiel die Einberufung.

Ich stellte mir vor, im Jahr 1944 in einem alliierten Bomber über Europa zu sein, und machte mit meiner Nase hohe Fluggeräusche. Wahrscheinlich ist das nicht gerade normal für einen Kerl im Nadelstreifenanzug, aber in vier Stunden sollte ich irgendeinem Ostküsten-Aristokraten gegenübersitzen, um mich über meine Markterfahrung ausquetschen zu lassen, und dieses Spiel hier half mir beim Entspannen.

Tief im Innern wusste ich, dass mein Beruf, in dem es um kleine blinkende Zahlen auf einem Computerbildschirm ging – Erfolg in der Maskerade eines Videospiels –, nur möglich war, weil andere vor mir ihren Blick nicht auf einen Bildschirm, sondern auf Geschütze, Geschosse und Maschinengewehrkugeln gerichtet hatten.

Wir werfen Geld auf die Märkte; sie warfen sich über Granaten.

Gnade.

Die Männer, die wieder nach Hause kamen, die Überlebenden, sie sollten die Häuser am Golfplatz haben. Wir sollten sie ihnen schenken. Dazu ein Auto ihrer Wahl.

In fünf Sekunden mussten wir über der Normandie sein, und ich konnte die drohende Artillerie spüren. Doch wurde ich in meiner Konzentration gestört, als der Pilot sagte, wir dürften unseren Gurt lösen und unter uns liege Virginia im Sonnenschein.

»Mein Sohn macht auch solche Geräusche«, sagte die Dame im Hosenanzug neben mir. »Meistens dann, wenn er auf der Rückbank im Auto sitzt, nachdem ich ihn von der Vorschule abgeholt habe.«

Sie hätte mir einfach sagen können, ich solle aufhören. Kein Grund, sarkastisch zu werden. Ich gab keine Antwort und stellte mir nur vor, wie sie mit ihrem Mann ein Restaurant verließ, wobei er ihr die Autotür aufschloss, sie sich aber nicht dafür revanchierte.

Eine Wolkendecke hüllte unseren Jet in wirbelndes Grau. Zugleich bohrten sich Sonnenstrahlen durch den Wolkenberg, als rase uns die Atmosphäre entgegen. Der Pilot sagte, wir seien beim Anflug auf die Stadt.

Wir gingen über dem *Hudson River* nieder. Alle Fluggäste, die wie ich rechts am Fenster saßen, blickten mit mir auf den Finanzdistrikt im Sonnenschein, Sekunden später auf das *Empire State Building*, dann auf das riesige grüne Rechteck des *Central Parks*. Die Stadt sah Furcht erregend aus mit ihren Betontürmen, dicht an dicht – ein glatterer und edlerer Beton allerdings als in Myrtle Beach und auf jeden Fall ohne diese gefärbten Blondinen.

Eine halbe Stunde später entstieg ich an der Ecke Broadway/Wallstreet einem Taxi. Als Erstes fiel mir auf, wie viele Menschen in New York City Schwarz trugen: Europäer in Schwarz, Minderheiten in Schwarz, Frauen aus der Oberschicht in Schwarz, alte Männer in Schwarz und Collegestudentinnen in schwarzer Jugendbekleidung.

Und ich in meinen blauen Nadelstreifen mit der roten Krawatte.

Keine fröhliche Farbe, das Schwarz, aber den Yankees stand es gut. Und sie alle wirkten dort auf ihren Gehwegen sehr zielbewusst. Eine Überlebensstrategie.

In South Carolina hatte ich mich an Freizeitkleidung gewöhnt, an verschiedenste Beigetöne und daran, dass im gesundheitsbewussten Palmenstaat das Fleisch vom Grill als Gemüse galt.

Nachdem ich mich noch einmal umgesehen und Wolkenkratzer und Mode näher betrachtet hatte, kam ich zu dem Schluss, dass ich nichts von alldem hier finden würde.

Als ich unser Firmenbüro in der Rector Street betrat, wurde ich von einer jungen Latina hinter dem Schalter begrüßt. Sie trug ein schwarzes Seidentop und hatte ein für eine New Yorkerin sehr freundliches Lächeln. Ich fühlte mich entspannt und zuversichtlich.

»Ich gebe Mr Galbraith Bescheid, dass Sie hier sind«, sagte sie und griff nach dem Telefon.

Im zehnten Stockwerk führte sie mich einen marmorgetäfelten Flur entlang, dessen Boden wirblig gemustert und so glänzend grau war, dass ich mich darin spiegeln konnte.

»Kommen Sie?«, fragte sie fünf Schritte vor mir.

»Ja.«

Wir betraten einen Geschäftsraum voller Kurstafeln, Reuters-Nachrichten auf den Bildschirmen und spastisch agierenden Maklern in hellblauen Hemden mit großen Schweißflecken in den Achselhöhlen.

»Wer von diesen Herren ist es?«, fragte ich beim Blick durch den Raum.

»Der mit dem bösen Gesicht«, sagte sie und zeigte zum Fenster.

»Danke, Miss Martinez.«

»Viel Glück, Mr Jarvis.«

Und ich hatte gedacht, nur die Frauen im Süden hätten tolles Haar.

Ich watete durch eine Hundertschaft von Bildschirmen mit Kursen. Die Makler riefen laut die Kurse für Kauf und Verkauf. Die steigenden leuchteten grün auf, die sinkenden blinkten rot – zig Millionen Dollar strömten in den Markt und wieder hinaus, da Hunderte von genau solchen Firmen an der Wall Street gleichzeitig jede Regung beobachteten, und zwar alle mit ein und demselben Ziel: Gewinnmaximierung. Wir sind zu perfekten Kapitalisten geworden, die ihren Kunden und sich selbst Reichtum verschaffen ohne greifbaren Nutzen für den Rest der Gesellschaft.

Vier Flachbildschirme standen auf Vince Galbraiths ovalem Schreibtisch aus Kirschholz, von wo er seinem Assistenten Anweisungen zurief, einem großen Mittzwanziger mit eng anliegenden goldgelben Hosenträgern über seinem obligatorischen hellblauen Hemd. Vince war hoch konzentriert. Sein Blick flitzte so schnell zwischen den Bildschirmen hin und her, wie es sonst nur Fluglotsen können. Ich hätte darauf gewettet, dass seine Eltern ihm schon als Kind Schlafanzüge mit Abzeichen der Eliteunis gekauft haben. Aber er war das hohe Tier in diesem Revier der Oberschicht, also blieb ich in meinem blauen Nadelstreifenanzug still stehen und sah über seine linke Schulter hinweg den Reichtum eines ganzen Volkes an- und abschwellen.

»Nimm zehntausend von General Electric«, brüllte er und merkte immer noch nicht, dass ich hinter ihm stand.

»Das Angebot ist gerade auf fünftausend Stück abgesunken, Sir«, sagte der Assistent, die Augen starr auf Angebot und Nachfrage gerichtet.

»Dann nehmen Sie die fünf und bieten einen Achteldollar mehr für die nächsten fünf«, bellte Vince.

»Ich würde nicht zu sehr bei G. E. einsteigen«, mischte ich mich ein. »Die machen jetzt die Hälfte des Umsatzes mit Finanzgeschäften, und wenn die Federal Bank die Zinsen anhebt ... könnte riskant werden.«

Vince drehte sich um und sah mich an, als hätte ich einem Mathematikprofessor erklärt, wie man Brüche in Dezimalzahlen umrechnet. »Quatsch«, sagte er. »Die Zinsgerüchte sind schon mit eingerechnet.«

Das wusste ich.

Er beäugte meinen blauen Anzug. »Sie sind Jarvis, was? Hab von Ihnen gehört. Dialekt ist hier aber nicht erlaubt. Das bringt die Angestellten an der Börse durcheinander.«

»Nur ein bisschen Texanisch«, sagte ich. »Nichts Schlimmes.«

»Das ist gut«, erwiderte er, »wirklich gut, weil niemand hier euer Nuscheln verstehen würde.«

Darauf gab ich keine Antwort.

Er musterte mich noch einmal und machte sich ein Bild von mir, bevor er seine Aufmerksamkeit wieder dem Marktgeschehen widmete.

»Also, was würden Sie jetzt kaufen? Ich meine genau jetzt.«

Ich ließ ihn nicht warten. »Wenn die OPEC bei ihren Quoten bleibt, dann sind wir im Zugzwang, im Golf von Mexiko nach Öl zu bohren. Ich würde Transocean nehmen.«

»Was ist das für ein Zeichen? R-sowieso?«, brüllte er und schaute nach rechts und links, ob jemand reagierte. »Kann mir bitte jemand erklären, was da gerade blinkt?«

»RIG.«

»RIG steigt drei Achtel Punkte, großes Handelsvolumen«, sagte der Assistent.

»Machen Sie ein Angebot für zehntausend zum letzten Kurs«, brüllte Vince.

Ich konnte es nicht fassen, dass er auf meinen Vorschlag einging. »Ich wusste nicht, dass Sie gleich ...«

»Was?«, fragte er. »Das hier ist das Einstellungsgespräch. Wenn Jay Geld verdient, könnte er den Job in New York bekommen; aber wenn

Jay verliert, geht er zurück in den Süden und kann sich die Zeit mit Fernsehgucken vertreiben, okay? Wollen Sie eine Diätcola?«

»Eine richtige Cola.« Dieser eingebildete Eliteuni-Schnösel.

»Wir haben die zehntausend RIG, Sir«, sagte der Assistent. »Aber jetzt sind sie einen Viertelpunkt niedriger als unser Preis.«

Vince durchbohrte mich mit seinem Blick. Ich wich ihm nicht aus. Traute mich zwar nicht, Luft zu holen, wich aber, wie gesagt, nicht aus.

»Ich würde noch mal zehntausend kaufen«, sagte ich und ging hart an die Grenze. »Bei dem großen Einfluss der Rohölpreise waren die Verlustphasen in letzter Zeit nur kurz.«

Er schüttelte den Kopf und wischte sich über die Stirn. »Nimm noch fünftausend RIG«, sagte er zu seinem Assistenten, aber seine Stimme verriet Zweifel. Wir hatten gerade fünfzehntausend Aktien zu fünfzig Dollar gekauft, eine Dreiviertelmillion vom Firmenkonto ausgegeben, und ich wünschte, Mr Gruber könnte mich hier sehen. Und wo blieb die Cola?

»Gerade sind ein paar Fünfzigtausender-Aktienpakete von RIG gehandelt worden, Sir. Sie stehen einen halben Punkt höher«, sagte der Assistent. Er reichte mir eine Diätcola, nahm einen Schluck von seiner eigenen und ein paar Minuten lang saßen wir wie gebannt da, während unsere drei Augenpaare synchron hin- und herblickten.

»Jetzt sind sie einen ganzen Punkt gestiegen!«, rief er.

Noch zwei Händler kamen hastig von den Nachbartischen her, um die Transaktionen zu beobachten. Ich schaute den Tauben am Fenster zu und sah flüchtig auf meine Uhr, als würde mein Soufflé bald aufgehen.

»Wann spielen die Yankees heute Abend?«, erkundigte ich mich.

Ganz geschäftsmäßig gingen die Augen vom Monitor zu mir. Alles wartete gespannt auf eine Entscheidung. Ich wartete noch zehn Sekunden und sagte dann: »Okay, Vince, ich würde ein Paket verkaufen.«

»Wie viel?«, wollte er wissen.

»Zehntausend Aktien, aber schrittweise. Erst fünftausend, dann drei, dann zwei. Füttern Sie den Markt mit Aktien, als wäre er eine Ente, die zur Parkbank angewatschelt kommt.«

»Ach, lassen Sie das, Jarvis.«

Wir verkauften bis Geschäftsschluss zehntausend Aktien mit einem Gewinn von anderthalb Punkten, in anderen Worten: mit einem Gewinn von fünfzehntausend Dollar. Das alles dauerte eine Stunde und fünfundvierzig Minuten.

Er und sein Assistent hatten mit G. E. dreitausend Dollar Verlust gemacht.

Vince Galbraith nahm mich zum Essen bei *Sardi's* mit, wo wir uns unter rot eingerahmten Bildern von Prominenten an Filet Mignon und Käsesahnetorte erfreuten.

Ziemlich eindrucksvoll, dieser Laden. Die roten Rahmen an den Wänden zierten Karikaturen berühmter Leute. Allerdings konnte ich nicht erkennen, ob der Mann über der Schulter von Vince Archie Bunker oder Sergeant Schultz darstellen sollte. Ich tippte auf Archie und aß mein Dessert.

»Ich gebe es nur ungern zu, Jarvis«, sagte Vince und nippte an seinem Espresso, »aber Sie sind der Erste auf meiner Besetzungsliste.«

»Klingt gut. Wie viele Einstellungsgespräche kommen noch?«

Er nahm den letzten Bissen Käsesahnetorte, ließ ihn einen Moment auf der Zunge zergehen und schaute mir in die Augen. »Noch drei. Ich entscheide mich dann in ein paar Wochen.«

Ich wischte mir leicht den Mund und sagte: »Vielleicht wollen Sie gar nicht so lange warten.«

Er machte einen verstörten Eindruck. »Und wie kommen Sie darauf, wenn ich fragen darf?«

»Der Süden, Vince ... wir könnten wieder Oberwasser bekommen.«

Vince rollte mit den Augen, ließ ein Vierzigdollar-Trinkgeld auf das rote Tischtuch fallen und sagte, dass er gehen müsse, weil er in Connecticut wohne und die U-Bahn, ein Taxi und den Zug brauche, um dorthin zu kommen.

Für 240 Dollar die Nacht erwartete ich von einem Hotelzimmer etwas mehr als ein Bett, ein Fenster und einen Fernseher. Vielleicht ein Krähennest und Meeresblick. Die langen, smaragdgrünen Vorhänge, ein wenig offen stehend, waren allerdings ein netter Zug. Durch sie konnte ich von meinem Käfig im sechzehnten Stock wenigstens einen kleinen Teil vom Times Square erblicken.

Während ich auf die Stadt hinausstarrte, dachte ich über die Entwicklung meines Lebens nach – von mitternächtlichen Spaziergängen am Strand bis zu verrückten Dates nach Plan B; von Dallas bis Carolina, von Carolina bis Manhattan; von Tate Brophy bis zum aristokratischen Yankee Vince Galbraith.

Auf der Karriereleiter gibt es keine Sprosse mit der Aufschrift »Glückseligkeit«.

Müde, wie ich war, schloss ich die Vorhänge und legte mich mit ausgestreckten Armen und Beinen samt T-Shirt und Nadelstreifenhose rücklings auf das Bett.

Ich und New York.

New York und ich.

Ich, New York und ein dicker Bonus zum Jahresende.

New York, ich, ein dicker Bonus zum Jahresende und die Aussicht, der Chef von Vince Galbraith zu werden.

Nach diesem Höhenflug fand ich, dass etwas Gegengewicht nötig sei – eine kurze Beratung mit der Gideonbibel, die unbenutzt und glänzend auf dem Nachttisch lag.

Wie es mir zur Gewohnheit geworden war, schlug ich die leicht fassbaren Sprüche auf und blieb diesmal bei Reihe vierzehn, Platz Nummer zwölf.

»Mancher Mensch hält seinen Weg für den richtigen, aber am Ende führt er ihn in den Tod.«

Das schien mir nicht anwendbar zu sein, also legte ich die Bibel auf den Nachttisch und ging zum Fenster, um noch einmal einen Blick auf die hellen Lichter zu werfen.

✩

Ich wurde von den gellenden Hupen der Taxis wach. Freitagmorgen im *Big Apple*. Auf meinem Tagesplan stand nichts außer der Heimreise, und der Flug ging erst gegen Mittag.

Als ich etwas später irgendwo in Manhattan in der U-Bahn saß, trug ich Jeans und ein schwarzes Golfhemd – mein halbherziger Versuch, mich anzupassen. Das schnelle Tempo der Bahn wurde abrupt gedrosselt, und ich griff nach einer Stange, um mich festzuhalten. Aber weil jede Haltestelle mit einer neuen Farbe markiert war und ich mich nicht erinnern konnte, ob meine Farbe Orange oder Gelb war, und weil Mr Brophy mir gesagt hatte, ich solle nicht mit den Pennern reden und niemanden in der U-Bahn ansehen, geriet ich gründlich durcheinander, denn gestern war ich oberhalb der Erdoberfläche in einem Taxi unterwegs gewesen.

Eine Menschenmenge verließ die U-Bahn, und ich ging die überfüllten Treppen hinauf ans Tageslicht, wobei ich mich fragte, was ein Mensch in New York City besichtigen sollte, wenn er nur eine Stunde Zeit hat.

Ich nahm an, dass die Antwort in dem Versuch lag, einfach alles zu sehen.

Etwa achtzig Stockwerke später glitt die Fahrstuhltür auf. Allen stockte der Atem; es gab mehr zu sehen, als man fassen konnte. Und immer noch konnte ich nicht glauben, dass King Kong dieses Ding, diese Monstrosität, dieses *Empire State Building,* je erklimmt hatte.

Ich ging eilig einmal im Kreis herum und nahm alles in mich auf, jede rechteckige Fläche, die den nächsten aristokratischen Anblick vorführte: erst Brooklyn, dann Soho, jetzt Greenwich und Midtown, Harlem, Jersey und Queens. Dort die Freiheitsstatue mit ihrer Fackel und Ellis Island, menschenleer, wo den verschiedensten Zutaten des Schmelztiegels der erste Gehorsam abverlangt wurde.

Zwanzig Minuten nur, und schon hatte ich alles gesehen.

Die Touristenfähren kreisten im Hafen umher, während winzig gelbe Ameisen – einst Taxis – durch die Straßen dort unten sausten. So ein erhabener Ort war gut zum Nachdenken geeignet, und ich dachte darüber nach, dass Vince Galbraith mir den Job anbieten würde. Mein Nettoeinkommen würde sich verdoppeln, aber die Wohnkosten konnten sich verdreifachen.

Ich wollte den Job. Wollte auch Vince ertragen.

Neben mir steckten zwei ältere Damen Münzen in ein Fernrohr. Die eine drehte es nach Westen und sagte mit gedehntem irischen Akzent: »Ich glaube, meine Liebe, ich kann die ganzen Obstplantagen an der Westküste sehen.«

»Lass mal sehn«, sagte die andere und drängte heran. »Tatsächlich!«

Sie drehten das Rohr nach Osten. »Und da ist mein Bruder Paddy in Dublin. Wenn man die Augen zusammenkneift, kann man sehen, wie er sein Bierglas hebt. Wink ihm mal zu, meine Liebe.«

Schulter an Schulter kicherten sie und winkten in Richtung Irland.

Für einen kurzen Moment kam mir der Gedanke, dass Gott einem vielleicht – wie Elly bei unserem Strandspaziergang gesagt hatte – tatsächlich den Weg weisen könnte.

Ich sah, wie die gelben Ameisen die *Brooklyn Bridge* überquerten, und beobachtete, wie sie eins wurden mit winzigen Lastwagen und geschrumpften Bussen. Ein paar Minuten später drehte ich dem innerstädtischen Manhattan den Rücken zu, und wie ich so hinter der

Glasscheibe stand, stellte ich mir vor, der Wind wehe mir ins Gesicht. Eine weitere Touristenfähre umkreiste die Freiheitsstatue, mein Blick löste sich von der Wasseroberfläche und richtete sich auf den dunstigen Südwesten.

Ich schätzte grob die Entfernung ein, stellte mich auf die Zehenspitzen und winkte in Richtung Ecuador.

Kapitel 19

Wieder versammelte sich der Neunerkreis in Steves Wohnzimmer, im Raum mit dem limonengrünen Teppich, von der großen Blonden ausgesucht, die allem, was limonengrün war, einen hohen Wert beimaß, jedoch in Hinsicht auf ihre Romanze keine andere Farbe duldete als unsichtbar.

Chips und Coladosen standen herum, Stanley in seinen karierten Bermudashorts saß dem Halbkreis gegenüber, und in meine Augenlider eingebrannt waren noch die Aktienkurse vom Dienstag.

Ransom in seinem Laguna-Beach-T-Shirt rief unsere Versammlung zur Ordnung. »Ich finde, wir sollten mal versuchen, auf einer tieferen Ebene voreinander Rechenschaft abzulegen«, sagte er. »In ein paar Minuten teilen wir uns deshalb in Paare auf.«

Ich nahm an, er als Ehemann würde sich heraushalten, da neun sich nicht durch zwei teilen lässt.

»Erst einmal möchte ich aber darüber reden, dass wir uns nicht in Schwämme verwandeln dürfen«, sagte Ransom. »Wir alle werden zu übergewichtigen Schwämmen, wenn wir immer nur geistliche Wahrheiten aufsaugen und nie in die Welt hinausgehen, um ausgequetscht zu werden.«

Steve rieb sich das haarige Bein und versuchte, einen erfahrenen Eindruck zu machen. »Eine Gemeinschaft voller geistlicher Wahrheitsaufsauger würde also wie genannt werden ... Schwammestum?«

»Das ist ein gutes Wort, Alter. Schreib es mal auf.«

Steve klickte am Kugelschreiber.

»Warte mal«, sagte Stanley. »Willst du ganz Greenville als Schwammestum bezeichnen?«

»Genau«, sagte Ransom. »Na ja, teilweise.«

»Dem kann ich nicht zustimmen«, sagte Stanley. »Wenn ich Gottes Allmacht richtig kenne und verstehe, dann kann sie direkt auf die unserer Gemeindeleitung zugedachte theologische Position zugerechnet werden.«

»Hä?«, machte Steve, der seinen Mund voller Chips hatte.

Ich war an der Reihe. »Steve und ich sind mit Ransom einverstanden.«

»Du bist doch nur ein Frischling«, sagte Stanley mit geblähten Wangen.

»Und du«, konterte Ransom und zeigte mit seinem Stift auf Stanley, »du bist der Hauptkommandeur aller Schwammtruppen.«

Wir schoben hier nur das Unvermeidliche auf, also kam ich auf das Thema zurück. »Wann fangen wir mit dem Bekenntnis unserer Lüste an?«

Ransom verdrehte die Augen. »Wartet ab, bis ihr in Paare eingeteilt seid. Jay, als du in New York warst, haben wir darüber gesprochen, wie wir uns hier in der Gegend nützlich machen könnten. Vielleicht fangen wir mit einem Projekt an und helfen ein Wochenende lang jemandem, der darauf angewiesen ist. Das könnte unsere Chance sein, uns ausquetschen zu lassen.« Er blickte sich im Kreis um. »Ist der Plan akzeptiert?«

Wir nickten und akzeptierten den Plan.

»Okay«, sagte Ransom, »jetzt teilt ihr Musterknaben euch in Paare auf und heizt euch richtig ein. Fordert Rechenschaft voneinander. Wir reden dann über das Arbeitsprojekt, wenn ich meine Tacos fertig gegessen habe.«

Ich wollte nicht zur Rechenschaft gezogen werden; ich wäre lieber der Leiter gewesen, der verheiratet ist und Tacos essen darf.

Mit hoffnungsvoller Miene auf seinem jungen Studentengesicht fragte Barry, ob wir noch einmal seine dunkelblaue Nike-Mütze mit Geld füllen könnten. Er nahm sie ab und streckte sie uns entgegen, um unser Kleingeld zu sammeln. Aber Stanley sagte, die Spende sei eine einmalige Sache gewesen und Barry müsse Demut lernen. Stumm bat ich Gott darum, nicht Stanley zugeteilt zu werden.

Steve und ich manipulierten jedoch die Einteilung und waren schließlich Partner.

»Geh da rein«, sagte er und zeigte auf seine Küche. Er wischte sich einen Krümel von dem Trikot seines Lieblingsvereins und wies mir einen Platz am Esstisch.

Sein Geschirr, von dem kein Teil zum andern passte, quoll über den

Spülbeckenrand; das Fensterbrett war mit Baseballbällen, die wiederum zueinander passten, geschmückt. Da ich jetzt mit Mr Heimlich allein war, nahm ich an, ich käme besser weg, wenn ich die Initiative ergriff und die Fragen stellte, statt selbst befragt zu werden.

»Also, wie viele Gemeinden waren es bei dir, Stevie?«, fragte ich so beiläufig wie möglich.

Er verschränkte die Arme und sagte: »Wovon redest du, Jarvis?«

»Du weißt schon ... um Frauen kennen zu lernen. Wie viele Gemeinden hast du in deinen sieben Jahren in Greenville schon hinter dir?«

Steve fummelte an einem Bleistift herum und warf einen Blick auf die Brezeln und Getränke auf der Küchenarbeitsplatte. »Weiß ich nicht mehr. Sollen wir über so was reden?«

»Unter anderem. Also, wie viele?«

»Ich würde einfach nicht ...«

Machte Spaß, mal derjenige zu sein, der die Fragen stellte. »Na los, wie viele?«

»Sag ich nur, wenn du es auch verrätst.«

»Okay, wie viele also?«

Das Vereinslogo auf seiner Brust sank zusammen, als er seufzte und nachgab. »Nur drei«, sagte er. »Die Pfingstler, die Methodisten und natürlich unsere Presbyterianer. Und was ist mit dir, Jay Jarvis? Hier geht es um gegenseitige Rechenschaft, das weißt du ja.«

»Ja, weiß ich. Tut mir Leid ... bei mir sind es nur die Presbyterianer.«

Steve sah enttäuscht aus. Er erhob sich vom Tisch, ging zur Arbeitsplatte und öffnete die Salzbrezeltüte. »Jay, hast du schon davon gehört, dass einige Frauen in dieser Stadt eine Liste aufgestellt haben sollen, auf der die Gemeinden nach der Qualität der Männer bewertet werden?«

Ich nahm mir zwei Brezeln und aß sie hintereinander auf. »Hab gerüchteweise davon gehört. Frechheit, was diese Mädchen sich leisten.«

Steve langte nach der Pepsi und drehte den Deckel auf. »Nur Verrückte da draußen.«

»Von wem hast du Autogramme?«, fragte ich und zeigte mit dem Kinn auf die Baseballbälle auf dem Fensterbrett.

In seinem Glas klapperten die Eiswürfel. »Sosa und McGriff.«

»Cool.«

Er wartete ab, bis sich das Sprudeln der Kohlensäure gelegt hatte. Dann schlürfte er an seinem Getränk. »Na, dann sag mal ... würde Jesus es tun?«

»Würde er was tun?«

»Du weißt schon, würde er am Strand ein Bier trinken?«

Ich stellte mein Glas auf den Tisch und lehnte mich zurück. »Sollen wir über so was reden?« Meine Frage war aber nur der Versuch, das Thema zu umgehen; in meiner Jesus-Akte gab es einfach zu wenig Fakten.

»Wir können reden, worüber wir wollen«, sagte Steve. »Sind ja nur wir beide hier. Junge, Junge, bin ich froh, dass ich nicht Stanley zugeteilt wurde.«

»Ich auch.«

»Würde er nun ein Bier trinken oder nicht?«

»Stanley?«

»Nein, Jesus.«

»Weiß nicht. Vielleicht. Wäre ihm wohl nicht so wichtig.«

»Also, was meinst du ... würde Gottes eigener Sohn die Flasche in eine braune Papiertüte einwickeln?«

»Ich würde sagen, ich weiß es nicht. Ich weiß nicht, wie schnell er fahren würde, ob er langsam essen, einen Hut tragen oder per Anhalter reisen würde. Zur der Frage, ob er mitmachen würde oder nicht: Wenn ich Ja sage, dann wirkt er wie ein Alkoholiker, und wenn ich Nein sage, wirkt er gesetzlich. Die einzig mögliche Antwort also ist: Kommt drauf an.«

»Dann ist deine Lösung also die gleiche wie die von Elly?«

Ich dachte noch mal darüber nach. »Kommt mir am vernünftigsten vor.«

Er nahm den letzten Schluck von seiner Pepsi. »Du vermisst sie, stimmt's?«

Er hatte Recht, obwohl nicht so sehr das, sondern meine Erinnerung an ihr erfrischendes Wesen im Vordergrund stand. Ich sah in ihr einen der wenigen unverbrauchten Menschen, die gegenwärtig diesen Planeten bewohnten. »Hab noch nie eine Frau wie sie kennen gelernt.«

Steve stand auf und schüttete das Eis in die Spüle. »Lass uns nicht über Frauen reden.«

»Okay. Lassen wir das.«

»Wie war es denn in New York?«, fragte er.

»Groß und exzentrisch«, erwiderte ich. »Und die Bewerbung lief richtig gut, wenn man bedenkt, dass der Chef eine Macke hat.«

»Du ziehst doch nicht um, oder? Ich meine, du bist doch gerade erst hergekommen.«

»Ganz Amerika ist eine Firma, mein Freund. Wir sind ihr Eigentum. Und die Bezahlung ist sehr gut.« Einen kurzen Augenblick lang kam mir Steve beim Gedanken an die Möglichkeit meines Umzugs trübselig vor.

Aber dann zuckte er einfach mit den Schultern und fing an, die Geschirrspülmaschine einzuräumen, während er weitersprach. »Ich habe eine ernsthafte Frage, Jay. Ich habe in letzter Zeit in der Gemeinde nicht besonders gut aufgepasst und hab das Gefühl ...«

»Worum geht es?«

»Um die Frage, warum es Frucht statt Früchte heißt. Ich verstehe das nicht.«

Der Wirkung wegen schwieg ich erst einmal und legte mir die Antwort auf presbyterianische Art zurecht. Am Beispiel von Lebensmitteln. »Soweit ich es verstehe, ist damit wohl gemeint, dass jeder Biss das Ganze enthält ... wie bei Suppe, nicht so wie bei einer Tüte Bonbons.«

Steve goss Flüssigspülmittel in die Öffnung, drehte sich um und zog die Augenbrauen hoch. »Nicht schlecht für einen Anfänger.«

Ich hielt ihm das Glas hin. »Mehr Pepsi, Bruder.«

Als die Tacos verzehrt waren, lud Ransom uns alle ein, sich wieder im Stuhlkreis um Steves limonengrünen Teppich zu setzen. »Okay«, sagte er und wischte sich das Kinn ab, »wir müssen uns für ein Ehrenamtsprojekt entscheiden, für unser Dienstwochenende. Schon irgendwelche Ideen?«

Steve kam herein und wirbelte ein Geschirrtuch um den Finger. »Ich hab bei der Heilsarmee nachgefragt«, sagte er, »aber die Baptisten haben schon bis November alle ehrenamtlichen Aufgaben übernommen.«

»Bis dahin sind es ja noch mehr als zwei Monate«, sagte Ransom. »Viel zu lange.«

»Ich hab die Leiterin von ›Frauen in der Gemeinde‹ angerufen«, berichtete Stanley und machte es sich in Steves blauem Cordlehnstuhl bequem. »Sie könnten Hilfe bei der Gartenarbeit brauchen.«

»Gartenarbeit?«, fragte Ransom. »Hast du Gartenarbeit gesagt? Auf keinen Fall. Unsere Arbeit muss mit Maschinen zu tun haben.«

»Mit Maschinen kenne ich mich nicht aus«, murmelte Stanley.

»Dafür kennst du dich ziemlich gut mit Frauen aus«, sagte Barry. »Erzähl uns mal von Rona.«

»Nein«, sagte Stanley.

»Na, mach schon«, sagte Ransom.

»Nein!«

»Wie oft habt ihr euch getroffen?«

Stanley sah zu Boden und schlug die Beine übereinander. »Siebenmal.«

Ransom grinste und sagte: »Nicht schlecht, Stanley, du überraschst uns alle. Aber jetzt müssen wir uns um die Arbeit kümmern.« Er sagte, es sei doch ziemlich schade, dass neun Männer keinen einzigen guten Vorschlag hätten, wie man sich in der Stadt nützlich machen könne. »Jungs, kennen wir denn außerhalb unserer Yuppiekreise keine anderen Menschen?«

Schweigen.

»Los doch, Kumpels«, forderte Ransom. »Bestimmt fällt uns wenigstens ein Name ein.«

Unser zweites langes Schweigen wurde unerträglich, also hob ich meine Hand. »Ich kenne da vielleicht jemanden. Es ist eine lange Fahrt, aber dieser alte Prediger hat ein renovierungsbedürftiges Haus in der Nähe von ...«

»An der Küste?«, unterbrach mich Steve.

»Ja, irgendwo im Norden von Charleston. Muss wohl 'ne Bruchbude sein. Das Haus steht in einer Gegend, die er Tiefland genannt hat, was auch immer das heißt.«

»Ich fahre nicht die ganze Strecke bis ins Tiefland«, sagte Stanley.

Ransom rieb sich das Kinn, während er über meinen Vorschlag nachdachte. »Jay, du sprichst doch nicht von dem Kerl, der ... von dem Haifischangler?«

»Von ebendem.«

Als Ransom mich bat, Asbury anzurufen, war ich ein bisschen zögerlich, denn man konnte nie wissen, was passieren würde, wenn er mich wieder an seinem Haken hatte.

✿

Auf meiner Fahrt von Steve nach Hause schnitt mir auf der Linksabbiegerspur ein Lexus den Weg ab. Ich gab ihm das Fernlicht und die Strahlen spiegelten sich in einem chromglänzenden Fisch, der hinten an den Kofferraum geklebt war.

Er schaffte die Ampel. Ich nicht.

Aber ich unterdrückte die Wut und nutzte die Wartezeit, um über die Frucht nachzudenken, kleine Exemplare aus jedem Korb, die guten und die schlechten.

Ausschweifung und Götzendienst ... die beiden hatte ich behalten – böse Zwillingsbrüder, die in den Tiefen des Internets und bei den Porschehändlern lauerten.

Selbstbeherrschung und Geduld – wahrscheinlich verwandt wie Stiefschwestern. Ich hatte ein bisschen von der ersten, kaum etwas von der zweiten. Vermutlich Erzfeinde von Götzendienst und Ausschweifung.

Freundlichkeit ... bestimmt für Frauen und Kinder reserviert; hatte mit Männern wenig zu tun.

Trunksucht ... keine Erläuterung nötig.

Treue ... ich arbeitete daran und vermutete, dass sie etwas mit dem alten Mann und seinen Bibelseiten in Leuchtfarben zu tun hatte.

Neid ... siehe Götzendienst.

Frieden ... das war es, was mir zu schaffen machte. Ob wirklich irgendjemand den Zustand des Friedens erlangte?

Ehepaare mochten ihre Wonnen haben, die Älteren ihre Zufriedenheit und die Reichen ihre Sicherheit, aber Frieden konnte ich nicht definieren. Vielleicht hatte Faulkner Recht gehabt: Vielleicht war Frieden ein Merkmal der Vergangenheit. Vielleicht würde es sich nach dem Weg durch unsere persönlichen Schlammwege und der Plage des Alltags ergeben, beim Rückblick auf ein Ereignis, einen Zeitraum, auf das Bruchstück eines vollkommenen Tages unter dem vollkommenen Himmel, dass man sich sagt: Aha, genau dann, genau dort hatte ich ein Stückchen Frieden.

Vielleicht war Frieden einfach kein Phänomen der Gegenwart.

Vielleicht ereignete er sich einfach nicht in der realen Zeit, genauso wenig, wie Meereswellen auf die Bürgersteige von Manhattan schwappen.

Am Montagmorgen wachte ich von dem Gejaule großer und kleiner Hunde zu einer weit entfernten Sirene auf. Die Töne harmonierten nicht, und was noch schlimmer war: Die Hälfte fing an zu bellen, als sie eigentlich jaulen sollten, und sie fingen wieder mit dem Jaulen an, wenn Bellen angesagt war.

Auch so etwas wäre in Dallas nie passiert. Montagmorgens in Dallas passten die Hunde stimmlich zusammen.

Wirklich.

Es nieselte, als ich zur Arbeit fuhr. Ein warmer Nieselregen, denn es war noch Mitte September. An jeder der sechs roten Ampeln zwischen meinem Haus und dem Büro schaute ich um mich und zählte die verchromten Fische, weil ich nichts Besseres zu tun hatte. Etwas weniger als die Hälfte der Autos hatte einen, anscheinend aber steckten mehr davon an den Hinterteilen von teuren Autos als an denen von verbeulten.

Vielleicht konnten sich die Armen keine leisten. Oder vielleicht dachten die Reichen, so eine Verzierung könnte Glück bringen, obwohl ihre Chancen doch kleiner waren, wenn man an die Nadelöhrgeschichte denkt.

Ich konnte mich nicht so recht entscheiden. Es war mir aber auch egal; hinten an meinem Blazer klebte ein Aufkleber der *Dallas Cowboys*, und das war identitätsausweisend genug.

Andererseits würde ich bald selbst ein Nadelöhrkamel sein, wenn ich den Job in New York bekäme. Als ich also meinen Wagen auf den reservierten Parkplatz lenkte, stand es bei diesem Thema unentschieden.

Ich schlurfte in unsere Bürolobby, und wie üblich zeigte der Fernseher in der Ecke eine Wirtschaftssendung. Auch in Manhattan regnete es, und die junge Reporterin auf dem Bildschirm sagte, vor Geschäftsbeginn deuteten alle Indikatoren auf Kursverluste. Auf sehr deutliche Kursverluste.

Der Tag versprach sehr wechselhaft zu werden.

»Mr Franklin Gruber am Apparat, Sir.«

Ich griff nach meinem Headset. »Danke, Glenda ... Ja, Mr Gruber, alle G.-I.-Joe-Figuren mit Fernbedienung mussten aus den Läden zurückgenommen werden, weil Köpfe und Füße abfielen und man befürchten musste, dass kleine Kinder sie verschlucken. Die Aktie ist unter dem Hammer. Tut mir Leid, das ist die Kehrseite des Kapitalismus. Wir könnten dazukaufen ...«

Aus meinem Kopfhörer drangen Worte, die man mit dem *Bible Belt* sonst nicht in Verbindung bringen würde.

»Ich weiß, ich weiß, Mr Gruber, wir haben bei drei verschiedenen Gelegenheiten bereits mehr gekauft. Wir haben uns die ganze Zeit drangehängt, aber Sie haben immer noch alle Aktien, die Sie jemals gekauft haben. Alle 1.260 Aktien von Toys"R"Us sind immer noch im Depot. Sie sind beim jetzigen Kurs einfach nur 40 Prozent weniger wert als zu dem Zeitpunkt, als Sie sie gekauft haben.«

In der Welt der Wall Street haben im September alle einen weichen Keks. Mit Cremefüllung. Die Kurse waren seit der Eröffnung ständig gefallen, und unser Büro wurde überflutet mit Anrufen von Kunden in panischer Angst, die sich retten wollten und uns verfluchten, weil wir sie angeblich in die Irre geführt hätten.

Schon vormittags verkauften die Kunden ohne Rücksicht auf den Kurs. »Holen Sie raus, was Sie können!«, schrien sie. Alle Aktien auf meinem Bildschirm blinkten rot, während langjährige Besitzer von Cisco und Microsoft, Boeing und Merck einheitlich ihren Verstand verloren und sich in die Sicherheit des Bargelds flüchteten. Es kam mir wie eine Kapitulation vor, ein Zustand, wo niemand mehr den Bestand halten will und auf ewig jeder Investition abschwört.

Der Index fiel um 200, 250, 300 Punkte. Ich rief einen Kunden nach dem anderen an und drängte sie zu kaufen. Keiner schenkte mir Gehör. »Lassen Sie mich da raus!«, brüllten sie.

Auch Mr Gruber wurde nicht von der Angst verschont. Er rief mich zurück und verkaufte sein ganzes Toys"R"Us-Depot – mit riesigem Verlust. Ich sagte: »Tun Sie's nicht, Franklin.« Er aber konnte den Schmerz nicht mehr ertragen und bestand auf Verkaufen. Also verkauften wir.

Wie auf Knopfdruck kehrte sich die Tendenz schlagartig um, als

Tausende merkten, dass sie sich wie Herdentiere verhalten hatten – bei niedrigen Kursen verkauft, von der Panik getrieben.

Sehr schlecht für die finanzielle Gesundheit, diese Panikverkäufe.

Schlimmer noch war, dass zwei Stunden nach dem Verkaufsauftrag von Gruber die Firma Toys"R"Us verkündete, das Problem sei nicht so schlimm wie ursprünglich angenommen.

Bis vier Uhr war der Kurs um 30 Prozent gestiegen.

✩

Nachdem sie ihre Aktien mehr als vierzig Jahre lang gehalten hatte, wartete die voraussichtige, einundachtzigjährige Beatrice zwei Tage darauf, dass der Markt sich voll und ganz erholte, woraufhin sie kurz vor Mittag kam, um alles zu verkaufen. Sie kam schlurfenden Ganges in mein Büro, trug ein T-Shirt vom Gartenclub, eine gelbe Armbanduhr mit Gänseblümchenziffernblatt und einen Strohhut, der von zwei lavendelfarbenen Bändern umsäumt war. Darin steckte eine Eichelhäherfeder. Unter der Krempe strahlte ihr sanfter Blick hervor, und sie wirkte auf mich wie ein Teenager mit Runzeln.

»Mr Jarvis, die ist doch unecht, oder?«, fragte sie und zeigte in Richtung Fenster.

»Was ist unecht, Beatrice?«

»Die Pflanze in der Ecke. Sie ist unecht.«

»Ja, das stimmt.«

»Schämen Sie sich, mein Lieber.«

Ich bot ihr einen Platz an, aber sie ging auf meine ritterliche Geste nicht ein und drängte sich lieber an den Bildschirm mit dem Kursverlauf, um ihre Transaktionen zu beobachten.

Ich gab den ersten Auftrag ein: 6.800 Aktien von Ford verkaufen.

Im Nu waren die Aktien weg. Verschluckt.

»Meine Güte«, sagte sie und starrte auf den Bildschirm. »Die Aktien verkaufen sich ja schneller, als eine Rosenknospe zum Aufblühen braucht.«

»Ja. Jetzt zu PG«, sagte ich und las die Summe auf ihrem Kontoauszug vor.

»Ja«, sagte Beatrice und lächelte. »Heute verkaufe ich endlich Piedmont Gas.«

»Nein, Beatrice, PG ist die Abkürzung von Proctor & Gamble.«

Sie zwinkerte heftig und schob die Krempe ihres Hutes hoch. »Na, ich muss schon sagen. All die Jahre lang dachte ich, dass ich Piedmont Gas besitze.«

»Nein, Madam, sie hatten Proctor & Gamble. Der Kurs steht zurzeit bei siebenundachtzig pro Aktie.«

Sie setzte sich und blieb eine Weile in einer Art Trance. »Nur aus Neugierde, mein Lieber, wie viel kostet denn Piedmont Gas?«

Ich rief den Kurs auf. »Sie steht bei dreiunddreißigeinhalb.«

»Na, dann hab ich ja Glück gehabt.«

Ich tippte den Auftrag ein: 4.600 Aktien von Proctor & Gamble verkaufen.

Sie kam näher. »Wissen Sie, mein Lieber, ich verwende deren Seife, seit ich in der Grundschule war.«

Der Auftrag wurde bestätigt. »Das ist eine Menge Seife, Beatrice.«

»Ja, Jay«, sagte sie, wobei ihre Nase nur noch Zentimeter vom Bildschirm entfernt war. »Jetzt zu ABC.«

»Sie meinen AT&T.«

»Natürlich, mein Lieber. Verkaufen Sie alle Aktien bis auf eine.«

»Aber Sie haben damals im Mai schon zwei verkauft. Jetzt wollen Sie nur eine einzige Aktie behalten?«

»Ja, damit ich bei der Hauptversammlung wählen kann. Die sollten ihre Tarife senken.«

Ich gab 9.397 Aktien von AT&T ein. Zehn Sekunden später rief mich die Vertretung in Manhattan zurück und fragte, ob ich mir sicher sei.

Ich sagte: »Ja, Manhattan, wir sind uns sicher.«

Dann beugte Beatrice sich unvermittelt vor, sodass sie in mein Headset sprechen konnte, und sagte: »Ja, Manhattan, ein paar alte Damen aus Carolina reisen nach Europa, und wir sind uns sicher!«

Als sie noch auf den Ausdruck des Gesamtbetrags wartete, entschuldigte sich Beatrice und eilte aus meinem Büro. Neugierig schaute ich aus dem Fenster und sah zu, wie sie den Parkplatz überquerte. Sie öffnete die Tür eines grauen Oldsmobiles, hielt sich den Hut fest, beugte sich vor und holte etwas in Klarsichtfolie Eingehülltes heraus. Dann kam sie mit einem Körbchen selbst gebackener Pfefferkuchen in mein Büro zurück. Die Kuchen hatten die Form von Elfen. Rosinen waren die Augen.

»Ich hatte ja gehofft, Sie würden mir keine Gebühr berechnen, mein Lieber«, sagte sie und zog die Folie zurück. Ein frischer Ingwerduft durchzog mein Büro.

»Mmm, köstlich, Beatrice«, sagte ich und biss einem Plätzchen den Kopf ab. Krümel fielen auf die Tastatur, aber das war mir egal.

Sie lächelte und bat um fünf Prozent ihres Guthabens als Reisegeld.

Drei Minuten später war ihr Scheck ausgefüllt. Sie hielt ihn gegen eine fluoreszierende Lampe und untersuchte das Papier, als sei es ein bislang unentdecktes Pflanzenblatt. Der Scheck war auf etwas über vierzigtausend Dollar ausgeschrieben.

»Reizend, Jay.« Sie faltete ihren Scheck einmal zusammen.

»Darf ich Sie hinausbegleiten?«, fragte ich und zeigte zur Tür.

Sie langte über den Schreibtisch und tätschelte mir die Hand. »Ich weiß, wie ich nach draußen komme, mein Lieber.«

»Oh ... okay. Haben Francine und Trevor immer noch vor, Sie auf der Reise zu begleiten?«

Sie antwortete nicht gleich, sondern ging zu der unechten Pflanze hinüber, um sie zu inspizieren. »Wir haben noch nicht alles durchgeplant, mein Lieber. Inzwischen wollen elf Frauen mitkommen. Bevor wir abreisen, müssen Sie mir unbedingt sagen, was aus Ihrer Freundin mit dem Ockertor geworden ist.«

»Sie ist immer noch hinter diesem Tor.«

Beatrice Dean sagte jetzt nichts mehr. Sie schnippte nur noch gegen ein Plastikblatt, schüttelte den Kopf und begab sich aus meinem Büro.

Kapitel 21

Ganz allein am Ende von Reihe dreiundzwanzig sitzend hörte ich dieselben Lieder wie bei meinem ersten Besuch. Inzwischen war mehr als ein Dutzend Besuche daraus geworden, und beim North-Hills-Presbyterianerchor hatte sich ein erkennbares Schema gezeigt: Jede vierte Woche wiederholten sich die Lieder – mit dem längsten am Anfang.

Ähnlich wie die Mondphasen, aber nicht so romantisch.

Ich war zum Mitschreiber geworden, und heute war ich auf eine halbe Seite über das Volk Israel gekommen, das bei eingeschränkter Speisekarte in der Wüste wanderte. Für mich war das ein guter Sonntagmorgen, denn ich hatte sogar daran gedacht, einen Scheck für den Messingteller mitzubringen, der herumgereicht wurde.

Nach Segen und Abschied schob ich mich den burgunderroten Teppich entlang. Die älteren Leute blockierten den Weg. Irgendetwas aber stimmte noch nicht ganz: ein Blatt mit Notizen, ein Scheck für den Spendenteller – beides ganz gut, aber wie gut? Und was galt hier als Maßstab? Sammelte ich dadurch irgendwelche Ansprüche an – wie bei einem Sparkonto?

Ich kam zu keinem Schluss.

In dem Gebäude jenseits des Parkplatzes angekommen, forderte Steve mich auf, am Ende des zweiten Halbkreises neben ihm Platz zu nehmen. Er entstaubte einen Donut und rückte sich die Krawatte zurecht.

Drei Wochen waren vergangen, seit ich das letzte Mal als Presbyterianer gepudert worden war. Ein Bissen aber reichte, mir die Khakihose einzustäuben.

»Du hast dir die Krawatte geliehen, stimmt's?«, fragte ich und nervte Steve, indem ich mit Daumen und Zeigefinger über seinen seidenen Schmuck glitt.

»Ransom hat sich meiner erbarmt«, sagte Steve. Sein Hemd war weiß, die Krawatte leuchtend gelb. Es sah so aus, als ob über der Seide kleine grüne Querwellen schimmerten.

Progressiv, diese Surferkrawatten.

Ich verkniff mir ein Gähnen und sah zu, wie eine Horde von Singles hereinströmte, bei denen die Farben von Anzug und Kleid auf das sonntägliche Lächeln abgestimmt waren. Gegenüber nahmen Nancy und sechs von den Nummerngirls Platz – alle nebeneinander. Die große, Grün liebende Darcy setzte sich hinter sie. Allein.

Ich fand, in einer Singlegruppe hätte man wenigstens den Versuch unternehmen können, die Männer jeweils neben eine Frau zu setzen, und wenn auch nur, um die Entwicklung ein bisschen zu beschleunigen.

In der ersten Reihe saß Stanley im schwarzen Anzug neben der rot gekleideten Rona. Die verrückte Alexis ließ sich nirgendwo blicken. Vielleicht war sie diese Woche Methodistin. Oder Quäkerin.

»Schon ein Ergebnis von dem Vorstellungsgespräch bekommen?«, fragte Steve und rieb sich am Kinn.

Ich schüttelte verneinend den Kopf. »Diese Yankees lassen sich Zeit.«

Wade Dornan, unser pünktlicher Singlegruppenleiter im grauen Zweireiher, rückte sich die Kanzel zurecht und bat uns um unsere Aufmerksamkeit. »Seid absolut ehrlich, eure Antworten sollten vollständig sein, und schreibt nicht euren Namen auf diese Bögen. Bei der Befragung geht es nur um den derzeitigen Stand unserer Gruppe und um ein Feedback für die Gemeindeleitung, die das Gefühl hat, die Verbindung zu den Singles der Gemeinde ein wenig verloren zu haben.«

»Kein Wunder«, rief eine Stimme von hinten. »Wenn man uns auch in ein Extragebäude hinter dem Parkplatz steckt.«

»Lasst euch Zeit«, sagte Wade, der den Kommentar überhörte. »Eure Antworten können so lang oder kurz sein, wie ihr es für nötig haltet. Schreibt nicht euren Namen auf die Bögen. Ich würde die Antworten der Gruppe dann gerne zu unserem gemeinsamen Nutzen vorlesen, bevor sie dem Pastor übergeben werden.«

Der Stoß Blätter hatte mittlerweile das Ende unseres Halbkreises erreicht. Ich drückte den Knopf an meinem Kugelschreiber.

Eine einfache Frage stand oben auf der Seite. Nach zehn Minuten signalisierte das Papiergeraschel und Füßescharren Mr Wade, dass unser Quiz beendet war. Wir drehten die Blätter um und reichten sie durch bis ans Ende der Reihe.

Wade mischte den Stapel und räusperte sich. »Die Frage lautete:

›Warum nimmst du an dieser Singlegruppe teil?‹ Ich habe mir etwa zwanzig Antworten herausgezogen, um sie euch vorzulesen. Vielleicht ergibt sich eine Übereinstimmung.«

Oho, was für eine Übereinstimmung würde sich wohl ergeben?

Der Ankündigung folgte verlegenes Hüsteln und Weggucken. Steve bedeckte sein Gesicht mit dem Gemeindeblatt.

Wade schaute ruhig und ausdruckslos vom Stapel hoch. »Hier, liebe Gruppe, eure Antworten.« Seine Stimme hatte zu einem tiefen, monotonen Ausdruck gefunden.

»Um Jesus kennen zu lernen.«
»Um beten zu lernen.«
»Um bei Strandfreizeiten mitzumachen.«
»Weil Alexis gesagt hat, dass es hier eine Menge netter Jungs gibt.«
»Weil ich gleich neben der Gemeinde wohne.«
»Weil Alexis gesagt hat, dass es hier eine Menge netter Jungs gibt.«
»Weil sonntagmorgens nichts Gutes im Fernsehen läuft.«
»Weil mein Vater Diakon ist.«
»Weil im dritten Buch Mose steht, dass ich mich wie Jesajas Frau in einen Salzklotz verwandle, wenn ich den Gottesdienst sausen lasse.«
»Weil ich aus der Episkopalkirche ausgeschlossen wurde. Keine weiteren Fragen, bitte.«
»Um mich als gehorsamer Nachfolger Christi auf die Bibelschule vorzubereiten.«
»Um meinen Seelenpartner zu finden.«
»Um einen Mann kennen zu lernen.«
»Um eine Frau kennen zu lernen.«
»Um Jesus und eine Frau kennen zu lernen.«
»Um die Süße im limonengrünen Cadillac kennen zu lernen.«
»Weil Alexis gesagt hat, dass es hier eine Menge netter Jungs gibt.«
»Weil mein Nachbar Maurice gesagt hat, dass es cool ist, zur Gemeinde zu gehen.«
»Weil mich ein Mädchen namens Elly vor fünf Monaten eingeladen hat, als sie im Supermarkt an meine Kasse kam.«

Wade schaute vom Stapel hoch und hielt ein letztes Blatt Papier in die Luft. »Liebe Gruppe, diese letzte Antwort ist ein bisschen lang und ... na ja, eigentlich lese ich sie ungern laut vor. Aber sie ist ganz unterhaltsam.«

»Mach schon, lies sie vor«, ließ sich die Stimme von hinten hören.

»Gib dir Mühe, Lehrer.«
»Ja, Wade«, sagte Steve, »mach schon, lies vor.«
Wade lächelte und räusperte sich noch einmal.

»Um mich im Fegefeuer umzuschauen. Man erkennt das Fegefeuer nicht auf den ersten Blick – es gibt Hackbraten mit Erbsen. Man sollte annehmen, dass man beim Fernblick aus dem Fegefeuer am einen Ende den verlockenden Himmel, am anderen Ende den höhnischen Satan sieht. So ist das aber nicht. Was man sieht, sind die Blue Ridge Mountains *auf der einen Seite und Vorkriegsreihenhäuser auf der anderen. Noch etwas, was einem nie vom Fegefeuer erzählt wird: Man gleitet nicht etwa im Lichtgewand dorthin oder steigt unsichtbar als intakte Seele auf. Man fährt. Ich fahre jeden Sonntag zu dieser Gruppe. Ich komme der Unterhaltung wegen, um aus erster Hand die Tragikomödie zu beobachten, im Herzen des Bible Belt Single zu sein. Diese Gruppe ist doppelt so witzig wie jede Sitcom im Kabelfernsehen.*
Ende.«

Wade versuchte, ein Schlussgebet zu sprechen, schaffte es aber nicht und verabschiedete stattdessen die Gruppe.

Auf dem Parkplatz standen Steve und ich an seinen orangefarbenen Jeep angelehnt und fragten uns, welche Antworten zu welchen Gesichtern passten. Ich lockerte meine Krawatte. Steve zog sein Leihstück mit Störwellen aus und warf es auf seinen Vordersitz.

Ich stieß meinen Freund mit dem Ellbogen an.

»Du brauchst gar nicht erst zu fragen, Jarvis«, sagte er, als ob er meine Gedanken gelesen hätte. »Ich verrate dir nicht, welche Antwort meine war.«

»Na los doch. Wie wär's mit einem gegenseitigen Bekenntnis?«

»Keine Chance.«

Während einer nach dem anderen vorbeikam, drängten wir sie alle, ihre Antworten zu verraten, aber niemand von ihnen bekannte sich zum letzten, ausführlichen Kommentar. Eigentlich war die Einzige, von der wir etwas erfuhren, die rot gekleidete Rona, vormals als Nummer acht bekannt. Sie gab zu, dass sie vor fünf Monaten im Supermarkt von Elly eingeladen worden war. Rona wartete neben ihrem Toyota und fuhr schließlich mit dem schwarz angezogenen Stanley los. Als wir in den Jeep gestiegen waren, um uns etwas zu essen zu besorgen, machte ich einen dritten Versuch, Bruder Steve auszuquetschen. »Komm schon, welche Antwort war deine? Ich muss es wissen.«

Er setzte sich die Sonnenbrille auf und steckte den Schlüssel ins Zündschloss. »Drittes Buch Mose und der Salzklotz.«

Kapitel 22

Ich hatte meine Kundenliste mit Kaffee bekleckert, das Aktiengeschäft schwand dahin, und Mr Gruber reagierte nicht auf meine Anrufe. Stattdessen meldete sich der Anrufbeantworter.

»Hören Sie, Mr Gruber ... es ist doch nicht mein Fehler. Wir finden schon eine andere Aktie, die auf Sie zugeschnitten ist. Da bin ich mir sicher. Nehmen Sie den Hörer ab, Mr Gruber. Biiiitte.«

Ich hätte nicht überrascht sein dürfen. Das gehörte zum Geschäft. Als die Aktien stiegen, hatte er gesagt, wir hätten zusammengearbeitet, um all die tollen Gewinne einzufahren. Jetzt, wo es schlecht lief, war ich es, der den Fehler gemacht hatte – Jay, der einsame Cowboy, der hinter dem Grashügel Pläne für die Verarmung seines Kunden schmiedete.

Ich wollte versuchen, Gruber ein fünftes Mal zu erreichen, als mich Tate Brophy, der Chef, in sein Büro zitierte. Ich eilte den Flur entlang, und wieder hielt er mir seine Mahagonitür auf, diesmal allerdings in türkisfarbenen Hosenträgern. Als er sich hinter den Schreibtisch gesetzt hatte, nahm er die Brille sorgsam zwischen Daumen und Zeigefinger und gestikulierte damit, während er mir das Neueste in Sachen Vorstellungsgespräch eröffnete.

»Erst die schlechte Nachricht«, sagte er und kam gleich zur Sache. »Jemand anders hat noch mehr Eindruck gemacht – eine junge Koreanerin, frisch von der Uni. Vince Galbraith mag sie sehr. Sie hat am Maklertisch doppelt so viel Gewinn gemacht wie Sie. Dann hat sie *ihn* zu *Sardi's* eingeladen und hat ein Hundert-Dollar-Trinkgeld dagelassen.«

Sein Gesichtsausdruck war leer; seine Stimme herablassend.

»Also kein neuer Job für mich, was?« Ich war enttäuscht. Und ein bisschen wütend, weil ich nicht auf die Strategie gekommen war, Vince einzuladen.

Plötzlich grinste Mr Brophy und schlug sich aufs Knie. »Es gibt auch noch eine gute Nachricht, Jay.«

»Was? Darf ich meinen alten Job behalten?«

Er stellte die Ellbogen auf den Schreibtisch, verschränkte die Finger und legte sein Kinn darauf. »Jetzt will man Sie und die Koreanerin, um zusammen einen neuen Gesellschaftsfonds zu managen, einen aggressiven Fonds, bei dem Sie sich auf Bodenschätze wie Erdöl, Erdgas, Erze und so weiter konzentrieren sollen.«

»Sie machen Witze.«

»Ganz und gar nicht.«

Ich stand wieder auf und stemmte die Hände in die Hüften. »Sie machen wirklich keine Witze, ehrlich nicht?«

»Sie sollen bis zum 10. November in New York sein«, sagte er und langte nach seinem *Slim Fast* mit Vanillegeschmack. »Das verschafft Ihnen eine Frist von etwas mehr als sechs Wochen, um Ihre Kundendepots hier auf die anderen Makler zu verteilen. Achten Sie aber sehr darauf, wem Sie diesen Gruber überlassen. Er hat mich gestern angerufen und sich über irgendein nerviges Problem mit Plastikfüßen und G.-I.-Joe-Figuren beschwert.«

»Ich kümmere mich um Mr Gruber, Sir.«

»Großartig. Und noch eins – wer hat unsere Lobby mit all diesen Blumen geschmückt?«

»Das sind Dahlien, Sir. Von Beatrice. Sie hat am Mittwoch ihr ganzes Depot zu Geld gemacht. Alles verkauft. Mehr als eine Dreiviertelmillion Dollar. Wollte sich bedanken. Sie hat gesagt, dass sie Ihnen auch einen Kuchen backt.«

»Einen Kuchen?«

»Pfirsichkuchen, glaube ich.«

»Und das sind also Dahlien?«

»Schlüsselblumengelbe.«

Mr Brophy legte seine Brille auf dem Tisch ab und rieb sich die Augen. »Wo haben wir solche Kunden her?«

»Wir sind in South Carolina, Chef.«

»Ja … ja, daran liegt es wohl«, sagte er und reichte mir die Hand. »Glückwunsch, Jay. Bin stolz auf Sie.«

»Danke, Sir.« Ich öffnete die Mahagonitür.

»Noch etwas, Jay.«

»Ja, Sir?«

»Denken Sie dran, Sie ziehen in eine große Stadt. Lassen Sie sich nicht von den Pennern ansprechen.«

»Ich weiß den Rat zu schätzen, Sir.«

Ich blieb an diesem Abend lange und beruhigte meine Kunden mit dem Versprechen, der Markt werde sich wieder erholen, aber meist saß ich nur am Schreibtisch und dachte wieder einmal über mein sprunghaftes, temporeiches Leben nach. Von Dallas nach Carolina, von Carolina nach Manhattan. Wo und wann sollte das enden? Wann hat ein Mensch genug Vermögen angesammelt, um einfach aufzuhören und Kekse für seinen Börsenmakler zu backen?

Dann aber hatte mich die Wirklichkeit wieder. Auf dem Nachhauseweg schwitzte ich zahllose Gedanken und Ängste aus, die mit Beförderungen einhergehen. Die Ampeln wurden rot und wieder grün, der Verkehr war flüssig, und ich vergaß, in meine Straße einzubiegen.

Nach einer Pizza zum feierlichen Anlass sank ich auf mein Sofa, dachte an das wuchernde Manhattan, daran, wie ich da hineinpassen würde, an hupende Taxis, daran, ob ich pfeifen lernen könnte, an die Theaterstücke am Broadway und daran, wie viele ich wohl zu sehen bekäme ... und an den Regenwald am Amazonas, an hölzerne Hütten auf dünnen Pfählen und an ein Mädchen, das im Frieden mit Gott und einer Tüte dunkler Schokoladenbonbons lebte.

✫

Es ist leicht, Mitleid mit einem Kunden zu haben, der gerade Tausende verloren hat, aber das Gleiche für ein Mädchen zu empfinden, das gerade verlassen wurde – das ist etwas anderes.

Ich saß in der Mittagspause in einer roten Plastiksitzecke zwischen zwei Frauen und sah zu, wie die Menschen ins Lokal strömten, ungeachtet unseres intensiven Gesprächs und des warmen Duftes von Sauerteigbrot.

»Er hat es ganz ohne Gefühl gesagt«, klagte Lydia und schluchzte in die Serviette. Da ihre Bluse glücklicherweise dunkelblau war, an der schief am dritten Knopf ein Namensschild der *Carolina First Bank* hing, waren die Tränenspuren darauf nicht zu sehen.

»Bestimmt hat Joe dir einen Grund genannt, Lydia«, sagte ich halbherzig und musterte mein Sandwich. Ich hatte den Lunch eigentlich nutzen wollen, um von den neuesten Entwicklungen zu erzählen, aber schon beim Eintreten war der Triumph des Themas Beziehung über das Thema Beruf abzusehen. Die große Nachricht musste warten.

Darcy rückte einen Haarclip an die richtige Stelle, bevor sie ihrer sitzen gelassenen Freundin tröstend beistand. Komisch, der Clip war weiß, obwohl ihr Kleid tatsächlich von Ann Taylor war und es farblich tatsächlich zum Auto passte. »Männer geben keine Gründe«, sagte Darcy direkt an Lydia gerichtet. »Sie beenden eine Beziehung wie einen Toilettenbesuch ... Sie meinen, dass es reicht, wenn sie am Griff ziehen, alles wegspülen und keine Schmutzspuren hinterlassen.«

Ich schluckte den zweiten Happen Pute auf Weizenbrot hinunter. »Das war ja so eloquent, Darcy.«

Lydia schnaubte sich die Nase, steckte das Tuch weg und schlürfte an ihrer Cola. »Joe hat gesagt, dass er im Winter zum Baseballspielen in die Dominikanische Republik geht und frei sein muss, damit er sich konzentrieren kann ... als ob so ein Talentsucher wichtiger wäre als ich.«

»Wie lange wart ihr beiden denn zusammen?«, fragte ich.

Sie pickte in ihrem Salat herum, schob die Tomaten beiseite und sammelte die Croutons. »Nicht lange – etwa so wie Stanley und Rona ... Wir haben uns sogar mal gemeinsam mit ihnen verabredet.«

»Wow!«, sagte Darcy. »Und, wie war das?«

Sie schnaubte wieder und sagte: »Nicht so toll. Joe hat gesagt, Stanley würde zu geschwollen reden, und er war frustriert, weil er kein Lexikon dabeihatte. Er hat immer nur genickt, als Stanley beim Dessert eine Predigt hielt. Rona und ich haben uns beim Kaffee schließlich über die Herbstmode unterhalten.«

»Wie oft bist du mit Joe ausgegangen?«, fragte Darcy und goss Sahne in den Gourmetkaffee.

»Neuneinhalbmal«, sagte Lydia. »Erst achtmal, danach war er erst mal zehn Tage unterwegs. Dann, letzte Woche, hat er mich von der Arbeit in der Bank abgeholt. Wir sind Pizza essen gegangen und dann zum Wurftraining, und ich dachte, dass ich ihn liebe. Jetzt muss ich das alles fünfzig neugierigen Singles in der Gemeinde erklären, und das ist noch schlimmer, als sitzen gelassen zu werden.«

Der Tee war zu süß. Mir fiel kein Rat mehr ein. Ich reichte ihr eine frische Serviette – mein letzter Versuch, sie zu trösten.

»Männer. Die sind einfach nicht ...«, sagte Darcy. Sie sah wütend aus.

»Wir sind nicht alle so.«

»Doch, seid ihr«, sagte Lydia. »Und die Sportler sind die Schlimmsten.«

Ich versuchte es noch einmal. »Gibt es nicht diesen Vers, wo es heißt, dass alle Dinge zum Besten dienen ...«

»Der gilt nicht für Baseballspieler«, sagte Lydia.

»Für Sportler gibt es Extraverse«, sagte Darcy. »Zum Beispiel: Ich bin der Mittelpunkt des Universums, und ich bin unsterblich, und ich kann sitzen lassen, wen ich will und wann ich es will.«

»Aber ich dachte, ihr hättet gesagt, dass Baseballspieler gar nicht lesen können.«

»Hörbücher«, sagte Lydia.

»Ja, Hörbücher«, sagte Darcy und erhob sich aus der Sitzecke. »Und wieder mal habe ich ein Beweisstück für meine Theorie.«

»Welche Theorie?«, erkundigte ich mich.

Sie legte ihr Trinkgeld auf den Tisch. »Eine, die ich letzten Sonntag aufgeschrieben habe. Dass die Singlegruppe in unserer Gemeinde dem Fegefeuer ziemlich nahe kommt.«

»Das warst du?«

Darcy strich sich die blonde Mähne über die eine Schulter und reichte mir das Tablett.

Wieder mal ein Gespräch beendet, wieder mal ein Höhepunkt.

Es tat mir Leid um Lydia und ihre kaputte Beziehung. Sie rieb sich die Augen, stand auf und ließ die Serviette auf den Tisch fallen. »Danke für deine Mühe, Jay.«

Als ich anstand, um die Rechnung zu bezahlen, schaute ich aus dem Fenster und sah zu, wie Limo von dannen stob: eine blonde Mähne, ein Rotschopf, die eine groß, die andere klein. Wie zwei nicht zueinander passende Socken, die im Wind auf einer Wäscheleine baumeln.

Das Blaulicht blinkte auf dem Interstate 385 in Richtung Norden, aber durch die Dunkelheit und über die Leitplanke hinweg konnte man unmöglich feststellen, ob es sich bei der Patrouille um den theologischen Polizeibeamten handelte.

Ich hupte trotzdem – wir fuhren Richtung Süden.

Es gab nicht viele Freiwillige für unser Arbeitsprojekt – nur vier von uns waren bereit, das Wochenende Nägel klopfend mit Pastor Asbury Smoak zu verbringen. Wir waren nach McClellanville unterwegs, einem Küstenort in dreihunderteinundzwanzig Kilometer Entfernung, irgendwo im Norden von Charleston und nach unserer Karte nur ein Punkt an der Straße, ein einsamer Punkt mit dem Sumpf auf der einen Seite und einem Wald auf der anderen. Der Pastor sagte, dass er uns am Freitag um Mitternacht erwarte. Wir sollten in seinem Haus schlafen und mit der Arbeit anfangen, sobald es hell wurde.

Ich hörte im Radio leise den Sender mit den goldenen Oldies, obwohl heftige Schnarchgeräusche aus drei von vier Ecken die Musik übertönten. Ransom Delaney als Beifahrer lehnte den Kopf an die Scheibe, Steve Cole saß hinter mir, und Maurice Evans, der dreiundsechzigjährige, außergewöhnliche Hausmeister, schnarchte leicht rhythmisch in Ecke Nummer vier. Wie Hunde, die sich nicht aufeinander abstimmen konnten, reichte es ihnen, sich schnarchend und schnaubend zu übertönen und sporadisch die reine Luft des Südens einzuatmen.

Vierundsechzig Kilometer später wurde Ransom wach. Er sagte, dass er Hunger habe, und fragte, ob wir an der nächsten Ausfahrt halten könnten. Doch da gab es nur ein billiges Motel und einen Kramladen.

Er war schon wieder eingeschlafen, als ich mitten im Neonlicht parkte.

Auf mein Angebot, Snacks zu kaufen, wurde aus einer Ecke mit dem gemurmelten Wunsch nach Corned Beef und Orangenlimonade reagiert. Das hörte sich gut an und konnte gleich zweimal bestellt werden. Steve sagte, ein Stück Kuchen und ein Kakao reichten ihm, Maurice wollte im Moment gar nichts, vielen Dank trotzdem.

»Was ist los, Maurice?«

»Gar nichts, ich esse nur kein Junk Food mehr.«

Doch der rund um die Uhr geöffnete Laden regte seinen Appetit an. Nach zehn Minuten Stöbern kam Maurice mit rohen Karotten, Blaubeerbagels und Mineralwasser heraus.

»Alle Mann glücklich?«, fragte ich und ließ den Motor an.

»Ja, mhm, mjam.«

Wir umrundeten Charleston und fuhren auf der Küstenstraße in Richtung Norden. Es war ein einsames Stück Landstraße ohne besondere Merkmale außer der schwärzlichen Stille und dem schweren Duft des Sumpfgebietes. McClellanville wirkte düster. Keine von Lampen beleuchteten Hinweisschilder; keine Merkmale, die die Richtung vorgaben. Asbury hatte gesagt, wir sollten zehn Kilometer nördlich von der Innenstadt links abbiegen, aber wenn dies hier als Stadt gelten sollte, dann durfte ich als Fachmann für die Offenbarung gelten.

Um Viertel vor zwölf waren meine Kameraden wieder eingeschlafen. Schlimmer noch, das Rindfleisch hatte sich in meinen Zahnzwischenräumen festgesetzt, und mein Getränk war lauwarm.

Nachdem ich von der Straße abgebogen war, fuhr ich auf einem schmalen Feldweg weiter und fühlte mich durch das hohe Gras links und rechts eingeengt. Messergras nannte ich es. Wie biegsame grüne Rasierklingen beugte es sich hinab, um unvorsichtige Wanderer aufzuschlitzen.

»Ist jemand wach?«

Keine Antwort. Laut der Anzeige unterhalb des Tachos waren wir nach dem Abbiegen drei Kilometer gefahren, obwohl ich das Gefühl hatte, es seien zwanzig gewesen. In meinem Rückspiegel erhob sich eine Staubspur, die sich noch in Reichweite der roten Rückleuchte legte. Zwei Linkskurven, dann wieder nach rechts. Die Straße neigte und wand sich, der Staub erhob und legte sich, und das Messergras kratzte borstig trocken wie zum Hohn an unseren Türen.

Der Blazer traf auf eine Wurzel, die die Räder aus der Spur und meine drei Freunde aus dem Schlaf riss.

»Wo hast du uns nun wieder hingekarrt?«, fragte Ransom grantig und halb wach. Er knipste die Deckenbeleuchtung an. Auf seinen Shorts waren Limonadenflecken.

»Er hat gesagt, das Haus stünde an dieser Straße.«

»Wer soll denn hier wohnen?«, fragte er und zeigte in die Schwärze.

»Niemand. Er hat es geerbt.«

Steve tippte mir auf die Schulter. »Können wir nicht zurückfahren und Stanley und seinem Lilienklub beim Gärtnern helfen?«

Ich schaute in den Spiegel und sah, wie Maurice seine Zeigefinger über Kreuz hielt, als wolle er böse Geister abwehren, was ganz in Ordnung war, denn wenn man sich nachts im öden Tiefland verirrt, dann braucht man unbedingt einen älteren Hausmeister, der sich für den Exorzisten hält.

Steve fasste meine Kopfstütze und rüttelte daran. »Wir sollten einfach umdrehen und nach Hause fahren.«

Ich hielt an und knipste das Deckenlicht aus. »Auf keinen Fall.«

»Du begreifst es nicht«, sagte Steve. »Hier im Tiefland lauert alles, was böse ist.«

»Hast doch nicht etwa Angst, oder?«, fragte Maurice, der an der Mineralwasserflasche nippte.

»Ich sag nur, dass wir nach Hause fahren sollten.«

Genug der mitternächtlichen Diskussion. »Meine Herren, als euer Fahrer sage ich, dass wir uns durch das Tiefland und das lauernde Böse hindurchkämpfen werden, bis wir dieses Haus von Asbury finden.«

Steve sank wieder auf seinen Platz zurück und murmelte, ich werde ihn zukünftig nie, aber auch nie wieder irgendwohin fahren.

»Alter«, sagte Ransom, »wenn du weiter so viel Kuchen isst, wird es dich in Zukunft gar nicht mehr geben, weil er dir alle Venen und Arterien verstopft.«

»Genau«, sagte Maurice und löste das Kreuz. »Man sollte auch rotes Fleisch meiden. Das Zeug bringt einen vielleicht nicht so schnell um ... aber ganz langsam, bis du tot bist.«

»Männer«, sagte ich und ließ den Motor wieder an, »jetzt ist nicht der richtige Zeitpunkt, um über rotes Fleisch, Kuchen oder Todesarten zu diskutieren. Also sagt jetzt, sollen wir umdrehen oder weiterfahren?«

Wir entschieden mit drei zu einer Stimme weiterzufahren, während Steve, der Abtrünnige, mit gespieltem Widerwillen die Arme verschränkte.

Nach einem weiteren Kilometer voller Staub, Wurzeln und klaustrophobischen Gefühlen entdeckten wir im Scheinwerferlicht einen verfallenen Pfahl, auf dem von oben bist unten die Buchstaben S-M-O-A-K eingeritzt waren. Ich lenkte den Blazer in die Einfahrt, einen langen, sandigen Pfad, der von sechs riesigen Eichen gesäumt war. Die Eichen sahen wesentlich freundlicher aus als das Messergras, also parkte ich unter der hintersten und richtete die Scheinwerfer auf die Stufen zum Eingang.

Wuchernde Büsche verbargen die Ziegel. Vom Obergeschoss baumelten zwei schwarze Fensterläden in Schieflage. Eine meterhohe Mischung von Unkraut, das sich unter dem eigenen Gewicht neigte, verdunkelte die Veranda.

»Hoffentlich ist dieser Pastor auch hier«, meinte Steve.

»Ich sehe kein Licht«, sagte Maurice.

»Ich glaube nicht, dass es hier Strom gibt«, ergänzte Ransom.

»Das glaub ich einfach nicht«, murrte Steve.

Wir waren versetzt worden. Von einem Pastor, der Haien den Kopf krault.

In Dallas wäre das nie passiert. In Dallas waren die Pastoren pünktlich.

Hab ich mir jedenfalls sagen lassen.

✿

Wir saßen im Blazer unter den Eichen, aßen Junk Food und rohe Karotten und tranken Orangenlimonade und Mineralwasser. Zu müde, um nach Hause zu fahren, zu schläfrig, um uns zu entscheiden.

»Wann ist Jamie so weit?«, fragte ich.

»Ende Februar«, antwortete Ransom und wickelte sein drittes Sandwich aus. »Und was ist mit dir? Mal was von Fräulein Missionarin gehört?«

»Ein Brief von mir, einer von ihr, aber das ist schon zwei Monate her.«

Er kaute an seinem Corned Beef und sagte: »Cool.«

Ein hohes Geheul echote durch die Finsternis; drei Heuler, ein Bellen.

»Schließt die Türen ab«, sagte Maurice.

»Schon verschlossen«, antwortete Steve.

Ich sagte ihnen, sie könnten sich ruhig hinter verschlossenen Türen verstecken, ich aber werde mit meiner zuverlässigen Taschenlampe eine Runde um das Haus machen. Ich verschloss meine Tür, atmete die Tieflandluft ein und drehte mich um. Steve drückte das Gesicht an die Scheibe, seine Augen weit aufgerissen, das Fenster beschlagen.

Ich trat aus dem Schatten der Eiche und ließ den Lichtstrahl über das Haus gleiten. Dabei entdeckte ich zerfetzte Vorhänge und noch weitere kaputte Fensterläden. Wieder ein Heulen. Noch fünf Schritte – ich war fast auf der Veranda –, als plötzlich ein Grunzen aus einem Busch kam. Also zog ich mich auf den Vordersitz zurück und erklärte mich einverstanden, bis zum Sonnenaufgang abzuwarten.

»Was war das?«, fragte Maurice und zeigte mit einem angebissenen Bagel in Richtung Haus.

»Weiß nicht. Vielleicht ein Warzenschwein«, sagte ich und versuchte, zu Atem zu kommen.

»Warzenschweine heulen nicht, Alter«, murmelte Ransom, fast eingeschlafen.

»Ich hab das Grunzen gemeint.«

»Heulen, Grunzen, ein baufälliges Haus ... das alles hier erinnert mich immer mehr an meine alte Wohngegend«, sagte Maurice.

»Hier übernachten wir nicht, Jarvis«, sagte Steve. Seine Stimme hörte sich flehend an.

»Oh doch. Genau hier in diesem Chevy«, erwiderte ich und öffnete das Fenster einen Spaltbreit.

»Was haben wir eigentlich hier zu suchen?«, fragte Ransom. »Ich dachte, es gäbe hier was für uns zu tun. Und wer hat das überhaupt organisiert? Soll das unser Arbeitsprojekt sein, unser Dienst für den Herrn?«

»Ich brauchte eigentlich nur mal etwas Abstand von den Verabredungen.«

»Ich habe meine Footballtickets verkauft«, sagte Steve.

»Meine Frau hat alle vier Schwestern zu Besuch«, sagte Maurice und kaute auf seiner rohen Karotte. »Ich wäre sonst wohin gegangen, um da rauszukommen. Daher weiß ich die Einladung zu schätzen, meine Herren.«

»Gute Nacht«, sagte Ransom und lehnte sich an die Kopfstütze.

Maurice nahm einen Schluck Mineralwasser, machte wieder das Kreuz und schloss die Augen.

Eine halbe Stunde verstrich.

Einer nach dem andern schlummerte ein.

Kapitel 24

Als ich aufwachte, stand mir Schweiß auf der Stirn. Amseln hüpften in der Einfahrt, aber von Asbury Smoak war weit und breit nichts zu sehen. Die Morgensonne stahl sich zwischen den Eichen hindurch, und Steve meinte, er müsse mal eben wohin, allerdings wolle er die Büsche hier lieber meiden.

»Ich auch«, sagte Maurice und entriegelte die Tür.

Wir entriegelten alle die Türen.

Mein erster Eindruck vom Tiefland an diesem heißen Septembermorgen war der von Stagnation, schwerer Luft, nahezu kompletter Stille und Bewegungslosigkeit. Es schien nicht einmal eine leichte Brise zu geben. Selbst die Fliegen waren faul. Warum auch nicht, wenn kein Wind wehen wollte, um sie vorwärts zu treiben.

Ich benutzte die Motorhaube als Unterlage, auf der ich die Landkarte ausbreitete. Maurice gähnte uninteressiert, sagte, dass er sich mal umsehen wolle, und weg war er zur Erkundung des Hinterhofs. Ich studierte die Karte, die zeigte, dass wir uns sechs Kilometer in Richtung Landesinneres von einem weitläufigen Gebiet voller Meeresarme und Sümpfe entfernt befanden.

»Der gleiche Küstenabschnitt, wo der Hurrikan Hugo durchgefegt ist«, sagte Steve und fuhr den Pfad des Sturmes mit seinem Finger nach.

»Waren damals tolle Wellen«, sagte Ransom und streckte sich. »Einfach genial.«

»Du warst in einem Hurrikan surfen?«

»Bis ich gestürzt bin und mein Brett durch das Fenster eines Strandhauses geweht wurde. Da dachte ich mir, es wäre besser zu gehen.«

Am späten Vormittag warfen die sechs Eichen an der Auffahrt fleckige Schattenmuster auf den Boden. Die Auffahrt selbst bestand aus zwei Sandspuren, die von einem zerrupften Grasstreifen geteilt wurden, als ob Mensch und Natur sich vereint hätten, um eine lange grüne Streitaxt in die Erde zu schnitzen.

Der Sand war grau und von mehliger Struktur. Unter den Eichen siebte ich etwas davon durch die Finger. Er fühlte sich alt an, und ich stellte mir vor, dass die Körner schon von einem alten Wagen aus Henry Fords Werkstatt oder vielleicht von den Stiefeln eines Soldaten der Konföderierten, der nach verlorener Schlacht niedergeschlagen und traurig in den Sand gespuckt und General Grant verflucht haben mochte, zerdrückt worden waren.

Ich warf mit einem Stein nach den Amseln. Die ganze Schar schwirrte auf.

»Vielleicht haben die Amseln Asbury gekidnappt«, sagte Steve und sah zu, wie sie flohen.

»Ich glaube, es war ihm einfach zu peinlich, hier aufzutauchen«, sagte Ransom.

Das Haus selbst war einfach in einem jämmerlichen Zustand. Das Dach total verfallen. Unten lagen lose die Schindeln herum, die oben fehlten. Ein Loch war so groß, dass man hätte durchkriechen können.

Die Veranda war nicht nur abgesunken, sondern stand eindeutig schief und bog sich von der Front zu den Seiten, wo die Schieflage sich in zunehmender Entfernung von den Stufen aus Ziegelstein verstärkte. Zwei alte Schaukelstühle standen auf je einer Seite der Veranda. Ihre verblasste weiße Farbe bröckelte an den Armlehnen. Die Rundung der Kufen wirkte wie ein hölzernes Grinsen, als wollten sie zum Hinsetzen und gemeinsamen Altern einladen.

»Dieses Ding werden wir nie repariert kriegen«, sagte Ransom, der die Szenerie betrachtete, während er den Grasstreifen abschritt. »Nicht an dreißig Wochenenden.«

»Kein gutes Renovierungsprojekt«, stimmte ich zu.

»Ein gutes Abrissobjekt«, sagte Steve und legte eine Schachtel Nägel ab.

Maurice kam hinter dem Unkraut hervor und nahm sich Zeit, um winzige grüne Samen vom Hosenbein zu streifen. »Wisst ihr was?«, fragte er. »Hinter dem Haus gibt es einen Fluss.«

»Dann spring ich rein«, sagte Ransom, auf den die Nachricht wie eine Verjüngungskur wirkte.

Augenblicklich verschwand jeder Gedanke an eine Hausreparatur, wie vorher die Amseln.

Der neue Plan bestand darin, in den Fluss zu springen, den Schweiß abzuspülen und die vierhundertzwei Kilometer nach Greenville zurückzufahren. Steve legte die Schachtel Nägel wieder in den Blazer und tauschte die Turnschuhe gegen Sandalen. »Pastor Smoak sollte aus jeder Art Vereinigung ausgeschlossen werden, zu der alte Pastoren gehören«, verkündete er. »Denn selbst wenn ein Pastor gute Gründe hat, sich nicht in seinem eigenen Haus sehen zu lassen, dann hätte er wenigstens den Rasen mähen und eine Nachricht hinterlassen können.«

»Amen«, sagte Maurice, langte nach einem Handtuch auf dem Rücksitz und gönnte sich einen Schluck Mineralwasser.

Hinter dem Haus zerteilten wir das brusthohe Unkraut und nahmen den Geruch von wilden Zwiebeln scharf und deutlich wahr. Nach fünf Minuten Wegstrecke kamen wir an das Ufer des Gewässers, wo eine Sandbank einigen in vollem Rückzug befindlichen Krebsen eine Zuflucht bot und wo ein Steg lag, dessen Zustand noch schlechter als der des Hauses war. Als ich in das Wasser hineinwatete, erwartete ich einen schlammigen Grund, aber meine Füße ertasteten Sand.

»Nennt sich Brackwasser«, sagte Maurice und watete unter einer Wassereiche ins Flache. »Gibt hier Süßwasser- und Salzwasserfische.«

»Sogar ein paar Piranhas«, sagte Ransom, der schon bis zur Hüfte im Wasser war.

Steve hörte das und strampelte ans Ufer, wobei er murmelte, das sei ein mieses Wochenende. Erst müsse er neben dem Exorzisten schlafen und jetzt mit Piranhas baden, und er hätte lieber zu Hause in Greenville bleiben und sich die zweite Predigt von Tyrus anhören sollen.

Von der Einfahrt her war eine Hupe zu hören. »Das sollte mal lieber der Pastor sein«, sagte Steve und legte sich sein Handtuch um den Hals.

Wir stapften tropfnass durch das hohe Unkraut zurück.

Asbury Smoak war an einen weißen Ford-Pick-up gelehnt, dessen Motorhaube und Windschutzscheibe mit feinem hellbraunen Staub bedeckt waren. Er trug abgeschnittene Jeans, seine rote Baseballmütze und ein T-Shirt mit der Aufschrift »Pawleys Island«. Sein Körper wirkte immer noch stämmig; seine Beine eine Nuance bleicher.

»Hat das Wasser Spaß gemacht?«, fragte er und schaute an uns vorbei auf sein baufälliges Haus.

»Ich ziehe den Ozean vor«, sagte Ransom und wischte sich den Schmutz von den Füßen.

»Ich möchte mich bei euch entschuldigen«, sagte der Pastor. »Ich konnte nicht telefonieren.«

»Was ist denn passiert?«, fragte ich, im Zweifel für den Angeklagten gestimmt.

Pastor Smoak sah auf die Uhr, bevor er antwortete. »Der Herr hat mir gestern ein Lächeln geschenkt. Auf jeden Fall sieht es ganz so aus. Zu diesem Grundstück hier gehören hundert Meter Flussufer, außerdem hat es einen Zugang zum Ozean mit allem Drum und Dran. Ein alteingesessener Charlestoner will es kaufen. Wir haben gestern Abend verhandelt. Und dann habe ich auf dem Weg hierher um ein Uhr nachts eine Reifenpanne gehabt, da drüben auf der unbefestigten Straße. Böse Sache hier im Tiefland, also habe ich für den Reifenwechsel den Morgen abgewartet.«

»Sie haben im Wagen geschlafen?«, fragte Maurice.

»Fünf Kilometer von hier«, sagte Asbury. »Und ihr?«

»Ebenso«, sagte Ransom und reckte den Hals.

»Sie haben das Haus also verkauft?«, fragte Steve, dessen Laune bei diesen Aussichten stieg.

Der Pastor stellte einen Fuß auf die Stoßstange und sagte: »Nein, noch nicht. Es ist das Land, das er möchte; das Haus würde er abreißen lassen. Das Seltsame ist, dass er nur teilweise mit Geld bezahlen will. Er bietet mir außerdem ein Boot. Ihm gehören zwei Hochseekutter, die im Hafen von Charleston liegen.«

»Haben Sie das Boot gesehen?«, fragte ich. Die Feuchtigkeit der vom Fluss durchtränkten Shorts musste vorläufig ertragen werden.

»Nein, aber der Mann hat mir für heute eine kleine Probefahrt zugesagt. Er lässt mich vielleicht morgen einen Vorstoß in den Golfstrom machen.«

Ich stellte den anderen Pastor Smoak noch richtig vor, und Maurice fragte gleich, ob wir alle zur Probefahrt eingeladen seien, denn es gäbe ohnehin keine Möglichkeit, dieses baufällige Haus mit unseren beiden Sägen, dem Klebeband und einer Schachtel Nägel zu reparieren.

Also zogen wir uns frische Shorts und T-Shirts an und nahmen auf der Ladefläche von Asburys Pick-up Platz.

✩

Als wir am Hafen ankamen, sahen wir Bootsbesitzer in perfekter Pose an Teakholz gelehnt und *Mint Julep* trinkend. Es gab kaum eine freie Anlegestelle im Hafen; eine Reihe nach der anderen war mit Segelbooten, Yachten und erstklassigen Kuttern belegt – solche, bei denen der Kapitän hoch an Bord sitzen kann, um die Fische unter der Wasseroberfläche zu sichten, und wo die Frauen sich auf dem Dach sonnen.

»Unser Boot liegt da drüben«, sagte Asbury und zeigte zwei Reihen weiter.

Mr Clayton Beaufaine verschaffte mir meinen ersten näheren Eindruck von altem Charlestoner Vermögen. Er war über einsachtzig groß und sehr braun gebrannt. Er trug ein Haupt voller grauer Haare zur Schau, und in der Tasche seines roten Golfhemds steckten zwei Zigarren. Um seine Augen waren die Furchen tief eingegraben, was ihm den gerissenen Blick eines Waffenhelden aus Clint-Eastwood-Filmen verlieh.

Er stellte einen Fuß auf das Dock und ließ den anderen auf dem Boot, während Asbury uns einander vorstellte. Beaufaine nickte nur. Kein Händeschütteln.

»Dieses Baby hier ist ein Juwel«, sagte er und machte eine weit ausholende Geste, als wäre er Moderator bei QVC. »Zwölf Meter lang, fünf Schlafplätze, dazu eine voll ausgestattete Küche.«

Maurice fasste sein Kinn mit Daumen und Zeigefinger, legte die Stirn in Falten und fing zu unserem gesammelten Erstaunen an, den vornehmen Beaufaine zu befragen. »Sagen Sie uns was über die Maschine«, sagte er. »Wie lange gelaufen, PS, Inspektionen ...«

»Es sind Zwillingsdieselmotoren vom Typ 3208«, sagte Beaufaine und wickelte eine Zigarre aus. »Bin mir nicht sicher bei den PS, wahrscheinlich im Bereich von siebenhundert. Ich habe das ganze Ding in diesem Frühjahr neu aufbauen lassen, also beträgt die Laufzeit weniger als hundert Stunden.«

»Verstehe«, sagte Maurice und rieb sich immer noch das Kinn. »Und was ist mit der Funkanlage?«

»Neues Funkgerät mit GPS-System.«

»Ach ja«, sagte Maurice. »GPS, das ist gut.«

Clayton Beaufaine sagte, dass er sich beim Hafenbeamten melden müsse, bevor er uns auf eine Probefahrt mitnehmen könne. Er blieb auf der Eisentreppe stehen, holte sich ein Feuerzeug aus der weißen Hose und zündete sich die Zigarre an. Langsam erhoben sich die Rauchwolken über seiner linken Schulter; bei seinem Abgang gaben die Stufen einen metallischen Klang von sich, und die Dockplanken vibrierten unter unseren Füßen.

Asbury wirkte verdattert. Er drehte sich um und fragte: »Woher wissen Sie, was für Fragen man bei so einem Bootskauf stellen muss, Maurice?«

Maurice sagte, er kenne sich mit Booten überhaupt nicht aus, aber man müsse lernen zu verhandeln, wenn man ein armer Küster sei, denn die Presbyterianer sträubten sich gegen Lohnerhöhungen. Außerdem, wie hätte er sonst seinem Sohn einen 91er Plymouth für nur ein paar hundert Dollar beschaffen können?

»Bei uns Baptisten gibt es keine Probleme wegen Lohnerhöhungen«, sagte Asbury und nahm auf einer Bank Platz, die auf dem Dock stand.

»Wie groß ist Ihre Gemeinde?«, fragte Maurice.

»Zweiundfünfzig Mitglieder.«

»Das ist doch keine Gemeinde«, konterte Maurice. »Das ist noch nicht einmal ein guter Chor.«

»Ich bin der Chor. Und der Küster.«

»Nicht doch! ... Sie wischen den Boden?«

»Jeden Montag.«

»Meine sind dienstags dran.«

Asbury schwieg eine Weile und grübelte über seine neue Freundschaft mit Maurice nach. »Welches Bohnerwachs? *Pine Sol*?«

»In Hausmeisterkreisen bin ich als *Pine-Sol*-Experte bekannt.«

»Standard oder Zitronenduft?«

»Zitronenduft wird in meiner Gemeinde bevorzugt. Ich hab eine Umfrage gemacht.«

Steve fragte, ob man nicht aufhören könne, über Bodenreiniger zu reden, während man sich in den elitären Kreisen der Charlestoner Bootsbesitzer befinde, und, oh Mann, wir sollten doch mal sehen, was für große Angelspulen da hinten am Heck von Beaufaines Boot montiert seien.

Ich stieß Asbury an. »Gehört die Angelausrüstung mit zum Paket?«

Asbury zögerte und sagte dann, er habe bis jetzt ja noch nicht darüber nachgedacht, aber wenn jede einzelne von diesen vergoldeten *Penn-International*-Angelspulen sechshundert Dollar kostete – und es waren vier –, wie viel wurden dann alle zusammen kosten?

»Zweitausendvierhundert«, sagte ich, »und zwar ohne Angelruten.«

Asbury biss sich leicht auf die Lippe. »Dann muss mir jemand helfen, die in den Deal mit reinzubekommen.«

»Ich hab schon meine Schuldigkeit getan«, sagte Maurice.

»Ich hab gar keine Ahnung vom Angeln«, fügte Ransom hinzu.

Beaufaine kam zurück aufs Dock geschritten, blieb aber stehen, um seine Zigarre neu anzuzünden. Als er eintraf, war ich bereit, in die Verhandlung über die vergoldeten Angelspulen einzutreten. »Mr Beaufaine, wussten Sie, dass Pastor Smoak hier nur zweiundfünfzig Mitglieder in seiner Gemeinde hat?«

»Wusste ich nicht, mein Junge.« Er sog heftig an der Zigarre und schaute auf das Wasser hinaus.

»Nur drei Mitglieder in der Gemeinde zahlen ihren Zehnten, und er hat sich seit fünf Jahren keine Gehaltserhöhung gegönnt.«

»Ist das so?«, murmelte Beaufaine und blies mir seinen ekligen Rauch entgegen.

»Ja, Sir, das ist so. Und die Ausgaben, die es mit sich bringen würde, dieses Boot mit neuen Angelspulen und Ruten auszustatten, würden den armen Pastor schwer belasten.«

»Mein Junge, Sie werden bei mir damit kein Mitleid erwecken, aber wenn es darum geht, dass Sie die Angelspulen wollen, die wären sowieso Teil des Geschäfts gewesen. Ich bin kein Angler. Ich sitze oben auf dem Deck und verwende das Boot dazu, Frauen zu jagen, nicht Thunfisch. Sie können die Spulen haben.«

»Ach.«

»Sehr zu Dank verpflichtet«, sagte Asbury und lächelte über das ganze Gesicht.

»Das ist riesig nett von Ihnen, Sir«, sagte Steve.

Steve und ich lösten die Knoten, während Asbury und Maurice an Bord stiegen. Sie gingen ans Heck des Bootes und beugten sich dann darüber, um den Namen in Augenschein zu nehmen.

Mit schlaffen Schultern schüttelte Asbury den Kopf und starrte hinaus aufs Meer.

Das Boot hieß Vierte Ehe. Asbury setzte sich neben den Kapitän und sagte zu Beaufaine, ein Baptistenprediger dürfe sich nicht auf einem Boot sehen lassen, das Vierte Ehe heiße.

Beaufaine kicherte und ließ den Motor an. »Pastor, wenn das Geschäft unter Dach und Fach ist, können Sie dem Schiff jeden Namen geben, der Ihnen gefällt ... und ich kaufe Ihnen sogar einen Topf roter Farbe für die Umbenennung.«

»Danke, Sir«, sagte Asbury, drehte sich um und zwinkerte uns zu.

»Die Schablonen müssen Sie sich aber selbst beschaffen«, mahnte Beaufaine.

»Schablonen können wir uns leisten«, sagte Maurice und inspizierte die Angelspulen.

Steve, Ransom und ich saßen auf dem Bug der Vierten Ehe – ich in der Mitte –, als wir vom Dock ablegten und Damen zuwinkten, die doppelt so alt waren wie wir. Sie saßen hinten auf riesigen Segeljachten und nahmen Fruchtgetränke mit winzigen Schirmchen zu sich, wobei sie, ehrlich gesagt, ein bisschen gelangweilt aussahen.

Die Sonne wanderte vom Zenit in Richtung Westen. Pastor Smoak war am Ruder und steuerte uns durch den Hafen von Charleston wie ein Teenager in seinem ersten Auto. In rhythmischen Abständen schlugen die Wellen gegen den Bug und ein salziger und kühler Sprühregen spritzte in unsere Gesichter.

Maurice bat darum, auch einmal ans Steuer zu dürfen, bevor wir zurückkehrten. Er habe noch nie so ein schönes Schiff gefahren, und er glaube, ein zwölf Meter langes Boot mit der ganzen Angelanlage und noch Bargeld in ungenannter Summe dazu seien ein toller Tausch gegen Asburys wertvolles Grundstück und das historische Haus.

»Das Land, ja«, sagte Beaufaine und schnippte die Asche in den Wind. »Aber das Haus ist nicht historisch, es ist ein Stück ... na ja, tut mir Leid, Pastor.«

»Achten Sie in Gegenwart von Geistlichen auf Ihre Worte«, mahnte Maurice.

»Schon in Ordnung«, sagte Asbury. »Ich bin sicher, dass die Beschreibung angemessen gewesen wäre.«

Maurice übernahm das Ruder, griff sich von einem Haken eine Kapitänsmütze und setzte sie sich auf, drehte weite, nasse Kreise und ließ die Bugwelle alle Historie von Bord spülen.

✿

Wir näherten uns dem Hafen, und Asbury stand wieder am Steuerrad. Beaufaine leitete ihn sehr präzise an, die Vierte Ehe anzudocken. Asbury verlangsamte das Boot zu wellenloser Fahrt und setzte es mit dem ersten Versuch rückwärts an die Landestelle. Ganz ohne Stöße, weder steuerbord noch backbord.

Ransom äugte über die Reling und sagte: »Nicht schlecht.«

»Ganz und gar nicht schlecht«, meinte Beaufaine, der sehr erleichtert darüber zu sein schien, dass sein Boot ohne Kratzer geblieben war.

Wir hatten zwischen zwei Jachten angedockt; die eine mit drei Decks hieß Lenny Dru, die andere in blendendem Blau und Silber nannte sich Danas Liebling.

Asbury ging als Erster von Deck.

»Wie sieht's aus, Pastor?«, fragte Beaufaine.

»Muss mir einen neuen Namen ausdenken«, sagte Asbury, stemmte die Hände in die Hüften und blickte ans Heck der Vierten Ehe.

Maurice stieg vom Boot und stellte sich neben ihn, und beide strichen sich über das Kinn, um sich den richtigen Namen einfallen zu lassen.

Beaufaine beobachtete die beiden eine Weile und schnippte dann den Zigarrenstummel ins Wasser. »Na, Pastor, kommen wir ins Geschäft?«

Kapitel 25

Wir ließen Beaufaine über Nacht zappeln. Die Dämmerung senkte sich über das Messergras, als wir über McClellanville zurückfuhren, den gewundenen Feldweg nahmen und dann in die staubig graue Einfahrt des Pastors einbogen. Nachdem wir neben seiner Bruchbude geparkt hatten, schnappte Asbury sich eine Astschere, die unter seinem Sitz lag. Ransom hatte den größten Teil des Weges auf einem zum Kissen gefalteten Handtuch geschlafen, und wir ließen ihn sowie unseren mitgebrachten Abendimbiss erst einmal dort auf der Ladefläche liegen. Wir würden noch früh genug essen – erst war eine kleine Renovierung unserer Behausung angesagt.

Pastor Smoak schnibbelte an hoch gewachsenem Unkraut und an niedrigem Unkraut herum und attackierte anschließend die Büsche, die sich auf der Veranda breit machten. »Das hab ich in letzter Zeit irgendwie vernachlässigt«, gab er zu und schnitt dabei weiter. »Aber in null Komma nichts habe ich es uns hier schöngemacht.«

»Können wir helfen?«, fragte Steve mit zur Seite geneigtem Kopf, während er amüsiert diese hastige Art baptistischer Gastfreundschaft beobachtete.

»Nee, bin fast fertig.«

»Gibt's einen Schlüssel für die Tür?«, fragte ich, war mir aber nicht sicher, ob ich überhaupt hineinwollte.

»Wir brauchen keinen Schlüssel«, sagte Asbury. »Das Haus ist offen.«

Die Scharniere quietschten nicht nur, sie klangen direkt schlecht gelaunt. Maurice kam auf Zehenspitzen hinter mir her, legte mir die Hand auf den Rücken und atmete in meinen Nacken.

»Erbärmlich«, flüsterte er.

Spinnweben hingen von den Ecken der Wände, dick und trocken

wie alte Krabbennetze, wie aus der Tiefe hervorgeholte Gespenster. Die Böden waren richtig sandig und die Luft muffig wie in alten Koffern. Durch das Loch im Dach drangen Lichtstrahlen schräg in die Küche.

»Ob hier wohl die Addams-Familie gewohnt hat?«, fragte Maurice.

»Wohl eher nicht«, erwiderte ich und schrieb mit dem Zeh meine Initialen in den Staub. An der Wand gegenüber entdeckten wir einen Lichtschalter. Nichts.

»Hab's ja gesagt«, gab Maurice von sich.

Wir gingen wieder nach draußen.

Ransom erwachte und betätigte sich als Gastgeber, indem er aus zwei Tüten Hamburger und Pommes frites sowie Orangenlimonade an alle verteilte. Er hatte darauf bestanden, dass wir die mit dem Orangengeschmack probierten. Pastor Smoak sprach das Tischgebet und bat um Segen nicht nur für das Essen, sondern auch für die laufenden Verhandlungen. Er betete ehrfürchtig, und ich konnte nicht umhin, seine ruhige, unaufgeregte Art zu bemerken.

Im dahinschwindenden Licht saßen wir auf der Veranda, schaukelten rhythmisch und aßen ein billiges Mahl, um den Tausch von Asburys verfallendem Haus gegen die Vierte Ehe zu feiern. »Was ist eigentlich mit dem Mädchen, das du damals mit in meine Gemeinde gebracht hast?«, fragte er und spülte den letzten Happen hinunter.

»Eigentlich hat sie mich mitgenommen. Aber jetzt ist sie in Südamerika. Volle Stelle als Missionarin.«

»Missionare interessieren sich nur für andere Missionare«, murmelte Steve.

»Na, Mr Cole«, sagte Maurice und nahm sein Getränk vom Boden, »ich sage immer, dass ein Mann, der eine Dose Farbe nicht von Mückenspray unterscheiden kann, sich mit Ratschlägen zu Beziehungsfragen zurückhalten sollte.«

Steve schüttelte nur den Kopf.

Asbury lachte und sagte: »Hast du sie schon dort unten besucht, Jay? Mal wieder übers Meer getrieben?«

»Bin nicht eingeladen worden. Außerdem habe ich einen neuen Job in Manhattan angenommen.«

»Nein! Du ziehst in die Großstadt?«

»In sechs Wochen.«

Die Dunkelheit legte sich über das Tiefland und die Nacht eröffnete sich uns durch das schmale Rechteck, das die Veranda unserem Blick freigab, ein Streifen der Nacht, die jetzt von Insekten wimmelte.

Ein Schweigen folgte, das nur ab und zu von einem Schluck Orangenlimonade und dem Knistern von Verpackungsmaterial gebrochen wurde.

»Ich hab gehört, dass man da oben in New York nicht mal süßen Tee bekommt«, sagte Maurice und kaute an seinem Cheeseburger.

»Kein süßer Tee, was für eine Schande«, sagte Ransom. »Und du isst gerade rotes Fleisch, Maurice.«

»Verrate es nicht meiner Frau.«

Der Pastor und Maurice waren schon weg, als wir vormittags aufwachten. Auf den verwitterten Stufen der Veranda streckten wir unsere müden Glieder und versuchten, die Qualität unseres Schlafs angemessen zu beurteilen – die Decken, die wir auf die staubigen Dielen aus hartem Holz gelegt hatten, waren ein armseliger Ersatz für ein Bett, obwohl Decken auf Holz geringfügig besser waren als schwarze Schläuche. Schlechter allerdings als ein Sandstrand, wo auch in Verlegenheit gebrachte Missionarinnen übernachteten.

Auf dem Weg nach Charleston besorgten wir uns Kaffee und fuhren weiter zur Brücke über den *Cooper River*. Enorm große Kräne waren am anderen Ufer zu sehen, die die Fundamente für einen Neubau legten. Anscheinend hatten die Bürger die beiden derzeitig befahrenen Brückenbögen abgenutzt, eine Spur für die kleinen und schnellen Fahrzeuge, die andere, breitere und weitläufigere Spur für die weniger Risikofreudigen. Ich nahm die schnelle Spur. Ransom gähnte und sagte, er sei froh, dass Clayton Beaufaine und seine übel riechenden Zigarren heute im Hafen blieben.

»Wie will der Pastor sein Boot denn nun nennen?«, fragte Steve. Er hatte sich auf dem Rücksitz breitgemacht und aß die kalten Fritten bündelweise als Frühstück.

»Konnte sich nicht entscheiden«, sagte Ransom und fand seine Sonnenbrille im Handschuhfach.

»Wie wär's mit ›Jonas große Rache‹?«, schlug ich vor.

»Oder ›Mein Spaziergang auf dem Wasser‹«, sagte Ransom.

»Viel zu lang für einen Namen«, sagte Steve.

»Nein, überhaupt nicht«, sagte ich.

»Zu lang.«

»Wie kommt es, dass du auf einmal Experte für Bootsnamen bist?«

»Genau, Alter«, sagte Ransom, »warum bist du auf einmal Experte für Bootsnamen?«

»Bootsnamen sind selten länger als zwei Wörter«, sagte Steve. »Niemals mehr als drei.«

Die seefahrende Elite von Charleston hob zur Begrüßung Tomatensaftdrinks, als wir an den Jachten und Segelbooten vorbeischlenderten. Die salzige Luft verdünnte den leichten Geruch nach Diesel. Der Himmel war klar und eine Schar gut gelaunter Möwen umkreiste die Bootsmasten.

Ein Dutzend Boote weiter hockten Asbury und Maurice am Heck der Vierten Ehe mit Schablonen zu ihren Füßen.

»Irgendwelche letzten Vermutungen, was den Namen angeht?«, fragte ich, als uns die Sicht gerade versperrt war.

»Hab keine Idee«, sagte Ransom.

Die beiden Künstler erhoben sich und drehten sich nach uns um. Dann traten sie beiseite und fragten, was wir von ihrem Werk hielten. Die neuen Buchstaben waren nur halb so groß wie die alten, aber in leuchtendem Rot und in Form eines umgekehrten Dreiecks stand der neue Name auf dem Heck:

Die Asbury-Himbeer-
Erdbeer-Zitronen-
Limone

Steve starrte eine Weile darauf und sagte: »Das ist kein Name, das ist ein Roman.«

»Maurice hatte den Einfall«, sagte Asbury, der mit dem fruchtigen Vers zufrieden war.

»Viel zu lang für einen Namen«, sagte Steve, »obwohl ich den Teil mit der Limone mag.«

Maurice widersprach und sagte, es sei reine Poesie, ein nautisches Haiku. Dann sagte er Steve, er habe nicht das Zeug zu einem Bootsbenenner.

Pastor Smoak ging an Bord und überprüfte den Treibstoffvorrat. »Wie weit wollt ihr rausfahren?«

»Seeeehr weit«, sagte Maurice. Er löste die Seile an Steuerbord; ich kümmerte mich um das Backbord.

»Denkt an die Leuchtpistole«, sagte Ransom und setzte sich vorn an den Bug.

»Ich kümmere mich um die Takelage an den beiden anderen Pfosten«, sagte Steve und schob mich beiseite. Bruder Cole hockte auf einem großen Kühlaggregat. Danach zu urteilen, wie er da seine komplizierten Knoten entwarf, hatte er anscheinend ein Talent für die Takelage.

Ich schloss daraus, dass sein Leben sich bis an den Rand aus komplizierten Knoten zusammensetzte.

✿

Schwere Wellen klatschten an Backbord und bespritzten Ransom vorn am Bug. Ich beobachtete den Pegel und stellte fest, dass die Wassertiefe von 30 auf 40 Meter zunahm, während Charleston mitsamt seinen reichen Schnöseln inzwischen nur noch als Fleck am Horizont zu erkennen war. Pastor Smoak war ein Naturtalent als Kapitän. Den Blick stets auf das GPS gerichtet, hielt er den Kaffee in der einen Hand und drehte mit der anderen am verchromten Steuerrad.

»Maurice, was ist eigentlich ein nautisches Haiku?«, wollte der Pastor wissen.

Maurice nahm neben ihm auf dem Sitz für den Ersatzkapitän Platz und sagte: »Eine alte Textform, gehört zu den Gedichten mit besonders strengem Versmaß.«

Asbury fuhr schneller. »Und seit wann gibt es das?«

»Seit ich mir gestern Abend den Kopf über einen Namen zerbrochen habe.«

Vierzehn Kilometer auf See, unsere glänzenden Metallköder hinter uns im Wasser, war der Ozean tiefblau, sauber und makellos. Ich fühlte mich klein und unbedeutend.

Wir kreuzten ein anderes Boot, dessen Fischfangflagge wehte, und zehn Minuten darauf ein weiteres. Asbury sagte, sie hätten die Flagge für Thunfischfang draußen. Die Mannschaft winkte, Steve und Ransom grüßten zurück.

Bald erreichten wir ein kleines Anglervölkchen, das sich wie ein Geheimklub auf vertrauten Gewässern versammelte und in langsamen Pfaden durch das Blau zog – ein stilles, gemessenes, abwartendes Spiel ... das aber nicht sehr lange dauerte.

»Fisch in Sicht, vorne rechts«, schrie Maurice und lugte über den Bug hinweg.

»Fisch auf Steuerbord!«, sagte Asbury.

»Da ist noch einer!«, rief Ransom, der sich jetzt aufgeregt erhob.

Asbury ließ das Steuer los, als drei lange Schatten mit V-artig geformter Schwanzflosse bis direkt unter die Oberfläche kamen und versuchten, den gelben Köder zu fassen. Steve schlug eine Werkzeugkiste auf, band einen riesigen goldfarbenen Köder an die Schnur und ging nach hinten, um sie auszuwerfen.

»Machen Sie mal eine Linkskurve, Pastor«, sagte er und beugte sich über die Reling.

»Jemand muss die Auslegerbalken rausfahren!«, rief Asbury.

»Ich bin ein bisschen zu alt, um da rauszuklettern«, protestierte Maurice.

»Ich hab nicht die geringste Ahnung vom Angeln«, sagte Ransom, »aber ich bin gerne bereit, etwas zu lernen.«

»Ich werde es tun«, sagte ich und kletterte an die Kabinenaußenwand.

Ein langsames, kraftvolles Schaukeln kippte mich nach links, dann nach rechts, dann wieder nach links. Der Ausblick war phantastisch. Zwanzig Meter weiter kämpfte eine Frau, die auf dem Anglersitz des nächsten Bootes angegurtet saß, mit einem Fisch, als habe dieser sich ihr einziges Kind geschnappt. Sie lehnte sich zurück und zerrte an der Rute, dann beugte sie sich vor und holte mehr Angelschnur ein.

»Ich will mir einen Fisch fangen, Leute«, sagte Ransom.

»Sieht ganz so aus, als hätten wir welche gefunden«, sagte Asbury und steuerte uns durch den Wahnsinn.

Maurice legte die Hand auf die Gaffel. »Komm zu Papa.«

Steves Goldköder hüpfte über das Wasser, gefolgt von drei langen Schatten mit dunklen Flossen, die den Ozean durchteilten. Ich beeilte mich, an einen Auslegerbalken zu kommen, und von meinem erhöhten Ausblick sah ich, wie die Schatten mit den V-förmigen Flossen an die Oberfläche kamen und sie durchbrachen. Ich hatte keine Ahnung, zu welcher Gattung sie gehörten, aber sie waren lang und dunkel und sehr, sehr hungrig.

Ich reckte mich, um einen der Ausleger zu verlängern, und in demselben Moment machte das Boot einen Ruck.

Kapitel 27

Ich erwachte in Zimmer 521. Eine Krankenschwester und ein Arzt waren über mein Bett gebeugt und sprachen mit gedämpfter Stimme.

Meine Augen strengten sich an, richtig hinzusehen. Der Arzt verließ das Zimmer wie eine schmutzig weiße Wolke, dann kam er zurück und reichte der Krankenschwester irgendetwas.

Wieder unterhielten sie sich, aber es war ein Gespräch in medizinisch dunklen Begriffen.

Es pochte in meinem Schädel. Ich murmelte etwas in der Art, wie: »Können Sie das bitte noch einmal wiederholen?« Doktor und Krankenschwester sahen sich an.

Sie sagten, ich sei von Bord gefallen und habe mir den Kopf gestoßen, aber ich konnte mich nicht daran erinnern.

Sie sagten, Steve sei ohne Rettungsweste in den Atlantik gesprungen und habe mich vor dem Ertrinken gerettet, während Maurice mir die Gaffel durch die Shorts gezogen und mich an Bord gezogen habe, aber mein Gedächtnis gab nichts her.

Sie sagten, Ransom – der keine Ahnung vom Angeln hatte – habe anscheinend gewusst, wie man das Blut einer Kopfwunde stillt, doch mein Erinnerungsvermögen war gemeinsam mit dem Blut entschwunden.

Sie sagten außerdem, Pastor Smoak habe beinahe die Maschine heiß gefahren, um mich in den Hafen zurückzubringen, und Clayton Beaufaine habe am Dock gewartet und uns in seinem Mercedes schnell zum Krankenhaus von Charleston gebracht, aber in meinem Kopf blieb es leer.

Sie erzählten mir, es sei Dienstag, es werde mir bald schon besser gehen und dass ich bereits ins Krankenhaus von Greenville überliefert worden sei – was mir neu war, denn ich hätte schwören können, dass mein Zimmer ein Ruder hatte und auf dem Ozean umherkreiste, aber mir tat der Kopf weh und ich traute meinen Gehirnströmen nicht. Der frische Ozeangeruch wich inzwischen einem Eindruck von sterilem Weiß, das mich unendlich deprimierte.

Jamie Delaney, schwangere Ehefrau und Vorbild für alles Weibliche, hatte mir ein Zimtbrot gebacken. Ransom brachte es mir ins Zimmer, aber der Doktor sagte, ich dürfe erst am Donnerstag davon naschen. Den ganzen Mittwoch über starrte ich hinüber auf den Tisch, wo es stand, und dachte, dies sei wohl der Rückwärtsgang von den fünf Gängen des Lebenstempos, und war mir sicher, dass ich wieder einmal in meinem ureigenen Tarsis gelandet sei.

Meine persönliche Krankenschwester hieß Sonya. Sie hatte die Selbstsicherheit einer Veteranin und ihr hellrotes Haar und das sanfte Gesicht vermittelten einen Gesamteindruck, den ich normalerweise als hübsch bezeichnen würde, obwohl mein Urteilsvermögen, was Aussehen betraf, derzeit bestenfalls als verschwommen gelten durfte.

Sie zog mir die Decke weg und sagte, es sei Zeit, ein paar Schritte zu versuchen. Der geflieste Boden fühlte sich kalt an, als meine Füße ihn berührten. Sie ergriff meine Schulter. Ich versuchte einen Schritt, aber die Hälfte meines Schädels war aus Blei und die andere Hälfte aus Zuckerwatte; ich schwankte wie ein Betrunkener, die Wände bogen sich und ich plumpste wieder auf das Bett.

»Immer noch kein Gleichgewichtsgefühl?«, fragte sie und hielt weiter meinen Arm fest.

»Nur wenig. Es hämmert im Hinterkopf.«

»Der Schnitt ist fest vernäht«, sagte sie und untersuchte meinen Schädel. »Und zum Glück ist es der Hinterkopf, also wird das Haar im Nu über die Narbe wachsen.«

»Erbärmlich ... ich kann zwar mein Haar wachsen lassen, aber gehen kann ich nicht.«

»Versuchen wir es noch einmal«, sagte sie, meinen Ellbogen fest im Griff. »Wenn Sie es bis zum Fenster schaffen, gibt es einen großartigen Blick auf den Parkplatz.«

Ich war wieder auf den Füßen und schwankte. »Sie duften gut, Schwester Sonya.«

»Ich rieche antiseptisch. Noch ein Versuch?«

Ich kam mir vor wie ein sabbernder Säufer. Ich musste mich hinlegen. »Und wenn ich ...«

»Halten Sie sich an meinem Arm fest.«

»Das sind wirklich hübsche Schuhe.«

»Können Sie das mal lassen und einen Schritt machen?«

»Das war ein armseliger Schritt, was?«

»Wir versuchen es später noch einmal. Legen Sie sich wieder hin. Soll ich Ihnen etwas bringen?«

»Nein, danke.«

Stolz und Unabhängigkeit sind nicht mehr viel wert, wenn man bewusstlos im Meer treibt und vierzehn Kilometer draußen im Atlantik am Kopf blutet. Das zweite Mal innerhalb von vier Monaten hatte der Ozean nun schon versucht, mich zu verschlingen. Jetzt hatte ich Angst vor dem Meer, schreckte vor Tiefen zurück und machte mir Sorgen, weil ich nicht wusste, was nach dem Tod aus mir werden sollte.

In Texas war der Tod, ähnlich wie trockene Ölbohrlöcher, immer ein unpopuläres Thema gewesen.

An diesem Donnerstagmorgen war er aber sehr gegenwärtig, als ich meine Umgebung betrachtete: leidende Menschen, ausgemergelte Gestalten, und einige Etagen unter mir weilte der Tod in jenem kalten, stillen Raum mit Leichen unter einem Laken und weißen Anhängern an grauen Zehen.

Ein neuer Gedanke: der Tod. Eine neue Wirklichkeit für den bettlägerigen Jay, der in Zimmer 521 im Sumpf des Gesundheitswesens steckte.

Maurice brachte mir am Donnerstag die Kapitänsmütze. Er steckte in einem violetten Golfhemd mit dem Logo von North Hills an der Brusttasche. Er sah aus wie ein Teilnehmer einer Seniorenreisegruppe. Ich setzte mir die Mütze auf meinen Quadratschädel. Diesen Spitznamen hatte ich mir verpasst, Quadratschädel. Wegen meiner Verletzung konnte ich die Mütze nicht richtig aufsetzen; das hintere Teil stand hoch und lag nur lose auf, der Schirm hing tief über die Augen.

»Quadratschädel?«, fragte Maurice und zog sich einen Stuhl heran.

»Ja, ich habe schon schlimmere Namen gehört. Wo ich früher wohnte, gab es einen Typen, den wir Mr Pink genannt haben. Hat andauernd Pelze getragen.«

»Na, dann muss ich mir ja keine Sorgen machen.«

Maurice reichte mir zwei Gute-Besserung-Karten. Auf der ersten hatten der Pastor, der Copastor und der Chorleiter unterschrieben – in dieser Reihenfolge; die zweite war von ihm und seiner Frau.

Wir beten dafür, dass es dir bald wieder besser geht, und vertrauen darauf, dass Gott dich heilen wird. Wir sind dankbar für deine Freundschaft. Gottes Segen, Maurice und Roberta Evans.

P.S.: Tut mir Leid, dass ich dein Hinterteil mit der Gaffel angekratzt habe.

Wir ließen uns Jamies Zimtbrot schmecken und unterhielten uns über seetüchtige Boote, das alte Charleston und darüber, warum die Reichen wohl mehr Zeit im Hafen verbrachten als auf hoher See. Bald stand er auf und nahm sich eine zweite Scheibe vom Brot. Dann setzte er sich wieder. »Ich versteh's auch nicht, Jay. Mit so einem Boot würde ich segeln, bis kein Hafen mehr in Sicht wäre.«

»Ich auch, Maurice.«

»Ich würde in die Karibik und zu den Azoren und ins Mittagsmeer segeln.«

»Ins Mittelmeer?«

»Dahin auch.«

Maurice füllte mir das Glas mit Saft auf und informierte mich darüber, dass Pastor Smoak ihn offiziell zu weiteren Tiefseeabenteuern eingeladen habe und dass Beaufaine das Haus niederreiße.

Ich stellte das Glas auf dem Beistelltisch ab. »Ich muss dich mal was fragen, Maurice.«

Er spielte mit der Fernbedienung für den Fernseher und machte: »Mhm?«

»Wie kann man eigentlich sicher sein ... du weißt schon ... wenn man stirbt ...?«

Er sah mich an, als habe ich ihm gerade gestanden, dass ich vom Mars komme. »Erzähl mir nicht so was«, sagte er mit erhobener Stimme. »Sag mir nicht, dass du jetzt, wo du mitten im Atlantik vom Boot gefallen bist und fast verblutet wärst, nach New York ziehen willst, ohne errettet zu sein. Sag mir bitte, dass du mir so was nicht auftischen willst.«

Er legte die Hände auf die Knie und starrte mich an.

»Okay, mach ich nicht. Aber woher soll ich das wissen?«

Er schaute eine Weile auf das halb verzehrte Brot und verzog dann sein Gesicht zu einer spaßigen Grimasse. »Weißt du was? ... Ich sag's dir nicht.«

»Wirklich nicht?«

»Nee.«

»Warum nicht?«

»Darum.«

»Weil du egoistisch bist? Das klingt sehr egoistisch.«

»Nicht egoistisch. Ich hab nur etwas Besseres für dich in petto, etwas, was du meiner Meinung nach verdient hast. Du sollst etwas von einem Mann zu hören kriegen, der dir die Sache beibringen, dir eine Predigt halten, ja, dir eine richtige Pirouette vorführen wird.«

»Eine Pirouette?«

»Hat was mit Ballett zu tun. Meine Frau steht drauf. Egal, ich muss mal telefonieren. Du ... du kannst dich entspannen. Leg dich einfach hin mit deinem dicken, unerlösten Schädel.«

✩

Um fünf Uhr nachmittags kam Reverend Tyrus Williams in mein Zimmer spaziert. Er sah viel größer aus als in der Kirche, wo ich ihn von Reihe dreiundzwanzig aus beobachtet hatte. Er trug ein orangerotes Sweatshirt und weiße Turnschuhe. Auf seiner Stirn standen Schweißperlen.

»Ich komme gerade vom Training, also entschuldigen Sie bitte meine Aufmachung«, sagte er und nahm sich den Gästestuhl, der unter dem Fernseher stand. Ich hatte keine Ahnung, wohin Maurice entschwunden war. Vielleicht nach Hause.

»Macht nichts, Tyrus.« Dann erzählte ich die ganze Geschichte, wie ich vom dritten Deck eines Hochseefischkutters gefallen war und mir den Kopf an der Steuerbordwand aufgeschlagen hatte; dass ich fast ertrunken wäre, wenn Maurice mich nicht an der Hose geangelt, mir das Hinterteil angekratzt und mich mit Steves und Ransoms Hilfe an Bord gezogen hätte; wie ich zum ersten Mal im Leben gemerkt hatte, dass ich im Nu sterben konnte, dass es mir aber – Entschuldigung, Tyrus – ausgesprochen trivial vorkäme, einfach nur zu sagen, dass ich glaube.

Allerdings hätte ich sterben können. Und mit siebenundzwanzig ist das ein erschreckender Gedanke.

»Gott macht uns auf viele Arten auf sich aufmerksam, Jay«, sagte Tyrus und genehmigte sich etwas Saft aus einem Plastikbecher. Er schien der ganzen Sache gegenüber völlig gelassen zu sein.

»Wie hat er Sie denn auf sich aufmerksam gemacht, Tyrus? Bestimmt sind Sie nicht auf eine Kanzel trommelnd geboren worden. Sie können so eine Kanzel echt traktieren.«

Er lächelte, holte Luft und redete dann in Richtung Fenster gewandt weiter, während er sich erinnerte. »Ich bin einer von nur drei Überlebenden aus einer Zwölfer-Gang.«

»Sie waren in einer Gang?«

»Wir haben gestohlen, nicht gemordet«, sagte Tyrus, »aber Sünde bleibt Sünde.«

»Und jetzt sind Sie Gastprediger in Gemeinden von temperamentlosen Weißen?«

»Gott kann unermesslich viel mehr tun, als wir uns alle erbeten oder vorstellen können, mein Sohn.«

Ich dachte darüber nach und versuchte, das Gehörte auf eine andere Person zu übertragen. »Was ist mit Maurice? Wie hat Gott ihn auf sich aufmerksam gemacht?«

»Ach, wer weiß. Maurice hat sich nicht verändert, seit er acht Jahre alt war. Er spielt noch immer in den Gängen im Gemeindegebäude Räuber und Gendarm.«

Ich sagte Tyrus, ich wolle mit Gott ins Reine kommen, aber er sagte, mit Gott ins Reine zu kommen klinge ein bisschen nach der Vagheit, gegen die er anpredige.

»Ich bin also keine echte Waffel. Ich bin ein kreisrundes gitterartig gemustertes Lebensmittel aus gerührter Substanz?«

Tyrus räusperte sich und sprach weiter. »Jay, zwischen Gott und dem Menschen ist eine weite Kluft, und nur weil er ganz und gar Mensch war, konnte Jesus für uns sterben; und nur weil er ganz und gar Gott war, konnte er mit seinem Tod diese Kluft überbrücken; und nach all den Jahrhunderten, nach all den Ausgrabungen und Suchaktionen hat man nie seine Gebeine gefunden.«

»Ich hab mich immer gefragt, was mit diesen Gebeinen ist.«

»Lass mich fortfahren, mein Sohn«, sagte Tyrus und wischte sich die Stirn. »Jetzt hast du mich aus dem Rhythmus gebracht.«

»Tut mir Leid.«

Er holte tief Luft und fand wieder in seinen Rhythmus zurück. Sehr lautstark. »Man hat seine Gebeine nicht gefunden, weil das Grab leer war. Das Grab war leer, weil er den Tod besiegt hat. Du bist auf der Suche nach Frieden, stimmt's? Der Friede kommt aus dem Glauben, junger Mann, und der Glaube kommt, wenn man hört, und wenn du meinst, dass du auf der Suche nach Gott bist, dann denk noch mal darüber nach, weil eigentlich Gott auf der Suche nach dir ist. Es gibt einen Vermittler zwischen Gott und Mensch, und das ist Christus, und das sind nicht meine Worte, sondern seine Worte, und zwar ewige, und es sind die einzigen Worte, die du nötig hast.«

Vielleicht war es nur meine Kopfverletzung, aber mir kam eine Vision, in der ich ordentlich Amen rief und er sowie Schwester Sonya einen charismatischen Tanz aufführten und in geistlicher Verzückung die Arme schwenkten.

»Das hat mir noch niemand so erklärt, Tyrus. Auch nicht so laut.«

»Jay, die Erklärung ist nur die eine Sache. Aber gehst du auch darauf ein?«

Ich dachte daran, wie ich bewusstlos im Atlantik trieb und mir das Blut aus dem Kopf floss.

Ich war nun wieder General Custer, allerdings war ich von mir selbst umzingelt.

Es wurde Zeit, mich zu ergeben.

Denn dieses Gelände konnte nicht von einem Menschen auf eigene Faust erobert werden, obwohl die Reise landschaftlich durchaus reizvoll gewesen war. Wieder sah ich mich an der sandigen Südspitze von Pawleys Island neben Elly sitzen, die Füße in der Strömung, kurz davor, wie die Milchpackung in ihrem Gedicht mit einem Datumsstempel versehen zu werden.

Wie viel besser wäre es doch für mich, wenn auf meinem Stempel »ewig« stehen würde.

✡

Der dumpfe, pochende Schmerz in meinem Hinterkopf ließ mit meiner Buße nicht nach, aber irgendetwas hatte sich verändert. Ein bisschen vage – wie eine langsam aufsteigende Luftblase meiner Gedanken –, aber ich hatte das Gefühl, nie mehr wirklich ertrinken zu können, ganz egal, wie oft ich noch bewusstlos in einen blau wogenden Ozean stürzen würde.

Vielleicht war dies der Friede im Hier und Jetzt, den ich versucht hatte zu ergründen.

Kaum zu begreifen, dass alle meine zwölf Millionen neunhundertvier Sünden weggespült waren, in einem Nu vergeben. Kam mir zu gut vor, zu unverdient. Mir schien, als müsste es ein länger dauernder Vorgang sein, zum Beispiel mit der Verpflichtung, jede Missetat auf eine Tafel zu schreiben, bis alles insgesamt aufgezählt und bekannt worden war. Doch die Aufzählung von zwölf Millionen Sünden würde ein gutes Gedächtnis erfordern, ganz zu schweigen von dem großen Kreidevorrat.

Wie die meisten Amerikaner hatte ich mir bis dahin zig unecht wirkende Berichte von Menschen anhören müssen, die zum Glauben gekommen waren und nun behaupteten, alle ihre Probleme hätten sich in nichts aufgelöst und alle ihre Sehnsüchte seien gereinigt worden.

Jetzt kam ich zu dem Ergebnis, dass das Quatsch mit Soße war.

Denn immer noch tat mir der Kopf weh, immer noch jagte ein Gedanke den andern, und immer noch hätte ich meinen alten Blazer gern gegen einen Jaguar getauscht. Doch die überwältigende Realität bei all dem, was mir bevorstand – mein Umzug nach New York mit meiner Erlösung im Gepäck –, war die Tatsache, dass ich es mir nicht verdienen musste.

Tyrus kam von der Toilette zurück, setzte sich wieder hin und fing mit dem Thema Berufung an.

»Tyrus, ich bin schon sechs Jahre lang Börsenmakler.«

Er schlug ein Bein über das andere und nickte wissend, als mache er so etwas hier nicht zum ersten Mal. »Nutzt du deine Begabung denn auch mal zum Wohle der Gemeinschaft? Ich meine, berätst du auch Leute in Sachen Geld und Investitionen, die außerhalb stehen?«

»Die außerhalb stehen?«, echote ich und setzte mir wieder die Kapitänsmütze auf. Autsch.

»Du weißt schon ... Leute im verkehrten Viertel der Stadt, und ich rede nicht nur von armen Schwarzen, obwohl wir viele davon im Westen haben. Falscher Umgang mit Geld kennt keine Hautfarbe.«

»Stimmt, aber sind die Neubekehrten denn dazu verpflichtet, ihre Talente ehrenamtlich einzusetzen?«

Er kratzte sich an der Wade und sagte: »Nein, nein. Damit verdient man sich keine Punkte; es geht nur um die Überlegung, was man zurückgeben und wie man sich nützlich machen kann.«

Noch so eine neue Idee, dieses Zurückgeben. Ich war noch nicht mal mit meinem ersten neuen Gedanken fertig, dem zum Thema Tod. Anscheinend quoll mein ganzes Leben über vor lauter neuen Gedanken; hoffentlich vergaß ich darüber nicht, meine Mutter in Fort Worth anzurufen.

Tyrus zupfte am Kragen seines Sweatshirts, sah auf die Uhr und erhob sich zum Gehen. Mit seinem Zeigefinger klopfte er auf meinen Fuß. »Jay, ich muss in knapp einer Stunde bei der Hauptprobe für eine Hochzeit sein, aber denk mal über meine Worte nach. Gott kann und will dich gebrauchen. Du musst nur wollen.« Er reichte mir die Hand und wandte sich zur Tür.

»Tyrus?«

»Ja?« Sein Rücken blieb mir zugewandt.

»Wissen Sie, ob Jesus sich ein Bier am Strand gönnen würde?«

Mit einer Hand an der Klinke starrte er die Tür an, die dicht vor seinen Augen war. Dann drehte er sich zu mir um. »Nur Geduld, mein Junge. Das gehen wir an, wenn dein Glaube etwas gereift ist. Vorläufig bist *du* erst mal derjenige, der trinken darf. Trink vom lebendigen Wasser.«

»Damit ist Gott gemeint, ja?«

»Meine Güte, du begreifst ja wirklich schnell.«

Dann ließ Tyrus mich allein, und ich hörte ihn pfeifen, während er den Flur hinunterging.

Kapitel 28

Schwester Sonya deutete an, ich werde bald entlassen, wenn ich erst einmal fünf Schritte ohne Hilfe schaffen könnte.

Ich machte zehn. Trotzdem wollten sie mich eine weitere Nacht lang zur Beobachtung dort behalten.

Diese Nacht aber war für mich anders als die beiden zuvor. Wieder allein in Zimmer 521, dachte ich darüber nach, was Tyrus gesagt hatte: dass Gott Sehnsucht danach gehabt habe, mich kennen zu lernen. Irgendwie glaubte ich nicht, dass Gott mich im Atlantischen Ozean sterben lassen wollte. Und jetzt wollte ich selbst Gott kennen lernen.

Statt eines Gespräches mit dem Allmächtigen aber bekam ich Besuch von Steve Cole.

Um neun Uhr abends kam er in mein Zimmer spaziert und brachte mir einen Schokodrink und eine Schachtel Kekse mit. »Die *Cubs* spielen gerade«, sagte er, griff sich die Fernbedienung und suchte das Spiel.

Ich führte mir den Rest des Zimtbrotes zu Gemüte; Steve aß sein Geschenk auf.

»Ich bin dir dankbar, dass du wegen mir in den Ozean gesprungen bist.«

»Nicht der Rede wert, Bruder«, sagte er und regelte die Lautstärke.

Ich wischte mir Zimt vom Kinn. »Du hättest dabei sterben können.«

»Hab nicht darüber nachgedacht. Nur reagiert. Sag mal, sind das hier die üblichen Monatsmieten in New York?« Er hatte zum Nachttisch hinübergelangt und sich einen Stapel Papiere genommen.

»Ja, das Büro hat mir diese Ausdrucke geschickt, damit ich mich daran gewöhne. Schockierend, was?«

»Unglaublich«, sagte er und raschelte damit auf seinem Schoß herum.

»Es hieß, diese Wohnungen seien die mit den vernünftigsten Preisen. Kannst du dir vorstellen, wie man 2.200 Dollar für vernünftig halten kann?«

Steve hörte mir nicht zu. Stattdessen schaute er zu dem Buch auf meinem Bett. »Jay Jarvis liest in der Bibel?«, fragte er.

»Ein bisschen ... Hast du ab und zu mal so was wie Anwandlungen von innerem Frieden?«

»Ab und zu. In letzter Zeit aber nicht.«

An dieser Stelle brachen wir das Gespräch auch schon wieder ab und sahen uns das Spiel weiter an. Es wäre für einen Mann eine Sünde der schlimmsten Sorte zu reden, solange ein Spiel läuft.

Doch schon nach einer einzigen Runde fühlte ich mich groggy und fing an einzunicken. Steve sagte, er gehe wohl besser, fragte dann aber, ob er den Fernseher eingeschaltet lassen solle. Ja, sagte ich, es war ein Spitzenspiel, und Sosas Schlag stand noch aus. Vielleicht würde ich ja noch wach bleiben.

Ich blieb aber nicht wach.

Der Sportreporter rief: »Was für ein Herkulesschlag vom großartigen Sosa!« Aber Sosa umrundete gerade das dritte Base, und ich war enttäuscht – nicht, weil ich den Homerun selbst verpasst hatte, sondern auch die anregenden Beschreibungen des Sportreporters wie: »Jetztaberlos!«, »GibdemBabydenAbschiedskuss!« und meinen absoluten Lieblingsspruch: »Meine Damen und Herren, Elvis hat das Stadion verlassen!«

Ich hasse es, einzunicken und die Homeruns zu verpassen.

Die *Cardinals* wechselten den Werfer aus und brachten einen langen Linkshänder aufs Feld, als jemand laut an meine Zimmertür klopfte. Ich fragte, wer da sei, bekam aber keine Antwort. Dann klopfte es wieder, diesmal leiser. Ich nahm an, es sei die Nachtschwester.

»Herein«, rief ich und stellte den Ton leiser.

Die Tür ging auf, und unter dem Schirm der Kapitänsmütze hinweg konnte ich nur die langen Beine, Khakishorts und ein mit limonengrünen Steinen besetztes Fußkettchen sehen.

Ich legte die Mütze ab. »Hallo, Fremde.«

»Du bist noch wach?«, fragte Darcy, die an diesem Septemberabend sehr elegant aussah – selbst in ihrem Sweatshirt. Ihre blonde Mähne war frisch gewaschen und superglatt gekämmt.

»Gerade so, aber danke, dass du vorbeikommst.«

»Riecht so nach Krankenhaus hier drin«, sagte sie und schaute sich im Zimmer um.

»Reizend, was?«

»Wie geht's dem Kopf?«

»Besser. Bleibt bis nächste Woche noch ein Quadratschädel. Steve ist gerade vor zehn Minuten gegangen.«

»Schade, dass ich ihn verpasst habe. Ich hab deine Post mitgebracht.« Sie reichte mir einen dicken Stapel von Umschlägen, der mit einem Band zusammengeschnürt war.

»Danke. War mir nicht sicher, ob du meine Nachricht bekommen hast.« Ein schneller Blick zeigte, dass nichts dabei war, was ein Mensch im Krankenhaus gern bekommen würde. Keine Gute-Besserung-Wünsche. Auch keine Briefe. Nur Werbung.

»Ich hätte ja alles entsorgt«, sagte sie und warf einen Blick auf den Fernseher, »aber ich wusste nicht, ob du vielleicht auf Sonderangebote scharf bist.«

»Bin kein Schnäppchenjäger.«

»Ich auch nicht«, sagte sie, nahm meine unerwünschte Post und warf sie in den Papierkorb.

»Ich hab dir Pfefferminzbonbons mitgebracht.«

»Cool. Hast du noch ein paar Strafzettel gesammelt?«

Sie setzte sich wieder hin und sagte: »Nee. Ich versuche, mich zu bessern.«

Ich stopfte mir ein zweites Kissen in den Rücken. »Na, dann bring mich mal in Sachen Lydia auf den neuesten Stand.«

Darcy schlug die Beine übereinander. »Lydia muss ihr Privatleben privat halten, dann braucht sie nicht so viel zu erklären. Es gibt einen öffentlichen Bereich, und es gibt einen Privatbereich. Im öffentlichen Leben geht es um Autos und Kleidung und Mode und das Wetter. Das Privatleben ist, na ja, privat. Aber Lydia hat mein Mitgefühl; sie muss wieder lernen zu vertrauen ... das ist das ewige Kreuz einer allein stehenden Frau.«

»Das gilt auch für das männliche Geschlecht.«

Sie strich sich über das Haar und sagte: »Das kann man wohl kaum miteinander vergleichen.«

»Aber sicher.«

»Überhaupt nicht.«

»Wir behalten unsere Gefühle einfach mehr für uns, Darcy.«

»Gefühle? Ihr zerpflückt uns in unsere einzelnen Bestandteile wie eine Schachtel Cornflakes.«

»Ich habe noch nie in meinem Leben eine Frau mit Frühstücksflocken verglichen.«

Ihre Augen wurden groß. »Jay, bist du dir sicher, dass du vom Krankenbett aus das männliche Geschlecht verteidigen kannst?«

Verteidigung des männlichen Geschlechts vom Krankenbett – das klang unheimlich, also packte ich ein Pfefferminz aus und wechselte das Thema. »Okay, du hast gewonnen. Jetzt erzähl mir mal, wie du die beste Freundin von Elly geworden bist.«

Sie machte es sich in ihrer vollen Länge im Stuhl bequem. »College. Wir waren in meinem ersten Semester am *Appalachian College* Zimmernachbarinnen, aber ich fand es furchtbar da.«

»Sie hat mir aber gesagt, dass sie es toll fand.«

Darcy blickte finster. »Zu viele Baumumarmer und Müslitypen. Das ganze Zurück-zur-Natur-Programm und nicht ein gutes Einkaufszentrum. Deshalb bin ich nach Carolina zurückgegangen. Aber sie und ich blieben auch über den Abschluss hinaus noch in Kontakt. Jeden Sommer hat sie versucht, mich zur Arbeit in einem Camp in der Nähe vom *Grandfather Mountain* zu überreden. Auf keinen Fall, hab ich gesagt, ich geh nicht mit fünf anderen Mädchen in eine Holzhütte, wo es keine Klimaanlage gibt und sie am Lagerfeuer mit Essen nach mir wirft. Kein Wunder, dass sie im Dschungel von Ecuador gelandet ist.«

»Sie hat wohl eine Berufung zur Missionsarbeit, das ist mal sicher.«

»Ich bin froh, dass Gott sie dazu erwählt hat und mich die Schecks für sie ausstellen lässt, weil ich nie eine Missionarin sein könnte.« Sie blickte auf ihre Uhr und erhob sich vom Stuhl.

»Sollen wir vielleicht mal am Wochenende die Autos tauschen?«, fragte ich, weil ich hoffte, sie würde noch bleiben und mit mir reden.

»Ich werde darüber nachdenken, Jay ... jetzt muss ich aber wirklich los.«

»Aber ich mag Cabriolets. Ich tanke ihn auch wieder auf.«

»Mal sehen.«

»Ich wasche und wachse ihn auch.«

»Schlaf schön«, flüsterte sie und strich mir über den Fuß. »Ach ja, Gratulation noch zum Job in New York.«

Die Tür ging zu und mir war klar, dass es nur einen gab, der ihr die Sache mit dem Job erzählt haben konnte. Meine Füße berührten wieder einmal die kalten Fliesen, und ich machte drei wacklige Schritte zum Fenster. Vier Etagen tiefer stand Limo am Bordstein verlassen unter einer Laterne.

Ich wartete ein paar Minuten. Da kamen sie Händchen haltend den Gehweg entlang.

Ein flüchtiges Küsschen von ihr. Dann eins von ihm.

Sie ließ ihn sogar ans Steuer.

Kapitel 29

Am Freitagmittag sah mir Schwester Sonya aus der Tür von Zimmer 521 zu, wie ich den Flur entlangging. Sie redete mit einem Arzt und sagte dann, ich dürfe nach Hause. Während ich meine Sachen packte, sprach sie mit erhobenem Zeigefinger eine letzte Warnung aus: »Der Arzt möchte, dass Sie versprechen, nächste Woche nur halbtags zu arbeiten.«

»Versprochen.«

Steve hatte seinen orangeroten Jeep am Krankenhauseingang geparkt. Das Radio plärrte, das Verdeck war heruntergelassen. Nach zwanzig Minuten Sonnenschein, abgerundet mit Auspuffgasen, kamen wir in meiner Vorortsackgasse an. Ich nahm an, dass die Zeit reif war, ihn im Hinblick auf seine presbyterianische Inkognitoromanze auszuquetschen.

»Hast du Lust, zu bleiben und ein paar Tacos mit mir zu machen, Steve?«

»Nee«, sagte er und ging um den Jeep herum. »Hab zu Mittag schon was vor.«

»So, so. Und mit wem haben wir Pläne?«, fragte ich und griff nach meiner Schmutzwäsche.

Er schloss die Beifahrertür. »Nur so was vor, Bruder. Ich bring dir noch die Post rein.«

So viel zum Thema Ausquetschen. Auf dem Weg zur Tür fühlte ich mich ein bisschen schwach, ein bisschen komisch. Ich musste mich erst noch richtig erholen. Sechs Zeitungen lagen vergilbt auf dem Gehweg herum, und mein Chevy Blazer war irgendwie in die Einfahrt zurückgekehrt.

»Maurice hat dir den Truck hergebracht«, sagte Steve, der vom Briefkasten zurückkam. »Die Schlüssel liegen auf dem Vorderreifen.«

»Wie originell. Irgendwelche Briefe?«

»Telefon- und Stromrechnung«, sagte er und reichte mir den Stapel.

»Keine Briefe?«

»Leider nicht.«

Als er aus der Sackgasse hinausrumpelte, machte er auf mich eindeutig den Eindruck eines höchst heimlichen Heimlichtuers. Steve konnte mich vom Tod durch Ertrinken retten, konnte mich sogar vom Krankenhaus nach Hause fahren, aber nach alledem war er immer noch ein Heimlichtuer.

Darcy Yeager?

Das Geheimnis. Eingewickelt in Limonengrün.

Jarvis, hat man Ihnen nicht den Rat gegeben, eine Pfingstgemeinde zu besuchen?
Denn nach allem, was man weiß, sind die dort nicht dazu vorherbestimmt, vom Boot zu fallen und sich den Schädel aufzuschlagen.

Ihr besorgter Chef Tate

In der kargen Welt der Börsenmakler gelten solche Notizen, am Computermonitor angebracht, als warmherzig und mitleidsvoll.

Es war Montag, mein erster halber Arbeitstag im Büro. Mr Brophy und meine Maklerkollegen kamen während der Kauf- und Verkaufstätigkeit vorbei und fragten: »Wie geht's dem Kopf?«, obwohl sie sich offensichtlich mehr dafür interessierten, was für Fische es denn auf Steves goldenen Köder abgesehen hatten.

In Dreier- und Vierergrüppchen standen sie um meinen Schreibtisch herum, vergaßen die Börse und fragten mich aus. Ich fing zum fünften Mal mit meiner Geschichte an, machte aber mitten im Satz Halt, als Leitung eins rot aufleuchtete.

»Mr Franklin Gruber am Apparat, Sir.«

»Danke, Glenda. Stellen Sie ihn durch, bitte ... Nein, Mr Gruber, ich habe die Börsenmaklerei nicht an den Nagel gehängt, damit ich es mir unter einer Palme gemütlich machen kann. Ich bin gestürzt und habe mir den Kopf aufgeschlagen. Ja, Sir, die Wirtschaftszeitung hat Recht, Toys"R"Us ist seit Ihrem Verkauf um 40 Prozent gestiegen.«

Klick.

Als Mr Gruber aufgelegt hatte, erzählte ich den anderen Maklern von Maurice und der Gaffel. Sie redeten andauernd dazwischen und wollten, dass ich es noch mal erzähle, immer wieder. Die Anrufe blieben unbeantwortet, bis unser ältester Kollege Marty sogar darum bat, den Beweis zu sehen. Das lehnte ich ab.

»*Beatrice Dean auf der Eins, Sir.*«

»Danke, Glenda.«

Ich geleitete alle aus dem Büro und griff nach dem Headset, das ich mir wegen der Kopfwunde ans Ohr hielt. »Hallo, Beatrice.«

»Wir haben alles gepackt, mein Lieber. Man hat sogar mein Hörgerät repariert!«

»Sie brechen also wirklich auf und besichtigen Europa?«

»Morgen geht es los. Sind Sie krank gewesen? Ich habe letzte Woche dreimal angerufen.«

»War im Krankenhaus. Sonya, meine Krankenschwester, hat mich am Freitag nach Hause geschickt.«

»Sie treffen sich jetzt auch noch mit einer Krankenschwester? Na, na, Mr Jarvis, von einer zur anderen, was?«

»Ich meinte ... ach, egal. Aber es ist schön, von Ihnen zu hören.«

»Haben die Ingwerplätzchen geschmeckt?«

»Köstlich. Aber die Augen sind herausgefallen.«

»Ich schicke Ihnen das Rezept zu. Also, sagen Sie mal, mein Lieber, ist es wieder an der Zeit, Aktien zu kaufen?«

»Beatrice, Sie haben doch gerade verkauft. Sie wollen doch nicht zu einer Handelstreibenden werden, oder?«

»War nur Spaß, Jay. Eigentlich war ich gerade Sachen einkaufen, die ich in Europa tragen will.«

»Haben Sie sich denn Travellerschecks besorgt, wie ich Ihnen empfohlen habe?«

»Hab das ganze Kleingeld im Portemonnaie, mein Lieber.«

»Sie haben Bargeld? Im Portemonnaie?«

»Sechsunddreißigtausend. Hab die anderen viertausend für Kleider ausgegeben. Und wir kommen erst zu Thanksgiving zurück! Ich hab den ganzen Gartenclub überredet mitzukommen. Wir sind insgesamt elf Frauen, dazu Trevor als Mädchen für alles.«

»Spricht denn eine der Damen eine Fremdsprache?«

»Wir hatten an Unterricht gedacht, aber dazu reicht die Zeit nicht. Zu viel, was man sonst noch behalten muss. Ich habe den Damen beigebracht, wie man flirtet. Wird nämlich alles mit den Augen gemacht.«

»Hab ich mir auch sagen lassen. Und Sie zahlen für die ganze Reise?«

»Wir müssen leben, mein Lieber, solange es noch geht.«

»Ganz allmählich lerne ich das auch.«

»Ja, ja, wir alle haben noch viel zu lernen, nicht wahr? Na, ich wollte nur mal plaudern. Ich muss meine Lilien gießen; sie sind schon ganz verhungert. Und ich schicke Ihnen einen Schwung frischer Blumen rüber für den düsteren Raum, den Sie Lobby nennen.«

»Düster ist das richtige Wort. Ich wünsche Ihnen eine wunderbare Reise, Beatrice.«

»Ja, mein Lieber. Und wenn die Sache mit der Krankenschwester und der anderen hinter dem Ockertor abgekühlt ist, dann rufen Sie mich an.«

Und damit war meine sechsjährige Börsenmaklerbeziehung mit Beatrice Dean abgeschlossen.

Abschluss ... Das Wort hat mich immer schon verdrießlich gestimmt.

Am Donnerstag zog der Arzt mir die Fäden – vierzehn Stück. Und ich fasste an meinen Hinterkopf, um zu fühlen, wie dicke blonde Haarstoppeln sprossten. Als ich wieder zu Hause war, legte ich mich mit einem Kissen unter dem Kopf auf den Teppich und sah mir eine Sendung mit einem Fernsehevangelisten an, einfach nur zur Unterhaltung.

Lustig, diese wortreichen Anmerkungen zum Thema Glauben.

Besonders bei aufgedrehter Lautstärke.

Der Mann hatte sich mit der sportlichen Jacke einer vergangenen Ära ausgestattet, schien sich aber um Mode überhaupt nicht zu kümmern. Er konzentrierte sich stattdessen auf seinen Sprechrhythmus, auf Geld und auf Seelen. In dieser Reihenfolge. Dann veränderte er die Reihenfolge: Geld, Seelen und noch mehr Geld, also nahm ich an, dass der Rhythmus wie Elvis das Stadion verlassen hatte.

Ich strich noch einmal über meine Stoppeln, die schon die Narbe bedeckten. Jetzt mühte Mr Fernsehevangelist sich wieder mit dem Sprechrhythmus ab, aber sein Hämmern, seine Gesten und der Tonfall seiner Stimme gerieten völlig aus dem Takt, so schlimm, dass er niemals den Rhythmus eines Tyrus treffen würde. Nur schwitzen, das konnte er.

Sein Schweiß war wohl auch der Grund, warum er die Sportjacke einer vergangenen Ära trug. Seine modernen Klamotten hatte er sich mit Schwitzen für Gott und der Bettelei um Dollars ruiniert, alles ohne den Wohlklang von rhythmischer Sprache.

Als die Show zu Ende war, ging ich ins Internet, um nach E-Mails zu sehen. Die einzige Botschaft für mich war von jemandem, der sich »Surferkumpel« nannte. Darin wurde ich aufgefordert, mir eine Kontaktanzeige anzuschauen.

Das kam für mich nicht in Frage.

Stattdessen rief ich schnellstens bei Ransom an. Jamie war am Apparat. Ich erkundigte mich nach dem Baby in ihrem Bauch, und sie sagte: »Ach, ich werde immer dicker und wir glauben, es wird ein Junge. Du kannst dir nicht vorstellen, was für einen Namen wir uns für ihn ausgesucht haben.« Aber bevor ich noch fragen konnte, übernahm Ransom schon den Hörer.

»Hey, Kumpel«, sagte er und wirkte etwas unausgeschlafen.

»Dann sag mir mal den Namen.«

»Was für einen Namen?«, fragte er.

»Natürlich den von eurem noch nicht geborenen Baby.«

»Ich glaube, wir nennen es Wally Kahuna.«

»Wally Kahuna Delaney?«

»Der Dritte.«

»Wally Kahuna Delaney der Dritte?«

»Ja. Es gibt keinen Ersten oder Zweiten, aber es hört sich cool an. Wie findest du das?«

»Ich finde, du solltest dich noch mal mit deiner Frau darüber unterhalten.«

»He, ich habe gerade gelesen, was Windeln kosten. Unglaublich, wie viele man kaufen muss. Glaubst du, es macht nur halb so oft in die Hose, wenn wir es nur zweimal am Tag füttern?«

»Könnten wir das Thema wechseln?«

»Jay, das Schlüsselwort heißt supersaugstark. Mann, ich hab noch nie in meinem Leben Windeln gewechselt.«

»Ich auch nicht, aber können wir bitte das Thema wechseln?«

»Und dann?«

»Es geht um diese Kontaktanzeige, die du mir als Anhang geschickt hast.«

»Und? Wieder ein Mädchen mit A?«

»Ich hab mir die Anzeige noch nicht mal angeguckt. Und das hab ich auch nicht vor.«

»Es wird dir noch Leid tun, Alter.«

»Kommt nicht in Frage, Ransom. Keine Presbyterianerin mehr, deren Name mit A anfängt.«

»Guck einfach mal rein.«

»Nein! Du hast mich überredet, mit der verrückten Alexis auszugehen. Das reicht aber auch schon. Ich bin nicht so verzweifelt, dass ich Kontaktanzeigen nötig habe.«

»Es wird dir noch Leid tun, wenn du nicht nachguckst.«

»Mach ich nicht. Ich wachse gerade im Glauben und brauche nicht das Internet, um ein Mädchen kennen zu lernen.«

»Guck doch einfach nach. Obwohl, na ja, es könnte auch ein Scherz sein. Hab gestern Abend mit Jamie darüber diskutiert. Sie meint, es ist ernst gemeint. Ich bin mir nicht sicher. Könnte unecht sein.«

»Eine nicht ernst gemeinte Kontaktanzeige vom dritten Mädchen, dessen Name mit A anfängt? Ach, Ransom, ich bin nicht mehr dein Freund.«

»Darcy glaubt, sie ist ernst gemeint.«

»Jetzt willst du mir also sagen, dass Darcy mit dem Limonentick das Mädchen mit A kennt?«

»Ich weiß nicht«, sagte er und lachte jetzt, »aber sie hat Jamie die Anzeige gegeben, die sie mir gegeben hat, und jetzt bekommst du sie von mir. Aber noch mal, es könnte auch ein Scherz sein ... von Steve oder irgendjemand anders ausgeheckt, dem die Langeweile zu den Ohren rauskommt. Egal, ich muss jetzt auflegen, Alter. Bin heute Abend mit Kochen dran.«

»Ransom?«

»Ja?«

»Danke, dass du die Blutung gestillt hast.«

»Guck einfach mal in die Anzeige rein.«

✿

Kurz vor dem Schlafengehen, als die weiße Wäsche noch in der Lauge herumgewirbelt wurde, hielt ich es nicht mehr aus. Barfuß und neugierig loggte ich mich ins Internet ein, wobei ich mir völlig im Klaren war, dass hinter der Anonymität meist der Betrug lauert.

Nein, das kann ich nicht. Ich mach's nicht.

Warum hätte ich es nicht tun können?

Weil ich nervös war.

So nervös, dass ich vom Schreibtisch aufstand, in die Küche ging und mir eine Riesenschüssel Cornflakes machte.

Da stand ich mit nackten Füßen auf den Fliesen und versuchte, aus jedem Löffel Weisung zu kauen. *Nein*, sagte ich mir, *diese Internetgeschichte könnte zur schlechten Gewohnheit werden. Ich wachse gerade im Glauben und sollte einfach aus dem Netz gehen, diese Anwandlung einer Versuchung aus der Welt schaffen. Ransom legt mich rein. Er hat ein gestörtes Surferhirn. Zu viel Salzwasser. Er ist im Stress wegen seiner künftigen Vaterschaft und versucht jetzt, seine allein stehenden männlichen Freunde mit Internetfreaks hereinzulegen, die sich als presbyterianische Mädchen ausgeben, deren Namen angeblich mit A anfangen: Pres-*

byterianerin Amy, Presbyterianerin Amanda, Presbyterianerin Ashley, Presbyterianerin Aretha. Ein Ende ist nicht abzusehen. Bald bringt er mich dazu, mich bei den Baptisten einzuschreiben, und dort wartet die Baptisten-Amy auf mich, sodann Amanda, Ashley und Aretha, bis ich schließlich wieder da bin, wo ich angefangen habe, und zuschaue, wie Alexis, die auf allen konfessionellen Hochzeiten tanzt, die Löffel vertauscht, während sie in einem todschicken französischen Restaurant schlürfend auffällt. Jarvis, du solltest lieber warten, bis du in New York bist, und vielleicht versuchen, dort eine nette Christin lateinamerikanischer Herkunft kennen zu lernen, deren Name mit einem etwas exotischeren Buchstaben anfängt, zum Beispiel V, X oder Q.

Die Cornflakes waren alle, und ich war zu der Überzeugung gelangt, es handle sich doch nur um eine harmlose Kontaktanzeige.

Würde schon nicht wehtun. Konsequenzen, die das ganze Leben umkrempeln, waren nicht zu befürchten. Das Leuchten meines Flachbildschirms verlieh dem Wunsch die nötige Dringlichkeit. Ich knipste das Licht im Wohnzimmer aus, ging wieder zum Schreibtisch und legte die Hand auf die Maus.

Nachdem ich die Trügerischen und Verschlagenen, die Lügnerischen und schlicht und einfach Einsamen vom Bildschirm weggeklickt hatte, fand ich Anzeige Nr. 74522.

```
Mein Auto ist ein alter Käfer.
Ich bin meines Zeichens Presbyterianerin.
Meine Schwäche: Auslandsreisen mit ausgedehntem Aufenthalt.
Den echten Raum ziehe ich dem Cyberspace vor und
echte Dschungel den Betondschungeln.
Ich habe die Pubertät überlebt, würde mich aber noch mal
zurückversetzen, wenn es ginge, weil ich die meisten
Erwachsenen langweilig finde.
Und ich werde wahrscheinlich mein Leben lang arm bleiben,
weil ich reiche Typen nicht mag - und kaufen kann man mich
auch nicht, weil ich schon erkauft worden bin.
Wenn du ein weißes Pferd hast und dich als Ritter
betrachtest, dann riechst du wohl auch danach und
hast Blasen, weil du andauernd die blanke Rüstung putzen
musst, aber das macht nichts.
Wenn du dir vorstellen kannst, womit ich mich beschäftige,
dann antworte bitte.
AK77
```

Ich las den Text noch dreimal.

Dann ein fünftes Mal, wobei ich jedes Mal überlegte, welche Risiken eine Antwort bergen mochte.

Aber es war spät geworden, und die Worte erschienen mir sehr weit weg und wie Hieroglyphen; sie schwebten so fern, dass ich sie nicht fassen konnte, und entzogen sich mir mit ihrem seltsamen Klang.

Darüber musste ich erst einmal nachdenken.

Ich brauchte sechs Tage und fünf Packungen Cornflakes, bis ich zu einer Antwort fand. Erst war ich zu schüchtern; dann nicht mehr ganz so schüchtern; dann dachte ich daran, einfach das Wort *hallo* zu tippen und abzuwarten, ob irgendetwas passierte. Ich hatte mir sogar überlegt, als Engländer aufzutreten und eine hochgestochene Antwort in britischem Englisch zu schreiben.

Doch am späten Donnerstagabend – ausgerüstet mit brandneuer anonymer E-Mail-Adresse und einem hoch aufgetürmten Haufen Cornflakes in der Pastaschüssel, jedoch ohne Milch – kam ich zu einem Entschluss. Ob die Kontaktanzeige nun echt war oder nicht, ob sie die Person war, für die ich sie hielt, oder nicht und ob sie nun irgendetwas mit Thomas, dem peruanischen Evangelisten hatte oder nicht, sie verdiente meine allerbeste Reaktion. Nur für den Fall, dass.

Ich loggte mich ein, fand die Anzeige und klickte auf »Antworten«.

Liebe AK77,
ich habe mich noch nie für einen Ritter in schimmernder Rüstung gehalten. Allerdings steht ein schimmernder, leerer Bilderrahmen neben meinem Nachttisch – ein silberner, der darauf wartet, mit dem Antlitz einer furchtlosen Maid oder einer Missionarin im schwarzen Kleid ausgefüllt zu werden; sie könnte sogar das eine wie auch das andere in einer Person sein.
Der Graben um mein Schloss ist mit Erde aufgefüllt und mit Immergrün bepflanzt worden; meine Lanze eingetauscht gegen einen Golfschläger; mein Schild hat sich in eine große Sonnenuhr auf der Veranda verwandelt. Mein tapferes weißes Ross ist eingetauscht gegen einen blauen Chevy Blazer, doch mein Hof ist jetzt nicht mehr so unordentlich.

Das Schloss selbst ist frisch gestrichen (die Dienerschaft hat eine Vorliebe für Khaki).
Außerdem habe ich den Wald von den bösen Räubern befreit und die heimtückischen Fallen und Netze durch eine handgemachte Hängematte ersetzt. Ich würde gern ausführlicher berichten, aber Spartakus, die Bulldogge des Nachbarn, kratzt am Schlosstor.
In aller Aufrichtigkeit
Quadratschädel

Das war mein absolut bester Versuch, also klickte ich auf »Abschicken«. Jetzt hieß es, auf Gott und den Cyberspace vertrauen.

Der zweite Schwung gelber Dahlien welkte überall in unserer Bürolobby in dem erfolglosen Versuch, einen vorzeitigen Herbst abzuwehren, vor sich hin.

»Mr Franklin Gruber ist wieder am Telefon, Sir.«

Etwas Kaffee schwappte über den Rand meines Bechers, so hastig setzte ich mir die Kopfhörer auf. Ich setzte mich und legte die Beine auf den Schreibtisch. »Danke, Glenda. Stellen Sie durch.«

Diesmal aber stellte sie mir keinen Mr Gruber durch. Stattdessen senkte Glenda, unsere wohlerzogene Sekretärin mit den perfekten Fingernägeln, ihre Stimme. *»Er ist ein schwieriger Kunde gewesen, stimmt's, Jay?«*

»Ja, Glenda, auf jeden Fall.«

»Trotzdem hat er mir zu einem schönen Sümmchen verholfen.«

Aber wie war das möglich? »Wie ist das möglich?«

Sie flüsterte ins Telefon. *»Na ja, im gleichen Augenblick, als er die Toys"R"Us-Aktien verkauft hat, hab ich sie gekauft. Ich mach immer genau das Gegenteil von Mr Gruber. Damit bessere ich mir mein Sekretärinnengehalt auf.«*

»Für mich sind Sie eine Heldin, Glenda.«

»Wir werden Sie schmerzlich vermissen, Jay.«

Ich hatte fast vergessen, dass ich auch Abschied von Glenda nehmen musste. Beim Kaffeetrinken machte ich mir die Notiz, noch mehr dunkle Schokolade zu kaufen.

Kurz vor Feierabend rief mich Vince Galbraith von seinem Geschäftsbüro in Manhattan an. Er sagte, er habe mir ein Buch geschickt: *Umgang mit Geld – Die Geheimnisse des Block-Trading*.

Block-Trading, das ist der Kauf und Verkauf von großen Aktienpaketen – zehn-, zwanzig-, fünfzigtausend Aktien auf einmal, manchmal an der Börse selbst, manchmal im Handel mit anderen mächtigen Wallstreetmaklern. Wenn zu viele solcher Pakete auf einmal verkauft werden sollen, dann kommt es zu einem Crash auf dem Markt, wie der Laie sagen würde.

»Man muss richtig rechnen«, sagte Vince. »Hängen Sie einfach zwei oder drei Nullen an die Transaktionen an, die ich bei einzelnen Kunden durchführe, und weiter ist nichts dabei.« Ich solle mich in guten Wochen an die Entwicklung der 500 wichtigsten Werte halten, meinte er, und mir in schlechten Wochen besonders viel Mühe geben, und meine Rechnung würde aufgehen, wobei ein kleiner sechsstelliger Bonus herausspränge. Das könne er garantieren. Nur richtig rechnen.

Der Firma musste es wohl wirklich wichtig sein, dass ich richtig rechne, denn bei nur zwei Wochen bis zu meinem Umzug sollte ich mir jeweils mittwochs und freitags freinehmen, in meinem renovierten Haus in der Sackgasse bleiben und *Die Geheimnisse des Block-Trading* studieren.

»Gehen Sie ins Internet, und beobachten Sie den Markt«, hieß es. »Beantragen Sie kostenlosen Zugang zu den Echtzeitnotierungen und beobachten Sie, wie große Aktienpakete gehandelt werden. Versuchen Sie abzuschätzen, wie und wohin es läuft; erspüren Sie die Bewegung des Marktes. Stellen Sie sich vor, dass es bei Ihrer nächsten Handelsentscheidung um eine Million Dollar geht.«

Vor allem wurde betont, dass man sich fleißig auf die Kennzahlen der Entwicklung vorbereiten solle.

Am Freitagmorgen saß ich zu Hause an meinem Computer und war in das Buch vertieft. Ich studierte, wie man große Pakete von Millionen-Aktien einschätzt.

Tatsache war, dass ich schon wusste, wie das geht: Man muss den Markt mit Aktien füttern wie eine Ente, die ans Ufer watschelt.

Ich loggte mich ein und beobachtete die Entwicklung der Kurse in Echtzeit, während die Transaktionen liefen. Da ich auf Öl- und Erdgasgesellschaften spezialisiert war, konzentrierte ich mich zunächst auf Raffinerien wie Exxon, Philips Petroleum und Amerada Hess, dann auf Ölförderer wie Transocean und Nabors Industries. Zehntausende von Aktien kamen im Minutentakt in den Markt, und ich bekam ein Gefühl für die Fördergesellschaften, versagte aber komplett bei den Raffinerien. Ein großer Umsatz glich anscheinend den nächsten aus, und ich machte mir Sorgen, dass die Sache schwerer war, als ich sie mir vorgestellt hatte. Überhaupt kein Vergleich mit den Toys"R"Us-Aktien von Mr Gruber. Aber vielleicht ließ sich Mr Gruber überreden, die Aktien von Ölraffinerien zu kaufen und wieder zu verkaufen, damit ich dann das genaue Gegenteil mit großen Aktienpaketen tun und damit den Leistungsrekord für einen Anfänger an der Wall Street aufstellen konnte.

Kurz vor Mittag machte ich mir die dritte Tasse Kaffee und widmete mich solch stolzen Gedanken, als eine Meldung auf meinem Bildschirm aufblinkte mit der Frage, ob ich online chatten wolle. Ich hatte bisher nur einmal in meinem Leben so einen Cyberchat, also gab ich ein:

Okay, fangen wir an zu chatten.

AK77: hallo quadratschädel, wer auch immer du sein magst.

Quadratschädel: Wie steht's?

AK77: du erinnerst dich an mich?

Quadratschädel: Die mit der Anzeige ... und Adlige mit Blasen magst du nicht?

AK77: //d ups

AK77: dämlicher computer ... manchmal sehne ich mich nach dem mittelalter, als geschosse per pferderücken abgeschickt wurden.

Quadratschädel: Das kann ich nachvollziehen. Für Telegramme brauchte man damals allerdings ein richtig schnelles Pferd.

AK77: ha!!!! deine antwort auf meine anzeige war die beste aller zeiten.

Quadratschädel: Danke. Was hat dir daran gefallen?

AK77: vor allem, dass ich die ganze zeit, während ich sie gelesen habe, darüber lächeln konnte. ich hab die anzeige eigentlich als witz eingestellt und hab nicht wirklich erwartet, dass ich antworten kriege ... es ist einsam hier, wo ich lebe ... wo steckst du, quadratschädel?

Quadratschädel: Irgendwo in Nordamerika. Und du?

AK77: irgendwo in südamerika ... rate mal, in welchem land.

Quadratschädel: Brasilien?

AK77: nee.

Quadratschädel: Chile?

AK77: weiter nördlich. denk an vögel und den regenwald.

Quadratschädel: Ich guck mal auf den Globus. Einen Moment ... Ecuador?

AK77: bingo. ich muss dich was fragen.

Quadratschädel: Nur zu.

AK77: woher wusstest du, dass ich missionarin bin?

Quadratschädel: Die Hinweise zum ausgedehnten Aufenthalt, zum Dschungel und dass du Presbyterianerin bist, damit hast du dich verraten.

AK77: du bist der erste, der das rausgekriegt hat. hatte noch zwei andere antworten, eine von einem alten mann in connecticut, der dachte, ich sei auf einer nilreise.

Quadratschädel: Und die andere Antwort?

AK77: ein vierzehnjähriger aus miami, der meinen käfer kaufen wollte, weil er sagte, ich würde ihn nicht brauchen, wenn ich im dschungel wohne ... warst du schon mal im ausland?

Quadratschädel: Einmal in Europa, zweimal in der Karibik. Allerdings liegt mein Pass schon eine Weile in der Schublade.

AK77: schon mal in australien gewesen?

Quadratschädel: Nein. Und du?

AK77: nein ich wäre vor zwei jahren fast gegangen aber meine beste freundin darcy die schlechteste fahrerin aller zeiten die diesen sommer unterwegs zum strandurlaub hundertfünfzig sachen fuhr wollte das outback besuchen aber ich hatte angst dass sie einen unfall baut und ich fürchte um das leben der ganzen kängurus.

Quadratschädel: In Ecuador legt man nicht viel Wert auf Kommas, oder?

AK77: tut mir leid ... das ist eine meiner beiden macken.

Quadratschädel: Und die andere?

AK77: ist aus der kindheit übrig geblieben ... hat mit essen und baseball zu tun.

Quadratschädel: Okay, wie lange bleibst du denn nun noch im dschungel von Ecuador?

AK77: vielleicht mein leben lang ... aber jetzt hast du genug fragen gestellt ... ich bin dran ... was machst du denn? etwa schriftsteller?

Quadratschädel: Ich bin Finanzberater.

AK77: klingt beeindruckend. ich hab auf dem strandurlaub jemanden kennen gelernt, der so was gemacht hat ... also, warum antwortet ein finanztyp aus nordamerika auf kontaktanzeigen von missionarinnen?

Quadratschädel: Ein Freund von mir hat die Anzeige gesehen, und ich fand sie so natürlich. Wie kriegt eine Missionarin im Dschungel denn Anschluss ans Internet?

AK77: ich bin heute morgen mit ein paar frauen aus unserem dorf nach coca gefahren ... sie machen freitags immer ihre einkäufe.

Quadratschädel: Und du spielst im Internet herum, was?

AK77: ja, aber ich bin im hinteren teil eines gemischtwarenladens, und ich glaube, das hier ist der einzige computer in der stadt, also musste ich den ladenbesitzer bestechen ... mit dunklen schokobonbons von hershey.

Quadratschädel: Coca ist ein witziger Name.

AK77: eigentlich ist der name viel länger, aber jeder nennt es so. coca ist kein besonders schöner ort; die straßen sind sehr schlecht ... im grunde ein tor zum regenwald.

Quadratschädel: Gibt's bei euch Strände? Ich meine, wie weit weg ist es bis zum nächsten?

AK77: ja, schöne strände (es dauert 11 stunden, bis man da ist, und man muss über die anden), aber nicht so schön wie in meiner heimat ... south carolina.

Quadratschädel: Ich kenne South Carolina. Welchen Strand findest du am schönsten?

AK77: nennt sich north litchfield. he, du stellst schon wieder fragen. ich bin im mai mit der singlegruppe meiner gemeinde da auf einer freizeit gewesen.

Quadratschädel: Eine Freizeit für Singles im Mai – hört sich nach Abenteuer an.

AK77: war es auch ... hab diesen typen kennen gelernt, komische mischung ... gutes benehmen, aber verrückt.

Quadratschädel: Hat er dich in Ecuador besucht?

AK77: nein ... wir haben uns einmal geschrieben, aber ich bin mir nicht sicher, welche motive er hat, weil ich glaube, dass er aus den falschen gründen in unserer gemeinde war, aber wenn er das mit Gott geklärt hat, dann vielleicht.

Quadratschädel: Gott ist wichtig für dich?

AK77: na hör mal! ... ich bin missionarin.

Quadratschädel: Hab nur Spaß gemacht. Mir ist er auch wichtig.

AK77: da bin ich froh.

Quadratschädel: Du könntest ihn zu einem Besuch einladen ...

AK77: wen, gott?

Quadratschädel: Nein, nicht Gott. Den Typen vom Strandurlaub.

AK77: nee, missionarinnen machen in der regel nicht den ersten schritt.

Quadratschädel: Vielleicht kapiert er ja noch.

AK77: vielleicht ... aber ich steh nicht auf warten.

Quadratschädel: Kommst du irgendwann in nächster Zukunft auf Besuch in die Vereinigten Staaten?

AK77: meine güte, ständig stellt mr quadratschädel fragen ... aber: nein, keine pläne ... kann noch jahre dauern.

Quadratschädel: Vielleicht solltest du dich mit jemandem aus deiner Ecke da unten verabreden.

AK77: schon versucht. der typ war in peru, aber die chemie stimmte nicht. außerdem hat er gerade eine neue mission in uganda übernommen, also hab ich ihm die hand gedrückt und zum abschied gewinkt.

Quadratschädel: Da hat er was verpasst, finde ich.

AK77: ja. ach ... der ladenbesitzer will jetzt wieder an den computer ... er steht hinter mir!

Quadratschädel: Der Besitzer heißt nicht zufällig Miguel, oder?

AK77: woher weißt du DAS??

Quadratschädel: Elly, ich bin's ... Jay.

AK77: !!!!! du, du, DU SCHERZKEKS!!!!

Quadratschädel: Ich dachte, die Kontaktanzeige war nicht ernst gemeint.

AK77: SO EIN SCHOCK HIER IN ECUADOR!! ... hatte keine ahnung, dass du es warst. und wer hat dir geholfen, die antwort auf die anzeige zu schreiben, denn ich weiß ja, dass börsenmakler nicht kreativ sind.

Quadratschädel: Niemand hat geholfen, aber ich hab mir den Kopf gestoßen und war im Krankenhaus, und dann hat mir dieses Energiebündel von Prediger Tyrus das Evangelium in einer Pirouette präsentiert. Also streben ich und der Hummer von damals in entgegengesetzte Richtungen.

AK77: das sind ja tolle neuigkeiten! (du musst mir allerdings mal erklären, was du mit pirouette meinst).

Quadratschädel: Und ich ziehe um in die Welt des Maklertums - ich ziehe nach Manhattan und arbeite dann an der Wall Street.

AK77: wow, doppelwow und glückwünsche! ... mach einen haufen knete, und komm mich im nächsten frühling besuchen.

Quadratschädel: Oder du steigst auf eine Luftmatratze und kommst mich besuchen. Nein, Moment, tu das bitte nicht.

AK77: ach, erinnerungen ... jay, es würde dir hier gefallen mit dem tropischen wetter und den tollen kindern. und Gott gibt mir andauernd chancen, von ihm zu erzählen ... oh, oh, miguel guckt mich jetzt GANZ böse an, also muss ich jetzt leider wirklich schluss machen ... tut mir leid.

Quadratschädel: Aber ich bin noch gar nicht dazu gekommen, dir von Maurice und der Gaffel ...

AK77: tut mir leid ... muss aufhören.

Quadratschädel: Tschüss, Elly.

AK77: danke für die schokolade ich schreib bald wieder tschüss.

Ich hatte Kaffee überall auf die *Geheimnisse des Block-Trading* verschüttet, und die Freitagspaukerei für die Wall Street musste warten. Als ich zum Anfang der Meldung zurückblätterte, merkte ich, wie schnell wir getippt hatten, und ich wollte den ganzen Dialog einfach noch einmal lesen.

Interkontinentale Cyberchats ... viel besser als Hieroglyphen.

Kapitel 32

Niemand trug ein gruseliges Kostüm und spukte durch die Zimmer, als sich der Neunerkreis im späten Oktober traf. Obwohl das Treffen zu Halloween stattfand, war keiner von uns verkleidet. Außer Ransom, der eine Kürbismütze aus Plastik aufhatte. Er hatte sie über sein linkes Auge nach unten gezogen, sodass er den Kopf anheben musste, um sehen zu können. Links und rechts von ihm saßen die anderen acht im Stuhlkreis, achtzehn Füße, die sich um Steves limonenfarbigen Teppich herumdrängten.

Stanley saß zwei Plätze von mir entfernt – ein Viertel des Kreises. Er hatte wieder einmal sein zu knapp sitzendes frommes T-Shirt an.

»Männer«, sagte Ransom, »wenn es nach mir ginge, würden wir heute Abend Süßigkeiten an ein paar arme kleine Kumpelchens und Kumpelinchens austeilen. Aber dazu bräuchten wir ein einstimmiges Votum.«

Er bekam sieben Stimmen, dazu seine eigene.

Nur Stanley war dagegen. »Du bekommst meine Stimme nicht, Delaney. Theologisch gesehen ist Halloween ein dämonisches Ereignis in universeller Größenordnung, und unsere Teilnahme würde nur die geistliche Reife rückerbauen, die wir inzwischen erlangt haben.«

»Gibt es das Wort *rückerbauen?*«, fragte Steve, der sich in seinem Stuhl zurücklehnte.

»Wenn *Schwammestum* ein Wort sein kann, dann kann *rückerbauen* auch eins sein.«

Ransom schob seine Kürbismütze ein paar Zentimeter hoch und sagte: »Ich glaub nicht, dass es ein Wort ist.«

»Ich auch nicht«, meldete ich mich. »*Schwammestum* durchaus.«

Der junge Barry blinzelte und hob die Hand. »Statt über Wortschöpfungen zu diskutieren, könntet ihr Jungs mal wieder etwas

Nächstenliebe praktizieren und ein bisschen Kleingeld ausspucken. Es ist acht lange Wochen her.«

Er hatte schon seine dunkelblaue Nike-Mütze abgenommen, als es an der Tür klingelte. Und noch einmal. Und noch einmal.

Steve hatte sein Faible für technische Spielereien entdeckt und sich eine neue Klingel instEllyrt – wenn man auf den Knopf drückte, spielte sie die erste Zeile von »Take Me Out to the Ball Game«.

»Ich geh schon«, sagte Steve. Barry sank auf den Stuhl zurück und runzelte die Stirn.

»Nein, lass mich mal«, sagte Stanley und sprang Steve in den Weg.

Steve schob die Brust vor. »Es ist mein Haus.«

»Aber ich habe einen guten Draht zu Kindern«, entgegnete Stanley und langte nach der Klinke. »Irgendjemand muss ihnen erklären, was für ein schlimmes Fest das ist.«

Steve zuckte mit den Schultern und sagte, er solle sich ganz wie zu Hause fühlen.

Die Melodie erklang zum vierten Mal, als Stanley die Tür öffnete. Wir blickten alle in seine Richtung, um zuzuschauen, und alles, was wir sahen, waren drei hochgehaltene Papiertüten, die hin- und herwackelten. Zehn Sekunden lang ging das so, aber als nichts hineingeklappert kam, wurden die Tüten hinuntergelassen und enthüllten – in dieser Reihenfolge – Casper, den Geist, den einsamen Cowboy und Pocahontas, die mit eingefrorenem Grinsen dastanden.

Sie schüttelten die Tüten und wiederholten ihr »Süßes, oder es gibt SAUUUURES!«.

Stanley schaute in unsere Runde zurück und hob seinen Zeigefinger, als wolle er sagen, er brauche einen Moment. Er drängte sich zwischen Caspar und Pocahontas nach draußen und schloss die Tür hinter sich.

Wie der Blitz kamen wir von unseren Stühlen hoch. Acht Ohren drückten sich schnell gegen die Innenseite von Steves Tür und die Wand seines Wohnzimmers.

Stanley blieb eine Ewigkeit draußen, aber wir konnten von der Predigt kaum etwas hören. Er predigte so lange, dass Ransom flüsterte, wir sollten das ganze einfach Gottesdienst nennen, ein Lied singen und die Kollekte einsammeln.

Also wurde dem kraushaarigen Barry sein Wunsch erfüllt. Jedermann wandte sich von der Wand ab und zog die Brieftasche hervor. Die dunkelblaue Nike-Mütze füllte sich schnell mit Dollarscheinen, während Steve eine erbärmliche Fassung des Liedes »Dein Wille mög' gescheh'n« summte.

Wir nahmen unseren Horchposten wieder ein und hörten, wie junge Stimmen so etwas riefen, wie: »Du hast sie wohl nicht mehr alle« und: »Alter Geizhals«. Dann hörten wir Schritte auf dem Gehweg und das Knistern von Tüten, als sie wegrannten.

Wir hasteten zurück auf die Stühle, und zur Tarnung fing ich mit dem Bekenntnis unreiner Gedanken an. Während Barry das Geld zählte, hob ich die Hand. Wir hatten fast eine ganze Runde mit rechten Händen – sieben von neun Teilnehmern in sündiger Eintracht –, als Steve beim Streben nach Symmetrie sowohl seine Linke als auch die Rechte in Stellvertretung für Stanley erhob.

In diesem Moment trat Stanley ins Zimmer, setzte sich wieder in den Kreis und lächelte freudig.

»Kumpels«, sagte Ransom, »es wird allmählich langweilig. Keiner von uns hält es eine ganze Woche ohne unreine Gedanken aus.«

»Darüber muss ich erst nachdenken«, sagte Stanley.

»Das weißt du doch schon ganz genau«, sagte Barry. »Steve hat sich für dich gemeldet.«

»Gut, vielleicht einmal.«

»Was wäre, wenn wir uns einmal in der Stunde statt einmal in der Woche treffen würden?«, fragte Steve.

»Dann würde es immer noch nicht klappen«, sagte Ransom.

Stanley drehte sich im Stuhl um und wischte etwas von seinem frommen T-Shirt. Eine blaue, klebrige Masse steckte an seinen Fingern. »Blöde Kinder«, murmelte er.

»Was ist passiert, Alter?«, fragte Ransom.

»Der einsame Cowboy ist ein echter Heide«, sagte Stanley. »Wenn ich mal Kinder bekomme, unterrichte ich sie zu Hause.«

Wir versuchten so gut wie möglich, unseren Mienen nichts anmerken zu lassen, aber es hatte keinen Zweck. Stanley holte sich ein Papiertuch aus Steves Küche. Als er wieder zurückkam, stellte er sich hinter unseren Kreis, hustete laut und rief uns zur Aufmerksamkeit. »Ich habe eine wichtige Bekanntmachung für euch, Jungs.«

»Was denn?«, fragte Ransom.

»Ich bin verlobt.«

Während der Neunerkreis Stanley mit Fragen und Glückwünschen überhäufte, winkte Ransom mir zu, in die Küche mitzukommen. Kaum waren wir allein, fasste er mich an beiden Schultern. »Hast du auf die Anzeige geantwortet? Sag mir bitte, dass du geschrieben hast.«

»Sie war's.«

»Ganz sicher?« Surferodem strömte mir entgegen.

»Sie hat am Freitagvormittag mit mir gechattet.«

»Aus Südamerika?«

»Ich wusste auch nicht, dass so was geht ... ich fange an, AOL zu mögen.«

Er lockerte seinen Griff und trat zurück. »Was also willst du tun?«

»Sie möchte, dass ich sie im Frühjahr besuche.«

»Dann besuch sie im nächsten Frühjahr. Oder noch besser, lass sie nach New York kommen.«

»Sie hasst den Betondschungel.«

»Quatsch, Alter, alle Mädchen mögen das.«

Ich war mir nicht sicher, ob ich dem Rat eines Mannes vertrauen durfte, der seinen Erstgeborenen Wally Kahuna nennen wollte. Aber vielleicht versuchte er nur, wieder gutzumachen, dass er mich mit der verrückten Alexis zusammengebracht hatte.

Ich war mir nicht sicher.

Kapitel 33

Am Mittwochabend, dem 5. November, kam eine Kaltfront von den Appalachen herüber. Der Geruch von Klebeband und Pappe mischte sich mit der Gasheizungsluft, als ich, viereinhalb Tage bevor ich den Süden wieder verlassen würde, in meinem Wohnzimmer Umzugskartons packte.

Es war Zeit weiterzuziehen.

Ich hatte die Woche dazu verwandt, von Greenville Abschied zu nehmen, die Geschäftsbeziehungen mit siebenundachtzig Kunden zum Abschluss zu bringen; meinen Büroschlüssel bei Mr Brophy abzugeben; einen letzten Anruf von Mr Gruber entgegenzunehmen, der tausend Gillette-Aktien kaufen wollte, weil er meinte, die globale Klimaerwärmung könne weltweit alle Männer dazu bewegen, sich die Bärte abzurasieren.

Ich riet nicht davon ab, sondern kaufte ihm einfach die Aktien.

Und ich hatte Stanley und Nummer acht, ups, ich meine natürlich Rona, meine Glückwünsche zu ihrer Verlobung gesagt.

Nach diesem letzten Treffen hatte ich meinen Frieden mit dem alten Stanley geschlossen und er mit mir. Zwei junge Männer waren stillschweigend übereingekommen, dass es viele Wohnungen im Hause des Vaters gebe, und auch, wenn wir gemeinsam am ewigen Leben teilhaben würden, mussten wir nicht im Doppelbett schlafen.

Beim Packen dachte ich an den langen Chat, Ellys Gedanken ohne Punkt und Komma, ihre ruhige Schönheit und ihre Hingabe an Gott. Dann erinnerte ich mich an den letzten Vers ihres Gedichts, das sie in den nassen Sand geschrieben hatte, und fragte mich, ob meine eigenen Wurzeln durch den glatten Beton wachsen würden.

Bis Mitternacht hatte ich meinen Schrank geräumt, von einem schwarzen Rollkragenpullover und einer gealterten schwarzen Schurwollhose abgesehen. New Yorker Mode. Reisekleidung.

Es gab nur noch eines zu tun.

✩

Mein Regenschirm hatte die Garderobe seit vier Monaten nicht verlassen; jeden Sonntag war ich ohne ihn gegangen.

Maurice fegte gerade den Herbst vom Gehweg, als ich auf dem leeren Kirchplatz parkte. Es war spät am Nachmittag, und die Blätter hatten ihre Farbe über den gepflegten Rasen der North-Hills-Presbyterianergemeinde verstreut. Er winkte, lehnte den Besen an die Backsteinwand der Sakristei und wischte sich mit dem Ärmel seines Overalls über die Stirn. Ich blieb hinten an der Stoßstange stehen, um die Schnürsenkel meiner Turnschuhe neu zu binden.

»Na, na«, sagte Maurice und wirbelte seine Schlüssel am Chromring. »Mr Quadratschädel wäre also fast ohne Regenschirm nach New York gefahren. Wie geht's dem Kopf?«

Mit fest verschnürten Turnschuhen ging ich zu ihm und schüttelte seine Hand. »Viel besser. Aber lenk mich diesmal nicht ab, dass ich den Schirm wieder vergesse.«

Er griff sich den Besen, und durch eine Seitentür betraten wir einen Flur, der frisch nach dem Reinigungsmittel mit Zitronenduft roch.

»Dein Regenschirm ist immer noch hier«, sagte er und zog einen Umschlag aus der Tasche, »aber die Gemeinde hat mich gebeten, dir noch das hier zu geben.« Er reichte mir einen Umschlag mit dem Gemeindelogo, adressiert an Jay Jarvis.

»Das kann nichts Gutes sein«, sagte ich und zog den Brief heraus.

»Sollst du predigen?«

»Gleich wissen wir Bescheid.« Ich fing an zu lesen. Maurice klopfte in nervöser, hausmeisterlicher Erwartungshaltung mit dem Besenstiel auf den Boden.

Lieber Mr Jarvis,

es ist den Ältesten der North-Hills-Presbyterianer zu Ohren gekommen, dass Sie vor kurzem ein vierköpfiges Team zu einem kurzfristigen Missionseinsatz geführt haben, zu einem Wochenende

des Dienstes an einem Pastor und Mitdiener des Evangeliums an der Küste von Carolina. Solch ein selbstloser Dienst kann unserer Gemeinde als anhaltendes Beispiel dienen. Wir sind sehr interessiert an den Einzelheiten Ihrer Erfahrung. Auch Ihre Verletzung und die erfolgte Gesundung würden den Gemeindegliedern zur Ermutigung dienen.
Wir, die Ältesten, möchten Sie bitten, bei unserer Missionskonferenz zu sprechen (nur etwa zehn Minuten), die Anfang Dezember in unserer Gemeinde stattfindet. Der Inhalt Ihrer Ansprache bleibt natürlich Ihnen überlassen, obwohl eine kurze Rücksprache mit der Gemeindeleitung üblich ist, um die Angemessenheit der Botschaft zu garantieren. Wir würden uns über eine Bestätigung Ihrerseits bei der Gemeindesekretärin Elaine sehr freuen.

Gnade und Frieden, Robert Kyle, Ältester

Ich stopfte den Brief in meine Jeanstasche. »Maurice, möchtest du bei der Missionskonferenz im Dezember eine Ansprache halten? Weil ich doch in drei Tagen nach New York muss.«

Maurice verstaute seinen Besen in einem Geräteschrank. »Auf keinen Fall, Jay Jarvis. Ich bin Küster und Dichter ... aber den Presbyterianern halte ich keine Predigt nicht. Tyrus hat gesagt, diese Gemeinde hätte keine Gefühle.«

Dann sagte Maurice noch, ich solle mich beeilen, mein Eigentum zu holen, und dass er abschließen und mit mir nach draußen gehen wolle. Ich lief den Flur entlang, um mir den Regenschirm zu besorgen.

Als ich zurückkam, begegneten wir uns im Halbdunkel. Einen Moment lang bewunderte er das blauweiße Design. »Weißt du, Jay, den hätte ich mir fast mit nach Hause genommen. Meine Schwester hat nächste Woche Geburtstag.«

Wir schlenderten den Flur entlang – ein ungleiches Paar. Und noch eins war gewiss – Maurice Evans würde mir fehlen.

Wir bogen um die Ecke und schritten vorbei an den Gemeindebüros in ihrer Hackordnung, dann an dem schwarzen Brett mit den neuen Mitgliedern. Er stieß mich an, damit ich stehen blieb. Ich wollte nicht, aber er gab mir noch einen Schubs. Diesmal gab es eine neue Familie und zwei neue Singlefrauen. Unten an der Korkwand jedoch war ein kleiner Zettel angepinnt, und in roter Tinte war eine Nachricht darauf gekritzelt.

Eure Gemeinde ist jetzt auf Platz 19 gefallen. Gebt euch mal Mühe und rekrutiert ein paar junge Männer.

Ich schüttelte den Kopf. »Ich frag erst gar nicht, wer das gemacht hat, Maurice.«

»Ich war's nicht«, sagte er und hob in aller Unschuld die Hände.

»Ich weiß, Maurice.«

Er schnappte sich den Zettel mit einer Hand und hielt ihn hoch. Beim Sprechen tippte er darauf. »Ich hab den ganzen Tag über diesen Zettel nachgedacht. Worauf bezieht sich dieser Platz neunzehn? Auf meine Sauberkeit?«

»Nein, Maurice.«

Die Notiz hatte ihn anscheinend beleidigt. »Ich lass mir nicht nachsagen, dass ich die Gemeinderäume nicht sauber halten kann. Ich weiß, dass wir da zu den fünf Besten gehören. Ich weiß es einfach, Jay. Ich hab vierundzwanzig Jahre Erfahrung.«

»Es geht um die Qualität der allein stehenden Männer, Maurice.«

»Um was?«

Ich lehnte mich an die Wand. »Ist die neueste Masche. Stellt das Geschäft mit den Nachtclubs in den Schatten. Die offizielle Bezeichnung lautet *Himmel und Hölle der Konfessionen*. Lydia kennt sich damit aus. Sie meint, Gott müsste darüber sauer sein. Und dass dahinter ein gewisser Mangel an Glauben stecken würde.«

Maurice hielt den Zettel hoch und ging schnell in Richtung Ausgang. »Sodom und Gomorra«, sagte er und schüttelte den Zettel. »Sie hat Recht. Es zieht uns nach unten.«

Ich versuchte, mit meinem Regenschirm in der Hand Schritt zu halten, aber Maurice ließ sich nicht einholen. Er war schon an der Seitentür, als er plötzlich anhielt und sich zu mir umdrehte. »Weißt du was, Jay ... ich glaub, ich weiß, wer das getan haben könnte. Ich glaub, ich hab sie gesehen.«

»Ich bin ganz Ohr.«

»Weiß nicht, wie sie heißt«, sagte er und fummelte an seinem Schlüsselbund, »aber ich hab dieses Mädchen mittags reinrennen und ganz schnell wieder weglaufen sehen. Ganz schnell. Sie hatte schwarzes Haar ... und so einen silbernen Ring in der Augenbraue.«

Ich stieß die Seitentür zum Parkplatz auf. »Die Welt spielt verrückt, Maurice.«

»Ja«, sagte er und blickte hoch zum Herbsthimmel. »Die Welt ist wirklich verrückt.«

3. AKT

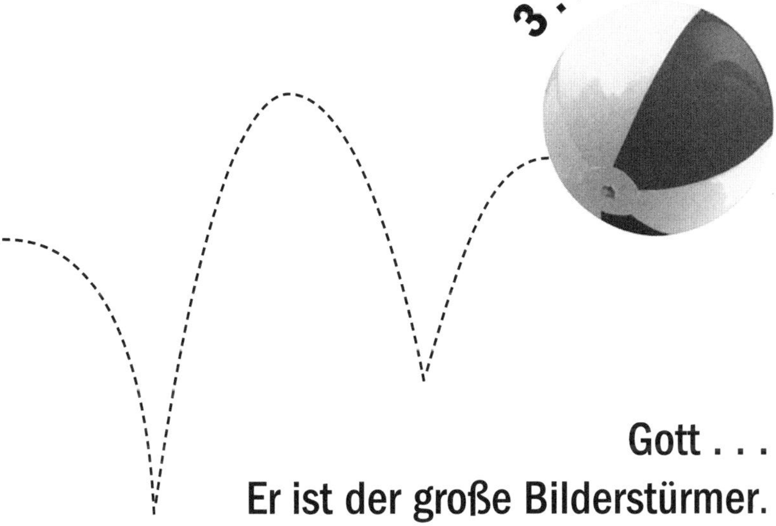

Gott . . .
Er ist der große Bilderstürmer.

C. S. Lewis

Kapitel 34

Ich erwachte beim ersten Piepen meines Weckers. Eine letzte Rasur, eine letzte Dusche, bevor ich meine Reisetasche auf den Treppenabsatz vor der Haustüre schleppen würde.

Schließlich waren wir also auf dem Treppenabsatz, ich und meine Reisetasche. Dann machte ich die Tür noch einmal auf und schaute zurück in mein leeres Wohnzimmer, meinen leeren Flur und auf die khakifarbenen Wände, die gerade erst seit sechs Monaten trocken waren. Ein abgeschlossenes Kapitel.

Seltsam, wenn man auf den eigenen Rasen schaut und das »Zu verkaufen«-Schild an einem Pfahl stecken sieht.

Ich hatte ein Gefühl, als müsse ich ein Foto machen oder als müsse jemand in der Tür stehen und mir zum Abschied zuwinken. Und ich hatte ein Gefühl, als solle ich ein letztes Mal Golfbälle über den Rasen schlagen, bevor ich den Süden verließ. Und zu meiner Erleichterung hatte ich das Gefühl, ich würde den Abflug schaffen, denn meine Fahrerin kam pünktlich und bog mit heruntergelassenem Verdeck in die Sackgasse ein. Es war Ihro Limonenherrlichkeit, knapp gefolgt von einem orangeroten Jeep.

Sie setzte mit Limo rückwärts in meine Einfahrt. Steve parkte seinen Jeep auf der Straße.

»Ganz in Schwarz? Du siehst sehr newyorkerisch aus«, sagte Darcy und klappte den Kofferraum auf.

»Muss mich ja anpassen«, sagte ich. »Ich find's nett, dass ihr mich zum Flughafen fahrt.«

»Nicht der Rede wert«, sagte Steve, der mein Gepäck einlud. »Besorg uns einfach ein paar U-Bahn-Fahrscheine.«

»Und Opernkarten«, sagte Darcy. Sie glitt hinter das Steuer ihres Cadillacs, dessen V-8-Motor ungeduldig brummte.

Von Limos Beifahrersitz aus blickte ich in den verchromten Seitenspiegel und sah zu, wie das Stückchen Vorort, das in den vergangenen Monaten meine Heimat gewesen war, immer weiter zurückblieb. Darcy machte eine Linkskurve, und der Vorort verschwand.

Wir bogen auf den Interstate 85 in Richtung Norden ein und fuhren zum Flughafen *Greenville-Spartanburg*. Darcy raste im Nu an drei Minivans, einem 9-Achser und einem Sportwagen vorbei.

»Ich dachte, du wolltest dich bessern ...«

»Tut mir Leid«, sagte sie. »Es ist wie bei euch Männern mit dem blöden Götzen Baseball.«

»Hast du einen Sportgötzen, Steve?«, fragte ich und drehte mich nach hinten.

»Ich doch nicht«, sagte er. »Na ja, vielleicht haben die *Cubs* einen Götzenstatus.«

Am Eingang zur US-Air-Abfertigung nahm ich mein Bordgepäck auf die Schulter, und Darcy klappte den Kofferraum zu.

Steve langte nach der Reisetasche. »Ich trag dir die hier rein.«

»Nee, das pack ich schon.«

»Bist du sicher?«

»Klar. Lasst uns den ganzen Abschied hinter uns bringen.«

»Wir werden dich vermissen«, sagte Darcy und umarmte mich. *Nettes Parfüm, Darcy.*

»Besorg uns mal *Yankee*-Tickets«, sagte Steve beim Handschlag und erdrückte mich bärenmäßig.

Ich mochte Steve Cole trotz aller Geheimnistuerei. Und Darcy auch. Und diesen letzten Augenblick wollte ich nutzen, um ihnen eine letzte Chance zum Bekenntnis zu geben, eine flüchtige Gelegenheit zur Bereinigung. »Bevor ich den Süden verlasse, wollte ich euch beiden eine Frage stellen.«

Steves Gesicht verlor jeden Ausdruck. »Sicher, worum geht's?«

»Habt ihr beiden mal darüber nachgedacht, euch zusammenzutun? Ihr scheint ganz gut miteinander auszukommen.«

»Waaaas ... wir? Wir sind bloß Freunde«, sagte Steve.

»Genau, nur gute Freunde«, sagte Darcy und strich sich über das glänzend blonde Haar. »Wir werden dich vermissen, Jay.«

Ich hob meine Reisetasche auf und ging rückwärts auf den Eingang zu.

Steve winkte und sagte: »Schick mir eine E-Mail, wenn du dich eingerichtet hast.«

»Mach ich.«

Als ich durch die Glastür hindurchgegangen war, drehte ich mich noch einmal um und sah zu, wie sich Limo von dannen machte, das Auto, das so viel Farbe und Abenteuer in meine sieben Monate in South Carolina gebracht hatte.

Mein Fensterplatz war über dem Flügel, was mir wirklich gestunken hätte, wenn ich nicht sowieso in Charlotte hätte umsteigen müssen.

In der Lobby des Flughafens *Charlotte International* drängten die Geschäftsleute in Scharen ins Restaurant, wo um 9:20 Uhr eine attraktive junge Dame von der New Yorker Börse live in die Kamera lächelte und uns mitteilte, dass die Aktien im Vormarktgeschehen stabil aussahen.

Die lächelnde junge Dame befand sich im Irrtum; der Vormarkt ist was für Dummköpfe.

Ich bestellte mir ein englisches Muffin, Würstchen und Orangensaft, setzte mich dann in eine Ecke und hörte zu, wie die Geschäftsleute ihren Beitrag zum neuen nationalen Gesellschaftsspiel leisteten: Sind die Aktien überbewertet? Wird die Bundesbank die Zinsen wieder senken? Bekommt man am Schalter die Aktien zum genauen Zeitwert? Spielen in diesem neuen Jahrtausend die Bewertungen immer noch eine Rolle?

Leute, die Antworten lauten: Ja, nein, ja und ja.

Während ich mein Frühstück verspeiste, wich das Lächeln der jungen Dame im Fernsehen einem Stirnrunzeln, als sie berichtete, dass sich die Kursentwicklung in den ersten Minuten der Börseneröffnung ins Gegenteil verkehrt habe und inzwischen ins Bodenlose deute. Die Geschäftsleute drängten sich unter dem Fernseher, murmelten Flüche und nippten an ihrem Saft.

Dreißig Minuten vor Abflug stattete ich noch der Herrentoilette einen Vorflugsbesuch ab.

Nicht, dass ich dringend musste, wohlgemerkt.

Nein, dies war ein größer angelegtes Unternehmen. Ich hatte vorher darüber nachgesonnen. Die Zeit war nun gekommen. Es gibt eine Zeit für alles unter der Sonne, und am heutigen Tag, dem 10. November, war die Zeit reif, den Spieß umzudrehen und Steve Cole und Darcy Yeager in die Irre zu führen.

Im harten Licht einer Herrentoilette in Charlotte langte ich in meine Bordtasche und holte ein furchtbar grünviolettes Hawaiihemd hervor, außerdem Khakishorts, meinen Pass und meine abgelatschten Strandsandalen. Meine schwarzwollene Hose und den schwarzen Rollkragenpullover hängte ich an einen Haken, als seien es die Überbleibsel eines überfallenen New Yorkers. Tatsächlich konnte ich diese schwarzen Sachen nie leiden, also entschloss ich mich, sie einfach da hängen zu lassen.

Ich verließ die Toilette mit festem Schritt und zog an den Geschäftsleuten, dem Fernseher und dem Restaurant vorbei. Meine Sandalen machten flipflop, als ich den langen und belebten Korridor hinunterschritt – den Korridor, der zu den internationalen Abfertigungsschaltern führte.

Kapitel 35

Diesmal war mein Sitzplatz hinten im Flugzeug – ein Fensterplatz mit ungehindertem Blick. Beim Start sah ich zu, wie Charlotte zur Miniaturstadt schrumpfte, bis wir zu hoch über den Wolken waren, um irgendetwas außer der hellen Seite eines Kumulus sehen zu können.

Wir hatten einen ruhigen Flug, und bald kam eine Flugbegleiterin die Reihe entlang, lächelte nach links und rechts und verteilte Erdnüsse. »Was ist mit Ihnen?«, fragte sie, die durch ein Messingnamensschild an der Bluse als Marlena zu identifizieren war.

»Ja, bitte«, sagte die Dame neben mir. Ich schätzte meine Nachbarin auf ungefähr fünfzig. Sie war schwergewichtig, wirkte aber glücklich wie eine jugendliche Großmutter. Im Haar trug sie eine orangefarbene Schleife, und ich nahm an, dass ihre Muttersprache Spanisch war.

»Ich auch eine«, sagte ich und langte nach dem kostenlosen Tütchen.

Die Dame öffnete ihr Päckchen und fragte, was ich durch das Fenster sehen könne. Es waren aber nur Wolken unter dem Fenster, also konnte ich nichts berichten. Wir aßen schweigend unseren Snack. Die Wolken verschwanden.

Marlena kehrte zurück, nahm unseren Abfall mit und bot uns eine Flasche Wasser an. Wir akzeptierten ihr Angebot, und die großmütterliche Dame betrachtete bewundernd mein Hemd.

»Mögen Sie es?«, fragte ich.

»Sehr«, erwiderte sie. »All diese violetten und grünen Blätter ... so farbenfroh.«

»Das ist mein Dschungelhemd.«

Sie drehte die Flasche auf und nahm einen Schluck. »Ihre Hose könnte allerdings einen Saum vertragen.«

»Hab sie erst gestern Abend abgeschnitten«, sagte ich, immer noch nervös wegen meines geplanten Besuches, aber froh über die redselige Nachbarin.

Ihr Blick haftete auf meinem Hemd, als sei es bissig. »Es ist heiß dort, wo wir landen«, sagte sie. »Wohin wollen Sie in Südamerika?«

Ich schaute aus dem Fenster und murmelte: »Irgendwo östlich von Coca in Ecuador.«

»Das ist ziemlich abgelegen«, sagte sie und rückte sich das Tablett zurecht. »Sehr abgelegen. Sagen Sie bloß, dass Sie dort Angehörige haben?«

Ich kaute und schluckte drei Erdnüsse herunter. »Nein ... sie ist, na ja, ich hab sie im Sommer kennen gelernt.«

»Ach, Sie besuchen eine junge Dame.«

»Wir sind am Flughafen verabredet ... sofern sie den Pick-up benutzen darf. Ich hab mir gedacht, dass es einfacher ist, wenn ich hinfliege, als wenn sie nach New York kommt.«

Sie nahm mich näher ins Visier. »Sie sind aus der Großstadt?«

»Nein, aber ich sollte heute dahin umziehen, um für einen Job an der Wall Street eingearbeitet zu werden. Ich hab die Sache aber um eine Woche verschoben.«

»Wie nett.«

»Ja, und heute Morgen haben mich meine Freunde Darcy und Steve zum Flughafen gebracht. Sie versuchen, ihre Romanze zu verheimlichen – sogar als ich mit einem dicken Kopf im Krankenhaus lag, haben sie dieses Spielchen gespielt, können Sie sich das vorstellen? Sie dachten, dass ich mit meinen ganzen schwarzen Klamotten nach New York fliege, aber ich hab die schwarzen Kleider in der Herrentoilette von Charlotte gelassen.«

Sie schaute verwirrt drein und zog sich eine Zeitschrift aus der Sitztasche. »Na ja«, sagte sie, »ich finde es romantisch, was Sie da machen. Ich hab meinen Mann kennen gelernt, als ich in Florida auf Urlaub war. Irgendwann musste einer von uns umziehen.«

»Ich ziehe nicht nach Südamerika um. Ich besuche sie nur.«

Die Dame lächelte, ließ die Zeitschrift ungelesen und schaute zu meinem Fenster hinaus. Sie wollte etwas sagen, lehnte dann aber ihren Kopf an den Sitz und schloss die Augen.

Wir flogen über die Küste von South Carolina, und unser südamerikanischer Pilot sagte, in Charleston sei es sonnig. Ich fragte mich, ob Pastor Smoak gerade da unten sein Boot steuerte und seine Mannschaft die Speerfischflagge aufziehen ließ.

Gegen Mittag waren wir über Key West und am frühen Nachmittag über Costa Rica. Das ständige Dröhnen der Triebwerke ließ mich eindösen, während ich versuchte, seltsame Wörter auszusprechen. Die Seiten meines spanisch-englischen Wörterbuches hatten schon Eselsohren vom schnellen Umblättern, und ich fühlte mich völlig unvorbereitet für den Besuch eines für mich neuen Landes. Bei ihrer zweiten Überraschungsmitteilung, einer ganz kurzen an meinem letzten Freitag in Greenville, hatte Elly mir mitgeteilt, ein paar von den Erwachsenen dort sprächen Englisch, aber keiner besonders gut. Dann hatte sie getippt:

> Komm mich doch einfach JETZT besuchen, bevor dich die Wall Street komplett beansprucht.

Die spanische Dame schlief, und ihre orangerote Schleife war gegen den Sitz gequetscht. Nervös und mit großen Augen beobachtete ich unsere Landung. Dunkle Berge ragten durch die Wolkendecke, und ich dachte, dass es in diesem Gelände einfach nicht genügend Platz für eine Rollbahn geben könne.

Drei Töne erklangen, und der Pilot sagte etwas.

Ich konnte nur das Wort *Quito* heraushören.

»Was hat er gesagt?«, fragte ich die Dame.

Sie rieb sich die Augen. »Er sagte, dass wir dreißig Kilometer nordöstlich von Quito sind und in sechs Minuten landen.« Dann sagte der Pilot noch einmal alles auf Englisch.

Beim Anflug auf Quito verlor der Pilot schnell an Höhe; wir waren über eine unendliche Kette von Gipfeln geflogen – die Anden. Unter dem Horizont, zwischen Schleiern von grauen Wolken, umrahmte das grüne Dach des Regenwaldes den Boden mit einem Wirrwarr von Baumwipfeln.

Ich sah die Blinklichter der Landebahn, von Bergen umgeben, auf die wir uns in beinahe freiem Fall zubewegten, sodass es zwischen dem Magen und den Eingeweiden hin und her kribbelte und die Hände zu schwitzen anfingen, ein steiler Sturzflug, und ... wow, das hier war nicht Dallas, das war nicht mal so ähnlich, das war mein letztes Stündchen, mein Omega.

»Als würde man in einer Salatschüssel landen«, sagte die Dame neben mir, die jetzt hellwach war und sich an den Armlehnen festkrallte.

Zweimal gerumpelt, einmal kurz gerutscht, und wir waren auf dem Boden. Tosender Applaus. Die Dame bekreuzigte sich und atmete aus.

Die Triebwerke schwirrten, bis sie nur noch tief und metallisch summten.

»Das war besser als Disney World«, sagte ich zutiefst erleichtert.

»Hoffentlich mag Micky auch Bananen.« Sie erhob sich von ihrem Platz, um das Fach über sich zu öffnen.

Im Gang zusammengepfercht und so unmittelbar nach dem Überleben einer brechreiznahen Landung, waren die Passagiere nun äußerst redselig – ein Verhalten, das nur entfernt der schweigsamen Reserviertheit bei US-Flügen ähnelte.

Ich bin ein Fremder in einem fremden Land – das war mein Gedanke, als ich mich in der Menschenmenge umsah, die die Gänge füllte. Ich war einer von vielleicht drei Hellhaarigen. Ich stand im Gang und versuchte, eine mir unvertraute Sprache zu analysieren, während sich alle Touristen und die Südamerikaner langsam auf das Cockpit zubewegten.

Ein älterer Herr erhob sich recht spät von seinem Fensterplatz, also machte ich ihm ein Zeichen, in die Lücke zu treten. Er quetschte sich in den Gang und murmelte etwas Undefinierbares, obwohl seine Äußerung dankbar klang.

Als wir vorne ankamen, stach die Sonne uns durch den Ausgang entgegen und beschien erst den alten Mann und dann mich.

»Schöner Flug«, sagte ich zu Marlena.

»Schönes Hemd, Señor«, gab sie zurück und nickte ihren amtlichen Flugbegleitergruß, der, wenn man es recht bedenkt, dem offiziellen Pastorennicken ganz ähnlich war.

✿

In Ecuador ist man gehalten, die Landebahn entlangzugehen. Es gibt keine Laufbänder oder biegsamen Tunnels, die einem die Last des Reisens erleichtern. Machte nichts – der Nachmittag war sehr warm, das Geplauder um mich herum sehr spanisch.

Auf halber Höhe der Gangwaystufen nahm ich die Gesichter hinter Glas in Augenschein, die von der Lobby herüberschauten. Fremde mit olivenfarbenen Gesichtern, manche jung, manche alt, manche klein – eigentlich sahen sie *alle* ein bisschen klein aus –, aber ich sah keine Elly.

Wieder überkam mich dieses Kitzeln im Bauch, so ein flaues Gefühl im Magen.

Auf den Stufen unter mir schaute die peruanische Dame nach oben und warf einem Mann mit Schnurrbart hinter dem Glas eine Kusshand zu. Er schickte drei zurück.

Ich wollte auch jemanden, dem ich drei Kusshände schicken konnte.

Stattdessen drehte sich der ältere Herr vor mir um und nieste mein Bein an, dann stieß mich ein Junge von hinten an.

»*Perdón*«, sagte der Junge.

»*Perdón*«, erwiderte ich und versuchte, seinen Akzent nachzuahmen.

Zwei Stufen vor dem Boden schaute ich ein viertes Mal auf. Elly Kyle stand am Ende der Lobby und winkte. Sie trug wieder dieses blassgelbe Sommerkleid.

Das Haar war ihr bis über die Schultern gewachsen und sie war ziemlich braun.

Plötzlich kam mir der Gedanke, dass wir uns eigentlich nicht besonders gut kannten. Mein Herz klopfte.

Ich trat auf die Teerpiste und winkte zurück.

Kapitel 36

Der alte Pick-up hatte Beulen und rostige Stellen auf dem Lack, einen gesprungenen Spiegel und eine brünette Fahrerin, die gerne Gedichte auf Sandbänke schrieb. Ihr spanisches Handtuch lag auf dem Sitz und verdeckte mit roten geschwungenen Worten die zerschlissenen Polster. Die Luft war dünn, und sie trug kein Make-up. Hatte sie auch nicht nötig.

»Nur noch vier Stunden bis Coca«, sagte Elly und steuerte den Pick-up einen steilen Hang hinunter und um ihn herum. Wir hatten gerade die Plätze getauscht.

Die ecuadorianischen Fahrer lieben ihre Hupen; sie war an drei anderen Fahrzeugen vorbeigefahren, und jeder einzelne signalisierte sein Unbehagen wie ein Kind, das gerade die Türklingel entdeckt hat. Alle drei überholten uns wieder lautstark, und sie erwiderte den Gruß. Drinnen im Wagen schwitzten wir unter unserer Staubschicht, aber das fiel mir kaum auf – die Kurven im Gelände und der absurde Anblick forderten meine ganze Aufmerksamkeit.

»Ich kann jederzeit wieder fahren«, bot ich an. »Sag nur Bescheid ...«

Elly wischte sich die Stirn ab und strich sich das Haar aus den Augen. »Okay, aber erst mal ruhst du dich aus. Wir brauchen nicht noch mal so hautengen Kontakt mit einem Maulesel.«

»Das Tier war auf der Straße.«

»Es hat Gras von der Böschung gefressen, Jay.«

Die Hauptstadt Quito lag dreitausend Meter über dem Meeresspiegel. Aber das war um vier Uhr nachmittags; um halb sechs, als wir unterwegs waren zu den Ausläufern des amazonischen Regenwaldes, waren wir nur noch zweitausend Meter darüber, und es ging schnell bergab, rundherum und im freien Fall, durch die Kurven weiter herunter in einer nie enden wollenden, Reifen verschleißenden Runde entgegen dem Uhrzeigersinn.

»Ich glaube, in der Ferne kann ich Brasilien sehen.«

»Das kann höchstens Peru sein, Jay.«

»Ich meinte ja Peru.«

Die Anden sind ziemlich steil und verhalten sich heimtückisch gegenüber dem motorisierten Reisenden; ich konnte mir nicht vorstellen, dass hier tatsächlich Menschen lebten. Doch jenseits der steilen Hänge und hinter den Tälern lagen zahllose Felder, die aussahen wie ein lustiges Patchworkmuster – fruchtbares Ackerland, das in große, farbige Vierecke aus sanftem Gelb, rötlichem Braun, Olivgrün und Umbra, Safran, Kastanie und Bronze aufgeteilt war.

Es sah aus, als ob jemand die Klingen eines Mähdreschers mit Farbe getränkt und den Berghang in breiten Streifen mit jedem Erdfarbton auf dieser Seite des Äquators eingefärbt habe. Noch eindrucksvoller war die starke Neigung dieser Felder; die Bauern brauchten einen guten Gleichgewichtssinn, um solche Felder zu pflügen, und bestimmt würde eine heruntergefallene Tomate vom Gebirge rollen und in dem tosenden Gebirgsfluss landen.

In der Ferne hinter der Patchworkdecke stieß der Kegel eines Vulkans mit weißer, frostiger Spitze durch die Wolkendecke, als wäre er in Kokosmilch getaucht worden. »Der ist über fünftausend Meter hoch«, sagte Elly und hupte einen Touristenbus dreimal an.

»Meine Kamera ist in der Tasche.«

»Mach Fotos mit deinen Augen«, erwiderte sie und beschleunigte auf dem Weg nach unten in einer endlosen Kurve, einer Traumkurve – einer unaufhörlich abwärts leitenden Spirale. Schroffe Felsen ragten aus der überhängenden Wand, und als wir vorbeisausten, erblickte ich den modrigen Bewuchs von Moos, das wie Kletten an der Gebirgswand hing.

»Aufgepasst«, sagte sie, und ein dicker Schwall Wasser klatschte auf die Frontscheibe.

Mein rechter Arm war durchnässt. »Bist du gerade durch einen Wasserfall gefahren?«

»Das war nur ein kleiner.«

Ich kurbelte mein Fenster ganz nach unten, um einen tiefen, neugierigen Atemzug zu nehmen – sie hatte Recht, die Latinoluft kitzelte richtig.

»Was hat Darcy dazu gesagt, dass du mich besuchen kommst?«, fragte Elly und hupte einem bummelnden Jeep ihre Meinung.

Eine leise Stimme flüsterte mir ein zu flunkern, aber ich konnte nicht. »Na ja, Darcy weiß genau genommen nichts davon.«

Sie fegte links am Jeep vorbei und lenkte wieder nach rechts. »Du hast doch gesagt, sie und Steve haben dich zum Flughafen gebracht.«

»Ja, aber ich war ganz in Schwarz.«

»Versteh ich nicht.«

»Als ich von South Carolina abflog, trug ich ...«

»Jay, das ist nicht wahr.«

»Aber ja.«

Sie schüttelte den Kopf und schlug auf das Armaturenbrett. »Du bist verrückt.«

Wir fuhren weiter abwärts, vorbei an einem Touristenbus, einem Steinbruch und einem Kind auf einem Fahrrad ohne Gangschaltung, das langsam und zielstrebig bergaufwärts radelte. Neben ihm, auf der äußeren Böschung, ragten kleine weiße Kreuze aus der Erde.

»Auf diesen Straßen gibt es keine Leitplanken«, sagte Elly und griff das Lenkrad fester. »Wenn man runterfällt, ist man erledigt.«

»Keine Strandwache, was?«

»Ja«, sagte sie und schaltete in den nächsten Gang. »Keine Strandwache.«

Auf der inneren Seite der spiraligen Straße schob ein kleiner Mann im schwarzen Hut einen Karren voller Obst. Er hatte Grapefruits und Mangos und Bananen und ein beschriebenes Schild darauf, das ich nicht entziffern konnte. Ich bat Elly anzuhalten. Sie bremste hart, sodass der Kies von den hinteren Reifen aufgewirbelt wurde. »Verglichen mit den Nordamerikanern sind hier alle Männer klein, Jay.«

»Was ist mit den Hüten?«, fragte ich. »Jeder hier trägt den gleichen staubigen Hut.«

»Sie heißen Melonen. Sind aus Filz. Jeder hier im Hochland hat so einen.«

Der Karrenmann sah, wie wir zu ihm herüberschauten, zog sein gebrechliches Gefährt herum und schob es bergabwärts auf uns zu. Er sah hoffnungsvoll aus. Ich war in der Zwischenzeit ausgestiegen, sah zu, wie er sich uns polternd näherte, war aber etwas unsicher. Ich steckte meinen Kopf wieder durch das Fenster, um mich schlau zu machen.

»Kapitän Kyle, ist ein Dollar genug für eine Grapefruit und eine Banane?«

»Ein ganzer Dollar?«, erwiderte sie und fummelte an der Handbremse. »Ein ganzer Dollar für zwei Stück Obst und er küsst dich auf den Mund.«

Ich stand auf der Kiesböschung und schaute über die Schlucht des Flusses hinüber auf das steil abfallende Ackerland und zum strahlenden Himmel, der in der Ferne pastellfarben wirkte und schließlich in einen graublauen Dunst überging, wo der Horizont meinen Blick erschöpfte. Die Luft war immer noch dünn, aber sie gewann an Substanz. Ich spürte die intensiven Strahlen der Sonne, die hier anscheinend ihren Filter verloren hatte; zurückhaltend kann man die ecuadorianische Sonne wirklich nicht nennen.

»Hallo ... ich meine, *hola, Señor*.«

»*Hola*«, sagte er und brachte seinen Karren an der vorderen Stoßstange zum Stehen. Die Muskeln seiner Oberschenkel zeichneten sich unter der Hose ab. Mit einem zerknüllten Dollar in meiner Tasche langte ich erst nach einer Mango, dann nach einer verwaisten Banane. Ich reichte ihm den Dollar.

Der Karrenmann griff in seine staubige Hosentasche nach Wechselgeld, aber ich winkte ab.

Er lächelte nicht und murmelte nur: »*Gracias*.«

Geschäftstüchtig hielt er eine dicke Mango hoch, damit Elly sie inspizieren konnte. »*Señorita?*«

Sie schüttelte ablehnend den Kopf.

Meine Frucht duftete feucht und erdig nach Regenwald. Jeder wird sagen, dass eine Banane nur eine Banane ist, aber wenn man eine gegessen hat, die frisch gepflückt wurde, wenn man sich diese eine am Hang der Anden geschält hat und in der Ferne das Patchworkkunstwerk sonnenheller Felder unter einem schneebedeckten Vulkan sieht, und wenn man den Wind in den Haaren spürt, während eine junge Missionarin mit achtzig Sachen eine gewundene Straße ohne Leitplanke hinabfährt – dann erst fängt man an zu leben.

»Wie lange kannst du eigentlich bleiben?«, fragte Elly und schaltete jetzt bei knirschendem Getriebe in einen niedrigeren Gang.

»Vier Tage, vielleicht fünf. Das war alles, was ich meinem zukünftigen Chef in New York entlocken konnte. Er ist ein bisschen altmodisch.«

Sie zeigte mit dem Finger auf mich. »Diese Zahlenspielereien können warten. Du solltest dir zwei komplette Wochen nehmen ... Die brauchst du, damit du ein Gefühl für die Großartigkeit dieser Gegend bekommst.«

Meine Bananenschale fiel zu Boden. »Dann schlafe ich eben nicht. Ich erforsche den Dschungel um Mitternacht. Und wenn du nett bist, lasse ich dich nach Neujahr nach Manhattan einfliegen.«

Sie sagte nichts und ging über mein Angebot hinweg, als sei sie an großen Städten überhaupt nicht interessiert.

»Okay, Elly, wann hast du Maurice zum letzten Mal mit einer Feige beworfen?«

Ich wusste nicht, ob sie vor Scham rot wurde oder ob es an der Hitze lag.

»Ungefähr einen Monat bevor du nach South Carolina gezogen bist«, sagte sie und versuchte, so gut wie möglich zu steuern und gleichzeitig zu grinsen. »Er hat mir Fratzen geschnitten, als ich im Kindergarten war; jetzt, nach zwanzig Jahren, kann er es immer noch nicht lassen. Es ist wie ein Reflex.«

Als wir fast am Fuße der Anden angelangt waren, fuhr sie rechts ran und ließ mich wieder fahren. Wir hielten im hohen Gras, und sie setzte sich hinter mich auf die Rückbank. Ich am Steuer, sie weder nah bei mir noch weit weg, sondern einfach im neutralen Bereich. Wie sie, diese anziehend wirkende Missionarin, also dort im neutralen Bereich saß, als ich auf die einspurige Fernstraße mit den überhängenden fallschirmartigen Wipfeln des Regenwaldes zurücklenkte, die unterhalb der Berge riesig wirkten, dankte ich Gott im Stillen dafür, dass ich sie kennen gelernt, dass sie mich mit einem gerösteten Marshmallow beworfen, Gedichte in Sandbänke geschrieben hatte und verlegen, aber unschuldig am Strand von Litchfield erwacht war, mit ihrem sandigen, verfilzten Haar, in einer Situation, die entfernt als zweideutig hätte empfunden werden können, die sie aber mit einem einfachen Schulterzucken quittiert hatte, weil Gott wusste, dass nichts passiert war.

Ich war ganz sicher, dass Gott wusste, dass nichts passiert war.

Stimmt's, Gott?

✩

Vor dem Anlassen des Motors hatte ich mich auf dem Sitz zur Seite gedreht und versucht, den Vers auf ihrem Handtuch zu lesen.

»Schon rausgekriegt, was da steht?«, fragte sie und drehte am Verschluss ihrer Wasserflasche.

Ich saß auf *Jehova*, aber das geschwungene, rote *cielo* war schon eine Herausforderung. »Bitte ein Hinweis.«

»*Himmel*, so wie in ›Meine Hilfe kommt von Gott, der Himmel und Erde gemacht hat‹.«

Und so fing mit freundlicher Hilfe eines ecuadorianischen Strandtuchs mein Spanischunterricht an.

Ich hatte das Gefühl, dass meine Lungen inzwischen zweimal so viel Luft fassen konnten wie vorher. Ich hätte uns gern noch ein zweites Mal das Gebirge hinabfliegen lassen, noch einmal mit achtzig Sachen diese Traumkurve samt ihren weißen Kreuzen hoch über der Schlucht mit dem Fluss durchfahren wollen. Doch die Spirale hatte ein Ende, die Abfahrt hörte auf, und die Patchworkfelder waren zum Foto auf der Innenseite meiner Augenlider geworden.

Die Straße wurde staubig, ein totes Braun voller Schlaglöcher, obwohl wir von endloser Vegetation und der wildesten Flora umgeben waren; üppige, geschmeidige Pflanzen wucherten herum, als wollten sie uns ganz und gar verschlingen.

»Willkommen im Amazonasbecken«, sagte Elly und machte eine ausholende Geste.

Ich empfand Ehrfurcht und bemerkte gar nicht das strahlend blaue Insekt an meinem Hemdsärmel – bis es meine rechte Schulter heraufgeklettert kam. Ich hob die Hand, um danach zu schlagen, zögerte aber.

»Autsch!«

Elly hatte das Krabbeltier mit meiner Bananenschale zerquetscht und aus einem hellblauen Insekt einen sehr primitiven, schmierigen blauen Schleim gemacht.

»Das kommt hier oft vor, was?«

»Stündlich«, sagte sie.

Als wir tiefer im Dschungel waren, hielt ich den Wagen an und rang um Worte, weil ich das Gefühl hatte, in die Laubdecke dieser ungeheuren neuen Welt eingehüllt, von ihr vollkommen umgeben zu sein. Die Sonne konnte diese Decke nicht durchdringen, und vom Boden aus kreuzten dicke Schlingpflanzen umeinander wie zu Holz gewordene Nudeln und webten sich durch die winklig geraden Baumäste – ein zeltartiges Heiligtum für alle Vögel, Insekten und sonstiges Getier.

So eine Vielfalt von Gerüchen hatte ich noch nie erlebt; nie war meine Nase so überfordert gewesen. Warme Düfte von Moos, Erde und Pflanzen überlagerten und umkreisten einander, eine Myriade von Dschungelaromen wetteiferten mit einem Orchester von Vögeln um die Aufmerksamkeit meiner Sinne.

»Noch üppiger als üppig.«

Das waren die einzigen Worte, die ich hervorbringen konnte.

Wir parkten eine Weile unter der Verwilderung, und die Zeit schien wieder stillzustehen. Elly trug eine Kette exotisch aussehender Perlen um den Hals – rund, hölzern und in den gleichen Erdtönen wie das Patchworkackerland.

Große, hölzerne Dschungelperlen – nicht das, was ich als Souvenir mitgenommen hätte. Wenigstens nicht nach Manhattan.

Sie nahm sie sich vom Hals, beugte sich vor und hängte sie mir um. Dann fand sie, dass sie mit meinem Hemd zusammen grässlich aussehe. Ich gab sie ihr zurück. Sie ließ sie im Schoß liegen und zeigte auf ein dichtes Wirrwarr von Schlingpflanzen und Ästen.

»Schon gesehen?«, fragte sie.

»Was gesehen?«

»Guck genauer hin. Sie sind klein und hibbelig.«

»Ich seh immer noch nichts. Warte mal, ja, ich seh sie.«

»Sie heißen Brülläffchen.«

Ich hätte so einen Affen nicht von einem Schimpansen unterscheiden können, aber die kleinen Kerle heulten und schaukelten, sprangen und zankten, fletschten die Zähne und machten ungeheure Sprünge: Sprünge der Unbekümmertheit, Sprünge des Glaubens, Sprünge, die dem gesunden Menschenverstand Hohn sprachen, doch immerhin hatte auch ich mich in der Herrentoilette von Charlotte gegen jeden gesunden Menschenverstand verhalten; warum also hätte ich von den Affen Besseres erwarten sollen.

Wir schauten ihnen ein paar Minuten lang zu, und als die Sonne langsam hinter uns unterging, glühten in Ellys Haarsträhnen tiefrote Töne. Sie merkte, dass ich sie anstarrte. »Willst du dir die schlechte Nachricht anhören?«, fragte sie und schaute durch die Frontscheibe.

»Haben wir einen Platten?«

»Nein. Wir müssen noch drei Stunden fahren.«

»Ich will ein Äffchen.«

Sie rollte mit den Augen. »Ich fahr von hier aus weiter, Jay. Du solltest wirklich nicht fahren.«

»Ganz, wie Sie wollen, Kapitän.« Und sie stieg vom Rücksitz wieder nach vorn.

Bei Einbruch der Dunkelheit kamen wir am Stadtrand von Coca an, einem staubigen kleinen Ort, der nach Auskunft meines Reiseführers als Ausgangspunkt für Dschungel- und Flusstouren durch Ecuador diente. Ich nickte einmal ein, dann ein zweites Mal, immer wieder durch Schlaglöcher aus dem Schlummer gerissen.

Kurz nach elf Uhr nachts kamen wir an.

Im Scheinwerferlicht des Wagens sah ich ein gepflegtes Dorf. Die Wege waren mit Steinen eingefasst, und die Hauptstraße, auch unbefestigt, war von zwei Fackeln flankiert, die sich aus dicken Bambushaltern erhoben.

Der Bambus war hoch, die Flammen klein, und eine Reihe winziger Häuser – eher hölzerne Hütten, wie von Amateurzimmerleuten gebaut – stand an jeder Straßenseite. Die Häuser standen auf dünnen Pfählen meterhoch über dem Boden, und Plastikrohre, die wohl als Wasserleitungen dienten, liefen an den Außenwänden entlang. Wir parkten neben einer Hütte. Elly schaltete die Scheinwerfer aus.

»Habt ihr Elektrizität?«, fragte ich.

Sie lächelte kurz und sagte: »Zwei Generatoren. Wir verwenden sie sparsam.«

»Fließendes Wasser?«

»Nur von der kalten Sorte.«

»Männer wohnen auf der einen, Frauen auf der anderen Straßenseite?«

»Meistens ja.«

Ich öffnete meine Tür und vernahm eine heisere Symphonie von Insektenklängen in einer Lautstärke, die amerikanische Insekten beschämt hätte. Amerikanische Insekten sind Schlappschwänze. Diese Amazonaskäfer hatten Pfingstler-Pastoren-Qualitäten; die Geräusche waren durchdringend, und ich hörte Altstimmen, Bässe, Soprane und ein Insekt mit unverkennbarem Tenor heraus.

»Das ist wohl eure Einschlafmusik, nehme ich an?«

»Unsere allabendliche«, sagte sie und legte die Schlüssel unter die Fußmatte.

»Danke für die Fahrt. Wenn du sitzen bleibst, mach ich dir die Tür auf.«

»Würde ich ja«, sagte sie und löste den Gurt, »aber das ist hier nicht üblich. Trotzdem danke.«

Ich nahm mir die Reisetasche von der Ladefläche und griff dann zurück auf den Vordersitz, um meine Mango an mich zu nehmen.

Sie zog ihr Handtuch vom Sitz. »Du wohnst in der Hütte da«, sagte sie und deutete in die Dunkelheit.

Ich knipste die Taschenlampe an. »Gute Nacht.«

»Halt das Licht auf den Boden gerichtet. Und wir stehen früh auf.« Sie drehte sich um und ging in die entgegengesetzte Richtung. »Ach, und Jay ...«

»Ja, Elly?« Ich konnte sie in der Dunkelheit kaum erkennen.

»Wir hatten ein kleines Heißwassergerät für heiße Duschen einmal pro Woche. Ist irgendwie kaputtgegangen.«

»Irgendwie oder endgültig?«

»Ich bin mit dem Wagen drübergefahren.«

Mit dem Lichtkegel auf den Boden gerichtet schleppte ich die Reisetasche vier Stufen nach oben in einen Raum mit Sperrholzwänden und Holzfußboden. Darin waren zwei Einzelbetten, von einem Strohteppich getrennt, und ein männlicher Körper lag in dem rechts von mir. Die beiden Fenster hatten Fliegengitter, aber kein Glas.

Ich sank auf das Bett und sah, wie ein Streifen Mondlicht die gegenüberliegende Wand beschien.

Ich kämpfte nicht gegen den Schlaf an. Ich bat ihn herein und hieß ihn willkommen.

Kapitel 37

Ich erwachte in einem schmalen Bett und empfand die balsamische Luft zu so früher Stunde als ungewohnt. Mein Mitbewohner, ein junger Mann namens Juan, grüßte mich in gebrochenem Englisch. Die Schlichtheit unserer Hütte verblüffte mich. Keine Steckdosen. Keine Bilder. Nur ein Strohteppich zwischen uns und ein kleiner Stapel Briefe auf Juans Fensterbrett. Er saß auf der Bettkante, farblich unpassend gekleidet – braune Shorts und ein rotes Fußballhemd – und reichte mir die Hand mit den Worten: »Du mit Müll dran.«

Ich nahm an, dass er der Platzwart und Fußballtrainer war. Er sagte mir, ich könne Hilfsplatzwart und Baseballtrainer werden.

Er meinte es vollkommen ernst.

»Müll mitnehmen?«, fragte ich und fädelte den Ledergürtel durch die letzte Schlaufe meiner Shorts.

»*Si.* Du mit Müll dran«, sagte er und streckte seine Arme, bis er die niedrige Decke berührte.

Draußen vor der Hütte nahm ich meine Dschungelumgebung in Augenschein – dicke Bäume, Moder und feuchte Luft, hier und da dürre grüne Schlingpflanzen, ungefilterte Eindrücke des Äquatorlebens.

Ich ging ein paar Schritte abseits des von Steinen eingefassten Weges und machte dann eine langsame Runde, um diesen entlegensten aller Vororte zu betrachten. Juan stellte sich für einen Moment an meine Seite und sagte dann: »Nichts Vergleich?«

»Ja, Juan ... keine Neonlampen, keine Werbetafeln.«

Er gewährte mir noch zehn Sekunden, bevor er mir den Besen reichte.

So stand ich also um 7:20 Uhr morgens am zweiten Mittwoch im November in einem Dorf im ecuadorianischen Regenwald, einen

Jutesack über der Schulter und einen abgesägten Besenstiel, aus dem ein Nagel ragte, in der Hand – die offizielle Uniform des Hilfsplatzwarts.

»Soll ich beide Straßenseiten bearbeiten?«, fragte ich und war froh, dass nicht viel Abfall herumlag.

»*Si. Amigas,* dann *amigos*«, sagte er und zeigte auf die beiden Bambusfackeln, die jetzt im Licht der aufgehenden Sonne vor sich hin schwelten.

Ein roter Ara saß auf einem Gebäude, das ich für die Dorfküche hielt. Neugierig, aber zurückhaltend beobachtete er mich wie ein gefiederter Wächter, den Schnabel halb zu einem Lächeln, halb zum Kreischen geöffnet.

Wenn es zum Kampf käme, würde er gewinnen.

Am Straßenrand waren die Hinterlassenschaften kleiner Besucher im Sand verstreut, die typischen Spuren von kleinen herumstobernden Tieren. Ihre Abdrücke waren größer als die einer Maus, aber kleiner als die von Hirschen. Ich folgte einer Zickzackspur, bis diese sich im grenzenlosen Unterholz von Ecuador verlief.

Hinter den Hütten wuchs ein Mischmasch von Gemüse über- und nebeneinander, als seien die Samen wie Konfetti per Zufall verstreut worden. Die Tomaten hatten ein gutes Jahr; die Gurken waren ein bisschen mager. Lange Ranken mit dicken roten Beeren wanden sich hinter den Hütten grotesk nach oben und nach unten in dem Versuch, die dünnen Pfähle zu erfassen und zu erdrücken.

Während ich im Morgentau kleine Papierfetzen aufspießte, sah ich Elly die Straße entlangschlendern und an den Fackeln vorbeigehen. Ein Dutzend Kinder bummelte hinterher.

Sie beugte sich zu den Kindern herab. »Sagt Mr Jarvis hallo.«

»*Hola, Señor Yarvies*«, sagten sie und fingen sofort an zu kichern und rot zu werden. Sie hatten allesamt glattes, schwarzes Haar und trugen weite Shorts und Hemden, die leicht verschmutzt, aber ordentlich und faltenlos in die Hose gesteckt waren.

»Wir sind unterwegs zum Frühstück«, sagte Elly und hielt zwei kleine braune Hände in ihren. »Wir lassen dir etwas Obst übrig.«

»Also, Miss Kyle ... wann bekomme ich meine private Dschungeltour?«

Sie ging weiter und antwortete über die Schulter: »Nur Geduld, *Americano.*«

Und damit war unsere morgendliche Begegnung auch schon beendet.

Juan sagte, er sei zwanzig Jahre alt, und mit seinem schlanken, athletischen Körperbau sah er auch so aus. Er hatte noch nie von eBay und Yahoo gehört und wusste nichts von Aktienkursen oder Anfangsgeboten, aber er bot mir alles an, was ich brauchte. Was nicht sehr viel war. Ich brauchte nur etwas zu essen.

Wir verspeisten auf den Stufen unserer Hütte sitzend einen Dschungelmuffin und zwei Bananen. Juans Englischkenntnisse waren spärlich, aber er war nicht schwerer zu verstehen als so manche Einwohner von South Carolina, die mir begegnet waren. Er erzählte mir, er habe es mit siebzehn fast in die Nationalmannschaft geschafft, obwohl hier unten das Wort *fast* etwas unvorsichtiger benutzt wurde als üblicherweise bei uns.

»Du übersehen Müll«, sagte er und zeigte unter die Nachbarhütte.

»Si«, sagte ich und spießte den verwehten Fetzen auf. Er fragte nach Jobs in Amerika und schüttelte dann den Kopf, als ich vom Lebensstil der Mittelklasse erzählte. Ich erläuterte die Umtauschrate und stellte fest, dass Juans Einkommen nach Umtausch in die US-Währung dem Gegenwert von 30 Dollar im Monat entsprach.

»Dreißig?«, fragte er und traute dem Vergleich nicht so recht.

»Nur dreißig, Juan, mein Freund.«

Er kratzte seinen Fuß an einer Baumwurzel, schaute dann auf und grinste. »Ich dich einstelle, du machst zwanzig im Monat.« Und in seiner Stimme klang Genugtuung mit.

Mittags bat Juan mich, bitte nicht mehr zu versuchen, den Ara mit Regenwürmern zu füttern. Da kein Abfall mehr da gewesen war, den ich hätte einsammeln können, hatte ich nämlich heimlich eine halbe Stunde lang den Wurm am Küchenfenster hinaufgeworfen, doch der Vogel hatte meine Gabe beständig abgewiesen. Juan bedeutete mir mitzukommen, also ließ ich Sack und Besenstiel an einer dicken, limonengrünen Pflanze stehen. Die Pflanze war ein Stückchen größer als ich, und ich ging davon aus, dass sie bis zu unserer Rückkehr meine Utensilien verschlungen haben würde.

Wir liefen ein paar hundert Meter den Weg entlang und konnten nur nach oben oder geradeaus blicken. Links und rechts war der Blick versperrt, so dicht war der Bewuchs.

»Sag mal, Juan, ist Elly immer so?«

Er schnipste sich etwas vom roten Hemd und fragte: »Wie?«

»So sachlich.«

»Ist erster Tag von dein erster Besuch aus Nordamerika. Lass Zeit.«

Na gut.

Wir zogen weiter. Jetzt war ich mit meinen Gedanken bei den Insekten und ihren stimmlichen Harmonien. Ich hatte gedacht, das Krabbelzeug sei nachtaktiv, aber das war nur ein Mythos – sie schliefen nie. In einer lockeren Vermischung der Tiervölker bildeten Insekten und Vögel einen grellen Chor, der die Mittagszeit begleitete, das amazonische Pendant zu unserer Kaufhausmusik.

Ich versuchte mitzusummen, aber die Ballade war doch zu seltsam.

Der vertrautere Klang junger Stimmen signalisierte mir, dass wir uns dem Ziel näherten. Der behelfsmäßige Fußballplatz in seinem dürftigen Rohzustand hatte verblichene weiße Begrenzungslinien. Es gab keine Tribünen, nur hoch aufragende Pflanzen und Bananenbäume als Zuschauer, die sich als grünblättrige Beobachter über das Feld beugten.

Zwei Dutzend Kinder rannten auf ihre eigene Weise im Zickzack über den Platz. Elly saß neben einem Tor und spielte mit ihren Holzperlen. Als Sonnenschutz hatte sie sich einen Panamahut mitgebracht. Die Sonne verlieh dem roten Band einen seidigen Glanz. Die Fußballtore waren schief, die Netze zerrissen.

»Netter Hut, Frau Lehrerin«, sagte ich.

Sie stupste die cremefarbene Krempe an und sagte: »Ohne Hut wirst du hier gebraten. Diese winzige Mütze wird ... na, du wirst schon sehen. In null komma nichts hast du einen Sonnenbrand.«

Ich erinnerte mich an meine Sonnencreme und drehte den Schirm meiner winzigen Mütze nach hinten. Dann forderte ich Juan zu einem Fußballspiel heraus, einer gegen einen.

Der Fehler meines Lebens, mir Juan als Gegner zu erwählen.

»Fuußbahl«, riefen die Kinder, setzen sich an die Seitenlinie und klatschten in die Hände. »Fuußbahl!«

»*Si*, Fuußbahl«, erwiderte ich und nahm die Position des Torwarts ein.

Der Ball ging zwischen meinen Beinen durch. Keine Ausrede möglich; es passierte einfach zu schnell. Ich stieß den Ball zu Juan zurück, und plötzlich rollte er um meine Beine herum und ging wieder ins Tor. Ich nahm den Ball, hob ihn hoch über meinen Kopf und warf ihn zurück, wobei ich versuchte, meine Beine dichter zusammenzuhalten. Der Ball flog über meinen Kopf, prallte von seiner Stirn ab und landete wieder im Tor.

Wir tauschten die Positionen, und am Ende meines drei Sekunden dauernden Stepptanzes war ich nur noch ganz klein mit Hut. Juan war noch geschickter als ein New Yorker Taschendieb.

Die Kinder lachten und trommelten auf das Gras. Juan zuckte nur die Schultern und ließ den Ball auf den Knien hüpfen.

Aber beim Surfen konnte ich ihn schlagen. Da war ich mir sicher.

Elly stand auf, ließ die Kinder in einer Reihe stehen und bot ihre Herausforderung: alle siebzehn Kinder gegen die drei Erwachsenen. Zwei kleine Kinder ließen sich mit hysterischem Gelächter ins Gras fallen. »Nur *tres*!«, riefen sie und zeigten auf uns. »Nur *tres*!«

»Ja«, sagte Elly. »Nur *tres*.«

Nach einer Stunde, in der sie uns davonliefen und austricksten und öfter zu Fall brachten, als wir zählen konnten, hatten wir verloren, *ocho* zu *uno*.

Ich holte den Fußball aus dem Netz und spürte, dass die Luft ausströmte. Der Ball war abgenutzt und weich wie eine verfaulte Apfelsine. Ein Kind zog an meiner Hose, weil es den Ball zurückwollte.

Ich ließ ihn einmal auf seinem Kopf auftitschen und befahl ihm, in Zukunft nicht mehr anderen Beinchen zu stellen.

»Die Kinder mögen dich«, sagte Elly und lächelte jetzt, als sie ihre Truppe zusammensammelte.

Ich bückte mich und band mir die Schuhe wieder zu. »Nur die Kinder?«

»Ich hab dich vom Flughafen abgeholt und durch den Regenwald gefahren, oder etwa nicht?« Und damit hüpften sie und die Kinder kichernd zurück zum Dorf.

Sie waren schon fast außer Sichtweite, als sie stehen blieb, die Kinder zur Ruhe brachte und rief: »Ich habe eine Nachmittagsüberraschung für dich! Vielleicht heute, vielleicht morgen.«

Ich hatte keine Ahnung, was sie meinte.

✩

Wie den Kindern in Nordamerika wird es auch den Kindern im Dschungel ab und zu mal langweilig, und sie verspüren den Drang, Dinge zu zerstören. Mit meinem Jutesack über der Schulter und keinem Fetzen Papier mehr weit und breit entdeckte ich ein paar zerbrochene Flaschen an der Seitenwand des Küchengebäudes. Steine lagen zwischen den Scherben aus Weißglas und Braunglas; sogar ein paar strahlend blaue Scherben waren darunter. Was für ein Scherbenhaufen; und einen Augenblick lang bedauerte ich, nicht schnurstracks zur Wall Street aufgebrochen zu sein.

Gerade hatte ich den Sack dort geleert, wo Juan es mir gezeigt hatte – in einer flachen Kuhle am Rand des Dschungels –, als eine Glocke von der Küche her läutete.

Um zwei Uhr nachmittags versammelte sich das Dorf um drei lange, verwitterte und zerkratzte Tische, die im Freien standen. Die Tische waren von einer hölzernen, A-förmigen Konstruktion überdacht und standen direkt vor der Küche, die ihrerseits zwischen der Häuserreihe auf der Frauenseite des Hauptweges eingezwängt lag. Beziehungsweise auf der vorwiegend von Frauen bewohnten Seite – wer wusste das schon.

Die Kinder saßen ungeduldig auf ihren Stufen und warteten darauf, dass Elly die Teller austeilte.

»Wie lange dauert der Arbeitstag hier eigentlich?«, fragte ich und wischte mir die Hände an den Shorts ab.

»Nicht lange. Wir haben nach dem Essen etwas zu deiner Erholung geplant«, sagte sie und goss jetzt ein Getränk aus einer hölzernen Kanne in Becher. Das weiße T-Shirt betonte ihre Sonnenbräune, und ihre Zufriedenheit, ihre kindliche Zufriedenheit, machte mir Gewissensbisse, weil ich über das zerbrochene Glas gejammert hatte.

Ich ging zu ihr herüber und sagte mit gesenkter Stimme: »Drüben auf der Männerseite habe ich eine Sprache gehört, Elly ... das war nicht Spanisch.«

»Ketschua«, sagte sie. »Ein paar von den Leuten hier sind eingeborene Indianer. Sie sind übrigens neugierig auf dich.«

»Was hast du ihnen erzählt?«

»Nicht viel. Kannst du mal die andere Kanne holen?«

Auf dem Weg über die vier Stufen in die bescheidene Küche entdeckte ich eine zweite Holzkanne – dazu drei Frauen und zwei Männer, die ein ecuadorianisches Festessen zubereiteten. Sie saßen mit dem Rücken zu mir.

Sie summten beim Kochen vor sich hin. Ihre Kleidungsstücke passten nicht besser zusammen als die von Juan. Ich hatte fast den Eindruck, die ganze Dorfbevölkerung habe sich nur dreißig Sekunden lang in einer Gebrauchtkleidersammlung mit Sommerware umschauen dürfen, und jeder habe sich einfach geschnappt, was er greifen konnte: Rosa kombiniert mit Violett, Türkis mit Lila, Karos mit Streifen.

Die kleine Frau in Lila war die energischste. Sie fasste den Schöpflöffel mit beiden Händen und versenkte ihn tief im eisernen Topf. Ohne beachtet zu werden, nahm ich die Kanne von einem Tisch an der Seite.

»Riecht gut«, sagte ich.

Keine Antwort.

Ich stieg die Stufen hinab und ging zum mittleren Tisch, wo Elly einen Stapel Plastikbecher verteilte, während sie andauernd nach den Fliegen schlug. Ich goss ein.

»Okay, was hast du ihnen von mir erzählt?«

Sie brachte einen Stapel Becher an den Nachbartisch und sagte: »Nur eine kurze Geschichte. Gieß bitte ganz voll. Wir haben hier draußen kein Eis.«

»Was für eine Geschichte?«

»Die vom Strand.«

»Nicht doch.«

Auf dem Tisch standen Schüsseln in zwei Größen. Sie hatte jeweils drei von den kleineren Schüsseln für die Kinder hingestellt und eine größere für einen Erwachsenen.

»Du hast hier schon einen Spitznamen, Jay«, sagte sie.

»Ach, toll. Du sprichst wohl auch Ketschua? Jetzt bist du mir schon um zwei Sprachen voraus.«

»Ich kann nur ein paar Worte. Die meisten Spitznamen sind aber auf Englisch.«

»Gut, dann lass mal hören.«

»Sie nennen dich ›El Marshmallow‹.«

»Echt grausam, besonders für eine Missionarin. Ich würde sagen, dass es dafür Minuspunkte gibt.«

»Ein paar. Verscheuch bitte mal diese Insekten von den Bechern.«

Die farbenfrohe, dissonant gekleidete Küchenmannschaft brachte das Essen nach draußen, und ich half Juan, das Besteck zu verteilen. Wie die Löffel in einer Cafeteria war es so abgenutzt, dass das Metall schon lange nicht mehr glänzte. Die Messer waren stumpf, manche verbogen, aber ich hatte ja nicht vor, ein Steak damit zu zerschneiden. Andererseits hatte ich ja auch nicht erwartet, am Ende der Tafel neben Karo-und-Streifen zu sitzen, deren Sinn für Smalltalk ihrem Modegeschmack Konkurrenz machte.

»Mögen Sie den Fisch lieber gekocht oder gegrillt?«

Keine Antwort. Sie schaukelte einfach nur auf der Bank hin und her.

»Cornflakes oder Rosinenmüsli?«

Verwirrtes Lächeln, heftigeres Schaukeln.

»Demokraten oder Republikaner?«

Wieder nichts.

»Ingrid oder Marianne?«

Schließlich schob sie einfach die Hand herüber und tätschelte meine. Dann schaute sie ihre Mitköchinnen an, als ob sie fragen wollte: »Können wir bitte anfangen zu essen?«

Da die Hütten keine Namensschilder trugen und ich nicht wissen konnte, wer mit wem im Dorf zusammenwohnte, wollte ich Juan beiseite nehmen und ihn über das Zusammenleben von Männern und Frauen ausfragen. Aber vermutlich gab es für mich noch sehr viel andere Dinge zu lernen, bevor ich mich in die Privatangelegenheiten mischen konnte.

Na ja, Lydia würde wahrscheinlich längst Bescheid wissen, und wenn auch nur instinktiv.

Alle standen auf, und ein Junge mit struppigem Haar sprach das Tischgebet. Ich spähte einmal hoch. Einige Erwachsene hatten die Augen offen und starrten nur mit leerem Blick zu Boden, als ob sie entweder nichts verstanden oder nichts vom Gebet hielten, aber höflich sein wollten.

Als die Häupter sich erhoben, schnappte Juan sich eine Beere und schnippte sie heimlich über das Dach. Ich machte schnell einen Schritt zurück, um besser sehen zu können. Der rote Ara fing sie geschickt auf. Der Vogel wollte noch eine Beere, aber inzwischen saßen alle, und es würde keine weiteren Spenden geben.

Unsere Mahlzeit bestand aus einer würzigen Suppe, einigen Happen Fisch und gekochten Bananen. Während des Essens wurde nicht viel gesprochen, und als es vorbei war, lag kein Krümel mehr auf den Tellern. Zum Nachtisch servierten Rosa-und-Violett sowie die gesprächige Karo-und-Streifen eine Frucht namens *Mora*. Sie schmeckte wie Himbeere und war ziemlich lecker, wenn man sie mit Zucker bestreute.

»Noch mehr *Mora?*«, fragte ich.

»El Marshmallow *mucho Mora«,* sagte Juan. Die Kinder lachten und erhoben sich von den Bänken. Niemand ließ ein Trinkgeld liegen, alle räumten mit auf.

»Was ist mit der Nachmittagsüberraschung, von der du geredet hast, Miss Kyle?«, fragte ich und half Juan, die dreckigen Schüsseln zu stapeln.

Elly wischte einem Kleinkind das Kinn sauber und sagte: »Geduld, *Americano.«*

Geduld ... eine sehr schwer greifbare kleine Frucht.

Kapitel 38

Wenn man als echter Mann keine Muscheln sammeln darf, dann darf man sicher auch keine Perlen auffädeln.

Perlen. Das war, was sie mit der geplanten Erholungssache gemeint hatte – wir sollten mit fünf neugierigen Dschungelwaisen bunte Ketten aus Amazoniens Holzperlen basteln.

Nach dem Essen legten Elly und die Frauen die kleineren Kinder schlafen. Dann kam sie in ihrem Panamahut nach draußen und führte uns zu einem Bau, den sie als Werkstatt bezeichnete. Diese lag am Ende des Dorfes unter zwei turmhohen Kapokbäumen, und architektonisch war sie noch einfacher als das Bauwerk, in dem ich schlief. Stufen aus Schlackenbeton führten in die Hütte, die nicht größer als zweieinhalb Meter im Quadrat war. Die nackten Holzwände hatten nur drei glaslose Fenster, alle unterschiedlich groß und ohne Fliegengitter. Einfache Bänke waren an den vier inneren Wänden befestigt und ein verwitterter Tisch erstreckte sich von der Wand an der Ostseite bis zur gegenüberliegenden Wand. Auf dem Tisch lagen geduldig in Dutzenden von flachen Schalen aus braunem Kürbis die unterschiedlichsten hölzernen Perlen, manche in Erdtönen, manche groß, manche rau, manche mit bunter Farbe angemalt.

Elly und die Kinder versammelten sich um den Tisch. Ich stand in der Tür und hielt mich am Rahmen fest. »Vielleicht sollte ich mal einen Fisch oder zwei fangen und meinen Beitrag zum Abendessen leisten.«

»Das wirst du nicht tun«, sagte Elly und bereitete Schnüre für die Ketten vor. »Setz dich einfach hin und pass gut auf.«

Ich setzte mich in die Ecke und war froh, dass keine männlichen Freunde dabei waren. »Du weißt, dass ich so was nicht machen kann, wenn ich meine Männlichkeit wahren will.«

»Nein«, erwiderte sie, »aber du kannst diesen Kindern dabei helfen, eine neue Fertigkeit zu erlernen.«

Als ich mich grummelnd zu helfen bereit erklärte, ließ sie die beiden Jungen links und rechts von mir Platz nehmen. Die drei Mädchen setzten sich mir gegenüber um sie herum. Ich schätzte die Kinder altersmäßig auf sieben bis zwölf, obwohl man sich da nicht sicher sein konnte.

Ich nahm eine dicke Holzperle in meine Finger und ließ sie wieder zu ihren Verwandten fallen. »Die Kinder haben das also auch noch nie gemacht?«

Elly legte jedem einen Strang Schnüre auf den Tisch. »Diese Perlen sind erst letzte Woche aus Venezuela angekommen. Eine große katholische Kirche hat sie gespendet. Reich mir doch mal ein paar von den cremeweißen.«

Ich griff in den Behälter. »Du hast nicht bitte gesagt.«

»Bitte und danke.«

Nur eine halbe Stunde später war es klar, dass wir Männer wesentlich schlechter waren, sowohl mengenmaßig als auch beim Entwerfen der Muster. Pepe, der älteste Junge, fädelte andauernd dicke, längliche Bambusperlen hintereinander auf und brachte in der Mitte eine hellrote unter, bis er eine Kette hatte, die eines Zulukriegers würdig gewesen wäre. Sein jüngerer Bruder Eduardo gab sich der M&Ms-Technik hin – alles war ihm gerade recht, wie es eben aus der »Tüte« kam; kein System, nur Farben.

Ich schaute einfach nur zu, meine Männlichkeit immer noch in der Tasche, sicher verwahrt zwischen meinem Kamm und dem alten Lederportemonnaie.

Die Damen aber, von der jungen Isabel angeleitet, hatten sich sorgfältig zwei verschiedene Farbmuster ausgedacht: cremeweiß-türkisfarben-gestreift mit dunklem Holz und Naturholz mit Dunkelrot, wobei Größe, Form und Farbe sich abwechselten. Sie steckten zwei von je einer Perlenart auf, dann eine andere, dann noch zwei von der ersten, bis die Kette mit ihren Erdfarbtönen in den richtigen Proportionen komplett war. Dann wechselten sie zu einem Drei-eins-drei-Muster. Elly band alle Ketten an den Enden zusammen, bevor sie sie um einen kleinen gebräunten Hals hängte.

Der erste Windhauch des Tages wehte durch die Fensteröffnungen, ein kurzer, aber willkommener Zephir, der unsere feuchtwarme Hütte kühlte. Die beiden älteren Mädchen waren ziemlich fleißig gewesen; schweigsam vertieften sie sich in ihre Massenproduktion und hatten schon acht Ketten fertig, die sich wie bunte Spaghetti auf dem Tisch häuften.

Elly hob eine Kette aus diesem Haufen hoch und überprüfte das Design. »Gute Arbeit, Mädchen. Wir verkaufen sie auf dem Flohmarkt von Coca. Das gibt genug für ein neues Kleid für jede von euch.«

Bei dieser Nachricht schalteten die Mädchen in den höchsten Gang, wobei einige Perlen wie ein bunter Regen auf den Boden prasselten.

»Ihr solltet eine für Darcy machen«, schlug ich vor und sah zu, wie Pepe versuchte, einen Krawattenknoten in seine Kriegerkette zu binden. »Ihr braucht auch nur eine Farbe.«

Elly machte bei der Erwähnung des Namens große Augen. »Wie gedankenlos von uns«, sagte sie. »Reich mir mal die hellgrünen Perlen, Isabel.«

Die kleine Isabel griff in den Behälter, hielt aber inne und sagte: »Du nicht bitte gesagt, Miss Elly.«

»Bitte und danke, und du siehst heute sehr hübsch aus.«

Isabel strahlte und reichte ihr die Perlen.

Pepe und Eduardo suchten runde rote Perlen aus und schossen damit nach einer Libelle an der Hüttendecke. Ich brachte sie zur Ruhe und ordnete an, keine Zuluketten mehr zu machen. Ich sagte ihnen, sie sollten sich der Massenproduktionsbewegung anschließen und eine Lektion in Sachen Kapitalismus lernen.

Elly schaute mich über den Tisch hinweg müde an. »Jay, versprich mir, dass du ihnen nichts über Aktien und die Wall Street erzählst.«

»Versprochen.«

Bis zum Spätnachmittag waren die Kürbisschalen fast leer, und vor uns lagen genügend Ketten, um jeden Dorfbewohner doppelt schmücken zu können – Cremeweiß-Türkis kombiniert mit dunklem Holz auf einem Stapel, Naturholz und Dunkelrot auf einem anderen, von den gemischten der Jungen ganz zu schweigen.

»Wie viel würden die Touristen deiner Meinung nach dafür zahlen?«, fragte Elly, während sie Inventur machte.

»Keine Ahnung ... drei Dollar pro Stück?«

»Ich verlange fünf.«

Isabel hüpfte leichtfüßig aus der Hütte. Sie hatte sich eine Kette um den Hals geschlungen, die ihr fast bis auf den Bauch hinunterhing.

Ich schaute aus dem Fenster und sagte: »So viel zum Thema ›eine Kette für Darcy‹ ...«

Elly stand in der Tür und sah zu, wie sie fortlief. »Ich tausch sie aus, wenn sie heute Abend schläft.«

Die älteren Mädchen überredeten Pepe und Eduardo, ihnen ihre Tagesproduktion um den Hals zu hängen. Die Jungen gaben nach, und bald waren die Mädchen reich geschmückt. Elly setzte sich wieder den Panamahut auf und sagte: »Na, Mr Jarvis, jetzt mach schon und gib in Gegenwart der Kinder zu, dass es viel unterhaltsamer war, als kleine Aktienkurszahlen auf dem Computerbildschirm zu verfolgen.«

Das gab ich nicht zu. Ich fragte sie stattdessen, ob sie einen Spaziergang machen wolle, nur wir beide.

»Ich muss die Mädchen nach Hause bringen«, sagte sie. »Ich muss sie waschen und ihnen das Haar schneiden. Aber morgen gibt es noch eine andere Überraschung für dich, Jay.«

Hinter der Hütte kamen Pepe und Eduardo mit einem alten Baseballschläger und einem armseligen grauen Softball hervorgesprungen, den sie von den herabhängenden Nahtfäden zu befreien versuchten. Sie zeigten nach hinten in den Dschungel zum behelfsmäßigen Fußballfeld und deuteten an, dass ich als Werfer vorgesehen war.

Meine Männlichkeit kehrte zurück. Hoffentlich schafften es die Kleinen, einen angeschnittenen Ball zu schlagen.

✿

Nach dem Abendessen, das aus dünner Suppe, Reis und einem Stück Brot mit Käse bestand, bediente ich die Kinder mit einer Ladung mit Zucker bestreuter *Moras*. Während die Kinder auf dem Tisch um sie herum saßen und die ansonsten so herbe ecuadorianische Sonne in ihrem niedrigen Stand nun nur noch mild schien, las Elly ihnen aus einem Bilderbuch die Geschichte von Noah auf Spanisch vor. Die Kinder waren sehr neugierig, wie er wohl so viele Tiere in ein Schiff bekommen hatte.

»Noahs Schiff war ... *el grande*«, sagte ich von hinten. Isabel, die jetzt drei Perlenketten trug, schaute wegen meiner Sprachmischung missbilligend zu mir auf.

»*Si, grande*«, sagte Elly und streckte die Arme aus. Viele Fragen folgten, Fragen, die ich nicht deuten konnte, obwohl ich den Gesten entnahm, dass Witze über große Tiere mit großen Toilettengeschäften offensichtlich den Schwerpunkt des Gesprächs bildeten.

Bald senkte sich die Dunkelheit über die Tische im Freien, und in dieser Nacht ließ man mich die Bambusfackeln anzünden.

Sehr cool, als Bambusfackelanzünder in einem entlegenen Dorf am Amazonas tätig zu sein.

Die Flammen veranstalteten einen langsamen Tanz, und alle zogen sich in die Hütten zurück.

Es war nicht einmal zehn Uhr.

✩

Ich sank auf mein Bett nieder. Mit der Taschenlampe kehrte ich zu Psalm 139 zurück, wo ich letztes Frühjahr bei meiner ersten Suche nach dem Galaterbrief die Seiten aufgeschlagen hatte. Im Psalm stand, wie groß die Gedanken Gottes seien und dass sie zahlreicher seien als die Sandkörner, wenn ich mir die Mühe gäbe, sie zu zählen.

Ich fragte mich, welche Gedanken Gott über meinen Aufenthalt hier in diesem verrückten Dschungel hegen mochte und was ich davon würde mitnehmen können, wenn ich mein Leben in Manhattan anfing. Ich fragte mich, was Gott von Manhattan halten und wie es bei ihm im Vergleich zu diesem ach so verrückten Dschungel abschneiden mochte.

Aber die Müdigkeit war stärker als die Fragen, also überließ ich Manhattan und das Zählen der Sandkörner ihm, dessen Gedanken unendlich groß waren. Tatsächlich ein Ehrfurcht gebietender Gedanke ... die ganzen Sandkörner zu zählen.

Vielleicht war ich ja nur ein einziges Sandkorn.

Jay Körnchen, das bußfertige Sandkorn.

»Gute Nacht, Juan.«

»Schlaf gut, El Marshmallow.«

Der rote Ara krächzte in der Morgendämmerung und ich sehnte mich nach einer Dusche.

Aber es gab ja nur eine kalte.

»Juan, wach auf«, sagte ich und sah zu, wie ein winziges Insekt unter den Strohteppich floh.

»*Como?*«, fragte er und drehte sich mit noch geschlossenen Augen um.

Ich griff noch im Liegen nach dem Teppich, um darunter zu schauen. »Würde sich das Dorf über heißes Wasser freuen?«

Er gähnte und erinnerte mich an den Wechselkurs und sein Gehalt von dreißig Dollar pro Monat.

Ich setzte mich auf dem Bett auf und wühlte in meinem Portemonnaie. »Ich hab amerikanisches Geld mitgebracht, Juan, und ich würde gern ein Heißwassergerät für das Dorf kaufen.«

In nur zwei Minuten saß Juan hinter dem Steuer des alten Pick-ups mit einer Frisur, die noch unter schwerer Bettstrubbelitis litt. Hupend winkte er mich auf den Beifahrersitz. Jetzt war er richtig wach. Ich schnappte mir drei Stücke Obst vom Freilufttisch und hüpfte hinein.

Nach zwei schlaglöcherreichen Stunden, vorbei an wilden Affen und durch den Dschungel hindurch, erreichten wir die Stadt Coca. In meinem Reiseführer hieß es, dass der Ort noch 1969 nur ein paar Hundert Einwohner hatte, bis das Öl entdeckt wurde. Jetzt zählte die Einwohnerschaft ein paar Tausend. Aber das hatte auch seinen Preis gefordert. Die staubigen Straßen waren leicht mit Öl verschmiert, ebenso die streunenden Hunde, die Gehwege und sogar die Motorhauben der Autos. Juan sagte, der Gewinn fließe in den Bau von Straßen durch den Regenwald anstatt in den Bau einer Schule und eines Krankenhauses für Coca.

Er suchte nach einem Parkplatz und sagte mir, für ihn sei das Geschäft in Ordnung. »Aber manche Ureinwohner unter den Indianern sagen *nada* zu Ölgesellschaft. Sind wütend ... werfen mit Steinen.«

»Auf Texaco?«, fragte ich.

»*Si*, werfen große Steine.«

»Auf Shell?«

»Hmmm ... kleine Steine.«

»Auf Hess?«

Er zögerte einen Moment. »Nicht so schlimm. Baut Schule.«

»Aber im Großen und Ganzen seid ihr mit dem Geschäft einverstanden?«

»Ist faires Geschäft.«

Ich verspürte Gewissensbisse, weil ich mit dem Handel von Ölaktien Gewinn gemacht hatte, aber der Kapitalismus bringt ein veränderliches Wertesystem mit sich, und ich war nicht der Einzige.

In der staubigen Innenstadt von Coca parkte Juan an einem Gehweg, auf dem Hochbetrieb herrschte. Er schüttelte zwei Straßenhändler ab und zeigte mir, wo es zu einem Gemischtwarenladen entlangging, direkt an einem ganzen gebratenen Schwein vorbei, das unter einer Markise hing und zum Verkauf angeboten wurde.

Ein einsames Heißwassergerät stand in diesem Kramladen, in dem Eisenwaren, Autoersatzteile und Lebensmittel angeboten wurden, zum Verkauf. Juan suchte den Ladenbesitzer. Ich kniete nieder, um das Gerät zu inspizieren. Nicht, dass ich Ahnung davon hatte, aber ich stellte fest, dass es aus St. Louis kam und keinen Rost und nur eine Beule hatte, also nahm ich an, dass es funktionieren würde.

Es fand eine kurze spanischsprachige Diskussion über den Preis statt, bei der Juan anscheinend eine herbe Niederlage einstecken musste – der schnurrbärtige Besitzer war sowohl von den Gesten her als auch stimmlich überlegen.

»*Quatro!*«, sagte der Besitzer.

Juan zeigte auf den Boiler und dann auf ein Regal mit Süßigkeiten, aber der Ladenbesitzer gestikulierte wie ein Verrückter mit den Armen und deutete auf mein Hemd.

Ich hatte ein T-Shirt meiner Firma an, auf dem vorne aufgedruckt war: Investitionen für die Zukunft.

Zu spät.

Juan rief mich zu sich. Er versuchte, die Währungsumrechnung im Kopf vorzunehmen, sah aber verwirrt aus. Da ich jetzt wenig Hoffnung in die Verhandlungen setzte, zog ich ein Bündel Zwanziger aus der Tasche und reichte die Hälfte davon dem Ladenbesitzer. Plötzlich lief er zum Eingang, zog das »Geschlossen«-Schild herunter und packte den unteren Teil des Boilers.

Ich nahm das andere Ende, und gemeinsam schoben wir uns aus der Tür hinaus auf den Gehweg. Ungeschickt luden wir den Apparat auf die Ladefläche des Pick-ups.

Er drückte fest meine Hand und sagte: »Schönen Tag auch.«

Es klang nicht aufrichtig.

Dann schloss der Ladenbesitzer seine Tür hinter Juan, der überraschenderweise voll bepackt war. Juan stellte drei volle Schachteln mit Süßigkeiten auf den Boden und reichte mir dann einen neuen Fußball und ein Stück Heizungsrohr.

»Wo hast du das denn alles her?«, fragte ich und beäugte seine Beute.

»War Teil von Geschäft«, sagte er und grinste.

Irgendwie hatte ich das Gefühl, dass es vor meiner Abreise noch mehr Anfragen für Einkaufstouren geben würde.

Juan ließ den Motor an, aber ich griff hinüber und stellte die Zündung ab.

»*Por qué?*«, fragte Juan.

»Augenblick«, sagte ich und hielt einen Finger hoch.

Ich sprang aus dem Wagen, rannte an den Obsthändlern und dem gegrillten Schwein vorbei und rüttelte am Eingang.

»*Por favor!*«

Der Ladenbesitzer schaute durch das Glas, runzelte die Stirn und schloss die Tür auf. Er öffnete sie eine Handbreit und lugte hinaus.

»Sie heißen nicht etwa Miguel, oder doch?«, fragte ich.

»*Si* ... Miguel.«

»Ich muss mal an Ihren Computer. Sie wissen schon ... ins Internet. Leugnen hilft nichts. Ich weiß, dass Sie einen haben. Sie lassen sich mit dunkler Schokolade bestechen.«

Er spitzte die Lippen, drehte sich dann um und schaute auf seine Uhr. »Vier Minuten«, sagte er und zog eine Jalousie vor das Fenster. »Nur vier Minuten. Dann ich schließe für Tag.«

Er führte mich in ein Hinterzimmer, in dem überall Papier herumlag und Konservendosen sowie verschiedene Autoersatzteile standen. Ich setzte mich an den Computer, loggte mich ein und rief meinen E-Mail-Account auf.

Ich tippte eilig und hatte das Gefühl, Miguel schaue mir über die Schulter.

Lieber Steve,

drei sehr hektische und geschäftige Tage liegen hinter mir. New York City ist ganz anders, als du denken würdest. In der Ferne sieht man riesige Vulkane mit Kokosrand, und wilde Affen schwingen sich aufs Ungeheuerlichste vom Empire State Building. Die Insekten in der U-Bahn sind unglaublich groß, und ein riesiger roter Ara wohnt auf dem Dach meiner Wohnung. Das Essen ist billiger, als ich dachte, aber weniger abwechslungsreich.

Gestern Abend sah ich ein Stück am Broadway; der Star war eine entzückende Schauspielerin, die eine Missionarin spielt. Die anderen sahen aus wie spanischsprachige Indianerkinder aus einer entlegenen Gegend von Südamerika. Sie trugen alle bunte Dschungelperlen. Die Einarbeitung für den Job läuft sehr gut. Meistens geht es um Währungsumrechnungen und ähnlich leichte Sachen. Phantastischer Ausblick hier, viel wärmer als erwartet.

Schwarze Sachen sind nicht mehr in Mode. Die großen Kaufhäuser werden stark überschätzt.

Grüße an Ihro Limonenmajestät.

Bruder Jay

Ich klickte auf »Absenden«. Miguel kicherte und fragte mich dann über den Broadway aus. Ob ich schon mal Gloria Estefan im Konzert gesehen hätte?

»Nein, Miguel, hab ich nicht. Aber ich habe das Licht gesehen.«

»Das Licht?«

Ich ging aus dem Internet und schaute ihm ins Gesicht. »Miguel, es gibt einen Vermittler zwischen Gott und Mensch, und das ist Christus, und das sind nicht meine Worte, sondern seine Worte, und zwar ewige, und es sind die einzigen Worte, die du nötig hast.«

Er zeigte zur Tür. »Die vier Minuten sind um.«

Als wir wieder im Dorf waren, schleppten Juan und zwei von den älteren Männern den Boiler an seinen Platz am Ende der größten und modernsten Hütte – ein langes Wohngebäude aus Holz, in dem viele von den jungen Mädchen und meiner Vermutung nach auch Elly und die anderen Frauen wohnten.

Ich wusste immer noch nicht, wo sie schlief.

Nachdem die Dichtungen angepasst waren und die beiden Männer sich kurz gestritten hatten, wurde der Boiler angebracht. Ich hielt die Werkzeuge. Es wurden Knöpfe gedreht, Schrauben befestigt und allseits die Hände geschüttelt.

Aber das Kalte war heiß und das Heiße kalt.

Kapitel 40

Meine ganz besondere Überraschung begann nachmittags um halb fünf.

Wir – nur wir beide allein – gingen an diesem schwülheißen Nachmittag an den Bananenbäumen vorbei den Weg entlang, noch weiter als bis zu den Elefantenohren, die dem Dschungelgras Schatten spendeten. Aus der Ferne hörten wir das Orchester der Vögel, und alle paar Minuten hielten wir an, um ein leuchtendes Insekt zu zerquetschen.

Als das Dorf nicht mehr in Sichtweite war, hörte ich ein Trommeln, tiefes, anhaltendes Trommeln.

»Bongos?«, fragte ich.

»Du wirst mir kaum glauben«, sagte Elly und blieb auf dem Weg stehen, um zuzuhören.

»Probier's doch.«

»Na ja, wir bekommen Spenden, Kartons mit Kleidung und Werkzeuge und alles Mögliche von Gemeinden, die diesen Dienst unterstützen, und es macht immer großen Spaß, alles durchzuwühlen, und letzten Monat haben wir eine Riesenkiste von einem Schüler aus Atlanta bekommen, der uns eine alte Basstrommel gespendet hat, so eine, wie man sie bei Marschkapellen trägt.«

»Kürzere Sätze, Elly, kürzere Sätze.«

»Tut mir Leid. Wir haben die Trommel Raul gegeben. Er ist ein sechzehnjähriger Waisenjunge mit dem Verstand eines Fünfjährigen, aber er ist musikalisch sehr begabt. Er ist am liebsten allein. Nachmittags trägt er diese Basstrommel in den Dschungel. Geh nicht weiter, hör einfach zu.«

Ich hielt mir die Hand ans Ohr, um besser zu hören, denn die uns umgebenden Pflanzen reichten uns weit über den Kopf. Der Rhythmus pulsierte um uns herum, und die Schläge dröhnten durch den Regenwald – ein Dschungel-Surround-Sound.

»Könnten wir ihm mal zuschauen?«, fragte ich.

»Nein. Er geht weg, wenn er uns sieht. Komm mit, ich zeig dir was.«

Wir gingen noch zwanzig Minuten weiter. Das Trommeln wurde leiser. Bald zeigte sie durch ein Dickicht von Schlingpflanzen hindurch auf einen Pfad, der eigentlich eher für Kaninchen geeignet war. Der Pfad führte uns tief in den dichten Dschungel hinein, und nach weiteren zehn Minuten Wanderung standen wir schließlich vor einer ziemlich vergammelten Holzstiege, einer endlosen Treppe. Sie erhob sich Stufe für Stufe ins Nichts, war in Wildnis gehüllt und durch ein immer höher reichendes Gerüst von Holzpfählen gestützt.

»Ist das hier dein Baumhaus?«, fragte ich und war verblüfft, mitten in dieser entlegenen Gegend so ein Bauwerk vorzufinden.

»Das ist ein Beobachtungsturm«, sagte sie und schaute von unten in den Himmel. »Er reicht bis über die Baumwipfel ... ein südamerikanisches Krähennest sozusagen.«

Einzelne Sonnenstrahlen trafen in Kopfhöhe auf das Geländer. Vögel kreischten und trillerten von oben aus ihren Nestern tief im Grünen herunter; gedämpfte Geräusche, Dschungelgeräusche, Geräusche des Lebens – uralt, unsichtbar und durcheinander.

»Wer hat das Ding gebaut?«, fragte ich und stellte zur Probe den Fuß darauf.

»Wissenschaftler und Vogelbeobachter. Du weißt schon ... diese Omni ... Ohrnalotogen?«

»Ja, mit O fängt es an.«

»Tja, egal, 237 Stufen. Ich hab sie vor einem Monat gezählt.«

Ich zeigte zur Treppe. »Wollen wir?«

»Wir wollen.«

Die Vogelleute hatten jede fünfundzwanzigste Stufe nummeriert, also kamen mir Zweifel an ihren Rechenkünsten. Bei der fünfzigsten Stufe hörte ich auf, die riesigen Stämme der alten Bäume zu bewundern, die allesamt in belebtes Gestrüpp gehüllt waren.

»Komm schon, du Schnecke«, sagte sie mit ihren zehn Stufen Vorsprung.

Bei Stufe neunundneunzig, wo es unter dem Blätterdach schon etwas dunkler wurde, hielt sie an, um auf einen dicken gewundenen Ast zu zeigen. »Hab das letzte Mal eine Schlange gesehen, als ich hier oben war.«

»Was für eine?«

»Irgendeine Schlange eben«, sagte sie, zuckte mit den Schultern und kletterte weiter. »Sie hatte einen roten Streifen auf dem Rücken und hing in Bögen um den Ast wie vier Armbänder. Für mich heißt sie Barbieschlange.«

Bei Stufe 150 leuchteten und funkelten zahllose Sonnenstrahlen auf, die sich ihren Weg durch die feuchte, abgestandene Luft bahnten. Feuchte Blätter streiften unser Gesicht. Meine Beine taten weh. Bei Stufe 200 wurden die bisher gedämpften Geräusche deutlicher; dann überwanden wir die 225 und ich atmete den blauen Himmel ein. Die Luft duftete nach Minze.

»Überraschung«, sagte Elly außer Atem. »Wir haben es geschafft.«

Ich drehte mich um und sah unsere vergammelte Treppe wie einen unbehandelten, schräg wachsenden Spross durch die Blätter ragen, als habe der Mensch sich an der Schöpfung beteiligen wollen, sei aber schließlich nicht mehr als bloßer Beobachter geworden.

»Wie oft warst du schon hier oben?«, fragte ich und hielt mich am Geländer fest.

»Viermal. Hab hier sogar schon mal übernachtet.«

Über dem Baldachin des Regenwaldes nahm ich einen tiefen Atemzug aus den erhabenen Luftregionen. Und wieder einmal erhoben sich in der Ferne die Vulkane mit schneebedeckten Gipfeln in voller Größe gegen das Gewölbe der Baumwipfel; und wieder einmal wirkte der Horizont, der unerschöpfliche Horizont, wie eine Peripherie der Träume, grenzenlos, ein ungelöstes Rätsel.

Minutenlang sprach keiner von uns beiden. Wir waren überwältigt.

Dann bewegte sich der Boden.

»Das Ding hier schaukelt, wenn wir so machen«, sagte Elly und schwankte hin und her.

»Dann machen wir das mal.« Ein winziges Dach erhob sich über dem mittleren Teil des Fußbodens unseres Ausgucks wie ein Hut, der zu klein für den Kopf ist. Wir stellten uns genau unter das Dach, standen Seite an Seite und fingen an, das Vogelhaus schaukeln zu lassen. Erst nach rechts, dann nach links, rechts, links.

Der hölzerne Turm, von allen Seiten mit einem Geländer versehen, bewegte sich erst nur ein bisschen, aber bald bewirkten wir ein langsames, lethargisches Schwanken.

»Ich hab da was quietschen gehört.«

»Quietschen ist schlecht«, sagte sie und hüpfte jetzt von einem Fuß auf den andern.

»Das Quietschen wird lauter.«

»Okay, hören wir auf.«

Das war es, was mir fehlte, seit sie Carolina verlassen hatte – die Spontaneität. Mir war danach, sie zu küssen, genau hier, in diesem Augenblick, vor den Augen Gottes und jedes anderen, der uns hier draußen zusah, im Dickicht versteckt.

Stattdessen kniff ich und zeigte nach Norden. »Das da drüben ist also Peru.«

»Nein, das ist Kolumbien«, sagte sie und lehnte sich mit den Ellbogen auf das Geländer.

»Natürlich, Kolumbien.«

237 Stufen über dem Boden des Regenwaldes gab es keine Pelikane, die in ruhigem Gleitflug einheitlich einherschwebten, dafür aber eine große und lärmende Menge von strahlend bunten Vögeln in unterschiedlichen Größen mit Federn, die ein breites Spektrum von Grau und Gold, über Rot und Gelb, Grün und Violett bis hin zu allen möglichen Blautönen abdeckte.

»Der Graue da flirtet mit dem Gelben«, sagte sie und beugte sich über das Geländer.

Ich stand wieder neben ihr und beobachtete die Flugfiguren. »Nein, der Gelbe hat dem Grauen Futter gestohlen.«

»Hat er nicht.«

»Hat er doch, ich hab's gesehen.«

Wir sahen zu, wie die beiden Vögel umeinander kreisten und dahinglitten, bis unser Stolz eine Lösung erforderte.

»Flirt.«

»Diebstahl.«

Mit den Ellbogen auf dem Geländer stützte sie den Kopf in die Hände. »Du bist hier nur ein Besucher.«

Ich stellte mich neben sie und ahmte ihre Haltung nach. »Wie heißt der Fluss da?«

»Rio Napo.«

»Der ist ja riesig. Kann man darin schwimmen?«

»Nicht, wenn du Wert auf deine Körperteile legst.«

»Wie wär's, wenn wir uns in einem Kanu treiben lassen?«

Sie sah mich von der Seite an. »Das wäre doch eine Idee.« Dann sah sie wieder weg. »Kannst du die Papageien sehen?«

Das kittfarbene Ufer erhob sich hoch und steil jenseits des Flusses. Das Pastell des Bodens war mit kaum sichtbaren Vögeln übersät. Ich blinzelte scharf hin. »Woher weißt du, dass es Papageien sind?«

»Sie fressen den Ton. Ist gut für den Magen.«

»Ist ja krank. Ich könnte genauso gut den Sand vom Strand essen.«

Da das Tageslicht sich erschöpfte, fuhr Elly mit der Vogelunterweisung fort, indem sie mir einen Vortrag über die unterschiedlichen Arten hielt, gelegentlich auf manch entferntes Geflügel deutete und verkündete, es sei ein Speerschnabel, eine Weißspitze oder eine Scharlachtangare. Sie hatte sich die Unterscheidung ihrer flugfreudigen Freunde selbst beigebracht, und ihre Vorlesung gewann an sanftem Selbstvertrauen. Erst, als sie zum größten Raubvogel kam, wurde sie richtig aufgeregt.

»Ich hab dir noch gar nicht von der Harpyie erzählt.«

Ich drehte mich um und lehnte mich mit dem Rücken ans Geländer. »Ach, lass mich raten. Der Nationalvogel? Wie unser Weißkopfadler?«

»Wohl kaum. Es ist der größte, aggressivste Vogel von Ecuador, eigentlich von ganz Südamerika. Er hat dicke, starke Beine. Und gigantische Klauen. Und zur Mahlzeit holt er sich die kleinen Äffchen aus den Bäumen. Kannst du dir das vorstellen, Jay? Er schnappt sich die kleinen Äffchen aus den Bäumen! Die armen Äffchen.«

»Ja, die armen kleinen Äffchen.«

Diese Affenjagd war offensichtlich ein wunder Punkt bei ihr. Sie schaute über den Regenwald und sagte: »Ich habe in der ganzen Zeit in Ecuador erst eine einzige Harpyie gesehen. Aber das nächste Mal wenn ich eine sehe, dann werfe ich ihr etwas an den Kopf. Aber feste!«

»Die armen kleinen Äffchen und Harpyien.« Ich rückte näher zu ihr heran.

Es war ein königliches Gefühl, auf den Vogelflug herabzusehen und die Deckfarben der weit ausgebreiteten Flügel klar und deutlich vor dem Hintergrund der grünen Pflanzendecke zu betrachten. Die Vögel schienen wie in Zeitlupe zu fliegen, die fröhlich segelnden Vögel, die unter uns umherglitten – zu ihrem Zeitvertreib, zu Raubflügen und, na schön, vielleicht auch zu ein paar Flirtflügen.

»Verstehst du jetzt mein Gedicht?«, fragte sie und blickte hinaus auf ihren grenzenlosen, sehr üppigen Hinterhof.

»Ich dachte, dass ich es verstanden hätte, bevor es im Meereswasser verschwand.«

»An welche Zeilen kannst du dich erinnern?«

»An die mit deinen Wurzeln ...«

»Das ist alles?«

Denk nach, Jarvis. »Über deinen Azaleen blinzelte der Wohlstand?«

»Ach du meine Güte ... der Junge hat ein Gedächtnis.«

Als das Licht verdämmerte, rückte ich noch näher an sie heran. Die Arme an unseren Haaren flirteten miteinander.

Wir standen auf unserer amazonischen Veranda, bis die Sonne unterging, und nutzten die runde Plattform zum Beobachten und zur Aufnahme all dessen, was diesem weiten Panorama Leben verlieh.

Denn ein Panorama war es wirklich – und ganz gewiss von großer Weite. Bilder aus großer Entfernung hergeholt, wie auch ich selber aus weiter Ferne hergeholt worden war, wenn man bedachte, wo ich noch sechs Monate zuvor gewesen war. Plötzlich befand ich mich wieder auf jener Sandbank, wo unsere dürftigen Luftmatratzen auf dem Ufer lagen und sie mit einem Stück Treibholz gebückt stand und mich, den Ozean und alles andere vergessen hatte. Sie schrieb Worte in den Sand.

»Ich krieg es wieder zusammen, Elly ... dein Gedicht.«

Sie lehnte sich wieder an das Geländer. »Das hab ich mir gedacht.«

Es war fast dunkel, als wir die 237 Stufen hinabstiegen, und noch dunkler, als wir im Dorf ankamen, und auf unserem Rückweg durch den Dschungel griff sie nach meiner Hand.

Die Hand einer Missionarin – anmutig, magnetisch. Ich hätte gern den Kurs geändert, wäre gern wieder mit ihr auf den Turm gestiegen, um sie um einen Tanz zu bitten. Nur wir beide, die sich über dem Regenwald drehen würden, während die Blätter von Tausenden Baumwipfeln Amazoniens im Mondlicht badeten. Eines Tages vielleicht.

Wir sprachen kaum ein Wort und schlenderten einfach im Zwielicht zum Dorf zurück.

Sie drückte meine Hand.

Ich drückte ihre.

Ein paar hundert Meter vor uns brannten die beiden Fackeln. Wir hatten das Essen versäumt, und als wir ankamen, ließ sie meine Hand los, jeder von uns ging in seine Hütte.

Es war Donnerstag, der vierte Tag meines fünftägigen Besuches im Regenwald. Nachdem ich Juan beim Einbau des Heizrohres geholfen hatte, durften wir uns zwei Minuten lang heiß duschen, während die Kinder ihre Englischstunde hatten.

Man sagt, eine Dusche sei doch bloß eine Dusche, aber solange man noch nie vier Tage lang ohne eine auskommen musste, sodass man schon den Sand des Regenwaldes zwischen Zehen und Fingern spürt – ganz zu schweigen vom blauen Schleim zerquetschter Insekten –, hat man auch noch nie wirklich geduscht, sondern nur geplanscht.

»*Nada*«, sagte Juan und trat zurück, als ich ihm die schöne Kunst zeigte, wie man sich ein Handtuch um den Körper schlingt.

Er war leicht amüsiert, aber anscheinend war so etwas im Regenwald auch nicht üblich.

Juan kam um zwei Uhr mit zum Essen. Es gab Suppe, Käse, Brot und Obst. Wir aßen auf den Stufen unserer Hütte sitzend, weil die Kinder auf unseren Esstischen bastelten.

Elly ließ sie Buchstaben aus dunklem Papier ausschneiden und dann auf weißes Papier kleben. Ich ging hinüber, um ihnen zuzusehen. Die Kinder lernten, *hallo* und *auf Wiedersehen* zu buchstabieren. Pepe und Eduardo saßen am Ende des Tisches und buchstabierten *Töpfchen*.

»Hast du ihnen das beigebracht?«

»Die Kinder wollen wissen, wie die amerikanischen Kids es nennen«, sagte Elly, »also gebe ich mein Bestes.« Als alle Buchstaben gelegt und aufgeklebt waren, legte sie die Kleinen schlafen, ließ aber die älteren Kinder mit Türkis-und-Lila eine Spritztour im Pick-up machen.

Ich wartete am Esstisch auf sie und war nervös, weil ich merkte, dass ich mit ihr reden musste. Sie nahm sich drinnen Zeit mit den Kindern und schloss dann vorsichtig die Tür. Auf Zehenspitzen stieg sie die Stufen hinab. Ihre olivenfarbenen Shorts waren gerade noch unter dem darüber hängenden T-Shirt zu sehen – dem gelben mit dem Tukan auf dem linken Ärmel, das sie damals am Strand getragen hatte.

Da mein Dschungelhemd gewaschen und getrocknet war, fühlte ich mich wieder sauber. »Hast du jetzt genug Zeit für einen Spaziergang?«, fragte ich.

»Okay, aber nur kurz.«

Schweigend schlenderten wir an den Esstischen vorbei, dann aus dem Dorf hinaus und an den Bananenbäumen vorbei. Die Minuten vergingen, ohne dass einer von uns ein Wort redete. Schließlich platzte ich damit raus.

»Sollten wir über die Sache mit dem Händchenhalten reden?«

Sie zögerte eine Weile. »Man fühlt sich hier so einsam, Jay. Es gibt so wenig Kontakt zu anderen Singles. Es ist gut, eine warme Hand zu spüren. Hoffentlich hattest du nichts dagegen.«

»Überhaupt nicht. Es war ziemlich schön. Wirklich.«

Wir kamen am Fußballplatz vorbei und beobachteten dunkle Wolken, die sich am Gebirge auftürmten, dazu eine Schar niedrigerer Wolken, die über der Dschungelstraße zu sehen waren.

Ich stupste sie am Arm an. »Das hat mir noch nicht gereicht.«

»Was?«

»Deine Antwort. Es steckt mehr dahinter als ab und zu das Gefühl, einsam zu sein.«

»Du verstehst nichts davon. Woher willst du das wissen?«

»Wie oft hast du denn Juans Hand gehalten?«

Sie hatte nicht die Absicht einzulenken, blieb mitten auf dem Weg stehen und spielte mit ihren Perlen. »Ich bin eine Frau. Deine Logik ist anders als meine.«

Wir gingen weiter, und ich stupste sie wieder an. »Du könntest einfach sagen, dass es schön war, meine Hand zu halten.«

»Es war schön, deine Hand zu halten.«

Die ersten schweren Tropfen sprenkelten den Weg. Vor uns spritzte bei jedem Tropfen der braune Staub auf, dann kamen die Tropfen schneller nieder, und die Straße wurde schnell schlammig. Wir rannten, um unter ein paar Blättern Schutz zu suchen. Die gab es, und nicht zu knapp.

»Zieh die Blätter herunter«, sagte sie, schon halb durchnasst.

Unter den Elefantenohren sahen wir zu, wie die Tropfen darauf hüpften und rollten, dann taumelten und sich von den Enden der Blätter abseilten. Die Erde antwortete mit einem feuchten Duft.

»Die Tropfen sind ja riesig.«

»Wild, was?«, sagte sie. »Wenn der Fluss über die Ufer steigt, nimmt unser Dorf die Flüchtlinge von den Stämmen flussabwärts auf. Unsere Hütten waren im letzten Frühjahr ziemlich voll. Hat ganz schön gemüffelt.«

Wir machten uns ein Zelt aus vier enorm großen Blättern, die wir zusammenzogen. Der dunkelgrüne Schatten ließ das Tageslicht dämmern. »Ich dachte, du hättest gesagt, dass im November eure Trockenzeit anfängt.«

»Stimmt ja auch ... außer wenn es regnet.«

»Ich glaube, die Tenor-Insekten müssen ertrunken sein.«

Schulter an Schulter standen wir jetzt unter unserem Behelfszelt. Sie berührte mich am Arm. »Jay, ich hab dir nie erzählt, dass es mal eine Zeit gab, in der ich ganz anders war, in der ich nie auf die Idee gekommen wäre, Missionarin zu werden oder Amerika zu verlassen. Mein erstes Gedicht, das ich auf der Highschool geschrieben habe, bringt das alles irgendwie auf den Punkt.«

»Bekomme ich eine Fahrt zu einer Sandbank im Amazonas spendiert, damit ich es lesen kann?«

»Nein, es ist kurz. Ich hab es dabei. Sagst du mir, was du davon hältst?« Sie zog eine zerknickte Karteikarte aus ihrer Brusttasche.

»Du schreibst sie alle auf Karten?«

»Ja.«

»Alphabetisch geordnet, nehme ich an.«

»Natürlich nicht. Das ist wieder mal männliche Logik. Es geht nach Gefühl ... die traurigen sind ganz vorn.«

Sie reichte mir die Karte. Die blaue Tinte war mit den Jahren verblichen, und ein Regentropfen hatte die erste Zeile verschmiert.

Aber plötzlich nahm sie die Karte wieder an sich, schnappte sich das nach einem jambischen Pentameter aussehende Werk direkt aus meinen Fingerspitzen. »Nein«, sagte sie und steckte die Karte wieder in die Brusttasche. »Ich glaube nicht, dass du es verstehst.«

»Was verstehst?«

»Die Ironie.«

»Wie kann ich die Ironie verstehen, wenn du mich nicht lesen lässt?«

»Ich war noch sehr jung, als ich es geschrieben habe.«

»Du bist immer noch jung.«

»Vielleicht zeig ich es dir später mal.«

Ich rückte unser Blätterzelt zurecht und fragte: »Kannst du mir wenigstens sagen, unter welcher Überschrift du dieses Gedicht eingeordnet hast?«

Sie schwieg eine Weile. »Nachdenkliches.«

Große, schwerfällige Tropfen fielen direkt vor unseren Gesichtern von den Blättern. Sie sagte, so sei es auch mit Jesus, der die Sünde von uns wegleitet.

Ihr Haar war jetzt nass und durcheinander, und sie wandte mir ihr Gesicht zu. Ihre braunen Augen blickten klar und prüfend in meine. »Danke, dass du mich besuchen gekommen bist, Jay.«

»Ich gehe auch nicht gerne wieder weg.«

Der Regen ließ sein Pladder-pladder-pladder nach wie vor an den Elefantenohren aus, obwohl ich ihn nun nicht mehr als Regen betrachtete; es kam mir wie eine Art Taufe vor.

Aus Ungeschicklichkeit ließ ich den Rand unseres Zeltes los, und das Wasser lief uns den Rücken hinunter. Sie quietschte und machte es mir nach.

»Kannst du nicht noch ein paar Tage bleiben?«, fragte sie.

»Du hast ja keine Ahnung, wie gern ich würde ...«

»Ich wollte noch mit dir den Fluss runterpaddeln. Und wir könnten wieder zum Turm gehen, da oben essen und die Vögel beobachten.«

»Das werde ich nie vergessen.«

Sie wandte sich ab. »Sagen wir so was lieber nicht.«

»Was denn? Dass ich dich vermissen werde? Natürlich.«

Sie drehte sich wieder zu mir und hatte feuchte Augen. Dann zwinkerte sie einen Augenblick lang schnell und ließ langsam ihren Kopf sinken. »Okay. Ich kann gar nicht glauben, was ich da sage. Ich dich auch.«

Der Regen hatte abgenommen, er plätscherte nur noch sanft vor sich hin und lief von den Blättern ab.

✿

Um Mitternacht lag ich in meiner Hütte – hellwach. Juan schlief tief und fest in seinem schmalen Bett.

Ich hatte ein Reisetagebuch geführt, in dem ich Kritzeleien mit Landschaften und Vögeln festgehalten hatte, Gespräche und falsch verstandene Ausdrücke, die Sprünge der Affen und die Blattschneiderameisen, die unmännlichen Perlen, die Bambusfackeln, absurde Ausblicke von Gebirgshängen und den unglaublichen Kontrast des Regenwaldes gegen die Welt, die ich ansonsten kannte.

Mein Bilderrahmen – der silberne – stand im Fenster. Er war jetzt bewohnt. Tolles Lächeln.

Beim Licht der Taschenlampe fing ich an zu schreiben.

Auf den oberen Rand der Seite schrieb ich: 12. bis 13. November. Dann listete ich die Aktivitäten mit den Kindern auf, beschrieb den Nachmittag auf dem Beobachtungsturm, meinen Kampf mit der Sprache und das, was wir unter den Elefantenblättern gesagt hatten. Dann erkannte ich, wie wichtig sie war, nicht nur für mich, sondern für das ganze Dorf.

Ich achtete sorgfältig auf meine Worte.

Gott möchte, dass sie hier lebt. Sie ist von ihm für diesen Winkel der Erde bestimmt. Sie ist die vollkommene Dienerin, sie sammelt einen Schatz, einen Reichtum für andere, ohne großen irdischen Nutzen für sich selbst. Das Dorf sieht sie genauso wie ich. Sie verbindet Humor mit Heiligkeit, sie ist das Lachen und die Spontaneität.

Darunter schrieb ich: *Schick ihr im Frühling ein Ticket nach New York, erste Klasse.*

Das war alles, was ich auf die Seite schrieb, obwohl ich vorhatte, noch mehr zu notieren. Was ich nicht schrieb, war Folgendes: Denn meine Zukunft ist ein Betondschungel in einer von Zahlen getriebenen Welt und ihre bleibt der Dienst an einem üppig grünen kleinen Dorf. Und so wird die Zeit vergehen, man wird Briefe abschicken, Briefe werden ankommen, und wieder wird man welche abschicken, und eines Tages sitze ich in Manhattan an meinem lauten Arbeitsplatz, vergesse die Bewegungen der Aktienkurse und wundere mich noch einmal darüber, dass Gott mich in eine Presbyterianergemeinde gebracht hat, an einen ganz bestimmten Strand mit einem ganz bestimmten Mädchen an einem ganz bestimmten Wochenende im Mai. Dass er mir verrückte neue Freunde und eine frische, neue Perspektive gegeben hat, die lebendigen Worte, die ewigen Worte und die Worte eines schwarzen Mannes, der Rhythmus ins Evangelium bringt, und wieder einmal wird mir klar werden, dass all dies einfach kein Zufall sein kann ... nein, ganz bestimmt kein Zufall, nichts Presbyterianisches geschieht jemals zufällig. Aber eins hast du mir nicht gesagt, Asbury, wie viel im Leben einfach von *Entscheidungen* abhängt.

Keines dieser Worte schaffte es auf das Blatt. Ich dachte mir, dass sie mich nur traurig machen würden, wenn ich sie Jahre später wieder einmal durchläse.

Ich legte das Tagebuch unter mein Bett.

Wie gerufen ergoss sich Mondlicht durch das Fliegengitter, um wieder die Wand zu bescheinen.

Ich hielt den Bilderrahmen ins Licht. Mein Flug sollte um vier Uhr starten.

Ich konnte nicht schlafen.

Die Herrentoilette des Flughafens *Charlotte International* konnte nun wohl den Anspruch erheben, außer meiner schwarzen Kleidung und meinem gesunden Menschenverstand auch noch meine Karriere geschluckt zu haben. Ich nahm an, dass die Karriere dahingedümpelt und schließlich verfallen war wie ein teurer Deostift, irgendwo zwischen dem Waschbecken und dem Handtuchspender.

Noch immer fast sechstausendvierhundert Kilometer von goldenen Kornfeldern entfernt hatte ich mich an das Leben im Dschungel gewöhnt. Meine Haut war nicht mehr weiß, mein Akzent nur noch halb südstaatlerisch und mein Job an der Wallstreet mit sechsstelligem Gehalt war verloren. Ich war zufrieden mit meiner Bräune und dem Akzent, um den Job tat es mir ein bisschen Leid.

Nein, ich war mit niemandem durchgebrannt. Ich hielt einfach nur das Dorf sauber, brachte Pepe den angeschnittenen Wurf bei, hatte mich von der Schwellung an der Wade erholt, die von einem Sopran-Insekt als Vorspeise betrachtet worden war, und meinen Mitbewohner Juan konnte ich davon überzeugen, dass die kahlen Wände unserer Hütte einen neuen Farbanstrich brauchten. Darüber war rege diskutiert worden, doch schließlich, nachdem ich meine Argumente erläutert hatte, hatte er nachgegeben. Brieflich bestellten wir einen Eimer Innen-Latexfarbe, die vom Geschäft in Greenville, South Carolina, per Luftpost geliefert wurde. Der Farbton? Meergrün natürlich.

Als mein Besuch sich auf elf Tage ausgedehnt hatte, fand ich, dass es an der Zeit sei, den alten Pick-up wieder über die Schlaglöcher nach Coca zur Telefonzelle zu fahren. Ich telefonierte mit Vince Galbraith, um die Sache zu bereden; ich rief ihn an seinem Arbeitsplatz in Manhattan an – per R-Gespräch.

Er war gerade dabei, ein Ölfirmen-Aktienpaket zu kaufen, und stellte – mit unüberhörbar verächtlichem Yankeetonfall – fest, dass ich eine entscheidende Einarbeitungswoche beim Direktor der Analyseabteilung verpasst habe. Ich erzählte ihm, dass ich mich als Direktionsassistent der Müllabfuhr in den Außenbezirken des Amazonasbeckens ausbilden ließe und, von ein paar Insekten abgesehen, den Aufenthalt in Ecuador durchaus genieße.

Vince bedachte mich mit einem Fluch, dann mit einem zweiten und einem dritten, wobei er anmerkte, dieser »Gotteskram« habe seiner Erfahrung nach schon so manchen hervorragenden Börsenmakler ruiniert.

Ich bat ihn, den Begriff »Gotteskram« zu definieren.

Er murmelte etwas von Jesus, der keine Ahnung vom Marktgeschehen habe, und legte dann auf.

Am vierzehnten Tag meines Besuchs blieb ich stundenlang allein in der Hütte und sann über die Besessenheit der Amerikaner von Nettoerträgen nach. Über den Zwang zum Vergleich, die Firmenhierarchien und das Fegefeuer der Zahlen, aus dem sich die Wall Street von heute speist: Zahlen zur Leistungsmessung, Zahlen, um dem Ego zu schmeicheln, Zahlen, die in Prozente umgewandelt und wieder mit anderen Zahlen verglichen werden, Zahlen, die sich nach oben oder nach unten entwickeln, blinkende Zahlen, stagnierende Zahlen, angeberische, bejubelte, geschmähte und prognostizierte Zahlen.

Angeekelt von den Zahlen goss ich mir ein Glas Dschungelsaft ein und las zehn Seiten aus einem Roman von Jane Austen, den Elly mir geliehen hatte.

Dann las ich einen Psalm.

Den vierzigsten. Er erinnerte mich eher an Musik als an Zahlen.

Dann dachte ich eine weitere Stunde darüber nach, was es bedeute, einer von vielen Firmenlemmingen zu werden, sich an eine Yuppieexistenz zu klammern, statt zu dienen und Abenteuer zu erleben; sich an den Lebensunterhalt zu klammern, statt echte Erfahrungen zu machen; sich an all das mit todesstarrem Griff zu klammern, wo doch der Tod sowieso kommen würde. Der Tod aber war überwunden worden, worüber also machte ich mir noch Sorgen?

In dieser Nacht schrieb ich Vince meine offizielle Kündigung und gab einen Job auf, den ich nie angetreten hatte.

Ich war dabei, mich im feuchtheißen Randbereich des südamerikanischen Dschungels anstellen zu lassen.

Und ich würde mir selbst monatlich fünfundzwanzig Dollar Gehalt bezahlen.

Kapitel 43

An das Leben ohne Kabelfernsehen, Videorecorder und befestigte Straßen musste ich mich erst einmal gewöhnen, aber das veränderte Lebenstempo stärkte meine Seele. Bisher hatte ich immer vor Augen, wie ich auf dem Ziffernblatt einer riesigen Uhr direkt vor dem Sekundenzeiger herlief, der mir jedes Mal in den Hintern treten würde, wenn ich langsamer werden wollte. In Ecuador aber hatte ich das Gefühl, langsam und stetig vom Minutenzeiger mitgenommen zu werden, der mir genug Zeit ließ, den Kreislauf zu genießen, den Bogen eines Tages.

Jetzt endlich verstand ich den Unterschied zwischen Tick und Tack. Tick springt wie etwas Schnelles und Eiliges von der Zungenspitze, wie das Sofort, die Oberflächlichkeit, das Seichte. Tack kommt aus einer tieferen Ebene; es ist eine Bassnote, wenigstens aber ein Tenor. Das Tack bewegt sich langsamer. Gäbe es eine tackende Zeitbombe, würde ich nicht aus dem Gebäude rennen, sondern eher durch die Lobby schlendern, einen Mokka bestellen, die Sportseite mit den Tabellen der amerikanischen Ostliga durchgehen und dann jemandem die Tür aufhalten, wie es ein guter Südstaatler tun sollte.

Mein Haus in South Carolina wurde am Mittwoch nach Thanksgiving verkauft. Es war auch an der Zeit. Nach dem Begleichen des Darlehens blieben mir 28.000 Dollar. Zwei Drittel davon legte ich auf die hohe Kante, um von den Zinsen zu leben, und gab das andere Drittel als anonyme Spende an eine gewisse Missionsgesellschaft, die eine gewisse junge Dame unterstützte.

Nun war die Zeit gekommen – die Zeit, um die Prioritäten des Lebens dieses Mitzwanzigers angemessen umzuarrangieren.

Tack ... tick. Tack ... tick

Es gab eine ketschuanische Schwangerschaft im Dorf: Rosa-und-Violett war mit Karo-und-Streifen verheiratet.

Das hatte ich selbst herausbekommen.

Was ich aber immer noch nicht herausbekommen hatte, war die Quelle der Ausdauer für Raul, die zuließ, dass er Tag für Tag die Basstrommel schlug, von Mittag bis Abend.

Eines Freitagnachmittags in der ungewohnten Hitze von vierzig Grad im Dezember ging ich den Weg entlang, um den Jutesack an dem Ort zu entleeren, den Juan für Müll vorgesehen hatte, als hinter den Elefantenohren und durch die Bananenbäume hindurch das ecuadorianische Basstrommeln von Rauls stetigem Schlag dröhnte. In durchdringenden Wellen hallte es durch den Dschungel und hörte einfach nicht auf.

Ich war Raul in meiner zweiten Woche begegnet und hatte festgestellt, dass er eigentlich zwei Stunden täglich arbeitete. Jeden Morgen wob er eine dicke Collage aus Fäden zu Lesezeichen. Die Muster variierte er und schickte sie im bunten Fünfzigerpack an Miguel. Ich selbst kaufte mir zwei davon – das eine für Romane, das andere für, hm, die Stillen Zeiten.

Miguel verkaufte die Lesezeichen für einen Vierteldollar pro Stück an amerikanische Touristen, natürlich mit kleinem Kommissionsanteil für sich selbst. Raul mochte den Verstand eines Fünfjährigen haben, aber sogar mitten auf dem schattigen Markt des Regenwalds hatte er eine Methode entdeckt, billig zu kaufen und teuer zu verkaufen.

Mein Verwandter im Geist.

✫

Von fern kam sie mir mit zwei Dutzend kichernder Kindern aus dem Dorf entgegen. Sie trug Dschungelfreizeitkleidung: Khakishorts, ein dunkelrotes Top darüber und ihre unverzichtbaren Holzperlen.

»*Hola*«, rief ich und winkte Elly zu, während sie ihre Truppen den Weg entlanggeleitete.

»*Hola*, Mr Exbörsenmakler«, sagte sie beim Näherkommen. »Was macht die neue Karriere?«

Ich schaute auf den Besenstiel. »Die Firmenhierarchie ist sehr flach. Nur ein Dienstgrad, glaube ich.«

»Ein Hoch auf flache Hierarchien. Komm mit zum Fußballplatz, ich habe einen Brief von Darcy bekommen.«

Ich verzierte eine hohe gelbe Pflanze mit dem Jutesack, lehnte meinen Besenstiel an einen Kapokbaum und marschierte hinter den Kindern her. Zwei davon versuchten mit grinsenden Gesichtern rückwärts zu gehen; beide verloren das Gleichgewicht.

»Was steht in dem Brief?«

»Hab ihn noch nicht gelesen«, sagte sie und half einem Kind aus dem Unterholz. »Okay, *niños*, teilt euch in zwei Gruppen auf ... und tretet gefälligst nur den Ball, nicht die Mitspieler.«

Zwanzig Kinder liefen hinter den Anführern Pepe und Eduardo her auf den schäbigen Fußballplatz. Isabel und der Rest fingen an, nach Insekten zu suchen, und pirschten gebückt umher.

Ich konnte die Wirkung ihrer Arbeit mit den Kindern bereits spüren. Sie nahmen alles auf, diese Kinder, jeder Tag war wie eine weitere Schicht, die ihnen hinzugefügt wurde – wie Pappmaché für die Seele.

Auf einem dichten Teppich von Dschungelgras setzten wir uns hin, ich ihr gegenüber. Winzige Schweißperlen glitzerten auf ihren Wangen. Gespannt zog sie drei Blätter aus dem limonengrünen Umschlag und fing leise an zu lesen.

Ich gönnte ihr zehn Sekunden. Mehr ertrug ich nicht. »Was?«

»Pst, einen Augenblick.«

»Das halt ich nicht aus.«

Ihre Augen überflogen die Seite. »Darcy hat mit Steve Schluss gemacht!«

»Überrascht mich nicht.«

»Na, das schockiert mich aber doch ... ich wusste nicht mal, dass sie miteinander gegangen sind.«

»Ich hatte da so eine Ahnung.«

»Und das ist meine beste Freundin!«

Aufgeregt schaute sie kurz zu den Kindern und verschlang dann schnell die erste Seite.

Ein strahlend blaues Insekt landete auf der zweiten Seite. Sie schnippte es weg.

Ich knabberte an einem Grashalm. Meine Neugier kam auf Hochtouren. »Was ist denn sonst noch im guten alten North Hills passiert?«

»Sie sagt, Ransom und Jamie sind sich sicher, dass es ein Junge wird. Wie sie ihn wohl nennen?«

»Das würdest du gar nicht wissen wollen.«

»Und sie sagt, dass sie Steve beim Essen mit einem gepiercten Mädchen gesehen hat, mit einer Alexis. Kennst du sie?«

»Wir haben uns mal kennen gelernt.«

Sie hielt den Brief mit beiden Händen fest. Ihre hölzerne Kette schaukelte ganz langsam hin und her. »Darcy sagt, sie möchte einen Rechtsanwalt kennen lernen, der Gott liebt.«

Ich dachte eine Weile darüber nach und befand es für gut. »Das ist doch mal ein Plan.«

Seite zwei landete auf Seite eins. Elly seufzte. »Arme Lydia, sie ist immer noch im Tief.«

»Baseballspieler!«, bemerkte ich. »Richtige Primaten!«

»Ja, richtige Primaten ... oh nein, nicht Maurice!« Ihre Augen flitzten wieder hin und her.

Ich setzte mich auf. »Ist er krank?«

»Er ist nicht mehr in der Gemeinde.«

»Ach, ich dachte schon, du wolltest sagen ... aber warum?«

»Hier, lies selbst.«

Ich schnippte einen kleinen Grashüpfer von Seite drei.

Zu den schlechten Nachrichten (oder den letzten Nachrichten) über Steve und mich kommt noch hinzu, dass die Gemeinde leider unseren alten Freund Maurice verliert. Im Gemeindeblatt stand, dass er ein Schild mit der Aufschrift »Zu verkaufen« in seinen Hof gestellt hat und mit Frau, Auto und Gepäck nach Pawleys Island gezogen ist. Er ist jetzt Cokapitän auf einem seetüchtigen Charterfischkutter (du weißt ja, Elly, wie eklig ich die Fischerei finde ... würg!) bei irgendeinem alten Pastor namens Asbury. Weißt du was über ihn? Das Boot hat irgendwie einen komischen Namen, so was wie Asbury mit Himbeeren, Zitronen und Limonen, und das Geschäft läuft nur langsam an, weil die Kunden denken, sie hätten was mit Obstimporten statt mit Angeltouren zu tun. Maurice fehlt mir, obwohl ich den Bootsnamen irgendwie mag (aber eigentlich dachte ich, ein Bootsname besteht nur aus zwei Worten). Und ich vermisse DICH, Elly Kyle! Danke für die Perlenkette! Wann kannst du wieder nach Hause fliegen und noch mal mit Lydia und mir einen Strandurlaub machen? Sonntags kommen haufenweise neue Jungs. Ich würde dich sogar wieder mal bei Limo ans Steuer lassen! Gottes Segen für meine allerbeste Freundin.

Darcy

P.S.: Hast du mal was von Jay gehört? Steve sagte, er hätte eine E-Mail bekommen, in der stand, dass Jay New York City richtig genießt.

Jenseits des Trampelpfades verschluckte der Dschungel das Gegacker unsichtbarer Vögel. Elly nahm wieder Seite eins zur Hand, spielte mit ihren Perlen, als sie noch einmal den handgeschriebenen Brief durchlas – eine Seltenheit auf dem Missionsfeld.

»Elly, bei diesem Brief fallen mir ein paar Fragen ein, die ich noch zu unserem Strandurlaub habe ...«

»Frag«, sagte sie, schaute aber nicht auf.

»Erinnerst du dich an all die Leserinnen in ihren Liegestühlen?«

»Die Mädchen, die du nummeriert hast? Die meisten waren Freundinnen von mir.«

»Wie hieß Nummer elf denn in Wirklichkeit?«

»Anne.«

»Und Nummer zwölf?«

»Sheri«, flüsterte sie, las weiter und räkelte sich, um bequemer zu sitzen.

Wir setzten uns um, Rücken an Rücken, und stützten uns gegenseitig.

»Viel besser«, sagte sie.

Die Kinder liefen kreuz und quer über den Platz, kicherten und fingen Insekten. Das Fußballspiel war zum reinsten Chaos geworden. Es vergingen Minuten, bis wir wieder ins Gespräch kamen. Schließlich steckte sie ihren Brief in den Umschlag und legte ihn neben mich ins Gras.

»Hast du schon über deine weiteren Pläne nachgedacht?«, fragte sie.

»Auf jeden Fall Spanischunterricht.«

»Dafür schickt die Missionsgesellschaft jeden auf eine Schule. Es gibt eine in Quito und eine andere in Costa Rica. Aufreibende vier Monate, das kannst du mir glauben.«

»Kann nicht aufreibender sein als mein früherer Beruf.«

»Und irgendwann musst du Spenden für deinen Unterhalt sammeln. Ziemlich schwierig heutzutage, Leute mit Geld aufzutreiben.«

»Dann fange ich mit den Senioren an.«

»Was für Senioren?«

»Frühere Kunden, alte Damen mit gutem Riecher für die Kursentwicklung.«

Ich merkte, wie Ellys Gewicht gegen meinen Rücken stärker wurde, als sei sie eingeschlafen.

Da wir jetzt schwiegen, dachte ich über die Frucht des Geistes nach und ließ mir Zeit mit jedem Teil, das sie ausmacht, um die relative

Reife bei mir einzuschätzen. Nach ein paar Minuten ließ sie ihren Kopf zurücksinken, bis er leicht gegen meinen stieß.

»Worüber denkst du nach, Mr Jarvis?«

»Über die Frucht.«

»Welchen Teil davon?«

»Geduld.«

»Dann gib mir mal eine Definition von Geduld.«

»Na schön. Geduld: Im Bogen eines Lebens, das im Glauben gelebt wird, trägt sie dazu bei, dass man den Allmächtigen auch allmächtig wirken lassen kann.«

»Meine Güte, Mr Quadratschädel lernt aber schnell. Erinnere mich daran, dass ich mir diesen Satz aufschreibe.«

Die irdischen Düfte von Obst und Blumen schwebten mit dem Wind vorbei, und als ich darüber nachdachte, was ich aufgegeben und was ich jetzt gewonnen hatte, kamen mir die Gerüche im Vergleich zu den heißen, stickigen Auspuffgasen von Taxis sehr angenehm vor.

Wir saßen immer noch Rücken an Rücken, und ich spürte, wie sie sich an mich lehnte. »Jay, wenn du das Programm mitmachst, könnte Gott dich irgendwo anders hinstellen außer in unser verrücktes kleines Dorf ... obwohl wir dich definitiv brauchen können.«

»Würdest du es gut finden, wenn er das täte?«

»Dich woandershin schicken?«

»Ja.«

»Nein, das würde mir nicht gefallen. Aber du musst auf Gott hören, unabhängig davon, was mir gefällt.«

Ich antwortete nicht gleich darauf, sondern blickte einfach ganz in Gedanken versunken hinaus auf den grünen Baldachin. »Okay, Elly, ich werde auf ihn hören. Aber ich muss dich etwas fragen.«

Sie stieß mir mit dem Ellbogen in die Rippen. »Frag.«

»Was wir jetzt hier machen, einfach nur zusammen sein, ist das eine Verabredung?«

»Hier draußen nennen wir das nicht so, denk dran. Wir benennen es gar nicht.«

Das Dschungelgras klebte an unseren Beinen und Knöcheln. Ich fiel beinahe hintenüber, als sie sich zum dritten Mal bückte, um den Brief aufzuheben. Als wir wieder einander zugewandt saßen, sah ich zu, wie sie einen Stift aus ihrer Tasche holte und wie wild hinten auf Darcys Umschlag zu schreiben anfing.

»Plötzliche Inspiration?«, fragte ich.

»Schau dir das mal an«, sagte sie, schrieb weiter und sah nicht auf. »Ich habe versucht, aus meinen Erlebnissen im Leben eine Chronik zu machen – eine Geschichte über den Weg mit Gott zu schreiben, über Bekanntes und Unbekanntes. Ich könnte diese Worte für den Anfang verwenden.«

Sie reichte mir den Umschlag.

Auf dem schmalen Weg gibt es Schlaglöcher. Manche sind tief,
manche nicht so tief, manche gräbt man sich selbst.
Die meisten sind voller Schlamm. In vielen sind auch Steine.
Ab und zu aber ist man unterwegs und tritt in eins, das etwas mehr
nachgibt ... ein schmuddelig grünes, das voller Leben steckt.
Es kitzelt an den Füßen wie Kleeblätter.

Ich las die Worte zweimal und hielt inne, um sie mit meiner eigenen Lebensreise zu vergleichen, einer Reise, auf die ich keinen kontrollierenden Einfluss mehr nehmen wollte. »Gut geschrieben, Elly.«

Sie spielte die Stolze und legte den Kopf zurück. »Ja, ich glaube, das kann so bleiben.«

»Endgültige Fassung?«

»Endgültige Fassung«, sagte sie und nahm den Umschlag an sich.

»Hättest du was dagegen, wenn ich mir die ersten beiden Zeilen ausborge?«

Sie biss sich vorsichtig auf die Lippe und dachte über meine Bitte nach. Ich dachte schon, dass sie gar nicht mehr antworten würde, bis sie den Umschlag schließlich in ihre Brusttasche steckte. »Ich glaube nicht, Jay. Wenn man bedenkt, was du auf die Sandbank geschrieben hast, dann muss man sagen, du hast keine große poetische Begabung.«

»Aber was ist mit meiner Antwort auf deine Anzeige – die glänzende Rüstung, mein braves weißes Ross?«

Sie erhob sich aus dem Gras, um nach den Kindern zu schauen. »Ich bin immer noch davon überzeugt, dass dir jemand dabei geholfen hat.«

Ich langte hoch und griff nach ihrer Hand. »Also, Elly, wenn man das hier draußen nicht Verabredung nennt, wie sollen dann zwei wie wir weiterkommen?«

Sie löste ihre Hand ganz langsam aus meiner – Handfläche, Finger, Fingerspitzen. Dann bückte sie sich und pflückte ein Unkraut, drehte es und warf es mir wie einen Speer an den Kopf. Wie auf eine Zielscheibe. »Sie sollten den Allmachtigen allmächtig *sein* lassen.«

Hinter ihr trafen sich – über die Elefantenohren und den gähnenden Dschungel hinweg – die Strahlen einer gleißenden ecuadorianischen Sonne, um das brünette Haar knapp unter ihrer Schulter im Gegenlicht aufleuchten zu lassen.

Ein Winken, ein Pfiff, und Elly hatte die Kinder in einer Reihe aufgestellt. Kleine braune Hände wischten sich das dunkle Haar von der schwitzenden Stirn. Sie machten sich auf den langen Weg zurück zum Dorf, als sie stehen blieb und ihr Gesicht in die Sonne drehte, um mich anzuschauen. »Es wartet noch eine Überraschung auf dich, Jay ... nach Sonnenuntergang.«

»Ich wage gar nicht zu raten, um was es geht.«

Sie schielte kurz streng zur Seite und schuf Ruhe bei den Kindern. »Einmal im Vierteljahr hat unser ganzes Dorf eine Art Wettkampf. Zwanzig Dutzend Bananen pro Team. Wir schälen sie und formen sie zu Kugeln.«

Irgendwie schockierte mich das überhaupt nicht, aber gleich zwanzig Dutzend? »Zwanzig Dutzend?«

»Wir nennen das Ganze ›Gettysburg für Latinos‹. Juan und die anderen pflücken gerade die Munition, während wir uns hier unterhalten.«

Ich setzte mich auf und verjagte eine Fliege. »Und seit wann gibt es diese Tradition?«

Sie ergriff Isabels Hand. »Seit ich hier mit meinem Dienst angefangen habe.«

»Und das alles findet im Dunkeln statt?«

»Wir stecken den Fußballplatz mit Bambusfackeln ab und stürzen uns darauf. Es ist die große Kampfnacht. Die Kinder haben rote Gesichter und sind wie wahnsinnig; das wird wahrscheinlich dein erster Eindruck von amazonischen Turnieren sein. Willst du ein Team leiten?«

Das war sicher besser als Perlen auffädeln. »Wie viele Teams gibt es denn im Dorf?«

»Nur zwei. Willst du also Teamkapitän sein? Normalerweise führt Karo-und-Streifen das zweite Team, aber wie du ja weißt, ist sie schwanger.«

»Und du führst die Gegner?«

»Na klar. Willst du Ulysses S. Grant oder Robert E. Lee sein?«

Ich zögerte nicht. »Ich bin Lee.«

»Dann wirst du wahrscheinlich verlieren.«

Sie sammelte die Kinder wieder ein und schlenderte langsam mit ihnen fort wie Muschelsucher am Strand. Inzwischen dachte ich darüber nach, was Robert E. Lee getan hätte, wenn die Munition auf Bananen beschränkt gewesen wäre.

Ich fand eine Lösung ... damit würde ich dem Süden seinen Stolz wiedergeben.

Keine weißen Fahnen. Keine Kapitulation.

Noch einmal beruhigte sie die Kinder und drehte sich zu mir um. Ihr Gesicht war in der Sonne, ihre Stimme laut. »Wie wär's mit einem frühen Abendessen im Vogelturm? Nur wir beide.«

Mein Magen knurrte und erinnerte mich daran – auch wenn ich mitten in Plan A steckte –, das Ganze nicht Verabredung zu nennen. »Es ist Freitag, oder? Übernimmst du das Kochen?«

»Ich hab letzte Woche gekocht.«

»Gut, ich koche.«

Sie und die Kinder marschierten weiter, gefolgt von einer Staubwolke. Ich lehnte mich nach hinten und stützte mich mit den Ellbogen ab. Ich würde sie bald einholen.

Die Sonne schien auf die Wiese herab, als ich noch einmal aufsah und Elly in vertrauter Pose sah. Sie hatte einen Stock in der Hand, und mit den Kindern hinter sich stand sie am Rand des Weges, beugte sich vor und schrieb Worte in den Sand, von Osten nach Westen, auf einem Weg, der auch von Osten nach Westen führte. Achtundvierzig kleine Füße bewegten sich jedes Mal gemeinsam rückwärts, wann immer Elly und ihr Stock eine neue Zeile begannen, und so rückten sie alle langsam von dem einen Wegesrand bis zum andern. Ich beobachtete diese irdische Dichtung von ferne; dann erhob sie sich und winkte mich zu sich. Ich stand auf und trabte zu ihnen hinüber.

Ich kam außer Atem an.

Sie und die Kinder schauten mich alle an, durch sieben Gedichtzeilen, die etwa sieben Meter lang gewesen sein müssen, voneinander getrennt.

»Was?«, fragte ich, vom Laufen ganz verschwitzt. »Noch mehr Inspiration?«

Sie schleuderte den Stock in den Dschungel und sagte: »Nein, das da ist mein erstes Gedicht aus der Highschool.«

Ich stellte mich an die siebte Zeile und las es durch. Zweimal. »Elly Kyle, das klingt ganz und gar nicht nach den Worten einer Missionarin.«

»Aber du magst es?« Sie hatte wieder diesen halb kindlichen, halb fraulichen Blick.

»Nicht so komplex wie deine antimaterialistischen Verse auf der Sandbank, aber nicht schlecht. Ganz und gar nicht schlecht.«

Ich schritt zwischen der vierten und fünften Zeile hindurch; dann gingen wir als ganze Gruppe weiter in Richtung Dorf. Elly hielt Isabel an der Hand, ich legte meinen Arm um Eduardo mit seiner Zulu-Perlenkette.

Sie drehte mir den Kopf halb zu und erklärte: »Ich hab es nur deshalb für dich aufgeschrieben, Jay, weil ich dir zeigen wollte, dass Gott oft ganz andere Pläne für uns hat als das, was unser irdischer Verstand für das Beste hält.«

Ich wollte ihr schon zustimmen, als die Trommel dröhnte.

Er war ein gutes Stück hinter uns und trat gerade aus dem Dschungel heraus auf den Weg. Seine Basstrommel, um Hals und Schulter gehängt, schaukelte vor ihm von links nach rechts.

Auch Raul war kein Modezar; er trug ein grüngelbes Rugbyhemd mit abgeschnittenem Kragen, dazu eine ausgebeulte braune Armeehose, die viel zu groß für seine schmale Gestalt war. Ich wusste nicht, ob er plötzlich seine Scheu verloren hatte oder ob ihm einfach danach war, sich uns anzuschließen, aber mit seiner übergroßen Trommel eilte er uns hinterher. Dann sah er das Gedicht. Er blieb auf dem Fleck stehen.

Diese Chance wollte ich mir nicht entgehen lassen. Ich bedeutete Eduardo rasch, sich den andern anzuschließen. »Elly, ich muss einfach mal an die Trommel.«

Sie drehte sich um und winkte Raul mit der Linken zu. »Du kannst ihn ja fragen, Jay. Aber er hängt ganz schön daran.«

Ich joggte den Weg zurück und wischte mir alle paar Sekunden den Schweiß von der Stirn, bevor ich zwischen Zeile vier und fünf wieder anhielt.

Raul stand über das Gedicht gebeugt, den Kopf zur Seite geneigt, und schaute an der Trommel vorbei in den Staub. Ich war mir ziemlich sicher, dass er nicht lesen konnte.

»Magst du es, Raul?«, fragte ich.

Er gab keine Antwort, sondern starrte nur auf die seltsamen Worte, die mitten auf seinem Weg den ganzen Raum einnahmen. Ich machte ihm Zeichen, dass ich sehr gern mal seine Trommel schlagen würde. Er blickte mich kurz an, stopfte die Trommelstöcke in seine Armeehose und starrte wieder auf die Worte.

Ich wiederholte meinen Wunsch, und nach einem Augenblick des Zögerns kniete er hin und zog sich das Band über den Kopf. Ich kniete mich neben ihn, und als ich wieder aufstand, war ich ein Basstrommler.

Ohne das störende Gewicht holte Raul sich jetzt eine Mango aus einer Hosentasche, pellte ein Stück Schale ab und biss hinein. Dann zeigte er mit der Frucht auf das Gedicht.

Ellys erstes Highschoolgedicht lautete folgendermaßen:

Der Süden schmilzt in seine Jahreszeiten,
will keine davon gehen lassen, als bis sie sich erfüllt.
So auch ich, wie eine jugendliche Kerze, schmelze ins Erwachsensein.
Und ins Erwachsensein hinein brodele ich über der tanzenden südlichen Flamme.
Möge meine Seele im Süden altern und reifen,
wo Wärme noch zu finden ist, auch wenn es kalt ringsum,
möge mein Herz altern hier an diesem Ort.

Die Ironie war klar und erschloss sich sofort – die Erwartung, das Leben als Erwachsene im Süden zu verbringen, dann aber im Dschungel von Ecuador zu landen und damit zufrieden zu sein.

Da die Trommel mir den Blick verstellte, ging ich direkt über die fünfte Zeile, von hinten nach vorne, und als ich mich umdrehte, sah ich, dass meine Füße die Wörter *Seele, Süden, altern, reifen* und *möge* verwischt hatten.

Raul ging auf dem Weg zum Dorf neben mir her, schälte seine Frucht und hatte das Kinn voller Mangosaft. Elly und die Kinder waren uns jetzt hundert Meter voraus. Die ganze Gruppe versuchte, den Weg entlang Rad zu schlagen.

Als zuletzt in diesen Zirkus aufgenommenes Mitglied schlug ich die Trommel, so fest ich konnte, um mit den tiefen Schlägen dem Dschungel zu signalisieren, dass ich da war, als weißer Mann inmitten seines Grüns.

Ich überlegte mir, einfach so anzuhalten und Raul zu fragen, ob er seine Seele im Süden altern und reifen lassen wolle. Aber ich war sicher, dass er keine Antwort geben würde. Er war langsam im Denken und arm an Worten, ein junger Mann, der zufrieden damit war, eine seltsame Zutat in dem Dorfeintopf zu sein, der jeden ohne Ansehen seiner Herkunft nährte – sei er langsam, kariert, gestreift, unpassend oder nordamerikanisch.

Also trommelte ich einfach weiter und versuchte, irgendeine Art von Melodie zu erfinden. Raul lief mit, aß seine Frucht und schaute gelegentlich zur Trommel, wenn ich aus dem Rhythmus kam. Vermutlich dachte Raul nie darüber nach, wo seine Seele alt werden sollte.

Und ich? Ach, ich wusste nicht, ob meine Seele irgendwo südlich von Kolumbien, in Südamerika oder in Columbia, South Carolina, altern würde. Wie das Fell auf dieser Trommel wollte ich eigentlich nur in Spannung bleiben und dicht anliegen – dicht am Süden Gottes, direkt in seinem Schatten. Denn außerhalb von Gottes Schatten war ich nur eine dürftige Plastikluftmatratze mit abgestandener Luft, umhertreibend wie ein blinder Jona auf der Suche nach Plan B, damit beschäftigt, die Umstände zu manipulieren und mich zu fragen, warum ich stets in meinem ureigenen Schiff nach Tarsis aufwache. In Gottes Schatten aber wurde aus dem Umweg eine Überraschung, hatte mich die Brüderlichkeit zum Staunen gebracht, hatte mich die Tiefe, die in der Einfachheit ruht, der Dienst in einem Dorf, das ärmlich und grün war und voller Leben steckte, verblüfft und überwältigt.

Raul war mit seiner Mango fertig, als wir uns dem Dorf auf Steinwurfweite genähert hatten. Alle anderen waren schon in ihren Hütten. Ich gab Raul die Pauke zurück, und als er aufgehört hatte zu grinsen, ließ er einen Trommelwirbel hören.

In diesem Augenblick überkam mich der Drang, in den Sand zu schreiben. Ich verließ den Weg und ging in den Regenwald, um mir einen Stock zu suchen. Ich schrieb schnell und beschränkte mich auf zwei Zeilen, denn ich war mit dem Kochen an der Reihe. Und auch wenn es Diebstahl geistigen Eigentums war, ich wollte Elly schriftlich bestätigen, was ich im Dschungel mit dem Trommeln signalisiert hatte – dass ich am Ball bleiben wollte. Ich wusste, dass wir in einer Stunde auf dem Weg zum Vogelbeobachtungsturm genau an meinem Vers vorbeikommen würden, und ich hatte das Gefühl, dass eine Missionarin und Dichterin ihn vielleicht zu schätzen wusste.

Ich schrieb meine Worte in großen Buchstaben auf den Weg, wie damals am Strand.

Jays Wurzeln dringen tief
in Gottes üppigen Dschungel.

Dann ging ich los, pflückte sechs Mangos und setzte sie als Punkte auf die Is und das Ü.

Dieses Buch hätte ohne meinen Tagesausflug mit Dan Osterhus, Pilot der *Mission Aviation Fellowship* in Shell, Ecuador, nicht geschrieben werden können. Dan flog mich und meinen Freund Tal Groce über den ganzen Dschungel, wozu auch ein Besuch des Ehrfurcht gebietenden Ortes gehörte, an dem Jim Elliott und vier andere Missionare im Jahr 1956 als Märtyrer starben, getötet von Waodani-Indianern. Wir landeten auf einem Rasenstreifen und wurden von den Ureinwohnern begrüßt, die unser MRPC-Missionsteam in einem Einbaumkanu zu jener Sandbank paddelten. Dan, dem Piloten, widme ich die letzten Kapitel dieses Buches. Er und zwei andere Männer starben am 14. September 1997 während eines Rettungseinsatzes am Banos-Gebirgspass in Ecuador. Er hinterließ seine junge Frau und seine acht Monate alte Tochter. Möge Gott die Familie segnen.

Auch dem Waisenhaus *Principe de Pas* in Guayaquil, Ecuador, gilt meine Wertschätzung. Die Kinder dort hatten weit weniger Annehmlichkeiten als wir in Nordamerika, waren aber schockierenderweise glücklicher ... davon kann man sich überzeugen. Und Fußball spielen konnten sie wirklich! Unsere Gastgeber waren Ron und Lizanne Johnson.

Aus dem Besuch der *Urbana Missions Conference*, die dreimal im Jahr von IVCF veranstaltet wird, ergab sich meine Freundschaft mit drei jungen Missionarinnen. Sie sind allesamt ein Ausbund von Humor, Glaube und Mitgefühl, und ihre vorbildliche Einstellung zum Dienen findet Ausdruck in der Gesinnung, die in diesem Buch vorherrscht. Sie heißen Mary, Terri und Rachel. Ihre Familiennamen und Aufenthaltsorte sind vertraulich.

Als Nächstes: ein Gruß an die Metro-Singlegruppe und die Focus-Gruppe wegen sämtlicher Erinnerungen und Abenteuer. Wer waren denn eigentlich diese Rebellen, die nachts die ganze Zeit am Strand geblieben sind?

Den malerischen Strand von South Carolina machten uns Sloan Smith und ihre gastfreundlichen Mitarbeiter bei der Firma *James W. Smith Real Estate* in Pawleys Island, S. C., zugänglich (www.jwsmithrealestate.com). Übrigens, sie vermieten tatsächlich ein paar Strandhäuser mit Krähennestern.

Ein besonderer Dank geht an Holly Branyon Grant in Greenville, S.C., Dichterin und Französischlehrerin, die ein Kapitel nach dem andern gelesen und ihrer Kritik unterzogen hat. Ihr Beitrag war unschätzbar. Holly lieh außerdem Elly ihr Gedicht des Südens »Unseasonable Warmth« vom Mai 2002. *Merci*, HG!

Mein Vater Charles hat mir eines Samstags im Frühling einen echt coolen Schreibtisch gebaut (und mir am gleichen Tag bestätigt, dass Gott mich für den Umgang mit Worten begabt hat, nicht aber für den mit Handwerksgeräten). Viel für mich gebetet haben unter anderem Brian und Debi Ponder, Roger Throckmorton, Ken Harris, Sandy »Stokes« Covington und Stan und Connie Beasley. Infos über die *Appalachian-State-University* habe ich zwei geselligen Zimmerkameradinnen zu verdanken, Laura Jarrard und Marla Mclean. Infos über Blumen verdanke ich der begeisterten Meistergärtnerin Phoebe, die zufällig meine Mutter ist. Infos über Vögel verdanke ich dem elfjährigen Jonathan, einem zukünftigen Ornithologen, der zufällig mein Neffe ist.

Nancy Koesy Parker, eine begabte freischaffende Verlegerin aus Greenville, half mir mit der Motivation zum ersten Kapitel.

Jim »3-Green« Hamlett flog unsere Gruppe von Schreibern in einer schicken zweimotorigen Barron zu einer Konferenz.

Die Dschungelperlen von Elly und ihren Kindern sind erhältlich bei *ddp designs*: www.ddpdesigns.com.

Die Kenntnisse über seetüchtige Boote verdanke ich Bruce Braynard von der Marina in Georgetown.

Joey Schooler und seine Familie sind liebe Freunde von mir. Danke, Bobby C., für die Infos zur *Cooper River Bridge*!

Sidney vom Laurens Rd. Postamt hat meine Manuskripte auf den Weg gebracht.

Dasselbe gilt für den Rechtsanwalt für Immobilien Brian Ponder. (Hey, ich nehme, was ich kriegen kann.)

Ein Prediger und Freund liebt das *Waffle House*, aber er lernt immer noch, der Verkündigung des Evangeliums Rhythmus zu verleihen.

Außer Jay, Steve und Ransom waren folgende Personen mit am Strand von North Litchfield:

im Haus der Männer: Mike Bell, Scott Teague, mein Bruder Ted, Mike Armor, George Champlin, Walter Moore, Danny aus Trinidad und dann noch der Typ, der um Mitternacht durch das Fliegengitter eingestiegen ist.

Im überfüllten Haus der Frauen mit Darcy, Elly und Lydia: Becky Brandon King, Marie Gardner, Karen Hartney, Cheryl Hutcheson, Amy Bell, Sheri Forehand, Ann Vaughn, Nell Kennedy, Ruth Ann Kennedy, Jane Brice, Melanie Champlin, Beth Blackston und meine tolle Schwester Dana. Dazu ein paar Nachzügler, die erst in letzter Minute auftauchten.

Viele Veränderungen haben sich spätabends im *Coffee Underground* ergeben. Danke, Donna, für die vielen Extratassen!

Der Besuch beim U2-Konzert mit den Missionarinnen war ein echter Heuler!

Und meinen Freunden und der kleinen Gruppe in der *Grace Church* ... eure Gebete sind Kraftstoff für meine Arbeit.

Die Hummer werden häufig freitagnachts in *Murrells Inlet*, South Carolina, besungen.

ERLEBNISSE UND GESCHICHTEN EINES FROMMEN CHAOTEN

Ken Davis:

BEIM ROSA FLAMINGO LINKS AB

und andere inspirierende Geschichten.

Wer Bestseller wie „Neuer Saft für müde Birnen" oder „Barfuß im Dschungel" gelesen hat, kennt bereits das größte Talent von Ken Davis: Wie kaum ein anderer versteht er es, Geschichten zu erzählen, die prallvoll Weisheit stecken, brüllend komisch sind und dabei gleichzeitig zutiefst anrühren können.

Wer außer ihm würde es beispielsweise schaffen, die nagelneue Toilette mit einem Feuerwerkskörper in die Luft zu jagen oder versehentlich in geblümter Unterwäsche in einer Hotellobby zu erscheinen ... und darin noch eine geistliche Message zu entdecken. Davis Botschaft ist ebenso befreiend wie berührend: Wir sind alle nicht vollkommen, doch wir werden vollkommen von Gott geliebt!

Dieses Buch ist bis oben hin gefüllt mit kuriosen und gleichzeitig tiefsinnigen Geschichten von Ken Davis. Zum Lesen, Genießen, Nachmachen, Weitererzählen ... und Spaß haben!

Taschenbuch, 320 Seiten, Nr. 815 797

DER RING UND SEINE GEHEIMNISSE

Sarah Arthur:

UNTERWEGS MIT FRODO

Inspirierende Gedanken zu Tolkiens „Der Herr der Ringe“.

„Der Herr der Ringe“ – neun Gefährten begeben sich auf einen abenteuerlichen Weg, um den einen Ring zu vernichten. Auf dem Weg zum Schicksalsberg entscheidet sich auch ihr Schicksal – es wird sich erweisen, wer der Macht des Ringes widerstehen kann und wer im Angesicht der Gefahr die richtige Entscheidung für sich und das Wohlergehen seiner Freunde fällt.

Mit diesem ungewöhnlichen Andachtsbuch gelingt es Sarah Arthur, einen Bezug zwischen den Erlebnissen der Hauptpersonen aus der weltberühmten Literaturvorlage und dem Alltag des Lesers herzustellen. Im Licht der Bibel beleuchtet sie neun der wichtigsten Entscheidungen, mit denen auch jeder von uns tagtäglich konfrontiert wird.

Welche Entscheidungshilfen gibt das Buch der Bücher? Und wonach werden wir uns richten?

Taschenbuch, 124 Seiten, Nr. 815 912